Bonnie Jo Campbell
Stromschnellen

PIPER

Zu diesem Buch

Die sechzehnjährige Margo ist am Stark River aufgewachsen und hat zu Fluss und Natur ein sehr viel innigeres Verhältnis als zu den Menschen. Sie spricht wenig bis gar nicht, schwimmt wie ein Fisch und ist eine erstklassige Schützin. Zu ihrem Pech ist sie ungewöhnlich hübsch, und irgendwann geraten die Dinge deshalb außer Kontrolle. Margo flieht und vertraut sich dem Fluss an. Mit ihrem Ruderboot und einem geklauten Gewehr beginnt sie ein Vagabundenleben zu Wasser ...

Bonnie Jo Campbell lebt in Kalamazoo, Michigan. Für ihre Short Stories hat sie etliche Preise gewonnen und war Finalistin bei den American Book Awards. »Stromschnellen« ist ihr erster Roman, mit dem sie auch international Aufsehen erregte.

Bonnie Jo Campbell

STROM SCHNELLEN

Roman

Aus dem Amerikanischen von
Carina von Enzenberg

Piper München Zürich

Mehr über unsere Autoren und Bücher:
www.piper.de

MIX
Papier aus verantwortungsvollen Quellen
FSC® C083411

Ungekürzte Taschenbuchausgabe
Juni 2014

Titel der amerikanischen Originalausgabe:
»Once Upon A River«, W. W. Norton & Company, New York 2011

Umschlaggestaltung: Kornelia Rumberg, www.rumbergdesign.de
Umschlagabbildung: Joey Boylan/Getty Images (Mädchen mit Gewehr), Dan Chung/plainpicture/Arcangel (Landschaft)
Satz: Satz für Satz. Barbara Reischmann, Leutkirch
Gesetzt aus der Palatino
Papier: Munken Print von Arctic Paper Munkedals AB, Schweden
Druck und Bindung: CPI books GmbH, Leck
Printed in Germany ISBN 978-3-492-30506-8

Für Susanna

My home is on the water, I don't like no land at all.
Home is on the water, I don't like no land at all.
My home is on the water, I don't want no land at all.
I'd rather be dead than stay here an be your dog.

»SEE SEE RIDER«, Blues

ERSTER TEIL

1. KAPITEL

Der Stark River floss durch die Flussschleife bei Murrayville wie das Blut durch Margo Cranes Herz. Sie ruderte stromaufwärts, um nach Braut-, Riesentafelenten und Fischadlern Ausschau zu halten und im Farn nach einem Tigersalamander zu suchen. Sie ließ sich flussabwärts treiben, um Zierschildkröten zu beobachten, die sich auf umgestürzten Baumstämmen sonnten, und die Fischreiher im Reiherhorst am Friedhof von Murrayville zu zählen. Sie vertäute ihr Boot und folgte seichten Seitenarmen, um Flusskrebse, Brunnenkresse und winzige Wilderdbeeren zu sammeln. Ihre abgehärteten Füße trotzten den scharfkantigen Steinen und Glasscherben. Beim Schwimmen schluckte Margo kleine lebende Fische, und dann spürte sie, wie der Stark River sich in ihr regte.

Sie watete durch verschlungene Baumwurzeln, griff nach glitschigen Wasserschlangen und ließ den Fluss die Wunden der ungiftigen Bisse reinigen. Manchmal überlistete sie eine Schnappschildkröte und brachte sie dazu, sich in einen Ast zu verbeißen, damit sie sie nach Hause zu Grandpa Murray tragen konnte. Er kochte dann aus dem Fleisch eine Suppe und machte den Kindern weis, dass Schnappschildkröten wie Dinosaurier schmecken. Margo war die Einzige, die der Alte mitnahm, wenn er zum Angeln oder seine Fallen kontrollieren ging, weil sie stundenlang schweigend im Bug seines kleinen Teakholzbootes *The River Rose* sitzen konnte. Sie lernte, dass sie besser still war und Augen und Ohren offenhielt, anstatt etwas zu sagen oder zu rufen. Der alte Mann nannte sie »Elfe« oder »Flussnymphe«. Ihre Cousins riefen sie »Nympho«, aber nie, wenn der Alte in Hörweite war.

Margo, die eigentlich Margaret Louise hieß, und ihre Cousins kannten sich mit dem trüben Wasser und der starken Strömung aus, sie kannten den Sand und den Schlamm zwischen ihren Zehen, schöpften ihn in leere Hüttenkäse- oder Plastikeisbecher, ließen ihn durch die Finger rieseln und bauten damit einsackende Stalagmiten und Tropfburgen. Sie untergruben das Flussufer, buddelten sich durch Erdreich und Wurzelwerk und schufen einsturzgefährdete Höhlen und Tunnel. Stand ein Kind zu lange an einer weichen Stelle und versank bis zu den Knien, brauchte es nur zu schreien, schon zog es jemand heraus. Sie verbrachten die Sommer mehr oder weniger nackt, sammelten Regenwürmer im moosigen Wald und im Wasser Froscheier im Glibber unter dem Totholz. Sie bauten Flöße aus Schwemmholz und Ballengarn. Sie lernten, an der Wasseroberfläche Hinweise auf ein Unglück darunter zu erkennen. Einmal – Margo war damals acht und ihr Lieblingscousin Junior neun – retteten sie einen Onkel, der betrunken in den Fluss gestürzt war.

Sie alle angelten zwischen den abgestorbenen Bäumen am Flussrand nach Sonnen- und Felsenbarschen, mieden aber den Abschnitt gleich unterhalb der Metallfabrik der Murrays, weil dort ein Abflussrohr ein Gemisch aus Abwasser, Maschinenöl und Lösungsmitteln in den Fluss leitete – ein paar der Fische dort unten hatten seltsame Tumore, fleischige Bläschen an den Lippen und fransige Kiemen. An windigen Tagen waberte der lehmfarbene Qualm aus der Fabrik über den Fluss bis zu ihren Häusern und drang selbst bei geschlossenen Fenstern durch die Ritzen zwischen den Bodendielen und in den Türstöcken ins Innere.

Die Murrays waren eine starrköpfige Sippe, und Bernard Crane war nicht weniger starrköpfig, war er doch als unehelicher Sohn von Dorothy Crane und dem alten Murray in einer untreuen Phase gezeugt worden, was ihm dessen Ehefrau, die trotz (oder gerade wegen) ihres nachsichtigen Wesens jung verstorben war, jedoch beizeiten verziehen hatte. Der Alte hatte Dorothy Crane bekniet, ihrem gemeinsamen Kind seinen Nachnamen zu geben, doch sie ließ in die Geburtsurkunde *Vater unbekannt* eintragen. Manche sagten, Dorothy habe indianisches Blut, und deshalb sei Bernard so klein geraten; andere behaupteten, sie habe ihrem Kind die Muttermilch vorenthalten, weil der Alte sein angetrautes Weib nicht habe verlassen wollen; und wiederum andere, darunter auch Cal Murray selbst, bestritten, dass Bernard in irgendeiner Weise mit Cal verbrüdert war. Jahre später aber, als Bernard Crane, den alle einfach nur »Crane« nannten, und seine Frau Luanne ein bildhübsches Töchterchen mit grünen Augen zur Welt brachten, schlug die Versöhnung auf magische Weise eine Brücke über den Fluss, und sämtliche Murrays erhoben Anspruch auf Margo. Eine Weile genoss die Kindsmutter sogar das Wohlwollen der anderen Frauen. Meist aber nannten sie Luanne einen »Freigeist«, und das war nicht als Kompliment gemeint.

Wenn das Wetter es zuließ, schwammen Margo und ihre Cousins den ganzen Tag. Selbst wenn die Dürre den Fluss so seicht machte, dass man hindurchwaten konnte, schwammen sie zum großen Farmhaus der Murrays am Nordufer, wo Tante Joanna Wäsche aufhängte oder Brot backte und Onkel Cal sie manchmal mit Flinten Tontauben schießen oder mit Kleinkalibergewehren auf Blechziele ballern ließ. Von dort schwammen sie dann quer über den Fluss zum tief im Schatten liegenden Haus der Cranes, wo Luanne am Ende des Schwimmstegs auf dem einzigen sonnigen Fleckchen des Grundstücks bäuchlings mit aufgehaktem Bikinioberteil auf einem Liegestuhl lag. Sie bräunte vor sich hin wie einer von Joannas Brotlaiben, und nur, um von dem mit Wasser verdünnten Weißwein zu trinken, den sie in ein Einmachglas voll schmelzender Eiswürfel gestellt hatte, hob sie den Kopf und öffnete die Augen. Ihr Kakaobutterduft wehte aufs Wasser hinaus, und die Jungs konnten die Augen nicht von ihr losreißen.

Gegen Abend ruderte, schwamm oder trieb Margo schließlich nach Hause. Dann erwachte ihre Mutter, die Rückkehr der Tochter vorausahnend, stellte sich – mitunter ein wenig schwankend – auf den Steg und hielt ihr ein Handtuch hin, Margos Lieblingshandtuch, das extragroße mit dem grünen Dschungelmuster. Zähneklappernd ließ Margo sich von ihrer Mutter ins Handtuch hüllen und drücken. Erst dann roch sie die süßliche Weinfahne inmitten der Kakaobutterwolke. Luanne sagte »Gleich sind wir da, Margaret Louise«, während sie eng umschlungen über den Steg und das Ufer entlang zum Haus gingen. Im Windfang suchten sie Margo nach Blutegeln ab und bestreuten die Nachzügler mit Salz. Kaum hatten sie beide geduscht, verzog Luanne sich mit ihrer Weinflasche ins Bett, um fernzusehen oder ihren Zwölf-Stunden-Schlaf in Angriff zu nehmen, während Margo sich auf die Couch legte und darauf wartete, dass ihr Vater von der Spätschicht in der Metallfabrik heimkam. Dann blätterte sie manchmal in ihrem Buch über Annie Oakley, an deren düsterem Gesicht sie sich nicht sattsehen konnte. Annie wirkte mit ihren Büchsen und Flinten so natürlich, dass Margo glaubte, jedes Mädchen würde gern ein Gewehr tragen. Als sie dies einmal zu ihrer Mutter sagte, erwiderte Luanne müde, sie verstehe nicht, wie Annie Oakley so viel »schießen konnte, ohne mal irgendwen zu töten, ja, ohne einfach alle abzuknallen«. Margo brachte anschließend nie wieder die Sprache darauf.

Nach einem schweren Sturm oder plötzlichem Tauwetter konnte es vorkommen, dass der Fluss sprunghaft anschwoll und jede Menge Unrat mit sich führte: laienhaft vertäute Boote etwa oder Bruchstücke von Flößen und Stegen, die gegen Bäume geschmettert worden waren. Dann wurde alles Mögliche an die Ufer geschwemmt: riesige Fässer, veralgte Bojen an Nylonschnüren, Tierkadaver. Und die Fluten rissen auch das mit sich fort, was die Murrays nicht gesichert hatten oder nicht sichern konnten: Sand aus der Sandkiste, Schweinemist von dem halben Dutzend Schweine auf der Weide, Gartenpfähle und Tomatenranktürme, die seit dem Vorsommer draußen standen, Spielzeug und Hundenäpfe, Tausende Schrot- und Patronenhülsen auf dem Boden neben der Scheune. Die jährlichen Überflutungen durchspülten die Höhlen der Bisamratten, ersäuften die Maulwürfe, rissen Feuertonnen mit sich, trugen Grund ab und wuschen ganze Landstriche sauber. Einmal verloren die Cranes im Februar nach einer frühen Schneeschmelze ein Klafter Brennholz, das sie allzu nah am Wasser gestapelt hatten.

Der Tod von Margos Großvater, als sie vierzehn war, traf die Familie wie eine dieser Fluten zum Ende des Winters. Er ließ alles gefrieren und spülte nicht nur die alte Generation fort, sondern auch den unsichtbaren Kitt und die Bande, die die Murrays zusammengehalten hatten. Margo hatte so oft, wie man es ihr erlaubt hatte, am Krankenbett ihres Großvaters im Wintergarten gesessen. Nach der Beerdigung ging sie mit Onkel Cal hinaus, schob wie Annie Oakley fünfzehn Patronen in Cals Marlin-Lever-Action-Büchse Kaliber .22, fädelte den Arm durch die Schlinge und zielte über Kimme und Korn auf die Zielscheibe aus Papier. Als der erste Schuss danebenging, riet ihr Cal, sich im Schneidersitz hinzusetzen und die

Schlinge enger zu ziehen. Die folgenden vierzehn Schuss trafen die Scheibe dicht nebeneinander gleich links von der Mitte. Zwölf davon schlugen ein einziges Loch von nur knapp einem Fingerbreit Durchmesser. »Was zur Hölle war das?«, fragte Cal und fuhr mit dem Finger über das zerfetzte Papier. »Ich habe in meinem ganzen Leben noch nicht so geschossen! Teufel noch mal!« Onkel Cal hielt es für sein Verdienst, Margo das Schießen beigebracht zu haben, und Margo hatte seine Anleitung zwar gespürt, aber noch stärker hatte das Gewehr selbst sie geführt. Es hatte ihr Halt gegeben, und die Trauer hatte ihre Treffsicherheit perfektioniert.

Als Cal dann in der Metallfabrik der Murrays den Posten des Direktors übernahm, hielt er seine Söhne dazu an, in den Sommern zu arbeiten, statt sich den ganzen Tag am Fluss herumzutreiben. Etwa zur selben Zeit begann Margos Mutter, sich zu schminken und nachmittags stundenlang zu verschwinden. Bei Einbruch der Dunkelheit kam sie nach Hause – bis zu einem Abend im Juli, an dem Margo allein schwimmen gegangen war. In Margos extragroßem Kescher lag ein riesiger Bovist, weiß wie der Mond und größer als ihr eigener Kopf. Margo stieg aus dem Fluss und stand allein auf dem Steg mit dem totenkopfweißen Pilz in der Hand, den sie in Scheiben schneiden und braten wollte. Das kleine Haus der Cranes lag im Dunkeln. Als Margo in der Küche Licht machte, sah sie den Zettel auf dem Tisch. Sie las ihn ein ums andere Mal, aber begriff die Bedeutung nicht. Wie oft hatte Luanne geklagt, dass sie das Leben an diesem Ort nicht ertrug, und doch war sie immer da gewesen! Margo kratzte sich am Knöchel und entdeckte einen vollgesaugten Blutegel. Sie hatte nicht die Geduld, ihn mit Salz zu bestreuen und zu warten, bis er verschrumpelte. Stattdessen nahm sie ein Fleischermesser, stieß dem Biest mit dem hölzernen Griffende auf den Kopf und zog es mit einer Drehbewegung heraus, bis die blutige Masse auf die Küchenfliesen fiel.

Vielleicht waren nach dem Tod des alten Murray der Niedergang der Metallfabrik und die daraus folgende Arbeitslosigkeit in Murrayville unvermeidlich, noch dazu vor dem Hintergrund der Wirtschaftslage Ende der Siebzigerjahre; vielleicht war aber auch Onkel Cals schlechtes Management schuld. Vielleicht musste auch geschehen, was zwischen Onkel Cal und Margo am Tag nach Erntedank geschah. Als Margo zwei Spülbecken voll Geschirr abgewaschen hatte, scheuchte Tante Joanna sie aus der Küche.

»Geh mit den anderen feiern, amüsiert euch«, forderte Joanna sie auf. »Husch!«

»Ich zieh mir nur schnell Jeans an«, erwiderte Margo. Sie trug ein langärmliges Kleid, das sie auf Joannas Geheiß immer dann anziehen musste, wenn sie ihre Tante in die Kirche begleitete, und sei es auch nur, um ein paar Lebensmittelkonserven zu spenden. Obenherum war das Kleid gar nicht so übel, aber es reichte Margo bis über die Knie.

»Was ist schlimm daran, sich wie ein Mädchen zu kleiden?«, wollte Joanna wissen. »Geh raus und sag deinem Cousin Junior, er soll nicht nur Rock-'n'-Roll-Platten auflegen. Wir wollen ein bisschen Country Music hören.«

Das Fest war in vollem Gang, und aus den in den Bäumen festgezurrten Lautsprechern dröhnte gerade »Smoke on the Water«. Joanna bugsierte Margo zur Tür, drückte ihr die Jacke in den Arm und schob sie hinaus in die Kälte. Margo raffte ihr Kleid und krempelte es an der Hüfte um, um es kürzer zu machen. Es war das erste Fest ohne Grandpa Murray, und Margo vermisste seine starke Präsenz. Sie schlenderte über das gefrorene Gras zu ihrem Vater, doch der war in ein Gespräch vertieft. Da er sie nicht beachtete, ging sie weiter zu der Stelle, an der das Spanferkel zerlegt wurde. Hal Slocum, der Mann, den Margo einst vor dem Ertrinken gerettet hatte, schnitt das Fleisch in Streifen und legte diese in eine große Aluminiumschale. Margo sah, wie ein langer weißer Knochen zum Vorschein kam, an dem er dicht entlangschnitt. Hal wohnte mit Frau und sechs Kindern in zwei Wohnwagen eine halbe Meile flussaufwärts auf dem Land der Murrays. Julie Slocum, die für ihre dreizehn Jahre noch eine ganz schöne Petze war, flirtete gerade mit ihrem Cousin Junior, der im Schneidersitz neben dem Plattenspieler hockte und sie ignorierte. Billy Murray, ein paar Monate jünger als Margo, kommandierte ein paar kleine Kinder herum, darunter auch seine Zwillingsbrüder Toby und Tommy. Margo beobachtete, wie er sie anwies, auf allen vieren zu der Stelle zu kriechen, an der die Männer Hufeisen warfen, und in ihr schäumendes Fassbier zu spucken. Die Männer merkten es nicht, und jedes Mal, wenn einer von ihnen seinen Plastikbecher an die Lippen setzte, kreischten Billy und die Kinder vor Vergnügen. Margo lag gerade neben dem schwarzen Labrador Moe auf dem Boden und unterhielt sich knurrend und bellend mit ihm, als Onkel Cal ihr mit der Stiefelspitze in die Rippen stupste. »Hey, Nympho, wenn du auf die Jagd gehen willst, musst du zuerst lernen, wie man einen Hirsch aus der Decke schlägt.«

Margo stand auf und krempelte ihr Kleid abermals an der Taille um. Cal war dafür bekannt, dass er Mädchen Komplimente machte, wenn sie hübsch aussahen, und deshalb gaben sich alle Mühe.

»Wenn du es gleich lernen willst, zeige ich es dir.« Er lallte ein bisschen.

Obwohl ihr Vater ihr geraten hatte, sich von betrunkenen Männern – ihn selbst eingeschlossen – fernzuhalten, folgte Margo ihrem Onkel in den weiß getünchten Schuppen. Sie strich ihr Haar glatt, um sicherzugehen, dass es nicht abstand. Der Holzofen war ausgegangen, aber es war noch warm im Raum. Cal zog seine Jacke aus und warf sie auf den Lehmboden. Margo hatte nicht damit gerechnet, dass Cal sie an sich ziehen würde, und als er es tat, stolperte sie und stieß ihn gegen den von der Decke hängenden aufgebrochenen Tierkadaver, sodass dieser hin und her schwang und sich der Geruch von Blut breitmachte.

Als Cal sie auf den Kopf küsste, drückte Margo ihr Gesicht an seine breite Brust. Sie spürte sein dickes Flanellhemd an ihrer Wange. Sie liebte Cals ledrigen Duft, in den sich ein Hauch von Schweinebraten und Bier mischte. Er griff nach unten, schlang die Arme fest um ihre Beine und hob sie hoch, sodass sich ihre Gesichter auf einer Höhe befanden. Das hatte er früher manchmal getan, als sie noch ein Kind gewesen war. Unlängst war sie fünfzehn geworden.

»Willst du morgen mit mir auf die Jagd gehen? Um fünf Uhr früh?«

Margo nickte, obwohl sie das Entsetzen auf Tante Joannas Gesicht gesehen hatte, als Cal vor ein paar Tagen laut überlegt hatte, Margo und nicht etwa einen ihrer fünf Söhne zum Auftakt der Jagdsaison mitzunehmen. Sie strampelte wie beim Schwimmen mit den Beinen.

Cal hielt sie noch immer einen Fußbreit über dem Boden. Er küsste sie auf den Mund und fragte leise: »Und, wie ist das? Ist das so schlimm?«

Margo unterdrückte ein Stöhnen. In der Schule hatte sie im Treppenhaus ein paar Jungs und in der verlassenen Hütte flussaufwärts einen Freund von Junior geküsst, sie hatte alle möglichen Arten zu küssen ausprobiert – weich und hart, schnell und langsam. Als der Junge und sie sich sicher gewesen waren, dass Junior eingenickt war, hatten sie sich ausgezogen. Margo hatte geglaubt, niemand wüsste, dass sie mit dem Jungen bis zum Letzten gegangen war, aber vielleicht wusste Cal es doch. Cal drehte sie und nahm sie auf den Arm wie eine Braut, die über die Türschwelle getragen wird. Er war der bestaussehende Mann weit und breit, hatte ihre Mutter immer gesagt. Als er Margo auf seine große Jacke legte, versuchte sie ruhig weiter zu atmen. Schon waren seine Hände auf ihr, und sie musste daran denken, wie er ihr das Schießen beigebracht hatte, wie er die Haltung ihrer Hände und Arme korrigiert und ihr erklärt hatte, dass sie den Abzug *drücken* und nicht *ziehen* musste. »Der Schuss muss für den Schützen überraschend kommen«, hatte er gesagt, »auch wenn alles, was er tut, darauf ausgerichtet ist.«

»Du bist so schön«, raunte er. »Teufel noch mal!«

Cal war der beste Mann in der Stadt, hatte ihre Mutter gesagt, aber was hätte ihre Mutter hierzu gesagt? Margo wusste, dass es falsch war; sie wusste, dass ihr Vater wütend werden würde, aber sie sagte trotzdem nicht Nein. Nein zu sagen wäre so, als würde man eine Kugel abfeuern – es gab keine Möglichkeit, sie zurückzuholen. Nein zu rufen konnte sie üben, wenn das hier vorbei war, aber zunächst einmal wollte sie Cal vertrauen. Die Jacke unter ihr verrutschte, und als sie den Kopf zur Seite drehte und zur Tür blickte, wurde ihr Ohr auf den schmutzigen Boden gedrückt. Sie roch Blut und Moder und Mäusepisse, während Cal sich in ihr bewegte. Das goldene Licht, das durch das westliche Fenster fiel, wärmte ihre Wange. Plötzlich entdeckte sie das Gesicht eines Mädchens hinter der Scheibe. Zuerst hielt Margo es für ihr eigenes Spiegelbild, doch es war Julie Slocum. Julie hob die Hand an den Mund und war gleich darauf verschwunden.

»Das war doch nicht so schlimm, oder?«, erkundigte sich Cal danach.

Ihr war klar, dass Cal keine Antwort von ihr erwartete. Niemand erwartete von ihr, dass sie etwas sagte, nicht einmal ihre Lehrer. Bevor sie eine im Unterricht gestellte Frage beantworten konnte, musste sie immer erst herausfinden, wie sich das Gefragte zu all den anderen Dingen verhielt, die sie wusste. So konnte es geschehen, dass sie erst Stunden später eine Antwort fand, wenn sie allein in ihrem Boot saß und die Wasserläufer auf der Oberfläche des Flusses beobachtete. Ihr fiel es leichter, beim Rudern Matheaufgaben im Kopf zu lösen oder beim Tauchen die Zellteilung nachzuvollziehen.

War es so schlimm gewesen? Margo zog ihre Unterhose hoch. Wenn sie sich nicht auf ihre Atmung konzentrierte, würde sie das Atmen vergessen und sterben, dachte sie. Sie sah sich um, ob sich etwas verändert hatte. Der Tierkadaver nicht, die Spinnweben nicht und auch nicht der Blutgeruch. Onkel Cal lächelte sein typisches Lächeln. Sie musste raus aus diesem Schuppen, musste ihn von außen sehen und sich darüber klar werden, was gerade passiert war.

Da stürmte Margos Vater herein. Cal stand gerade auf und knöpfte sich die Hose zu, als ihr Vater, der kaum größer als sie selbst war, mit dem Fuß die Tür aufstieß und Cal mit seinem Arbeitsstiefel in den Mund trat. Margo hörte Knochen knacken, und zwei rot-weiße Klümpchen – Onkel Cals Zähne – hüpften auf den Boden. Die beiden für ihr hitziges Temperament berüchtigten Halbbrüder fauchten sich an wie Bären.

Tante Joanna betrat den Schuppen, kurz nachdem Margos Vater Cal den Kopf in die Brust gerammt und ihm eine Rippe gebrochen hatte. Rund ein Dutzend Gaffer fand sich ein und schaute zu, die einen im Innern des Schuppens, die anderen durch die offene Tür oder die schmutzige Fensterscheibe. Julie Slocum schlüpfte herein und strich Margo mit der Hand übers Haar. Sie roch nach dem Kerosin der Heizgeräte, die ihre Familie in den Wohnwagen benutzte. Cal lag jetzt am Boden, und

Joanna beugte ihren langen Rücken über seinen Körper. Sie wischte ihm mit einem Taschentuch das Blut vom Mund und zischte ihn wütend an. Als Cal sich flüsternd verteidigte, wurde es schlagartig still. »Das kleine Flittchen hat mich hergelockt, Joanna, aber ich schwöre dir, ich habe sie nicht angerührt«, beteuerte er.

Schweigend und wie erstarrt standen alle da. Erst als Julie rückwärts zur Tür schlich, hüstelte jemand, und ein Raunen setzte ein.

Joanna sah Margo an. »Zum Teufel mit dir!«

Margo fixierte Cal mit zusammengekniffenen Augen, als nähme sie ihn mit der Marlin ins Visier. Sie wartete auf eine Erklärung oder Geste von ihm, die klarstellte, dass er seine Worte nicht so gemeint hatte. Mit dem Tod ihres Großvaters im Januar und dem Fortgang ihrer Mutter im Juli hatte es begonnen, und nun war der Bruch zwischen ihr und den anderen endgültig vollzogen. Selbst ihr Vater, der neben ihr stand und »Steh auf!« sagte, schien weit weg.

Im Pick-up wollte ihr Vater von ihr wissen, was passiert war, aber Margo schwieg sich aus. Er fuhr auf den Parkplatz vor der Polizeiwache und flehte sie an, mit ihm hineinzugehen. Als er einen halbherzigen Versuch unternahm, sie aus dem Pick-up zu ziehen, griff sie mit der linken Hand nach dem Schalthebel und mit der rechten nach der Armstütze und klammerte sich fest. Sie hatte gegen Cal keinen Widerstand geleistet, aber Widerstand war eine Lektion, die sie rasch lernte. Als sie an diesem Abend zu Hause im Bett lag und nicht einschlafen konnte, hörte sie eine Eule. *Huhu, wer ruft mir zu?*, ahmte sie den Vogel leise nach. Sie stellte sich vor, wie sie auf die Eule zielte und sie von ihrem dämlichen Sitzplatz in den Zedern schoss. Durchs Fenster sah Margo, dass gegenüber bei den Murrays noch Licht brannte, und sie vernahm leise Musik.

Am nächsten Morgen wurde sie vom Stöhnen ihres Vaters wach, das durch die Wand zu ihr drang. Mit einem Buttermesser öffnete sie seine abgeschlossene Tür. Er lag mit geschwollenem, blutverkrustetem Gesicht im Bett und roch nach Brombeerschnaps. Als er sie bat, ihm ein Bier zu bringen, zerrte sie sein noch nicht angebrochenes Zwölferpack Bierdosen neben dem Kühlschrank hervor, trat es mit dem Fuß von der Veranda und stieß es vor sich her in den Wald, wobei es sich immer wieder überschlug, bis der Karton aufriss. Margo öffnete eine Bierdose, ließ den Schaum über ihre Hand laufen, nahm einen kräftigen Schluck und spuckte ihn aus. Dann stellte sie die Dose auf einen Baumstumpf. Eine zweite platzierte sie ungeöffnet in der Astgabel eines Baums und hielt kurz inne, um dem Gurren einer Trauertaube auf dem gefrorenen Boden zu lauschen. Mit einem ebenso traurigen Gurren riet sie der Taube wegzufliegen. Die dritte Dose stellte sie unter ein Geflecht aus dornigen Himbeerranken. So machte sie weiter, bis sie alle zwölf Dosen im Wald verteilt hatte. In einer Hand hielt sie die Schrotflinte ihres Vaters; in ihrer Tasche steckte ein Dutzend Patronen. Margo stellte sich rund zehn Schritt von der ersten Dose entfernt hin, schob vier Schrotpatronen ins Magazin, lud durch, drückte ab und pulverisierte die Dose. Den Rückstoß steckte sie ohne zu zucken weg. Sie zog den Ladehebel nach hinten, presste den Kolben noch fester gegen die Schulter, feuerte erneut und sah, wie die zweite Dose explodierte. Mannshoch spritzte das schäumende Bier heraus. Eine nach der anderen zerschoss sie die Dosen im Morgengrauen und setzte das Gewehr nur ab, um nachzuladen. Tief atmete sie den süßlichen Geruch des Schießpulvers ein. Jeder einzelne Schuss hallte durch den Wald und übers Wasser.

Im Schlafzimmer ihres Vaters ging das Licht an. Sie würde ihn ins Krankenhaus bringen. Während sie darauf wartete, dass er herauskam, lauschte sie dem Wasser, das neben ihr den Stark River hinunterrauschte, geradewegs zum Wehr bei Confluence, hinter dem der Kalamazoo River und, ein Stück weiter, der Michigansee lagen. Ihre Ohren dröhnten von den Schüssen. Ihre Schulter pochte.

2. KAPITEL

Ein Jahr später, am Sonntag vor Thanksgiving, kniete Margo kurz vor Tagesanbruch ein Stück flussaufwärts von ihrem Haus zwischen zwei Zedern und beobachtete einen Sechsender, der im gefrorenen Laub nach Eicheln stöberte. Margo hatte alle Zeit der Welt, das Tier mit den schwarzen Hufen und schlanken Läufen, der dunklen Brust, so breit wie die eines Mannes, der schweren Krone, dem weißen Bart und dem arroganten Blick zu studieren. Als es eine Hirschkuh witterte, hob es den Kopf und blähte die Nüstern. Margo legte das Gewehr an und presste die Wange gegen den Schaft. Der Fluss schien ihren Arm und ihr Auge zu führen, als sie auf Herz und Lungen zielte und abdrückte – *peng!* Erst als sie aufstand, bemerkte sie, dass ihr Knie nass war und sich auf ihrer Jeans Eis gebildet hatte.

Im Zimmer ihres Vaters flammte Licht auf. Bis er sich Kleider und Stiefel angezogen hatte und kopfschüttelnd und brummend aus dem Haus trat, hatte sie den Hirsch längst auf einem Schlitten zum Schaukelgestell hinter dem Haus gezogen. Es war ihr dritter Abschuss in fünf Tagen.

»Das reicht jetzt. Schluss mit der Jägerei, Kleine!«, befahl Crane. Er half ihr, die Läufe abzusägen und das Tier mit einer Kette um den Hals hochzuziehen. Dann setzte er sich am Flussufer auf den Stumpf einer Eiche und wetzte sein Fleischermesser an einem Schleifstein. Das Wasser unter ihm war schwarz und kalt. »Hast du gehört,

Margo? Schluss mit Jagen, okay? Sag was. Du bist nicht stumm.«

»Ich hab's gehört«, brachte sie mühsam hervor.

Im Sommer und Herbst hatte Margo bei Mr Peake von der Landjugend Jagd- und Schießunterricht genommen, und sie war ganz erleichtert gewesen, als er meinte, ihr *ruhiges Naturell* wäre für sie beim Schießen von Vorteil.

»Ich besorge dir alle Ziele, die du haben willst, aber Hirsche sind ab sofort tabu.«

Margo nickte, doch dann entdeckte sie etwas im gräulichen Dunst, einen orangefarbenen Zettel, der am Stamm der Buche neben der Zufahrt hing. Zwischen all den Ahornbäumen, Eichen und Ferkelnussbäumen gab es nämlich eine einzige Buche mit glatter Rinde, in die Luanne früher mit einem Federmesser Margos Größe und Alter eingeritzt hatte. So leise wie möglich schlich Margo um die Hausecke.

»Die Gefriertruhe ist voll, Margo. Wir haben mehr als genug Fleisch!« Mit zusammengekniffenen Augen blickte Crane misstrauisch flussaufwärts zum rosafarbenen Horizont.

Obwohl Margo nur leicht auftrat, knirschten die gefrorenen Blätter unter ihren Füßen.

»Auch wenn du erst sechzehn bist, gilt für dich das Gesetz genauso«, sagte Crane. Er prüfte die Klingenschärfe an der Kante eines Streichholzbriefchens, schob es zurück in die Tasche und zog die Klinge noch ein paarmal über den Stein. Obwohl er eher klein war, hatte er eine kräftige Stimme, die weit trug. »Das Jagdabzeichen, das man dir an die Jacke geheftet hat, berechtigt dich, *einen* Hirsch zu schießen, Margo, nicht drei.«

Am Donnerstag, dem Beginn der Jagdsaison, hatten sie Margos ersten Hirsch zerlegt und abends ein paar Koteletts und Steaks in blassgrünes Wachspapier gewickelt und eingefroren. Den Großteil hatten sie mit dem am Küchentisch festgeschraubten Fleischwolf zu Hackfleisch verarbeitet und das magere Wildbret anschließend mit Rindertalg aus dem Lebensmittelladen vermengt, in dem Crane seit Kurzem arbeitete, auch wenn er dort im Vergleich zu früher nur noch die Hälfte verdiente. Danach hatten sie Margos zweiten Hirsch aufgebrochen, ein paar Telefonate geführt, das tote Tier hinten auf den Pick-up gewuchtet, mit einer Plane zugedeckt und bei einem Mann mit acht Kindern abgeliefert, der gerade seinen Job in der Metallfabrik der Murrays verloren hatte.

Als Crane mit einem Blick über die Schulter feststellte, dass Margo ihm nicht zuhörte, sondern sich davonstahl, rammte er das Messer in den Baumstumpf und stand auf. »Herrgott noch mal, Margo! Wenn du schon nicht antwortest, kannst du wenigstens zuhören, wenn ich mit dir rede.«

Margo streckte sich, aber das orangefarbene Stück Papier war zu weit oben an den Baum getackert. Crane stellte sich neben sie und blickte zu dem handgeschriebenen Zettel hoch.

Alljährliches Familientreffen der Murrays zum Thanksgiving-Wochenende am Freitag, den 23. November stand da und darunter die Adresse in der Stark River Road, als würden die Murrays sie nicht sowieso alle wissen. Jemand hatte in einfachen Strichzeichnungen ein Schwein, einen Truthahn und einen Kuchen dazu gemalt – bestimmt Tante Joanna, denn niemand sonst hätte sich die Mühe gemacht, die Einladungen zu verzieren.

»Der Scheißkerl!«, fluchte Crane und presste die Kiefer so fest aufeinander, dass sein Backenmuskel zuckte. Er sprang ein paarmal hoch, um nach dem Zettel zu schnappen, kam aber nicht heran.

Für Margo stand fest, dass ihr Cousin Billy dahintersteckte, der inzwischen fast so groß wie Cal war und extrem abstehende Ohren hatte. Er machte Margo in der

Schule das Leben zur Hölle. Nachdem er sie vor einem Monat auf dem Heimweg fast über den Haufen gefahren hatte – sie hatte sich durch einen Sprung in einen von Brombeergestrüpp überwucherten Graben retten müssen –, hatte Margo ihm auf dem Schulparkplatz ein überfahrenes Murmeltier auf den Rücksitz seines Camaro gelegt. Aus Rache hatte Billy ihr im Gang aufgelauert und ihr mit einer Schere hinterrücks ein ganzes Stück von ihrem langen dunkelbraunen Pferdeschwanz abgeschnitten. Sie hatte ihren Vater später angelogen und behauptet, sie hätte es selbst getan. Sie hatte ihm den Zopf gegeben, und Crane hatte ihn sich kopfschüttelnd um die Hand gewickelt und in die Jackentasche geschoben wie seinerzeit den Abschiedsbrief ihrer Mutter.

Bis vor Kurzem hatte Junior Murray in der Schule auf sie aufgepasst, aber als Cal ihn diesen Sommer zum dritten Mal beim Kiffen erwischt hatte, hatte er ihn seine Sachen packen lassen und auf eine Militärakademie im Westen geschickt. Früher war Margo oft von zu Hause ausgebüxt und hatte Junior in der verlassenen Hütte oben am Fluss besucht, die er *Marihuana-Haus* nannte. Ab und zu hatte sie auch an einem Joint gezogen, aber sie mochte das schwummrige Gefühl nicht, das das Gras in ihr hervorrief. Manchmal hatte sie auf dem Weg zur Hütte ihre Cousine Julie Slocum allein am Flussufer sitzen sehen und zu Musik aus einem Transistorradio singen hören. Dann hatte sie mit dem Gedanken gespielt, sich ein Weilchen mit ihr zu unterhalten, aber andererseits: Hätte Julie sich vor einem Jahr um ihren eigenen Kram gekümmert, hätte niemand etwas von Margo und Cal erfahren, und alles hätte so bleiben können, wie es war.

Crane stampfte davon, und Margo fuhr mit den Fingern über die Narben in der glatten Buchenrinde. Bevor Luanne verschwunden war, hatte sie Margo zu ihrem vierzehnten Geburtstag gemessen. Es hatte sich herausgestellt, dass Margo seit dem letzten Jahr nicht mehr gewachsen war, deshalb hatte Luanne keine neue Kerbe eingeritzt. »Das war's dann wohl«, hatte sie gesagt. »Du bist jetzt erwachsen.«

Crane kehrte mit der Kettensäge zurück und riss am Seilzug, um sie anzuwerfen. Der Motor heulte auf. Margo machte gerade noch rechtzeitig einen Schritt rückwärts, bevor ihr Vater das Blatt auf Kniehöhe am Stamm der Buche ansetzte. Späne stoben auf, und mit einem grimmigen, sauberen Schnitt trennte er den Baum von seinen Wurzeln. Er war größer, als Margo gedacht hatte, und die Krone verfing sich in einer mächtigen Sumpfeiche, bevor sie sich losriss und dabei einen Eichenast abbrach. Die Buche schlug zwischen Cranes Pick-up und dem Haus zu Boden und begrub einen Gewürzbaum unter sich, der im Frühling immer süß geduftet hatte. Crane stellte einen Fuß auf den gefällten Baum und sägte ein paar ofenlange Stücke vom Stamm ab. Dann machte er sich mit der Kettensäge über die Einladung her. Margo staunte, wie lange es dauerte, das Wort *Murrays* zu schreddern.

»Der Scheißkerl hat Nerven!«, knurrte Crane.

Margo schluckte.

»Wenn du was zu sagen hast, Margo, sag es! Mit dieser ernsten, verschreckten Miene kann ich so früh am Morgen nichts anfangen!« Crane schnitt noch ein halbes Dutzend Klötze Feuerholz in der passenden Länge zurecht, dann würgte er den Motor ab und warf die Säge auf die Ladefläche seines Pick-ups. »Bist du jetzt bereit, darüber zu reden?«

Sie wollte den Kopf schütteln, verkniff es sich jedoch.

»Wir lassen uns von ihm nicht beleidigen«, verkündete Crane, kletterte in die Fahrerkabine, knallte die Tür zu und fuhr los. Der Auspuff des Ford spuckte Ruß, und seine Hinterräder gruben sich in die Eiskruste auf der zweispurigen Zufahrt. Als er schon außer Sichtweite war, hörte Margo immer noch, wie er den Kies auf der Straße aufspritzen ließ und dann knatternd an der Pizzabude, dem Drugstore, dem Lebensmittelladen sowie der Kneipe von Murrayville vorbei und flussabwärts über die Brücke fuhr.

Nein, sie war nicht bereit, darüber zu reden. Und sie war auch nicht bereit, Onkel Cal ins Gefängnis zu schicken, damit er dort verrottete, wie ihr Vater sich ausgedrückt hatte. Wenn Crane doch nur mehr Geduld mit ihr hätte. Hätte er an diesem Morgen nicht mit der Kettensäge verrückt gespielt, hätte sie seine verschränkten Hände als Steigbügel benutzen und sich von ihm zum Zettel hochheben lassen können. Sie hätte ihn abgerissen und zusammen mit den Küchenabfällen verbrannt. Nun waren die winzigen Schnipsel des orangefarbenen Papiers übers ganze Grundstück verstreut, und jeder einzelne würde Crane bis zum ersten großen Schneefall Tag für Tag an die Einladung erinnern. Und in den Tagen danach würde das Bastelpapier den Schnee orange färben, und wenn es im Frühjahr taute, wären immer noch Reste davon übrig.

Margo ging zum Schaukelgestell zurück, legte den Arm um ihren aufgehängten Hirsch und blickte über den Fluss. Vielleicht war die Einladung gar nicht als Beleidigung gemeint gewesen. Wahrscheinlich sollte sie vielmehr ein Angebot sein, den Ärger vom vergangenen Jahr für einen Tag zu vergessen und miteinander zu essen, zu trinken und sich zu amüsieren. Margo hätte Joanna gerne wiedergesehen. Joanna hatte ihr das Kochen beigebracht, was man von ihrer eigenen Mutter nicht behaupten konnte. Luanne brachte es sogar fertig, Wasser anbrennen zu lassen, spottete Crane gerne. Joanna hatte bestimmt schon mit dem Kuchenbacken für das Fest am Freitag angefangen: Früchtebrot, Apfel-, Kürbis- und Schwarznusskuchen. Ihre Söhne halfen ihr zwar, die Nussschalen mit dem Hammer aufzubrechen, aber sie hatten es immer ziemlich schnell satt, die Nüsse herauszupulen, sodass diese Arbeit stets an Joanna und Margo hängen geblieben war. Ihre Cousins waren für Margo wie Brüder gewesen, mit Ausnahme von Billy, der immer noch sauer war, weil Großvater ihr und nicht ihm sein Teakholzboot mit dem Namen *The River Rose* vererbt hatte. Wenn Cal sich für das, was er getan und gesagt hatte, entschuldigen und ihren Vater wieder als Werkmeister in der Metallfabrik einstellen würde, wäre alles in Ordnung. Dann könnte ihr Daddy den türkisblauen Krämerkittel gegen seine alte Arbeitskluft mit dem über der Brusttasche in roter Schreibschrift auf weißem Grund aufgestickten Namenszug CRANE eintauschen, und sie könnten die Zahnarztrechnungen bezahlen.

Margo zog das geschliffene Messer aus dem Baumstumpf und ging damit zurück zu ihrem Hirsch, dem größten von den dreien, die sie bislang erlegt hatte. Die Läufe waren bereits abgesägt, der Anus herausgeschnitten und die Öffnung zugebunden. Margo wollte den ersten langen Schnitt so schnell wie möglich hinter sich bringen, denn sie wusste, dass es beim dritten Mal nicht einfacher sein würde als beim ersten oder zweiten. Nach diesem Initialschnitt, der ein totes Lebewesen in ein Stück Fleisch verwandelte, würde sie sich besser fühlen. Zu ihrem Erstaunen hatte sie festgestellt, dass das Töten der einfachste Teil war. Crane würde ihr sicher dabei helfen, den Hirsch aufzubrechen und aus der Decke zu schlagen, wenn sie ihn darum bat, aber ihr Großvater hatte immer betont, wie wichtig es war, eine Arbeit selbst zu erledigen. Also streckte sie den Arm nach oben und stieß die Klinge einen Fingerbreit unterhalb der Stelle ins Fleisch, wo die Rippen aufeinandertreffen. Fest und gleichmäßig zog sie den Messergriff nach unten und schlitzte den Hirsch vom Brustbein bis zu den Hoden auf. Sie durchtrennte Haut, Fleisch und Fettgewebe, und als der Aufbruch in die Zinkwanne schwappte, schloss sie die Augen.

Ein Gewehrschuss knallte auf der anderen Seite des Flusses am Farmhaus der Murrays. Margo ließ das Messer in die Wanne mit den verknäulten, dampfenden Eingeweiden fallen. Es folgte ein zweiter Schuss. Die vier Beagles der Murrays warfen sich bellend gegen ihren Verschlag aus Holz und Hühnerdraht. Das Jaulen des schwarzen Labradors hallte über den Fluss. Früher hatte Margo sich zum Lesen oft auf den Boden gelegt und mit dem Rücken an den Hund gelehnt; sie hatte ihn in ihrem Boot herumgerudert und war mit ihm schwimmen gegangen. Aber diesen Sommer hatte Crane ihr das Schwimmen und jedes Überqueren des Flusses strikt verboten.

Ein dritter Schuss schallte vom anderen Ufer herüber.

Margo hatte immer befürchtet, dass Crane ihren Onkel eines Tages umbringen würde. Dafür würde Crane ins Gefängnis kommen, und sie wäre auf sich allein gestellt. Von ihrer Mutter hatte sie seit deren Verschwinden vor anderthalb Jahren nichts gehört. Auf dem mit Reihern verzierten blauen Stück Papier, das auf dem Küchentisch lag, hatte folgende Nachricht gestanden: *Liebe Margaret Louise, ich hoffe, Du weißt, dass ich Dich nicht im Stich lasse. Ich würde Dich gern mitnehmen, aber zuerst muss ich mich selbst finden, und das kann ich hier nicht. Pass auf Deinen Daddy auf, ich melde mich bald bei Dir. Alles Liebe, Mom.*

Margo hatte befürchtet, wenn sie das Papier nicht pfleglich behandelte, könnte die dunkelblaue Tinte sich verflüchtigen, die Reiher könnten davonfliegen, das Papier sich auflösen und nichts als ein Hauch von Kakaobutter und ein paar Tropfen Wein zurückbleiben.

Ein vierter Gewehrschuss hallte übers Wasser.

Margo starrte in die Mulde, die sie in den halb gefrorenen Boden gegraben hatte, um die Eingeweide des

Hirschs zu verscharren. Ihr war klar, dass sie schnell handeln musste, um das Verbrechen ihres Vaters zu vertuschen. Also packte sie Schaufel und Knochensäge, warf beides ins Boot und ruderte über den Fluss. Auf der anderen Seite machte sie fest und kletterte die Uferböschung hoch. Als sie am weiß getünchten Schuppen vorbeikam, hatte sie ein mulmiges Gefühl, aber sie ging weiter, und gleich darauf erblickte sie Cals neuen weißen Chevy Suburban zusammengesunken auf vier platten Reifen.

Daneben stand groß und breitschultrig Cal und brüllte dem verbeulten Heck von Cranes Ford hinterher: »Crane, du Dreckskerl! Die Winterreifen waren nagelneu!«

Erleichtert sank Margo gegen die Schuppenwand.

Tante Joanna trat neben Cal. Sie trug eine Schürze, aber keine Jacke, hielt einen Apfel in einer schwieligen Hand und ein Schälmesser in der anderen. Fast wäre Margo bereit gewesen, Cal alles zu verzeihen, wenn sie dafür mit Joanna in der großen Küche der Murrays am brennenden Ofen hätte sitzen, mit ihr Äpfel schälen und ihr hätte zuhören können, wie sie sang oder von ihren Kochschülern von der Landjugend erzählte, zu denen Margo auch einmal gehört hatte.

Am Mittwoch, dem Tag vor Thanksgiving, beobachtete Margo gerade das Haus der Murrays am anderen Flussufer, als dort ein Hirsch mit stelzendem Schritt den Pfad hineben dem weiß getünchten Schuppen zum Wasser hinunterging. Das Tier trank, blickte flussabwärts und bot sich Margo perfekt im Profil dar. Margo legte das Gewehr an, richtete das Visier auf einen Punkt knapp hinter dem Vorderlauf und zielte dann ein klein wenig höher, um die Schwerkraft über die Entfernung auszugleichen. Ruhig schoss sie dem Tier eine Kugel in Herz und Lungen und federte den Rückstoß ab. Sie war sich nicht sicher gewesen, ob sie über eine Distanz von knapp dreihundert

Schritt treffen würde, aber der Hirsch knickte an den Vorderläufen ein und kippte vornüber in den Sand, als würde er sich verneigen. Margo wartete ein paar Minuten, um zu sehen, ob der Knall irgendeinen Murray aufgeschreckt hatte, aber es ließ sich niemand blicken. Sie nahm das große Messer, und ihr graute bei der Vorstellung, dem Tier endgültig den Garaus machen zu müssen, indem sie ihm die Halsschlagader durchschnitt – Mr Peake hatte sie gewarnt, dass das auf sie zukommen konnte –, doch als sie an Ort und Stelle eintraf, war der Hirsch bereits tot. Wenn sie ihn mitnahm, würden ihn weder Onkel Cal noch Billy bekommen.

Sie schlang die Arme um Brust und Hals des Hirschs und versuchte ihn hochzuziehen, aber er war zu schwer. Immerhin gelang es ihr, sein Hinterteil anzuheben und ein Stück weit in ihr Boot zu hieven, aber das Vorderteil ließ sich nicht bewegen. Da kam sie auf die Idee, mit dem Kopf voraus unter den Rumpf des Tieres zu kriechen. Bäuchlings schlängelte sie sich im kalten Schlamm unter den toten Hirsch, bis sie sich ganz unter ihn geschoben hatte. Er roch nach Moschus und Urin, nach Blut, Erde, Moos und Schweiß. Mit seinem warmen Gewicht auf ihrem Nacken und Rücken glaubte sie zu ersticken, denn der Schlamm war nicht nur auf ihrer Jacke, ihrer Hose und in ihren Socken, sondern auch in ihrer Nase. Ihr fiel ein, dass Mr Peake ihr eingeschärft hatte, sich vor dem Abdrücken zu beruhigen, indem sie Atem und Herzschlag verlangsamte. Unter Aufbietung all ihrer Kräfte reckte sie den Kopf unter dem Kinn des Hirschs und rappelte sich langsam auf. Zuerst stemmte sie sich auf die Knie hoch, sodass sie das Tier wie einen blutigen Umhang trug. Dann richtete sie sich auf, und der Hirsch glitt von ihrem Rücken und fiel krachend in den Bug ihres Bootes *The River Rose*. Zwei Läufe hingen ins Wasser. Auf dem Heimweg erschwerte sein Gewicht das Rudern gegen die Strömung.

Als Crane von der Arbeit kam, zerrte Margo gerade den warmen, weichen Körper ihres Zehnenders an den Geweihstangen aufs Flussufer.

»Was, zum Teufel, treibst du da?«

Sie hielt inne und sah ihn an.

»Du musst mit dieser Abschlachterei aufhören, Kind.« Crane schüttelte den Kopf. »Wenn sie dich erwischen, brummen sie uns eine Geldstrafe auf, und die kann ich nicht bezahlen. Herrgott, ich wünschte, ich könnte mir jetzt einen Drink genehmigen, nur einen einzigen gottverdammten Drink.«

Margo zerrte wieder an dem Hirsch, aber ein Hinterlauf hatte sich in ein paar Wurzeln verfangen. Sie zog und zog und wollte nicht loslassen aus Angst, er könnte das Flussufer wieder hinunterrollen, und sie müsste von vorn anfangen.

»Hör mir zu«, sagte Crane. »Die Murrays kostet das nur einen einzigen Anruf, und wenn die Scheißbullen vom Staat Michigan hier aufkreuzen und das Fleisch in unserer Kühltruhe finden, kriegen wir Probleme.«

Er musste sich keine Sorgen machen, das wusste Margo. Cal hatte Crane auch nicht angezeigt, nachdem er ihm neulich die Reifen zerschossen hatte. Sie konnte nicht erwarten, dass ihr Vater verstand, warum sie die Hirsche schießen musste – sie verstand es ja nicht einmal selbst –, aber wenn ihr einer vor den Lauf kam, musste sie abdrücken, das war für sie so natürlich und lebensnotwendig wie der nächste Atemzug.

Als Margo sich weiter abmühte, sprang Crane hinunter ans Ufer und befreite Huf und Vorderlauf aus dem Wurzelgewirr. Kopfschüttelnd schob er den Hirsch die Böschung hinauf und half Margo anschließend, ihn mit dem Seilzug hochzuziehen.

»Du schießt wie der Teufel! Ich habe keine Ahnung, woher du so gut zielen kannst, aber wenn du schießt, dann triffst du auch.« Er klopfte ihr auf den Rücken, wischte ein wenig Schmutz von ihrer Schulter und ließ den Arm dort liegen. »Hast du dich mit diesem Hirsch im Schlamm gewälzt?«

Margo lächelte. Es war das erste Mal, dass er den Arm um sie legte, seit sie vergangenen Monat bei dem von der Landjugend veranstalteten Zielscheibenschießen mit Randfeuermunition den ersten Preis gewonnen hatte. Sie hatte danebengestanden, als Mr Peake zu ihrem Vater gesagt hatte, ihre Schießkünste seien *unheimlich* und grenzten an ein Wunder, wenn man bedenke, dass sie mit Cranes alter einschüssiger Remington 510 über Kimme und Korn schoss.

»Eins darfst du nie vergessen, Margo: Du bist der einzige Grund, warum ich trocken und überhaupt noch auf dieser Welt bin.« Er hob schnuppernd die Nase und schnüffelte dann an ihrer Jacke. »Du siehst aus wie ein Engel, aber du riechst wie ein brunftiger Bock.«

Als er ins Haus ging, um sein Messer zu holen, schnupperte auch Margo an ihrem Ärmel. Sie blickte über den Fluss und sah Billy aus der Scheune kommen und den schweren Schweinegrill – einen längst durchgefrästen Tausend-Liter-Heizöltank – an den Füßen Stück für Stück über den gefrorenen Boden ziehen. Margo konnte von Glück reden, dass sie den Hirsch unbemerkt hatte nach Hause schaffen können.

Jetzt verließ Tante Joanna, ein orangefarbenes Verlängerungskabel hinter sich her ziehend, in Thermogummistiefeln und langem kariertem Mantel das Haus. Gleich darauf betrat sie mit einer bereits blinkenden bunten Lichterkette in der Hand das auf Ölfässern ruhende Floß. Letztes Jahr hatte Margo ihr dabei geholfen, am Rand des Floßes ringsherum Rundhaken einzuschrauben. Im Dunkeln spiegelten sich die Lichter im Wasser und verbreiteten eine festliche Stimmung. Nach Thanksgiving zogen die Murrays das Floß zum Schutz vor Eis und Überflutung immer an Land und ketteten es an einem Baum fest.

»Ich weiß, dass dir Tante Joanna fehlt«, sagte Crane, als er zurückkam. »Und ich weiß auch, dass es schwer ist, keine Mutter mehr zu haben. Aber dass du ja nicht auf die Idee kommst, zu dieser Party zu gehen!«

»Ich habe eine Mutter«, erwiderte Margo leise. »Irgendwo.«

Drüben fiel Joanna die Lichterkette in den Fluss, und Margo sah, wie sich das Ende ein Stück flussabwärts blitzend im Wasser schlängelte. Trotz eines drohenden Stromschlags lachte Joanna bestimmt, als sie die Lichterkette aus der kalten Strömung fischte. Im Kopf hörte Margo Joannas Stimme, die zu ihr sagte: *Lass das Grübeln und sing mit mir, Elfe! Wer will schon ein missmutiges Mädchen haben.*

Joanna war es gewesen, die für Margo in der Diele das Buch *Little Sure Shot* aus dem Regal gezogen hatte, kaum dass Margo Interesse am Schießen zeigte. Die Murray-Jungs hatten sich allesamt geweigert, ein Buch über ein Mädchen zu lesen. Irgendwer hatte Annie Oakley auf dem Titelbild sogar mit schwarzem Wachsmalstift Backenbart und Schnauzer verpasst, aber das meiste davon hatte Margo abrubbeln können, sodass auf Annies Gesicht nur ein Grauschleier zurückgeblieben war. Die sonderbare Kleidung, die Annie von Kopf bis Fuß bedeckte – hochgeschlossener Kragen, lange Unterhosen unter ihren Röcken –, hatte Margos Neugier geweckt, und sie konnte sich Annies melancholischen Gesichtsausdruck stundenlang ansehen.

Crane wollte, dass sie sich Freunde außerhalb der Verwandtschaft suchte, das wusste Margo, und sie interessierte sich auch für die anderen Kinder in der Schule, aber die hielten ihre Schweigsamkeit für Dünkel und ihre Langsamkeit beim Antworten für Beschränktheit. Crane wollte, dass sie mehr redete, aber durch die Ruhe und Stille des zurückliegenden Jahres war in ihr der Wunsch nach noch mehr Ruhe und Stille entstanden, und Margo wusste nicht, ob sich das noch mal ändern würde. Die Stille erlaubte es ihr nicht nur, über Cal und das, was im vergangenen Jahr vorgefallen war, nachzudenken, sondern auch über ihren Großvater. Sie erlaubte ihr, sich seine papierne Haut sowie die Traurigkeit und die Angst in Erinnerung zu rufen, die er auf dem Sterbebett im Wintergarten geäußert hatte. Die Stille erlaubte ihr, sich an das Seufzen ihrer Mutter zu erinnern, wenn diese an Wintertagen zu träge zum Aufstehen gewesen war. Margo war sich nicht sicher, ob sie sich der Zukunft stellen konnte, wenn die Vergangenheit sie weiterhin dermaßen in Beschlag nahm.

»Du begreifst offenbar nicht, was diese Leute dir angetan haben«, sagte Crane. Als er bemerkte, dass Margo Joanna nicht aus den Augen ließ, packte er sie an den Schultern. »Wenn du gegen Cal ausgesagt hättest, hätten wir ihn ins Gefängnis bringen können. Verdammt noch mal, er hat dich *vergewaltigt*! Die kleine Slocum hat es mir erzählt.« Er ließ sie los und stampfte kopfschüttelnd zum Haus.

Vergewaltigung – das klang schnell und gewaltsam, als würde man einem Menschen mit vorgehaltenem Messer die Geldbörse wegnehmen, jemanden erschießen oder einen Fernseher stehlen. Was Cal getan hatte, war sanfter, intimer, als würde man ein Virus weitergeben, aber es nagte an ihr, und sie fühlte sich verwundet und entblößt. Sie hatte sich Cal nicht widersetzt, sie war sogar neugierig darauf gewesen, was passieren würde, doch im Laufe des nun zurückliegenden Jahres hatte sich in Margo Widerstand geformt.

3. KAPITEL

Zu Thanksgiving gab es bei Margo und ihrem Vater Truthahnbrust mit einer fertig gekauften Füllung, Kartoffeln und Cranberrysauce aus der Dose. Nach dem Essen spielten sie Michigan-Rommé, bis Crane in seinem Sessel einschlief. Am nächsten Tag, einem Freitag, servierte Margo ihm zum Frühstück Rührei auf Toast. Das Telefon klingelte, und als Crane auflegte, meinte er: »Brian Ledoux kommt nachher das Wildbret holen. Er zahlt dir auch was dafür.«

Margo nickte.

»Das Geld kannst du behalten. Du hast es dir verdient. Bestimmt kannst du es für Munition gebrauchen. Aber ich kann nicht zulassen, dass du noch mehr Hirsche schießt, Margo. Deshalb nehme ich dir das Gewehr weg. Das kleine muss ich dir nicht auch noch wegnehmen, oder? Niemand schießt mit Kaliber .22 auf Hirsche, aber ich fürchte, du schon.«

Sie schüttelte den Kopf.

»Versprich es mir, los, sonst nehme ich es dir auch noch weg.«

»Ich verspreche es«, sagte sie leise.

»Ich schätze, du brauchst eine Waffe zum Schutz, falls einer von den Murrays hier aufkreuzt«, sagte er. »Aber benutze sie nur, wenn du keine andere Wahl hast. Denk nach, bevor du abdrückst. Überleg dir die Folgen.«

Margo nickte.

»Und geh bloß nicht zu dieser Party. Wenn du auch

nur einen Fuß auf das Grundstück der Murrays setzt, fahre ich rüber und schleife dich am Ohrläppchen nach Hause.«

Wieder nickte sie, aber sie hatte keine Ahnung, wie lange sie das Eingesperrtsein noch ertragen würde. Im nächsten Sommer, das schwor sie sich, würde sie schwimmen gehen – egal, was ihr Vater sagte.

»Ich bin um sieben wieder zu Hause. Dann essen wir zu Abend, Margo. Es ist noch Truthahn übrig, und ich versuche, im Laden in der Feinkostabteilung einen Apfelkuchen aufzutreiben. Ich gebe mein Bestes. Du weißt, dass du der einzige Grund bist, warum ich noch auf dieser Welt bin, stimmt's?« Er schob das Gewehr in sein Futteral, klappte in seinem Pick-up den Sitz nach vorn und verstaute es dahinter. Margo war dankbar für seine Zuneigung, aber es war auch ganz schön schwer, der einzige Grund zu sein, der einen anderen Menschen am Leben hält.

Nachdem Crane zur Arbeit gefahren war, holte Margo die Remington und schoss auf eine Zielvorrichtung, die sich von allein zurückstellte. Ihr Vater hatte sie in seinem alten Job für sie zusammengeschweißt. Sie bestand aus einer Leiste mit vier nach unten hängenden Zielscheiben, die bei einem Treffer hochklappten, und wenn Margo dann oben auf die fünfte Scheibe schoss, klappten alle vier wieder nach unten. Margo machte zwanzig Durchgänge, ohne ein einziges Mal danebenzuschießen, nach jedem Schuss musste sie nachladen. Sie hatte sich die gelben Schaumgummistöpsel ins Ohr gesteckt, die Mr Peake ihr dringend ans Herz gelegt hatte. Er hatte ihr einen großen Plastikbeutel voll Ohrstöpsel geschenkt, zusammen mit einem Stapel Pappscheiben. Anschließend holte sie den kleinen Rasierspiegel aus dem Bad, hielt ihn an den Gewehrkolben und schoss in Nachahmung eines Tricks von Annie Oakley über die Schulter. Nachdem rund zwanzig Fehlschüsse in die Flanke des Hangs eingeschlagen waren, traf sie die auf einem Stück Sperrholz befestigte Zielscheibe ins Schwarze und dann noch zehnmal in Serie. Vom Schießen wurde ihr so warm, dass sie den Reißverschluss der Carhartt-Jacke ihres Vaters, die sie sich unter den Nagel gerissen hatte, aufziehen musste. Mittags setzte sie sich ans Flussufer und aß ein Sandwich mit Spiegelei. Das Brot stammte aus dem Laden. Joanna hatte für das Fest bestimmt ein Dutzend Laibe und für das morgige Frühstück ein Zimtbrot gebacken. Margo legte an und nahm quer über den Fluss jeden eintreffenden Gast ins Visier. Als der Wind ein paar Stunden später drehte, konnte sie das gebratene Fleisch riechen. Und sie hörte Musik aus den draußen aufgestellten Lautsprechern. Gerade zielte sie auf Billy, als eine Männerstimme sie zusammenzucken ließ.

»Hast du vor, ein paar Partygäste abzuknallen?«, fragte der Mann. Er saß auf dem Fahrersitz eines rund sechzehn Fuß langen MerCruisers und trieb mit dem Boot auf sie zu. Sie war so mit Zielen beschäftigt gewesen, dass sie es nicht hatte kommen hören. Margo ließ das Gewehr sinken und ging auf den Steg. Als das Boot nah genug war, streckte sie den Arm aus, um es heranzuziehen. An Bord befanden sich drei Männer. Zwei von ihnen hatten Bärte und lockiges schwarzes Haar; sie sahen sich so ähnlich wie ein Ei dem anderen. Der Dritte, der dünner und blond war, lag quer auf der Rückbank und schlief. Der Schwarzhaarige am Steuer war Brian Ledoux, ein Freund ihres Großvaters, obwohl er in Cranes Alter war. Der Mann neben ihm war genauso ein Riese wie er, hatte aber blasse Haut, wodurch sich sein dunkles Haar noch stärker abhob. Seine Augen hatten einen seltsamen Ausdruck.

»Du hast einen Hirsch für mich?«, fragte Brian.

Sie zeigte auf das Tier, das ausgeweidet und aus der

Decke geschlagen auf einer blauen Plane unter dem Schaukelgestell lag.

»Ich hab gestern Abend mit deinem Dad gesprochen. Wie ich höre, bist du eine ziemlich gute Schützin geworden, Maggie. Und sogar mit der Büchse ein Ass.« Er zwinkerte ihr zu.

Sie wusste nicht, warum Brian sie Maggie nannte. Vielleicht hatte er ihren Vater falsch verstanden. Sie mochte die Art, wie er grinste.

Die beiden Riesen hievten das tote Tier ins Boot und deckten es mit ihrer eigenen Plane zu. Margo hatte mit ihrem Großvater ein paar Ausflüge zu Brians Hütte unternommen, meistens war niemand dort gewesen. Sie lag gut dreißig Meilen stromaufwärts an einem Flussabschnitt ohne direkte Zufahrt und ohne Strom und schien sich auf ihren Pfählen zu neigen, als wollte sie dem Wasser noch näher sein. Die Bäume dort, erinnerte sich Margo, waren groß und moosbewachsen, und um ihre Stämme wanden sich Giftefeuranken. Am lebhaftesten stand ihr der Tag noch vor Augen, an dem ein Opossum in eine Kastenfalle getappt war. Ihr Großvater wollte es gerade erschießen, als Margo ihn darauf aufmerksam machte, dass sich im drahtigen Fell des Tieres Junge versteckten, ein Dutzend sich festklammernder winziger rosafarbener Wesen mit hervorquellenden Augen und durchscheinenden Gliedern und Nasen. Als er sah, wie fasziniert Margo war, ließ er die tollpatschige Mama davontrotten.

»Ich hab den Alten, ich meine deinen Grandpa, bewundert. Möge er in Frieden ruhen«, sagte Brian. »Aber ich muss dir sagen, Kleine, mit dem einen oder andern Murray aus Murrayville hab ich's nicht so.«

»Brian hat Cal ein paar Zähne ausgeschlagen«, erklärte der andere Bärtige und kniff ein Auge zusammen. Seine Stimme war dünner als Brians und klang irgendwie nervös.

»He, der Dreckskerl hat mich gefeuert«, verteidigte sich Brian. »Hatte aber nicht den Mumm, es mir selbst zu sagen, sondern hat seine Sekretärin vorgeschickt. Also bin ich in sein Büro und hab ihm die Meinung gesagt. Er hat geantwortet, dass ihm meine Art nicht passt, und da hab ich mir gedacht, dass ich ihm meine Art ein für alle Mal klarmachen sollte.«

Der Mann, der hinten im Boot seinen Rausch ausschlief, gab Geräusche von sich. Er drehte sich auf den Sitzkissen um, und Margo sah, dass er einen Schnurrbart hatte.

»Weckt jemand das Arschloch auf? Oder sollen wir ihn über Bord werfen?«, fragte Brian. Die beiden Männer lachten.

»Liebling, nein …«, stöhnte der Betrunkene.

»Wie's aussieht, hat man Cal die Zähne wieder eingesetzt«, meinte Brian. »Ich hätte Lust, sie ihm noch mal auszuschlagen, schon um rauszukriegen, wie das mit dem Wiedereinsetzen geht.«

Margo fragte sich, ob Brian wusste, dass Crane Cal ebenfalls ein paar Zähne ausgeschlagen hatte.

»Das ist übrigens mein Bruder Paul. Pauly, das hier ist mein Traumgirl, das hübscheste Ding am Fluss. Wenn du deine Brille aufsetzen würdest, würde es dich wahrscheinlich genauso umhauen wie unseren Johnny hier.« Er wandte sich wieder an Margo: »Ich passe auf, dass mein Bruder keine Drogen mehr nimmt. Hier am Fluss braucht man keinen Turbo, Hauptsache, in deinem Bootsmotor steckt einer.«

»Musstest du ihr das erzählen?«, beschwor ihn Paul. »Herrgott noch mal!«

»Keine Sorge, sie quatscht bestimmt nicht«, beschwichtigte ihn Brian und zwinkerte Margo zu. »Ich hab ihn von dem Dreckszeug so gut wie geheilt, Maggie.«

»Warum hältst du nicht einfach das Maul, Brian?« Paul

drehte den Kopf so, dass er Margo jetzt aus dem linken Auge ansah. Sie fragte sich, ob er auf dem anderen blind war.

Margo nahm zwei Zwanziger entgegen – das war mehr, als sie erhofft hatte – und schob sie in die Hosentasche. Die Jeans wurde ihr langsam zu eng, aber sie wollte das Munitionsgeld nicht für eine neue Hose vergeuden.

Wieder stöhnte der Mann hinten im Boot.

»Einen Fünfer, dass Johnny auf den Hirsch fällt«, wettete Paul.

»Von mir aus kann er sich an ihm schubbern, wenn ihm nach Romantik ist«, meinte Brian. Seine große Hand ruhte jetzt wieder auf dem Steuerrad, und Margo stellte fest, dass der Handrücken von Narben überzogen war, von weißen Linien, als hätte ihn jemand immer wieder geschnitten, ohne ihn jedoch verletzen zu können. Zu gern hätte sie ihn berührt, um herauszufinden, wie die Narben sich anfühlten.

»Besuch uns mal oben am Fluss, Maggie«, schlug Brian vor. »Du weißt ja, wo die Hütte steht.«

Der blonde Mann rollte zur Seite, fiel von der Rückbank und plumpste auf den zugedeckten Hirsch, wachte aber nicht auf. Brian und Paul brüllten vor Lachen. Als der Mann mit der flachen Hand über die Lende des Tieres strich, musste auch Margo lächeln.

»Lass uns fahren«, drängte Paul schließlich und sah zwischen Margo und Brian hin und her. »Falls du und dieser Knastköder euch voneinander losreißen könnt.«

»Von einem Mädchen, das nicht redet, krieg ich einfach nicht genug«, sagte Brian zu Paul und ließ den Bootsmotor aufheulen. »Auf Wiedersehen, Maggie.«

Die Männer fuhren flussaufwärts davon. Margo sah, wie das Boot immer kleiner wurde und schließlich hinter einer Biegung verschwand. Drüben auf der anderen Seite des Flusses ging gerade Junior Murray die Holzstufen vor der Küchentür des großen Hauses hoch. Offensichtlich war er zum Fest von der Militärakademie nach Hause gekommen. Joanna war draußen. Sie stellte den Topf ab, den sie in den Händen gehalten hatte, schloss Junior in die Arme und drückte ihn lange, dann schob sie ihn die Stufen hinauf und ins Haus.

Als Margo es gegen fünf Uhr abends nicht länger zu Hause aushielt, stieg sie in ihr Boot. Sie legte das Gewehr auf die Rückbank und ließ sich ein Stück flussabwärts treiben, damit niemand sie kommen sah. Dann ruderte sie auf der anderen Seite dicht am Ufer wieder stromaufwärts und machte *The River Rose* an der Weide in der Nähe des weiß getünchten Schuppens fest, wo der ganze Ärger angefangen hatte. Um sich aufzuwärmen, stampfte sie mit den Füßen auf dem gefrorenen Gras herum. Ein paarmal zielte sie mit dem Gewehr auf Reifflecken auf dem Rasen, als hätte sie dort ein Kaninchen gesichtet. Als sie am Schuppen auf dem Boden ein Eichhörnchen entdeckte, schloss sie die Augen, hob das Gewehr an Schulter und Wange, zielte blind in die Blickrichtung und öffnete die Augen dann wieder. Sie hatte das Tier fast perfekt anvisiert. Das Eichhörnchen hoppelte davon. Aus der Hufeisengrube drangen ein Klirren, Rufe und das Gejaule von Hank Williams Senior an ihr Ohr. Als nächster Song erklang Johnny Cashs »Folsom Prison Blues«. Margo fragte sich, was passieren würde, wenn sie einfach hinging, sich eine Dose Limo und ein Stück Apfelkuchen vom Tisch nahm und so tat, als wäre alles in Ordnung und als würde sie wieder zur Familie gehören.

Zu Hause am anderen Flussufer rührte sich etwas. Der blaue Ford bog in die Zufahrt ein – Stunden vor Cranes erwarteter Rückkehr. Ihr Vater stieg aus, ging ins Haus, kam sofort wieder heraus und blickte über den Fluss. Margo war klar, dass er ihr Boot sehen würde, das auf der falschen Flussseite lag, deshalb rannte sie hinunter ans Wasser, um ihm zuzuwinken und klarzumachen, dass sie nicht auf der Party war. Doch als sie die Stelle erreichte, an der er sie hätte sehen können, saß er schon wieder in seinem Pick-up. Seine Reifen schleuderten den Schlamm unter der Kruste des gefrorenen Bodens hoch. Margo war heilfroh, dass Cal nirgends zu sehen war. Aber in diesem Augenblick tauchte er, wie von ihren Gedanken heraufbeschworen, auf dem Pfad am Fluss auf und kam auf sie zu. Er wirkte betrunken. Vielleicht hatte Crane ihn gesehen, vielleicht kam er deshalb angerast, statt einfach nur etwas über den Fluss zu rufen. Lautlos wich Margo zurück und hangelte sich hinauf in den Apfelbaum, auf die hölzerne Plattform, die Großvater und Junior vor ein paar Jahren gezimmert hatten. Sie kniete sich hin, spitzte die Ohren und beobachtete Cal. Nur zehn Schritt von ihr entfernt blieb er am Schuppen stehen, nahe genug, um ihn blinzeln zu sehen, nahe genug, um festzustellen, dass an seinem karierten Hemd unter der offenen Carhartt-Jacke ein Knopf fehlte. Sie fragte sich, ob im Schuppen ein Mädchen wartete, aber durch die schmutzige Fensterscheibe erkannte sie lediglich den Kadaver eines Hirschs, der von der Decke hing. Schwer zu sagen, aber er wirkte kleiner als alle, die sie dieses Jahr geschossen hatte.

Cal stand mit dem Gesicht zum Fluss. Als er den Plastikbecher mit seinem Bier auf das Fenstersims neben der Tür stellte, sah Margo ihn vor der weißen Schuppenwand im Profil. Flussabwärts hörte sie Cranes scheppernden Auspuff auf der Brücke, doch Cal achtete nicht auf das Geräusch, sondern zündete sich eine Zigarette an. Margo beobachtete, wie er den Rauch inhalierte und wie sich seine Brust hob und senkte, als er kurz darauf eine blaue Wolke ausstieß. Es war kälter als letztes Jahr zu Thanksgiving. Die Plattform war gerade so hoch, dass Margo das Dach von Cranes Ford sehen konnte, der in einiger Entfernung am Lattenzaun entlangfuhr. Cal nestelte an seinem Hosenschlitz. Er schien nicht zu hören, wie die Tür des Pick-ups quietschend aufgestoßen und wieder zugeknallt wurde. Er zog an seiner Zigarette, blickte starr auf das Glied in seiner Hand hinab und wartete darauf, dass etwas herauskam. Margo hockte sich im Schneidersitz hin, drückte den Gewehrkolben an die Schulter und nahm ihren Onkel ins Visier.

Um sich besser konzentrieren zu können, verlangsamte sie Atmung und Herzschlag, wie Mr Peake es ihr beigebracht hatte. Ihr Daddy hatte damit gedroht, ihren Onkel umzubringen, und wahrscheinlich war er jetzt hergekommen, um genau das zu tun. Margo sagte sich, dass ihr Vater es nicht überleben würde, wenn man ihn für das Verbrechen einsperrte, das er zu begehen im Begriff war. Sie wusste aber auch, dass er nicht auf einen Mann schießen würde, der verletzt war oder auf dem Boden lag. Also überlegte sie, selbst auf Cal zu schießen, bevor Crane hier war, ihn aber nur zu verletzen, nicht zu töten. Sie zielte auf einen seiner Thermoarbeitsstiefel. Aus der kurzen Entfernung würde die Kugel Leder und Isolierung durchschlagen und ihm den Knöchel zerschmettern.

Sie ließ die Kimme an Cals rechtem Knie entlangwandern, um zu sehen, wie sie seine Kniescheibe zertrümmern konnte.

Dann zielte sie auf seinen Oberschenkel. Im ersten Augenblick würde Cal nicht wissen, was ihn getroffen hatte. Ein verirrtes Hufeisen? Der Stachel einer Hornisse? Wenn die Kugel seinen Schenkel an der Vorderseite nur streifte, würde sie auf ihrem weiteren Weg die Holzwand des alten Schuppens durchschlagen und sich in den Boden aus gestampfter Erde bohren.

Vor Jahren hatten Billy und Junior sie einmal auf diesen Boden niedergedrückt und ihr einen Regenwurm in den Mund gestopft, und aus Rache hatte sie den Jungs Dutzende Regenwürmer ins Bett gelegt. Junior hatte danach aufgehört, sie zu ärgern. Nachdem sie sich an Billy mit dem toten Stinktier gerächt hatte, das er ihr ins Boot gelegt hatte, hatte sie Joannas Tomatensaftbad über sich ergehen lassen müssen – eine Folge, die sie nicht bedacht hatte, wie ihr Daddy es ausdrückte – und trotzdem noch eine Woche lang selbst gestunken. Aber es war die Sache wert gewesen, Billy das Stinktier ins Gesicht und in die Haare zu reiben. Ihre Cousins hatten Margo ständig aufgezogen und sich gefreut, wenn sie ihr ein Kreischen entlocken konnten, aber sie hatten sie auch gefürchtet, weil sie immer mit ihnen abrechnete. Nur mit Cal hatte sie noch eine Rechnung offen.

Als Crane die Stelle erreichte, an der sich der Pfad verbreiterte, merkte Margo, dass er die Büchse im Wagen gelassen hatte. Ihn hier und jetzt ohne Waffe zu sehen war für sie genauso ein Schock wie damals vor einem Jahr, als sie ihn im Krankenhaus zum ersten Mal ohne Bart gesehen hatte – man hatte ihn rasiert, um ihn an Wange und Kiefer nähen zu können. Danach hatte er sich keinen mehr wachsen lassen, den Angestellten im Lebensmittelladen war nämlich kein Bart erlaubt. Unter seiner Carhartt-Jacke trug er noch seinen türkisblauen Kittel. Er hatte sich also nicht den restlichen Tag freigenommen, er war nur nach Hause gekommen, um Margo zu kontrollieren. Und er war auch nicht gekommen, um Rache zu üben, er war hier, um sie *am Ohrläppchen nach Hause zu schleifen,* wie er es angedroht hatte. Auch wenn er noch so wütend war – ihr Daddy würde nie auf Cal schießen, nicht in einer Million Jahren. Und es war auch besser so, besser, wenn sie die Sache selbst in die Hand nahm.

Erst nachdenken, dann handeln, hatte ihr Vater ihr immer wieder eingeschärft, aber sie hatte lange genug überlegt, und jetzt blieb ihr nur noch wenig Zeit zum Handeln.

Leise schob sie eine Patrone in die Kammer und ließ den Verschluss mit einem geschmeidigen Klicken einrasten. Cal war immer noch mit Pinkeln beschäftigt. Er schaute über den Fluss. Margo musterte ihn von der Seite und kam zu dem Schluss, dass es ihr nicht um eine Entschuldigung ging. Sie senkte den Gewehrlauf und richtete ihn auf Cals Brust, dann wandte sie kurz den Blick ab und sah zu ihrem Vater, wie er mit leeren Händen näher kam. Erstaunlich, dass er es letztes Jahr geschafft hatte, einen so großen Mann wie Cal zu verletzen. Sollten die beiden erneut miteinander kämpfen, müsste sie Angst um ihren Vater haben.

Margo hatte so einen Schuss aus zehn Schritt Entfernung schon tausend Mal mit der Winchester abgegeben. Sie hatte in den vergangenen Jahren genau von diesem Hochsitz aus geschossen, hatte auf rennende Eichhörnchen gefeuert und sie verfehlt, aber Cal war ein unbewegliches Ziel. Sie senkte die Gewehrmündung und zielte auf seine Hand, die noch immer locker das Glied umschloss, aus dem ein mickriger Strahl kam. Dann zielte sie knapp neben seinen Daumen. Cal hatte ihr beigebracht, Blechdosen, Garnspulen und Holzäpfel von Zaunpfosten zu schießen, und sie hatte eine so sichere Hand, dass sie ihm die Schwanzspitze wegschießen konnte, ohne ihn anderswo zu treffen. Da ließ er sein Glied los, nahm das Bier vom Fensterbrett und trank einen Schluck, und Margo hatte freie Schussbahn.

Dem Knall ihres Gewehrs folgte ein lautloser Spritzer Murray-Blut auf die weiße Schuppenwand. Margo hielt den Arm beim Abdrücken ganz ruhig, sie blinzelte nicht einmal. In der Grube klirrte ein letztes Hufeisen. Cal riss den Mund zu einem Schrei auf, doch er war so hoch, dass ihn wohl nur Jagdhunde hätten hören können. Halt suchend griff Margo mit der freien Hand nach dem Ast über sich, mit der anderen umklammerte sie die Büchse. Sie schloss die Augen, um diesen vollkommenen, schrecklichen Augenblick in die Länge zu ziehen und den nächsten, in dem sich die Luft mit Stimmen füllen würde, weit wegzuschieben.

4. KAPITEL

Sekundenlang schien die Sache erledigt. Sie und Cal waren jetzt quitt, und alle konnten ihr Leben fortsetzen wie vor dem ganzen Ärger. Unter sich erblickte sie ihren Vater, merkte aber nicht, dass Billy mit einem Jagdgewehr in der Hand auf sie zugerannt kam. Crane griff nach oben in den Baum, packte ihre Hand und zerrte sie herunter. Margo stürzte auf ihn. Unbeholfen nahm er ihr die Büchse ab, um ihr beim Aufstehen zu helfen, aber sie hatte sich in ihrer Jacke verheddert. Billy kam näher. Er sah das Gewehr in Cranes Hand. Er sah seinen Vater am Boden liegen, sah das Blut auf der Hose und auf der Schuppenwand. Auch das Gesicht seines Vaters war blutverschmiert. Billy richtete das Gewehr auf Cranes Brust.

»Nimm das Ding runter, Billy!«, schrie Crane und machte einen Schritt auf ihn zu. »Du überdrehter Spinner!«

»Du hast meinen Dad erschossen, du Scheißkerl!«

Cal versuchte, den Reißverschluss seiner Hose hochzuziehen.

»Nimm sofort die Knarre runter!«, verlangte Crane.

»Billy, nein …«, wollte Margo rufen, aber ihr versagte die Stimme. Vermutlich merkte Crane gar nicht, dass der Lauf der Remington in seiner Hand auf Billy zeigte, während er auf ihn zuging. Billy ließ Crane nicht aus den Augen, und deshalb sah er nicht, dass Cal sich aufraffte und wild mit den Armen fuchtelte.

»Nimm die verdammte Knarre runter«, befahl Crane, »bevor was passiert.«

Erst als Billy abdrückte, fand Margo ihre Stimme wieder. Sie klang wie Hundejaulen. Crane taumelte rückwärts. Billy grinste Margo an, als wollte er sagen, dass sie nicht die Einzige war, die ins Schwarze traf, aber das Grinsen verging ihm sofort wieder.

Crane schlug hart auf den Rücken. Margo kauerte sich neben ihn. Er roch nach Metall, als wäre das Blut, das aus seiner Brust quoll, flüssiges Eisen, als hätte er zu viele Jahre in der Metallfabrik gearbeitet, um noch aus Fleisch und Blut zu sein. Grandpa Murray war langsam gestorben, er war ganz allmählich dahingegangen, sodass Margo Zeit gehabt hatte, sich ein Leben ohne ihn auszumalen, aber Crane, der die Augen weit aufgerissen hatte, als der Schuss knallte, war offenbar auf der Stelle tot. Cal ließ sich auf die Knie fallen. Mit gepresster Stimme sagte er zu Billy: »Du dämlicher kleiner Wichser! Was hast du getan?«

Billy wirkte verdutzt. »Er hat auf deinen Schwanz geschossen, Dad. Und er wollte auf mich schießen.«

Margo sah Schmerz in Cals Gesicht und dann Angst und Berechnung.

»Ruft einen Krankenwagen«, sagte er tonlos. Er beugte sich ruckartig vor und riss Billy das Gewehr aus der Hand. »Lauft und holt Joanna. Sagt ihr, ein Mann ist erschossen worden. Verfluchte Scheiße! Schnell!«

Auf Cals Befehl rannten zwei Murray-Jungs und zwei Slocums los, die sich in der Nähe herumgedrückt hatten.

Cranes Brust war zerfetzt, der Stoff seines türkisblauen Arbeitskittels blutdurchtränkt. Joanna kam zu ihrem Mann und legte den Arm um ihn.

»Du hast überall Blut«, sagte sie außer Atem. Sie berührte den Schritt seiner Hose.

»Ich bin okay«, sagte Cal leise, »aber Billy hat Crane

erschossen. Der dämliche kleine Wichser hat ihn direkt ins Herz getroffen. Ruf einen Krankenwagen.«

»Hab ich schon«, erwiderte Joanna. Als sie Crane erblickte, rang sie nach Luft.

Einer von Cals Cousins, ein ehemaliger Militärarzt, schob sich zwischen Margo und ihren Vater. Er legte die Hände flach auf Cranes Brust und drückte rhythmisch darauf, woraufhin noch mehr Blut herausquoll. Nach knapp einer Minute gab er den Wiederbelebungsversuch jedoch auf und zog sich zurück. Margo nahm seinen Platz ein.

»Er hat auf Dad geschossen«, verteidigte sich Billy und fing an zu wimmern. »Seht euch doch das Blut auf Dad an. Crane hatte seine Remington in der Hand. Ich dachte, er will mich erschießen. Und Dad auch.«

Margo legte das Gesicht auf die Brust ihres Vaters. Plötzlich spürte sie Cals Blick auf sich. Sie drehte den Kopf, sah ihm in die Augen und entdeckte darin einen Ausdruck, den sie von ihrem Vater kannte. Er hieß so viel wie: *Sei vorsichtig, denk an die Folgen.* Cals Gesicht war tränennass, obwohl er gar nicht richtig weinte.

»Stimmt das, Cal?«, fragte Joanna.

»Es stimmt«, antwortete Cal matt. »Crane hat auf mich geschossen. Ich dachte, er schießt vielleicht noch mal. Billy hat mich beschützt.«

Joanna bewegte sich wie in Zeitlupe. Sie schlüpfte aus ihrem langen karierten Mantel, zog Margo hoch, die keinen Widerstand leistete, und breitete den Mantel über Cranes Kopf und Brust. Margo sank wieder auf die Knie und drückte das Gesicht in den karierten Wollstoff. Joanna ging zu Billy und nahm ihn in den Arm. Schluchzend schmiegte er sich an seine Mutter. Junior kam hinzu. Er nahm Cal das Gewehr aus der Hand und lehnte es an den Schuppen. Margo hatte Junior seit fünf Monaten nicht gesehen. Er kniete sich neben sie und legte den Arm um sie, bis Joanna ihn bat, den Wagen zu holen.

Die beiden Polizeibeamten, die für den Bezirk von Murrayville zuständig waren, trafen wenige Minuten später ein, es dunkelte bereits. Sie beschlagnahmten Cranes Remington und Billys Gewehr, wickelten sie in Plastikfolie und erklärten, ein Krankenwagen sei unterwegs. Der Größere der beiden sagte: »Hol doch mal jemand einen Waschlappen, um dem armen Mädchen das Gesicht abzuwischen.« Margo ließ zu, dass Tante Carol Slocum sie mit einem warmen, feuchten Tuch säuberte. Dabei bekam sie mit, wie Cal die Polizisten anlog. Mit gepresster Stimme erzählte er keuchend, Crane sei mit der Büchse auf ihn losgegangen und habe ihm vor ein paar Tagen schon die Reifen zerschossen. Er habe befürchtet, dass so etwas geschehen würde. Cal leitete Margo durch die Lüge, die Crane die alleinige Schuld gab, Billy und sie selbst jedoch freisprach. Er sagte, sie könnte gerne bei ihnen bleiben, bis sie ihre Mutter gefunden hätten.

Im Anschluss unterhielten sich die Polizeibeamten leise mit Margo. Sie bestätigte mit einem Nicken, dass ihr Vater auf Cal geschossen und das Gewehr dann auf Billy gerichtet hatte. Flüsternd gab sie die Antworten, die Cal ihr in den Mund gelegt hatte. Es gefiel ihr ganz und gar nicht, dass die Polizei eingeschaltet wurde, und selbst wenn sie den Wunsch verspürt hätte, ihnen zu erzählen, was wirklich geschehen war, hätte sie nicht die Kraft gehabt, Cal zu widersprechen. Wozu auch? Ihr Vater war tot, und die Wahrheit konnte keiner von den Lebenden gebrauchen. Sie wollte nicht, dass Billy wegen Mordes hinter Gittern landete. Sie wollte selbst mit ihm abrechnen, wie sie es immer getan hatte. Ein Beamter führte ihn ab. Junior und Joanna fuhren mit dem weißen Chevrolet Suburban der Familie hinter dem Polizeiauto die Auffahrt hinunter.

Als der Krankenwagen eintraf, untersuchten die Sanitäter Crane zuerst auf ein Lebenszeichen, aber dann schüttelten sie schnell den Kopf, und einer von ihnen ging telefonieren. Sie setzten sich über Cals Einwände hinweg und überredeten ihn, in den Krankenwagen zu steigen. Margo und ein Dutzend anderer Personen blieben in der Kälte zurück, um auf den ärztlichen Leichenbeschauer zu warten. Tante Carol drängte Margo, ins Haus zu gehen und sich aufzuwärmen, aber Margo wollte nicht von der Seite ihres Vaters weichen. Sie klammerte sich an seinen Leichnam und wurde von den anderen dafür argwöhnisch beäugt, so wie damals, als sie wochenlang immer wieder am Sterbebett ihres Großvaters gesessen hatte. Der Rest der Familie hatte Grandpa gemieden, und Margo hatte es bedauert, dass sie die letzte Phase seines Lebens, in der der Schmerz den großen, eigensinnigen Mann still und nachdenklich gemacht hatte, nicht miterlebten.

Die Murrays scharten sich um sie. Zum ersten Mal seit einem Jahr gehörte sie durch einen schrecklichen Vorfall wieder zur Familie. Als Julie Slocum in ihre Nähe kam, schnappte Margo sich ihren Arm.

»Lass mich los!« Julie wand sich.

Margo sah ihr in die Augen.

»Mama, sie tut mir weh!«, schrie Julie, und alle Köpfe flogen zu ihnen herum.

Margo zischte: »Warum musstest du es meinem Vater erzählen?«

»Du bist voller Blut«, klagte Julie. »Du schmierst mich voll.«

»Letztes Jahr …«, sagte Margo. »Nur deshalb ist das hier jetzt passiert.« Sie umklammerte Julies Arm so fest wie ein Ruder. Julie war pummeliger geworden und hatte schwere Brüste. Auf ihrem Gesicht lag ein harter Zug.

»Cal will dich nicht mehr«, fauchte sie und schlug mit der freien Hand auf Margos Handgelenk.

Margo ließ sie los. Julie rappelte sich auf und trollte sich.

Die Polizisten schienen sich mit Margos dürftiger Zeugenaussage zufriedenzugeben. Außerdem glaubten sie Margo für die Nacht gut versorgt, weil sie bei ihren Verwandten war. Warum sollte ein Murray-Kind in Murrayville einen Sozialarbeiter oder einen Platz zum Schlafen brauchen? Eine Frau schnappte sich Margo und wischte ihr noch einmal mit einem warmen Lappen übers Gesicht. Erst nach zwei Stunden traf der Leichenbeschauer in einem weißen Lieferwagen ein. Margos Finger waren mittlerweile steif vor Kälte. Der Gehilfe des Leichenbeschauers zog sie behutsam von ihrem Vater weg. Sie hüllten Crane in ein Laken und schoben ihn in den Lieferwagen. Margo blickte dem davonfahrenden Wagen hinterher. Der Stark River floss in Richtung Bestattungsinstitut, das fünf Meilen stromabwärts neben dem Friedhof am Flussufer lag, genau gegenüber von der großen Metallfabrik, die mit ihrem Blechdach fünf Morgen Land von Murrayville bedeckte.

Die Frauen liefen geschäftig durch die Gegend. Die zurückgebliebenen Männer waren entweder betrunken oder wie betäubt vor Aufregung. Ein paar erschöpfte Kinder stierten mit glasigen Augen vor sich hin. Sie hatten rote Ohren und gerötete Wangen. Margo fand, dass jemand sie ins Bett bringen sollte.

»Bleibst du heute Nacht hier?«, erkundigte sich eine Frau.

Margo schüttelte den Kopf und sagte so deutlich wie möglich: »Ich muss erst mal nach Hause.«

»Weißt du, wo Luanne ist?«, fragte eine andere Frau, die ein Stück weiter weg stand. Margo zuckte zusammen, denn im ersten Moment glaubte sie, jemand wüsste es und könnte es ihr sagen, aber niemand wusste es. Als ihre Mutter damals verschwunden war, hatte Cal Margo oft nach ihr gefragt. Er hatte gesagt, er würde sie lehren, ihr Kind zu verlassen, und sie zurück nach Hause schleifen.

Als eine der Frauen den Arm um Margo schlang, entzog sie sich ihr, ging hinunter zum Wasser und stieg in *The River Rose*. Wie gern hätte sie den Leichnam ihres Vaters über den Fluss gerudert, so wie neulich den toten Hirsch! Im fahlen Mondlicht hielt sie kurz inne und betrachtete die Arbeitsstiefel von »Red Wing«, die Crane ihr ein paar Monate zuvor gekauft hatte, als er festgestellt hatte, dass ihre Füße nicht mehr wuchsen. Ein paar Tropfen von seinem Blut perlten am geölten Leder herunter. Margo stieß sich mit einem Ruder ab.

Am eigenen Steg angekommen, kletterte sie aus dem Boot und vertäute es. Das Wasser war tintenschwarz. Bei der Beisetzung ihres Großvaters im Januar des Vorjahres hatte die Trauer alle überwältigt: Luanne, Cal und seine ältere Schwester hatten geweint, und Joanna hatte versucht, ihre Söhne zu trösten. Margo hatte das Verlangen verspürt, sich ins Wasser fallen und flussabwärts treiben zu lassen. Das Einzige, was sie davon abgehalten hatte, in die eiskalten Fluten zu steigen, war der feste Körper ihres Vaters neben ihr gewesen.

Sie zog Jacke und Stiefel aus und legte sie ans Uferende des Stegs. Dann rollte sie die Strümpfe ab und steckte sie in die Stiefel. Ihre Füße waren schon taub vor Kälte. Trotzdem watete sie ins Wasser. Als sie sich vom Ufer entfernte und tiefer in den Fluss vordrang, versanken ihre Füße im kalten Schlamm. Sie stieß einen lautlosen Schrei aus, als ihr das Wasser bis zu den Schenkeln reichte. Tiefer und tiefer wagte sie sich hinein, bis die Kälte ihre Wasserlilie – ein Ausdruck ihrer Mutter – elektrisierte. Am anderen Ufer huschten im Licht der Hoflampen Gestalten hin und her. Margo gab keinen Laut von sich, damit niemand sie bemerkte und womöglich glaubte, man müsse sie retten. Ihre Hüften stemmten sich gegen die Strömung, ihr Bauch verkrampfte sich, als die Kälte zu ihm hochstieg, und ihr Herz begann in der Brust zu flattern.

Margo erschauerte im Strom, den ihr eigener Körper erzeugte, und spürte, wie Karpfen und Kiemensackwelse vorbeipeitschten. Sie stellte sich vor, wie Wasserschlangen und Schwarznattern sich um ihre Beine wickelten. Statt sich jedoch wie eine Gefangene des Flusses vorzukommen, weil sie in ihm vielleicht erfrieren oder ertrinken konnte, fühlte sie sich auf schreckliche und schmerzliche Weise frei. Ohne ihren Vater war sie an niemanden mehr gebunden, und als das Wasser sie umfloss, fühlte sie sich quicklebendig.

Sie stellte sich den Duft von Kakaobutter in der kalten Luft vor, diesen Geruch, den die Haut ihrer Mutter nie völlig abgelegt hatte, nicht einmal im Winter, weil sie sich nach dem Duschen immer mit Kakaobutterlotion eingecremt hatte. Margo hielt sich am schwimmenden Steg fest, um den rechten Fuß aus dem Schlamm zu ziehen. Genauso mühsam befreite sie auch den linken und vergaß über der Anstrengung für einen Augenblick fast ihren Vater. Dann schleppte sie sich ans Ufer.

Sie trug die Stiefel in die Küche, in der es bitterkalt war. Crane hatte den Heizkessel abgeschaltet, um Geld zu sparen. Er war der Meinung gewesen, dass sie genauso gut mit Holz feuern konnten. Eigentlich hatte Margo an diesem Tag vorgehabt, Anmachholz zu spalten, aber sie war nicht dazu gekommen,xX und sie war sich nicht sicher, ob ihre eiskalten Finger ein Beil halten oder auch nur Zeitungspapier zusammenknüllen konnten. Sie sah sich in der Küche um. Es gab drei Kiefernholzstühle und einen Kinderstuhl aus Ahorn, der in der Ecke stand. Margo holte die Axt aus dem Windfang und schlug mit der Rückseite der Klinge mehrmals auf den Kinderstuhl. Als die betagten Gelenke des Stuhls knarrend nachgaben, machte sie auf dem Küchenboden Kleinholz aus ihm. Mit diesen trockenen Holzstücken und ein paar Bögen Zeitungspapier gelang es ihr, ein Feuer zu entfachen.

Sie wärmte sich die Hände an den Flammen und machte sich dann mit der Axt über die anderen Stühle her. Als das Feuer munter knisterte, zog sie ihre nassen Sachen aus und hüllte sich in eine Decke. Das Holz der Stühle entfesselte eine solche Hitze, dass der Ruß im Innern des Kamins weggebrannt wurde. Nach einer Weile holte Margo zwei Holzscheite aus dem Windfang, legte sie auf und schlüpfte ins Bett ihres Vaters. Beim Einschlafen stieg ihr der Geruch von Zigarettenqualm und Schwefelhölzern, von Cranes würziger Rasiercreme und dem Moder ihres Flusshauses in die Nase. Sie roch den Fluss in jedem Winkel des Zimmers, in jedem Molekül der Luft, in jeder Pore ihres Körpers. Selbst das Feuer roch nach Fluss, selbst die Flammen.

5. KAPITEL

Tags darauf betrat Junior Murray ohne anzuklopfen das Haus, eine Angewohnheit der Murrays, über die ihr Vater sich immer aufgeregt hatte.

»Es ist schon Mittag durch. Alle machen sich Sorgen um dich«, sagte er und setzte sich zu ihr auf die Bettkante. »Ich bin rübergekommen, um dir zu sagen, dass die Bullen auf dem Weg hierher sind.«

»Was?«

»Ricky arbeitet in der Gemeindeverwaltung, deshalb hat er mitgekriegt, dass sie unterwegs sind. Das Geklapper in der Küche – das ist übrigens Ricky.«

»Und warum kommen sie?« Margo hörte ein Fahrzeug in die Zufahrt einbiegen.

»Das hört sich nach Polizeiauto an. Wahrscheinlich wollen sie dir noch ein paar Fragen stellen. Außerdem müssen sie nachsehen, ob es dir gut geht. Das Gesetz schreibt ihnen nun mal vor, Leuten auf die Nerven zu gehen, die nichts von ihnen wissen wollen.«

»Die Bullen sind hier!«, rief Ricky aus dem Nebenraum. Ricky war ihr jüngster Onkel, Cals kleinster Bruder und um die fünfundzwanzig. Er machte gerade eine Ausbildung zum Anwaltsgehilfen.

Margo zog die Bettdecke an ihren Körper, setzte sich auf und lehnte sich an ihren Cousin. Sie hatte Angst, Junior könnte wieder gehen, wenn sie nichts sagte. Also flüsterte sie: »Du hast mir gefehlt.«

»Du mir auch, Nympho«, antwortete Junior und legte

den Arm um sie. »Alles und jeder hier hat mir gefehlt. Wenn ich nur dran denke, dass ich zurück auf diese Akademie muss, möchte ich mich am liebsten umbringen. Kannst du dir vorstellen, dass ich schon seit Juni dort bin?« An der Haustür klopfte es, und als im Nebenzimmer Stimmen zu hören waren, stand Junior auf. »Zieh dir lieber was über deine hübschen kleinen Titten, bevor du rauskommst.«

Margo zupfte die Decke zurecht. Kaum hatte Junior den Raum verlassen, zog sie eine von Cranes Jeans, einen seiner Rollkragenpullover und ein Flanellhemd an. Dann ging sie in die Küche, wo sich zwei Polizeibeamte gerade mit Junior unterhielten. Er überragte die beiden. Der kleinere Polizist, der in der Schule als »Officer Mike« bekannt war, erklärte: »Wir wollten sichergehen, dass bei dir alles okay ist, Margaret.«

»Siehst du, alle sind um dein Wohl besorgt«, meinte Junior. Margo hatte das Gefühl, dass er sich über den Polizisten lustig machte, verstand aber nicht genau, wie.

»Wir müssen uns ein wenig umsehen. Vielleicht finden wir irgendwas, was uns einen Hinweis darauf gibt, warum Mr Crane auf Cal und Billy Murray schießen wollte. Hat er so was wie ein Tagebuch geführt?«

Margo schüttelte den Kopf. Sie würden bestenfalls eine Einkaufsliste finden, die Crane hastig auf ein leeres Streichholzbriefchen gekritzelt hatte. Seine Wut auf Cal hatte er nirgendwo aufgeschrieben.

»Gibt's hier noch andere Schusswaffen? Nicht registrierte Pistolen zum Beispiel? Dürfen wir uns mal umsehen?«

Sie zuckte mit den Schultern, was die Männer als »ja« auslegten.

»Cal Murray hat gesagt, dass er für die Beerdigung aufkommt, falls dein Vater dir kein Geld hinterlassen hat«, teilte ihr der Größere der beiden mit, nachdem sie die Suche nach aufschlussreichen Hinweisen eingestellt hatten. »Sollen wir dich zu Cal bringen?«

Wieder schüttelte sie den Kopf.

»Bist du sicher?«

»Ich möchte mit meinem Boot rüberrudern«, sagte sie. Die Polizeibeamten starrten sie an, und Margo befürchtete schon, sie würden überhaupt nicht mehr gehen. »Meine Mutter kommt mich holen, sobald sie das mit meinem Dad erfährt.«

»Wir nehmen sie mit zu uns, Officer Mike.« Junior gab den zuverlässigen Pfadfinder.

»Sag uns Bescheid, sobald deine Mutter sich bei dir meldet«, bat Officer Mike. »Vielleicht müssen wir mit ihr reden. Kann sein, dass wir in ein paar Tagen noch mal bei dir vorbeikommen, falls wir zusätzliche Auskünfte brauchen.«

»Wenn deiner Mutter ein Teil des Erbes zusteht, müssen wir sie auf jeden Fall finden«, warf Ricky ein.

Margo war klar, dass es kein Erbe geben würde. Crane schuldete einem Typen immer noch Raten für seinen zehn Jahre alten Ford, und auch beim Zahnarzt stand er in der Kreide. Er hatte Margo alle sechs Monate zur Zahnreinigung geschickt – selbst als er trank und arbeitslos war, hatte er sie mit einem Zwanzigdollarschein als Abschlagszahlung hingeschickt.

»Es wird doch keinen Prozess geben, oder?«, fragte Junior.

»Niemand bestreitet, dass dein Bruder aus Notwehr gehandelt hat, aber er hat nun mal einen Menschen getötet. Zurzeit wird ein psychologisches Gutachten von ihm erstellt.«

»Mein Beileid, Margaret«, sagte Officer Mike. Er zückte eine Visitenkarte und legte sie auf die Küchentheke. »Ruf mich an, wenn ich dich doch zu Cal bringen soll oder du irgendwas brauchst.«

»Mein Beileid«, sagte auch der Größere der beiden.

Kaum hatten sie die Tür geschlossen, ergriff Ricky das Wort. »Wir sollten nach Unterlagen suchen, nach amtlichen Dokumenten. Wenn dein Dad ein Testament gemacht hat, musst du es finden.«

Mit verquollenen Augen vom Weinen und ihrem schmerzenden Kopf hockte Margo sich neben das Bett ihres Vaters und zog eine armeegrüne Blechschachtel darunter hervor. Es kam ihr wie ein Frevel vor, die Schachtel auf den Küchentisch zu stellen und in Rickys und Juniors Beisein den Deckel zu öffnen. Das Erste, was sie darin erblickte, war ihr in Wachspapier eingeschlagener abgeschnittener Pferdeschwanz. In einem prall gefüllten Umschlag entdeckte sie Dutzende Fotos ihrer Mutter, auf denen diese von einem Ohr bis zum anderen lächelte. Im wahren Leben hatte Luanne beim Lächeln so gut wie nie die Zähne gezeigt, aber für die Kamera jedes Mal dieses künstliche Strahlen aufgesetzt. Es gab keine gemeinsamen Aufnahmen von Margos Eltern, nicht einmal ein Hochzeitsfoto. Das einzige Bild von Crane war ein winziges, dunkles Foto auf seinem Arbeitsausweis.

In einem Längskuvert steckte ein gelbes liniertes Blatt Papier mit den handgeschriebenen Zeilen: *Letzter Wille und Testament. Bitte lasst mich einäschern und verschwendet kein Geld für eine Totenmesse. Gebt alles, was ich habe, meiner Frau und meiner Tochter. Tut mir leid, dass es nicht gerade viel ist. Unterzeichnet im Vollbesitz meiner geistigen Kräfte, Bernard Crane.* Das Datum unter dem Namen war der 14. Oktober 1971. Damals war Margo knapp acht Jahre alt gewesen. Damals war noch nichts Schlimmes passiert.

»Das ist kurz und bündig«, stellte Junior fest. »Sind die Bullen außer Sichtweite?«

»Der Mann ist tot«, sagte Ricky. »Zu dumm, dass das Testament nicht notariell beglaubigt ist.«

»Dann können wir jetzt eine rauchen.« Junior kramte

etwas aus der Tasche seiner Jeansjacke. Es war ein Plastiktütchen mit mehreren Joints darin. Er setzte sich auf den Küchentisch. »Was ist mit den Stühlen passiert?«

Margo zuckte mit den Achseln und setzte sich neben ihn.

»Sie hätten dich nicht nach Hause lassen dürfen.« Vorsichtig strich Junior einen Joint gerade und zündete ihn mit einem weißen Feuerzeug an. Er machte einen langen Zug und hielt ihn Margo hin.

»Ich weiß nicht …« Margo ließ die Beine neben Juniors baumeln. Erst jetzt fiel ihr auf, dass man ihrem Cousin in der Militärschule das Haar so kurz geschoren hatte, dass es sich nicht mehr im Nacken kräuselte. Gestern Abend hatte sie aufgeschnappt, dass er nach dem verlängerten Wochenende sofort dorthin zurückmusste, also war dies Margos einzige Gelegenheit, ihn zu sehen.

Junior hielt immer noch die Luft an, stieß ihr mit dem Ellbogen in die Rippen und sagte kieksend: »Das wird dir gut tun. Nach Grandpas Tod war ich drei Monate lang bekifft. Er fehlt mir so sehr!«

Margo nahm den Joint, zog kräftig daran und musste husten. Sie reichte ihn an Ricky weiter. Er paffte ein paarmal daran, studierte dabei das Testament und drehte es immer wieder um, obwohl die Rückseite unbeschrieben war. Als Junior Margo den Joint das nächste Mal gab, inhalierte sie den Rauch und hielt ihn eine Weile in den Lungen. Sie war zwar nicht gern benebelt, hoffte aber, dass das Gras ihren Schmerz dämpfen würde. Schweigend reichten sie den Joint im Kreis herum, bis er zu Ende war. Dann sichtete Ricky die anderen Dokumente. »Scheidungspapiere«, verkündete er. »Sie wurde vor acht Monaten vollzogen.«

Margo hätte jetzt gerne noch mal am Joint gezogen. Crane hatte eine Scheidung nie erwähnt.

Junior las sich mit geradezu absurder Gewissenhaftigkeit den Grundstücksvertrag durch. Er war auf der dritten Seite von ihren beiden Vätern unterschrieben.

»Wirst du jetzt bei Cal und Joanna wohnen?«, fragte Ricky.

»Ma hat gesagt, dass du zu uns ziehen musst«, meinte Junior und starrte auf Cranes Werksausweis. »Mit fünfzehn darfst du noch nicht allein leben. Und wo solltest du sonst hin?«

»Bin gerade, am zwanzigsten, sechzehn geworden.«

»Wenn du bei deiner Tante und deinem Onkel wohnst, muss die Polizei vielleicht nicht das Sozialamt benachrichtigen«, gab Ricky zu bedenken.

»Das Sozialamt?« Margo nahm Junior den Werksausweis aus der Hand. Sie hatte gehört, dass das Sozialamt Kinder in Wohngemeinschaften steckte, zu wildfremden Menschen, die merkwürdige Dinge mit ihnen machten. Auf jeden Fall würde sie dann weit weg vom Fluss leben, das war ihr klar. »Ich wünschte, du wärst wieder zu Hause, Junior«, sagte sie schleppend. »Dann würde es mir leichter fallen, bei euch zu wohnen.«

»Das wünsche ich mir auch. An Weihnachten komm ich heim. Vielleicht kann ich meine Alten dann überreden, dass ich bleiben darf.«

Ricky und Junior schienen sich in Zeitlupe zu bewegen, während sie noch mehr Unterlagen wie Geburtsurkunden und den Fahrzeugbrief des Ford aus der Schachtel zogen. Plötzlich fiel Margos Blick auf einen rosafarbenen Briefumschlag mit handgeschriebenem Absender links oben in der Ecke, einer Adresse in Heart of Pines, Michigan. Zwar stand der Name ihrer Mutter nicht darüber, aber Margo erkannte ihre schnörkelige, nach links geneigte Schrift.

»Daddy hat ein paar von seinen Papieren auf der Küchentheke neben dem Toaster aufbewahrt«, sagte sie, und als Juniors und Rickys Augen zu Cranes Rechnungsstapel wanderten, schnappte sie sich den Umschlag aus der Schachtel und schob ihn in die Jeanstasche. Dann holte sie ihre und Cranes Geburtsurkunde heraus und legte sie beiseite.

»Weißt du von irgendwelchen anderen Vermögenswerten?«, fragte Ricky. »Wir brauchen Informationen darüber, was ihm gehört hat.«

»Du bist kein Anwalt, Kumpel«, erinnerte ihn Junior.

»Na und? Einer muss sich um diese Dinge kümmern. Und einen Anwalt kann Nympho sich nicht leisten.«

»Da wären der Pick-up, eine Kettensäge und das Werkzeug«, zählte Margo auf. Sie wischte Augen und Nase an ihrem Ärmel ab. Cranes zwei Gewehre erwähnte sie nicht.

»Was ist mit einem Sparbuch?«, fragte Ricky. Er ging ins Bad und holte für Margo anstelle von Papiertaschentüchern eine Rolle Klopapier. Sie wickelte ein Stück ab.

»Wenn er Geld übrig hatte, hat er damit das Grundstück abbezahlt. Oder seine Schulden beim Zahnarzt.«

»Sieht so aus, als würde das Haus laut Grundstücksvertrag an meinen Vater zurückfallen, sobald ihr zwei Raten im Rückstand seid«, meinte Junior. »Das ist happig. Ich hoffe, der Zahnarzt verlangt deine Zähne nicht zurück.«

»Gibt es eine Lebensversicherung?«, fragte Ricky.

Margo schüttelte den Kopf.

Junior griff eins der vielen Fotos von Luanne heraus und fragte: »Weißt du, wo deine Mutter steckt? Dad sagt, wir sollten dafür sorgen, dass sie ihren Hintern zurück nach Murrayville bewegt. Vielleicht kommt sie jetzt nach Hause.«

»Schaut euch das an!«, rief Ricky und hielt ein Ganzkörperfoto von Margos Mutter hoch, auf dem sie strahlend im Bikini posierte. »Sie sieht aus wie ein Filmstar. Ich weiß noch, wie sie oben ohne in der Sonne lag.«

Wieder wischte Margo sich die Tränen mit dem Ärmel ab.

»Zeig mal ein bisschen Feingefühl, Kumpel«, sagte Junior und trat nach Ricky.

»Tut mir leid, Nympho. Du weißt, dass sie uns allen fehlt.«

Margo hätte gern ein Foto gehabt, das ihre Mutter so zeigte, wie sie sie in Erinnerung hatte: mit einem traurigen Lächeln oder sogar Stirnrunzeln. Luanne hatte manchmal ganze Wintertage im Bett verbracht. Dann hatte Margo mit ihr kuscheln oder bei ihr im Bett ein Buch lesen können, und Luanne hatte Margos Nähe offenbar als tröstlich empfunden.

Ricky Murray zog einen nagelneuen schokoladenbraunen Ledergeldbeutel aus der Blechschachtel, der genauso aussah wie der, den Margos Vater immer bei sich gehabt hatte. Er reichte ihn Margo. Sie zog die beiden zusammengerollten Zwanzigdollarscheine, die sie von Brian Ledoux bekommen hatte, aus der Tasche, strich die Banknoten glatt und steckte sie in den Geldbeutel. Auch den Werksausweis der Metallfabrik und die zusammengefalteten Geburtsurkunden schob sie hinein.

»Wusstest du, dass dein Dad eingeäschert werden wollte?«, fragte Junior.

Sie schüttelte den Kopf. »Dafür ist kein Geld da.«

»Keine Sorge. Du hast ja gehört, was die Bullen gesagt haben: Mein Dad kommt dafür auf.«

Sie nickte. Obwohl ihre Trauer erdrückend war, hatte das Kiffen geholfen – Junior hatte recht gehabt. Vielleicht kam sie über den Tod ihres Vaters hinweg, indem sie auf Dauer neben sich stand.

Junior zündete einen zweiten Joint an. Nach dem ersten Ausatmen verkündete er: »Bis Weihnachten werde ich nicht mehr kiffen können. Es ist tierisch schwer, was in dieses Gefängnis zu schmuggeln. Ich werde Mom und

Dad versprechen, dass ich alles tue, wenn ich nur wieder nach Hause darf. Oder ich drohe damit, nach Alaska abzuhauen und wie Onkel Loring auf einem Fischkutter anzuheuern.«

»Glaubst du, Billy muss ins Gefängnis?«, fragte Margo.

»Ich weiß nicht, was meinem hitzköpfigen kleinen Bruder blüht. Wenn er auf meiner Schule wäre, würde er auf jeden Fall im Karzer landen.« Junior stand auf. »Ich muss heim, Nympho, und Ricky muss zurück zur Arbeit. Er setzt uns zu Hause ab. Komm.«

»Ich möchte mein Boot mitnehmen.«

»Grandpas Boot? Das können wir später holen.«

»Zuerst muss ich duschen. Bitte lasst mich eine Weile allein.«

»In Ordnung. Aber mach nicht zu lange. Du solltest rechtzeitig bei uns sein, um heute Abend mit in die Kirche zu gehen. Ma besteht darauf, dass alle mitkommen.«

»Ich verspreche, dass ich bald da bin. Geht ruhig schon.«

Junior umarmte sie, drückte ihr ein Tütchen mit einem Joint darin in die Hand und meinte: »Für den Notfall.« Dann steckte er sich ein Pfefferminzbonbon in den Mund, schob auch eins in ihren und brach mit Ricky auf.

Kaum war Margo allein, zog sie den Umschlag aus der Gesäßtasche, öffnete ihn, nahm den Brief heraus und glättete ihn. Es war ein kleiner Papierbogen, passend zum rosa Kuvert mit einem comicartigen Flamingo darauf.

Lieber Bernard,
es tut mir leid, dass es zur Scheidung kommen musste. Du weißt, dass ich nie richtig zu Euch gehört habe. Ich glaube, ich würde es nicht verkraften, Margaret Louise jetzt zu sehen, es würde zu sehr schmerzen. Ich melde mich bald wieder bei Dir, wenn sich meine Lage gebessert

hat und sie und ich uns besuchen können. Bitte verwende diese Adresse nur im Notfall und gib sie an niemanden weiter.

Alles Liebe, Luanne

Wichtiger als ihre Worte war die Adresse auf dem Umschlag: 1121 Dog Leg Road, Heart of Pines, Michigan. Heart of Pines war die Stadt fünfunddreißig Meilen flussaufwärts, gleich hinter Brian Ledoux' Hütte. In der Stadt gab es jede Menge Ferienhütten, Restaurants und Bars, außerdem konnte man dort Jagd- und Anglerbedarf kaufen. Als sie mit ihrem Großvater einmal mit dem Motorboot hin- und zurückgefahren war, waren sie den ganzen Tag unterwegs gewesen.

Erneut durchforstete sie den Inhalt der Blechschachtel, wählte drei Fotos ihrer Mutter aus und legte sie zwischen die Seiten von *Little Sure Shot*. Das Buch schob sie in den alten Armeerucksack ihres Vaters, auf den mit einer Schablone der Name CRANE geschrieben war. Auch ihre Lieblingskleidung, ein paar Halstücher, eine Zahnbürste, Zahnpasta, ein Stück Seife, eine Flasche Shampoo, ein paar Werkzeuge und das, was ihr Daddy *Erste-Hilfe-Set für Frauen* genannt hatte, packte sie ein. Als sie das Haus verließ, blieb ihr Blick an der glitzernden Wasseroberfläche hängen. Vielleicht lag es am Gras, das sie geraucht hatte – jedenfalls flimmerte der Fluss in der späten Nachmittagssonne, und es war, als würde er durch die Lichtreflexe zu ihr sprechen und sie zum Rudern einladen. Sie warf einen Armeeschlafsack, zwei Schwimmwesten, eine Zeltplane, einen Wasserkanister und die beste Angelrute ihres Vaters in ihr Boot *The River Rose*, dann kletterte sie an Bord, legte die Ruder ein und stieß sich ab.

Sie hielt quer über den Fluss auf das Haus der Murrays zu, aber da sie anfangs in Zeitlupe ruderte, trieb sie ein Stück ab und musste sich wieder flussaufwärts kämpfen.

Als sie das Boot am anderen Ufer festmachte, spürte sie, wie sich das Missfallen ihres Vaters gegenüber den Murrays auf sie senkte. Jetzt, wo er nicht mehr da war, könnte sie über den Fluss fahren und schwimmen gehen, wann immer sie wollte, könnte sie die Hunde der Murrays streicheln, ohne angebrüllt zu werden. Crane konnte nicht mehr wütend werden, und sie war nicht länger der Grund dafür, weshalb er oder sonst irgendjemand am Leben blieb. Vielleicht konnte sie ohne ihn weiterleben, wenn sie sich das immer wieder vor Augen führte. Beim Gedanken an ein Leben ohne ihn kamen ihr wieder die Tränen.

Sie steuerte auf den weiß getünchten Schuppen zu – jemand hatte das Blut von der Wand gewaschen und ein großes Stück Pappe von der Größe eines Bettlakens dort ausgebreitet, wo ihr Vater gelegen hatte. Margo ging den Trampelpfad entlang, der zur Landstraße führte. Als sie auf der Kiesauffahrt den Ford ihres Vaters erblickte, erschien ihr das so normal, dass sie damit rechnete, Crane hinter dem Lenkrad sitzen zu sehen. Sie überwand sich, öffnete die Tür des Pick-ups und klappte die Sitzbank nach vorn, doch da war kein Gewehr. Falls die Polizei nicht nur seine Büchse, sondern auch das Kleinkalibergewehr mitgenommen hatte, hatte sie Pech gehabt. Falls Cal oder jemand von der Familie sie an sich genommen hatte, würde Margo sie in Cals Büro neben dem Wohnzimmer finden, bei seinen anderen Gewehren. Margo überlegte, wie sie besser dran wäre – mit den Murrays oder ohne sie.

Sie schlich aufs Haus zu und versteckte sich zwischen mehreren Ahornbäumen. Moe, der Labrador, zerrte winselnd an seiner Kette. Wenn Margo zu den Murrays zog, würde sie warten müssen, bis ihre Mutter sie holen kam, und das konnte wer weiß wie lang dauern. Stunden später trat Joanna aus dem Haus und startete den Motor des Suburban. Margo ging in Deckung. Sie hörte die Stimmen von zwei Jungen, die sich stritten – wahrscheinlich die Zwillinge. Dann sah sie Junior aus dem Haus kommen. Er hielt Cal die Tür auf und ging langsam neben ihm die Treppe herunter zur Auffahrt. Cal machte kleine Schritte, als würde er gerade laufen lernen. Junior öffnete die Beifahrertür und streckte den Arm aus, um seinen Vater zu stützen.

»Ich brauche keine Hilfe, verdammt noch mal«, sagte Cal gequält.

Er setzte sich auf den Beifahrersitz, Junior auf den Rücksitz. Kurz vor der Abfahrt kletterte einer von den Zwillingen nach vorn, um zwischen den Eltern zu sitzen. Keiner sah in Margos Richtung. Die Weihnachtskette auf dem Floß war noch an, blass leuchteten die Farben im Licht des frühen Abends. Die Murrays fuhren in die Samstagabendmesse und wären mindestens anderthalb Stunden weg. Normalerweise ging Joanna allein oder mit den kleineren Kindern in die Kirche – Cal hatte mit Religion etwa so viel am Hut, wie es Margos Vater gehabt hatte –, aber an diesem Tag hatte Joanna den anderen vermutlich ins Gewissen geredet, für Billy zu beten und etwas für ihr Seelenheil zu tun. Vielleicht fand sie auch, dass es nicht schaden konnte, wenn die Familie sich geschlossen in der Öffentlichkeit sehen ließ. Vielleicht wollte Cal aber auch zeigen, dass er nicht zum Krüppel geworden war.

Margo stieg die Stufen hoch, fand den Schlüssel am gewohnten Platz unter dem Blumentopf, schloss die Tür auf und legte ihn wieder zurück. In der Küche war es dank des Holzofens warm, allerdings hatte jemand die Klappen geschlossen, damit das Feuer darin bei der Rückkehr der Familie noch brannte. Im Haus roch es nach Zimtbrot und Truthahnsuppe. Also hatte Joanna das Truthahngerippe ausgekocht, wie sie es am Tag nach dem Fest immer tat. Das letzte Mal hatte Margo vor einem Jahr an Thanksgiving in diesem großen hellen Raum gestanden und Joanna beim Abwasch geholfen, bevor sie hinaus zu den anderen Gästen gegangen war. Sie wagte sich ins Wohnzimmer vor, in dem sie jahrelang mit Billy gezankt hatte, ohne sich etwas dabei zu denken – erst seit letztem Jahr kam Billy ihr seltsam vor und machte ihr Angst. Das Haus der Murrays wirkte nie leer, auch jetzt nicht, wo alle weg waren. Es war immer voller Düfte, Wärme und Energie. An diesem Abend spürte Margo, wie sich die Geister der Murrays in den Ecken versteckten, sie hingen von der Zimmerdecke und hockten auf den Wandleuchten. Auch als sie in diesem Haus noch gern gesehen war, hatte sie sich am liebsten in der Küche aufgehalten. Wenn sie zum Fernsehen ins Wohnzimmer gegangen war, hatte sie sich neben Cals Sessel auf den Boden gesetzt, und er hatte ihr manchmal den Kopf getätschelt und gesagt: »Braves Mädchen.« Billy hatte dann immer »Braver Hund« oder »Brave Nympho« geflüstert, doch es hatte ihr nichts ausgemacht.

Aber nach dem, was jetzt geschehen war, konnte sie nicht hierbleiben. Wo sollte sie schlafen, während sie auf ihre Mutter wartete?

Sie nahm ein Blatt Papier und einen Stift und schrieb: *Liebe Joanna und Cal, danke für Euer großzügiges Angebot, bei Euch zu wohnen. Meine Mutter will, dass ich zu ihr komme, aber sie hat mich gebeten, nicht zu sagen, wo sie ist. Bitte erzählt niemandem davon. Alles Liebe, Margaret.* Den Zettel legte sie auf den Küchentisch.

Dann ging sie in Cals Büro, das sie noch nie betreten hatte. Kindern war der Zutritt verboten, und alle hielten sich an diese Regel. Im Raum roch es nach Cal, Leder, Waffenöl und Rasiercreme mit Zitronenduft, so wie Cal gerochen hatte, als er ihr das Schießen beigebracht hatte. Aber es roch auch ein wenig nach Schweiß und Whiskey.

Die Türen des Waffenschranks waren zu, aber es war

nicht abgesperrt. Vielleicht war Cal so durch den Wind, dass er vergessen hatte, ihn abzuschließen, oder er schloss ihn grundsätzlich nie ab, weil er sich darauf verließ, dass niemand an seine Waffen ging. Sie öffnete die beiden Türen. Im Schrank stand ein Dutzend Büchsen und Flinten Kaliber .12, aber nicht die .20er ihres Vaters, mit den in den Schaft eingebrannten Initialen.

Mit klopfendem Herzen nahm Margo die Marlin heraus, die Cal ihr bei besonderen Gelegenheiten überlassen hatte, weil sie so ähnlich war wie das Gewehr von Annie Oakley, sagte er. Margo fuhr mit den Händen über das in den Nussbaumkolben geschnitzte Eichhörnchen und den Chromhebel. Cal hatte das Gewehr regelmäßig gereinigt und geölt. Ein Stromstoß durchlief sie, als sie den goldfarbenen Abzug berührte. Als sie zuletzt mit der Marlin geschossen hatte, hatte sie einen Lederriemen gehabt, aber jemand hatte ihn abgemacht, die Ösen waren leer. Sie legte die Büchse an und zielte durchs Fenster. Dabei presste sie die Wange an den Schaft und nahm ein Stück orangefarbenes Plastikband ins Visier, das an einen Zaunpfosten getackert war. Wenn sie diesen Ort mit all den vertrauten Dingen verließ, musste sie dieses Gewehr mitnehmen. Sie schob eine Schachtel .22er-Patronen in die Tasche und nahm die Marlin in die linke Hand. Als sie zurück in die Küche ging, spürte sie, dass die Geister der Murrays sie beobachteten. Sie schnappte sich das Zimtbrot von der Küchentheke und verließ das Haus auf demselben Weg, auf dem sie hereingekommen war. Der schwarze Labrador, der draußen an der Kette lag, bellte freudig, und obwohl Margo klar war, dass sie schnellstens verschwinden musste, kniete sie sich neben ihn und hielt dabei das Brot außerhalb seiner Reichweite. »Oh, Moe, ich habe dich schrecklich vermisst. Ich hätte dich heimlich besuchen sollen.«

Sie riss sich vom Hund los. Er bellte hinter ihr her.

Auch die Beagles schlugen in ihrem Zwinger an. Bei ihrem Boot angekommen, zitterte Margo so sehr, dass sie das Gewehr aus Versehen ins eiskalte Wasser fallen ließ, als sie es auf die Rückbank legen wollte. Rasch fischte sie es heraus, jedoch erst, nachdem es schon vollständig untergetaucht war.

Sie schüttelte es und trocknete es, so gut es ging, mit einem Handtuch aus ihrem Rucksack ab. Angetrieben von der Kälte und der Angst, entdeckt zu werden, legte sie die Büchse auf die Plane und wickelte sie wie ein Baby ein. Sie überlegte, dass die Geräusche, die sie beim Einsteigen machte, bestimmt über den Fluss und durch die Wälder hallten. Rasch nahm sie ein paar Bissen vom Zimtbrot, denn sie hatte den ganzen Tag noch nichts gegessen. Als sie aufs Wasser hinausfuhr, spürte sie den Drang, sich von der Strömung tragen, sich ohne Anstrengung flussabwärts treiben zu lassen. Ihre Mutter wohnte aber stromaufwärts, also begann sie zu rudern.

6. KAPITEL

Als Margo drei Gewehrschüsse hintereinander hörte, wurde sie unruhig und verspürte den Wunsch, zurückzuschießen. Noch ein paar Tage war Jagdsaison für Hirsche. Als sie am Nordufer die Wohnwagen der Slocums sah, legte sie sich mit aller Kraft in die Riemen, um schnell daran vorbeizukommen und nicht gesehen zu werden. Eine Viertelmeile weiter machte der Fluss eine Biegung, und dahinter lag die verlassene Hütte, die Junior »Marihuana-Haus« nannte. Stimmen und Gelächter drangen an ihre Ohren. Margo manövrierte ihr Boot ein kleines Stück unterhalb der Hütte auf eine Sandbank und beschloss, dort zu warten, bis es völlig dunkel war, denn sie wollte kein Risiko eingehen, entdeckt zu werden. Sie zog die Handschuhe aus und hauchte ihre Finger an. Die winzige Hütte gehörte den Murrays und war bis vor drei Jahren von einem Bruder ihres Großvaters an den Wochenenden zum Angeln genutzt worden. Margo lauschte den Teenagerstimmen. Das Lachen eines Mädchens klang wie Maschinengewehrfeuer. Sie schob sechs Patronen ins Magazin der Marlin, lud durch und spannte den Hahn halb, um die Büchse zu sichern. Sie lag gut in ihrer Hand. Als es über längere Zeit ruhig blieb, kletterte sie ans Ufer, um sich einen Überblick zu verschaffen.

Ein Weißwedelhirsch näherte sich in kaum zweihundert Schritt Entfernung am Steg dem Fluss, drehte plötzlich den Kopf und blickte in ihre Richtung. Margo verlangsamte ihre Atmung. Die Büchse auf dem Knie, musterte sie das Tier. Sie zählte zehn Enden. Ihre Hände zitterten nicht mehr. Sie konnte den Hirsch mit der .22er erlegen, wenn sie ihn ins Auge oder an der Schläfe traf. Er senkte den Kopf, um aus dem Fluss zu trinken. Die Marlin-Lever-Action war ein klein wenig schwerer als die Repetierbüchse ihres Vaters, aber als Margo zielte, fühlte sie sich schwerelos und spürte ihre Erschöpfung nicht mehr.

»Nicht schießen!«, flüsterte eine weibliche Stimme hinter ihr laut.

Bei dem Geräusch schreckte der Hirsch auf, knickte kurz an den Läufen ein und sprang davon.

Mit einem Satz war Margo am Flussufer, stieg in ihr Boot und stieß sich ab.

»Hey, bist du nicht Juniors Cousine?«, rief das Mädchen. Im Davonrudern hörte Margo, wie es zu jemandem sagte: »Ich glaube, das war Juniors Cousine.«

Jetzt erkannte Margo das Mädchen: Es war eine von Juniors Freundinnen, Ricky hatte sie einmal als »Flittchen« bezeichnet. Margo hatte damals nicht weiter darüber nachgedacht. Sie räusperte sich und sagte: »Ich habe keine Cousins. Ich heiße Annie.«

Sie ruderte flussaufwärts, und während sie gegen die Strömung kämpfte, wurde ihr warm. Sie war froh, dass das Mädchen sie davon abgehalten hatte, den Hirsch zu schießen. Er wäre nur am Ufer vergammelt. Als ihr einfiel, dass sie das Haus der Murrays bei ihrem überstürzten Aufbruch nicht zugesperrt hatte, ruderte sie noch schneller. Ob Joanna für die Familie ein neues Zimtbrot als Ersatz für das backen würde, das Margo mitgenommen hatte? Nach etwa zwei Stunden zähem Rudern gelangte sie zu einem Nebenfluss und bugsierte das Boot ein kleines Stück hinein, bis sie vom Stark River aus nicht mehr zu sehen war. Sie machte an einer Baumwurzel fest, rollte sich auf der Rückbank in ihrem Schlafsack zusammen, griff nach der Marlin und war kurz darauf eingeschlafen. Vom Schaukeln des Bootes gewiegt, schlief sie am nächsten Tag so lang, bis die Sonne schon hoch stand. Sie erwachte frierend und mit steifen Gliedern, und obwohl sie im ersten Augenblick nicht wusste, wo sie sich befand, war sie dankbar, dass niemand sie gestört hatte. Keiner hatte nach ihr gerufen. Sie bewegte die Zehen in den Stiefeln, um sie aufzuwärmen. Dann aß sie das halbe Zimtbrot und ruderte weiter.

Am späteren Nachmittag sichtete sie ein Stück voraus am Flussufer eine Tankstelle, an der man nicht nur auftanken, sondern – sofern man keine Angst hatte, gesehen zu werden – auch anlegen und einen Hamburger mit Pommes frites essen konnte, ohne sich mehr als ein paar Schritte vom Wasser zu entfernen. Margo versteckte sich kurz davor in dem Hafenkanal eines auf einer Insel gelegenen Cottages. Dort war keiner zu Hause, und so blieb sie bis zur Dunkelheit dort und ruhte sich aus, bevor sie weiterfuhr. Sie befand sich jetzt zwölf Meilen flussaufwärts von Murrayville und wusste nun, dass sie gegen die Strömung nur etwa eine Meile pro Stunde schaffte. Unbemerkt passierte sie die Tankstelle und kam danach größtenteils an mondbeschienenen Wäldern und Feldern vorbei, aber auch an Häusern und Cottages mit Schwimmstegen und Flößen sowie an den Rückseiten von Autohäusern und Maschinenhallen. Ein paar Stellen am Fluss waren ihr vertraut: ein Fels, in dem im Sommer Schwalben nisteten, eine Steinmauer und ein Turm, beides ihrem Großvater zufolge von Indianern gebaut, und ein paar uralte Bäume, die ihre Äste auf eine Weise übers Wasser streckten, die ihr großzügig erschien, so wie ihr Grandpa großzügig gewesen war, oder groß und anmutig wie Tante Joanna. Das Schimmern der Scheinwerfer auf der Wasseroberfläche erinnerte Margo daran, dass ihre Mutter irgendwo dort vorn lebte. Sie ruderte den Großteil der Nacht durch und biss immer wieder ein Stück vom Zimtbrot ab, bis nichts mehr übrig war. Als ihr vor Müdigkeit beinahe die Augen zufielen, machte sie an einem abgestorbenen Baum fest und legte sich erneut schlafen.

Am nächsten Morgen fühlte sich die Haut in ihrem Gesicht vor Kälte rissig an, und sie hatte Muskelkater. Langsam machte sie sich wieder auf den Weg. An jeder Biegung wechselte sie auf die andere Seite, denn sie wusste, dass das Wasser an der Außenseite der Kurven seicht und langsam und an der Innenseite, wo es nach und nach das Ufer abträgt, tief und schnell ist. Als sie durch eine Flussschlinge fuhr, musste sie daran denken, was ihr Großvater oft gesagt hatte, nämlich dass so eine Schleife nur eine vorübergehende Formgebung ist, weil der Fluss sich im Laufe der Jahrtausende immer wieder ein neues Bett sucht und dabei stets die kürzeste Strecke wählt – all den Häusern, die die Menschen ihm in den Weg bauen, und all den Stützmauern, Betonbrocken und Steinschüttungen, mit denen sie seine Ufer befestigen, zum Trotz. Der Fluss ist beharrlich, hatte Grandpa gesagt, und die Menschen geben irgendwann auf. Margo erinnerte sich, wie sie damals gedacht hatte, dass sie selbst nie den Versuch aufgeben würde, sich den Fluss zu eigen zu machen, aber sie hatte es nicht laut ausgesprochen. Jetzt kam ihr der Gedanke, dass ihr Großvater vielleicht von seinem eigenen Haus gesprochen hatte, vom großen Haus der Murrays, das irgendwann fortgespült werden könnte. Vielleicht hatte er damit sagen wollen, dass die Murrays nicht für immer die Herren des Flusses sein würden. Das Flussparadies der Murrays, von dem Margo geglaubt hatte, es wäre von Dauer, hatte der alte Mann, der es erschaffen hatte, für vergänglich gehalten.

Am Nachmittag des zweiten Tages waren ihre Hände voller Blasen vom Rudern, und ihre Arme schmerzten. Sie war so müde und hungrig wie noch nie in ihrem Leben. Als sie in den Beinen auch noch Krämpfe bekam, ließ sie sich eine Weile von der Strömung zurücktragen und sah dieselben Bäume, an denen sie sich eben noch vorbeigekämpft hatte, an ihr vorüberziehen. Gleichsam schwerelos glitt sie an einem weiß gekalkten Steg vorbei, an dem sie sich wenige Minuten zuvor Stückchen für Stückchen vorbeigearbeitet hatte. Um nicht noch weiter abzutreiben, steuerte sie das Boot auf eine Sandbank und öffnete das Plastiktütchen, das Junior ihr gegeben hatte. Sie nahm den Joint heraus, zündete ihn mit einem Streichholz aus ihrem Rucksack an und rauchte die Hälfte in der Hoffnung, sich damit zu betäuben, bis ihr ein wenig übel davon wurde, da warf sie den Rest ins Wasser. Innerhalb von Minuten war sie noch hungriger als zuvor.

Im Verlauf dieses Nachmittags verfiel sie in Routine: Sie ruderte, bis sie spürte, dass ihre Arme nicht mehr mitmachten, legte irgendwo an, um sich auszuruhen und Wasser zu trinken, und fuhr dann weiter. Als der Himmel sich purpurn färbte, hatte sie jedes Gefühl verloren für die Zeit und die Strecke, die sie zurückgelegt hatte. Beides schien sich in die Länge gezogen zu haben, seit sie von zu Hause fortgegangen war.

Als es dämmerte, war sie wie benommen. Die berauschende Wirkung des Marihuanas war schon vor Stunden verflogen, aber in ihrem Körper hatte sich, ausgehend vom knurrenden Magen, eine Leere ausgebreitet. Es war schon spät, als vor ihr wie aus dem Nichts der vertraute Pfahlbau mit den rechteckigen, von schummrigem Licht erfüllten Fenstern aufragte. Margo fuhr ein Stückchen vorbei, um Platz zum Manövrieren zu haben, aber kaum hörte sie auf zu rudern, trieb sie stark ab und musste sich erneut heranarbeiten. Sie versuchte ihre verkrümmten Finger an den Rudergriffen zu bewegen, aber sie waren in den ledernen Arbeitshandschuhen steif gefroren. Sie kannte diesen Ort von ihren Ausflügen mit ihrem Großvater bisher nur bei Tageslicht. Durch das flackernde Licht in den Fenstern wirkte die Hütte irgendwie gespenstisch. Brian hatte sie zwar eingeladen, aber sie hatte sich heimlich hier einnisten wollen, während er weg war. Von hier aus waren es nämlich nur noch wenige Meilen bis Heart of Pines.

Wieder ruderte sie ein Stück an der Hütte vorbei, steuerte das Ufer an und streckte im Näherkommen die Hand nach dem Holzsteg aus. Dabei hätte sie sich beinahe die Finger zwischen ihrem Boot und dem Steg eingeklemmt. Sie machte neben dem MerCruiser fest, den sie erst vor wenigen Tagen gesehen hatte. Auf der anderen Seite des Stegs lag ein Sportfischerboot aus Aluminium mit Außenborder. Der MerCruiser schlug ein paarmal sanft gegen ihr Boot, aber der Bug war fest am Steg vertäut. Sie nahm nur ihre Büchse mit und pirschte sich an die Hütte heran. Als sie die Holzstufen hochging, hörte sie Männerstimmen. Der Rauch, der aus dem Schornstein quoll, roch nach Kirschholz. Ihr Blick fiel auf einen hüfthohen Stapel gespaltenen Feuerholzes, das zwischen zwei Bäumen neben der Hütte aufgeschichtet war. Die schlichte Behausung war allem Anschein nach winterfest gemacht worden, als habe jemand vor, hier zu wohnen und nicht nur an den Wochenenden vorbeizukommen. Unweit des Stegs war eine Wäscheleine gespannt, und neben der Tür des Windfangs stand ein Plastikeimer mit Wäscheklammern unter dem vorspringenden Blechdach. Leise betrat Margo den Vorbau und blieb ein paar Minuten vor der Tür mit Glaseinsatz stehen. Sie erkannte Brian und seinen Bruder Paul mit ihrem schwarzen Haar und den Bärten. Was war nicht alles passiert, seit sie sie vor drei Tagen gesehen hatte! Brian stand auf und öffnete mit einem Blatt Spielkarten in der Hand die Tür. »Wer ist da?«

Margo holte tief Luft.

»Heilige Muttergottes!«, rief er und schob die Karten zusammen. »Sehe ich da ein hübsches Gespenst, oder hat sich die Flussjungfrau herbemüht, um mich zu beglücken? Komm rein und mach die Tür zu, draußen ist es kalt.« Er ging zurück zum Tisch, setzte sich und lehnte sich auf seinem Stuhl zurück, um sie in Augenschein zu nehmen. Margos Anwesenheit schien ihn ernsthaft zu überwältigen. Paul, der mit dem Rücken zur Tür saß, warf mit zusammengekniffenen Augen einen Blick über die Schulter. »Herrje, Brian! Was hat eine Frau mit Gewehr hier zu suchen? Will sie uns erschießen?«

»Setz deine Brille auf, Pauly. Es ist Maggie Crane«, sagte Brian.

Margo hätte vor Erleichterung weinen können. Endlich war sie an einem Ort, an dem sie sich ausruhen konnte! Sie war froh, den Elementen entronnen zu sein, aber die schiere Größe der Männer machte ihr auch Angst. Beide waren so hochgewachsen wie Cal, aber kräftiger. Sie war ihnen ausgeliefert. Gaben sie ihr nichts zu essen, würde sie verhungern. Schickten sie sie fort, würde sie erfrieren. Wollten sie sie zu irgendetwas zwingen, würde es ihnen wohl gelingen.

»Leg das Gewehr weg, Maggie, und setz dich her.« Brian zog einen Stuhl unter dem Tisch hervor und schlug mit der flachen Hand auf die Sitzfläche. Margo stellte die Marlin mit dem Kolbenblech auf den Kiefernholzboden, lehnte den Lauf neben einen Besen in die Ecke und setzte sich auf den Stuhl neben Brian.

»Du kommst gerade rechtzeitig. Ich bin dabei, zu gewinnen!«, verkündete Paul.

Margo konnte sich nicht erklären, warum sie neulich der Auffassung gewesen war, dass sich die beiden Männer zum Verwechseln ähnlich sahen. Gut, sie waren gleich groß und hatten gewisse Gemeinsamkeiten – schwarzes Haar, Bart, blaue Augen –, aber während Brian breitschultrig und um die Leibesmitte straff war, hatte Paul runde Schultern und einen Bauchansatz. Brians Haar war zu kurz, um es wie Pauls zu einem Pferdeschwanz zusammenzubinden, und Pauls Gesicht war schmaler und blasser als Brians. Angestrengt starrte Paul auf die Karten in seiner Hand und legte sie dann widerstrebend auf den Tisch. Er angelte eine Brille aus der Tasche seiner mit Schafsfell gefütterten Jacke und setzte sie auf. Durch das Brillenglas wirkte ein Auge ganz groß, das andere war halb geschlossen. Margo konnte den Blick nicht von ihm losreißen.

»Ein gutes Blatt reißt dich nicht aus der Pechsträhne, die du seit fünf Jahren hast, du armes Schwein«, versetzte Brian grinsend.

»Letzte Woche habe ich gegen dich gewonnen.«

»Einen Dreck hast du!« Brian wandte sich an Margo. »Wir haben das mit deinem Daddy gehört. Es tut uns so leid! Ich habe ein paar Jahre mit ihm in der Wärmebehandlung gearbeitet. Der alte Murray hat immer gesagt, dass er schlau und sehr umsichtig war. Ja, das hat er über ihn gesagt. Er hat ihn geliebt wie einen Sohn. Er war ja wohl auch sein Sohn.«

»Mir tut's auch leid«, sagte Paul und deckte seine Karten auf. »Ich hab ihn zwar nie kennengelernt, aber die Sache ist hart.«

»Paul und ich haben unseren Vater vor fünf Jahren verloren«, erklärte Brian. »Das war selbst für uns als Erwachsene nicht leicht. Und das, obwohl der Schweinehund uns windelweich geprügelt hat.«

»O ja, das hat er!«, bekräftigte Paul. »Der Fiesling hat uns geschlagen, und das hat uns hart gemacht.«

»Er hat uns zu den Fieslingen gemacht, die wir heute sind«, ergänzte Brian.

Paul nahm grinsend die Brille ab. Ein Auge war immer noch zusammengekniffen.

»Warum lässt du die Brille nicht auf?«, fragte Brian. »Sonst siehst du doch nichts.«

»Ich krieg Kopfschmerzen von dem verdammten Ding. Scher dich um deine eigenen Augen, Brian.«

»Als wir noch Kinder waren, hab ich meinem Bruder mit dem Luftgewehr ins Auge geschossen. Seitdem ist er auf dem rechten Auge blind, deshalb muss ich mich jetzt um ihn kümmern«, erklärte Brian.

»Von wegen kümmern, du Arschloch!«

»Ich hab ihm Vietnam erspart und ihm dadurch wahrscheinlich das verdammte Leben gerettet«, behauptete Brian.

»Können wir einfach das Spiel zu Ende spielen?«

»Auf dem andern Auge sieht er aus dem üblichen Grund schlecht – er hat zu oft an seiner Kette gezerrt«, meinte Brian augenzwinkernd zu Margo. »Dabei hatte uns der Pfarrer gewarnt.«

»Halt endlich dein verdammtes Maul, Brian!«

Margo zog die Handschuhe aus und legte sie auf den Tisch. Sie blieben gekrümmt liegen.

»Oh, Maggie, du Arme! Paul, die Kleine ist halb erfroren. Sieh dir ihre Finger an!« Brian nahm Margos Hände und blies seinen heißen Atem darauf. Als sie selbst ihre Finger angehaucht hatte, hatte es nur wenig geholfen, aber Brians großer Körper – er musste auch große Lungen haben – erzeugte richtige Hitze. Trotz ihrer Vorbehalte war ihr danach, den Kopf an ihn zu lehnen.

»Ich hoffe, es macht dir nichts aus, wenn ich dich das frage, Miss Maggie«, sagte Paul, »aber wundert sich deine Familie nicht, wo du steckst?«

»Ihre Familie, das sind jetzt die Murrays, Paul. Würdest du bei diesen Kotzbrocken leben wollen?«

»Trotzdem machen sie sich bestimmt Sorgen um sie«, entgegnete Paul. »Was ist mit ihrer Mutter?«

»Die ist vor anderthalb Jahren abgehauen und hat ihre Tochter im Stich gelassen. Sie ist mit einem Kerl aus Heart of Pines durchgebrannt. Maggie, bist du hier, weil du zu deiner Mutter willst?«

Margo zog scharf die Luft ein. Sie hatte nicht bedacht, dass Brian ihre Mutter womöglich kannte.

»Gib mir zwei Karten«, verlangte Paul.

Brian ließ Margos Hände los, gab Paul zwei Karten und nahm sich selbst auch zwei. Paul hielt sein Blatt so verkrampft fest, dass seine Fingerspitzen weiß wurden.

»Morgen bringen wir dich, wohin du willst«, sagte Brian. »Keine Sorge, heute Nacht kannst du hierbleiben.«

»Ich kann verstehen, dass eine Frau ihren Mann sitzen lässt«, sagte Paul, und seine Stimme klang mit einem Mal ärgerlich. »Aber welche Frau würde ihr Kind im Stich lassen? Noch dazu ihre Tochter? Meine Frau würde eher sterben, als eins von unseren Kindern allein zu lassen.«

»Es steht uns nicht zu, darüber zu urteilen«, meinte Brian und ergriff wieder Margos Hände. Nachdem er sie ein paar Minuten gerieben hatte, kehrte langsam die rosa Farbe zurück. Am liebsten hätte Margo sich an den Holzofen gestellt, aber sie wusste, sie würde nie wieder aus seiner wohligen Wärme herauswollen, wenn sie das tat. Als hätte er ihre Gedanken gelesen, stand Brian auf und legte ein paar Scheite vom Holzstapel hinter dem Ofen nach. Wieder überwältigte seine Größe Margo.

»Mir ist noch was zu Ohren gekommen«, meldete sich Paul wieder zu Wort. »Und Brian auch. Stimmt es, Maggie, dass dein Daddy Cal Murray den Schwanz weggeschossen hat?«, fragte er mit sich überschlagender Stimme. Margo war froh, dass sie neben Brian saß, der ruhig und ausgeglichen wirkte.

»Das ist kein Grund, geschmacklos zu werden«, sagte Brian und grinste, um klarzustellen, dass er diese spezielle Art von Geschmacklosigkeiten mochte. Dann runzelte er die Stirn. »Aber vielleicht ist es gut, wenn du weißt, was für Gerüchte so im Umlauf sind, Maggie.«

»Kann ich ein bisschen Wasser haben?«, flüsterte Margo.

»Sie kann sprechen!«, rief Brian. »Ich hab dich noch nie was sagen hören. Egal, sag nichts, wenn du nicht willst. Morgen sehen wir weiter.«

»Brian hat gesagt, er glaubt nicht, dass dein Daddy das getan hat«, fuhr Paul fort.

»Hör einfach nicht hin«, sagte Brian. »Du bleibst heute Nacht hier. Wir bringen dich hin, wo du hinmusst. Du kannst so lange bleiben, wie du willst. Musst du zur Beerdigung nach Hause?«

Margo schüttelte den Kopf. Es würde keine Beerdigung und auch sonst nichts geben.

Brian schenkte ihr ein Glas Wasser aus einem Kessel auf der Küchentheke ein. »Wir kochen das Brunnenwasser zur Sicherheit ab«, erklärte er.

Margo trank das Glas leer und ließ es nachfüllen.

»Und jetzt musst du was essen, Maggie«, verkündete Brian. »Wir haben noch ein bisschen Forelle und ein Steak von deinem Hirsch. Ich hab ihn euch abgenommen, um deinem Vater einen Gefallen zu tun, aber jetzt bin ich froh darüber, weil ich selbst noch keinen geschossen habe. Wahrscheinlich lockt ihr hübschen Mädels die Hirsche alle an, sodass für hässliche alte Männer wie uns keine übrig bleiben.«

Ungeachtet Pauls Beschwerden über die neuerliche Spielverzögerung zündete Brian den Gaskocher an und stellte wenig später einen orangefarbenen Teller mit etwas Fleisch, einer Portion Fisch inklusive Gräten, ein paar Kartoffelstücken und fettigen grünen Bohnen mit Speckstreifen vor Margo auf den Tisch. Während Paul und Brian ihr Spiel fortsetzten, aß Margo. Als Brian ihr ein Stück Weißbrot reichte, putzte sie damit den Teller sauber.

»Für eine kleine Göre haust du ordentlich rein«, bemerkte Paul.

»Stimmt, sie ist eine gute Esserin«, meinte Brian.

Margo hörte auf zu kauen.

»Nicht aufhören«, sagte Brian. »Es ist gut, dass du Appetit hast. Ohne Essen kann man nicht leben. Manche geben sich in schweren Zeiten auf und gehen vor die Hunde.«

Mit dem letzten Brotstückchen kratzte sie ein paar Fischreste vom Gerippe.

»Pauly, kannst du es fassen, dass dieser Ausbund an Liebreiz zu uns gekommen ist, um uns um Hilfe zu bitten?«

»Ehrlich gesagt, ist mir nicht wohl dabei, Brian. Wie alt schätzt du sie?« Paul redete über Margo, als säße sie nicht neben ihnen.

»Ich bin achtzehn«, sagte sie leise.

»Willst du nicht hierbleiben?«, schlug Brian augenzwinkernd vor. »Du könntest mir jeden Morgen Pfannkuchen backen und mir sagen, was für ein gut aussehender Mann ich bin! So ein Mädchen wie dich habe ich nämlich gesucht.«

»Um Himmels willen!«, rief Paul. »Bist du besoffen? Mit achtzehn ist sie höchstens halb so alt wie du. Und ich bin mir nicht sicher, ob sie wirklich schon achtzehn ist. Bei meinem Bruder muss man aufpassen, Maggie. Er bringt sich gern in Schwierigkeiten.«

»Möchtest du noch was essen?«, erkundigte sich Brian. Er trank einen Schluck Ingwerschnaps aus einer schon fast leeren Flasche und hielt sie ihr hin.

Margo schüttelte den Kopf, war sich aber nicht sicher, ob sie auch den angebotenen Nachschlag ablehnen sollte.

»Armes verirrtes Lämmchen.« Brian schraubte den Deckel auf die Flasche.

»Du solltest jetzt nicht hier, sondern bei deiner Mutter sein«, meinte Paul kopfschüttelnd.

»Ihr habt gesagt, dass ihr wisst, wo sie ist«, flüsterte

Margo. Sie kramte in ihrer Hosentasche, öffnete den Geldbeutel und zog den Brief mit dem Absender in der Ecke oben links heraus.

»Sie war vor gut einem Jahr hier in der Gegend«, sagte Brian, nachdem er sich den Umschlag angesehen hatte. »Ich hab sie ungefähr ein Dutzend Mal in Heart of Pines gesehen, zusammen mit einem Mann namens Carpinski. Das könnte seine Adresse sein. Ich hab es deinem Vater nie gesagt, aber sie war echt was fürs Auge. Nach ein paar Monaten ist sie weggezogen. Nach Florida, hieß es damals. Nicht weinen, Süße.«

»Ist doch klar, dass sie weint«, sagte Paul. »Sie ist noch ein Kind.«

Margo wischte sich die Augen mit dem Küchenpapier ab, das sie als Serviette benutzt hatte.

»Wir finden deine Mutter. Ich rede mit Carpinski. Der Typ ist okay. Er wohnt in so einem Zeltdachhäuschen am Dog Leg Lake. Du kannst hierbleiben, bis wir sie gefunden haben.«

»Bist du übergeschnappt, Brian? Dafür kann man dich einbuchten.«

»Wegen irgendwas werden sie mich früher oder später sowieso einbuchten. Dann schon lieber, weil ich einem Mädchen geholfen habe, als aus irgendeinem anderen Grund.« Brian roch nach Zigaretten, Ingwerschnaps und Fluss. Als er das Feuer schürte, verstärkte sich der Essensgeruch in der Hütte. Es wurde so warm im Raum, dass Paul seine Schafsfelljacke auszog.

»Cal Murray ist ein Schweinehund«, sagte Brian kopfschüttelnd, »und seinen miesen Charakter hat er direkt an Billy weitervererbt. Muss Billy für das, was er getan hat, ins Gefängnis?«

»Er wird dafür bezahlen«, sagte Margo leise.

»Hast du das gehört, Pauly? Die Kleine will Rache. Das wird dir drüber hinweghelfen, Maggie. Dein Daddy war ein feiner Kerl. Cal Murray und sein Junge wären nicht mal würdig, ihm die Stiefel zu lecken.«

Margos Blick wanderte wieder zu Pauls Augen. Sie wollte herausfinden, wodurch sich das, das er immer zusammenkniff, vom anderen unterschied. Als sie sein Missfallen spürte, blickte sie weg und lehnte sich Trost suchend an Brians Schulter, die wie eine feste Wand neben ihr war.

»Du willst uns also erzählen, dass im Augenblick niemand nach dir sucht?«, fragte Paul.

Sie schüttelte den Kopf, obwohl sie es nicht mit Sicherheit wusste.

»Wie alt bist du wirklich?«, wollte Paul wissen.

»Achtzehn.«

»Auch wenn mein Bruder anderer Meinung ist: Ich hab nicht mehr mit einer Minderjährigen rumgemacht, seit ich fünfzehn war«, behauptete Brian.

»Scheiße!« Paul schüttelte den Kopf.

»Pauly, was ist in dich gefahren? Man hat uns dazu erzogen, uns um verlorene Seelen zu kümmern. Willst du etwa sagen, dass wir ihr nicht helfen dürfen, weil sie zu hübsch ist?«

»Ich will damit nur sagen, dass du in deiner Situation vorsichtig sein solltest.« Mit einem Blick auf Margo schickte Paul hinterher: »Und sie sollte sich vor dir vorsehen.«

»Solange du hier nicht wieder Drogen bunkerst, brauchst du dir um mich keine Sorgen zu machen, Pauly.« Brian legte den Arm um Margo und zog sie kurz an sich.

»Glaub mir, Brian, sie braucht ihre Mutter oder so jemanden.«

»Keine Sorge, Maggie, wir finden deine Mutter, egal, wo sie hingezogen ist. Menschen verschwinden nicht so leicht«, tröstete Brian sie.

»Selbst wenn sie es drauf anlegen«, ergänzte Paul.

Trotz der Wärme fröstelte Margo. Das Blut schoss ihr in den vollen Bauch. Sie krümmte und streckte die Finger und wackelte in den Stiefeln mit den Zehen.

»Verdammt, Brian, du legst es darauf an, Ärger zu kriegen! Man wird sie als vermisst melden.«

»Ich lege es auf gar nichts an«, widersprach Brian und ließ Margo los, um die Karten auf den Tisch zu legen. »Der Ärger kommt von ganz allein zu mir, oder etwa nicht, Bruderherz?«

»Alles hausgemacht«, sagte Paul. »Frag einen von den Typen, mit denen du dich in letzter Zeit geprügelt hast. Falls sie überhaupt noch atmen.«

Brian zog ausgiebig an der Zigarette, die er sich angesteckt hatte. Margo spürte, wie die Luft im Raum sich veränderte und mit Spannung auflud, doch kurz darauf schüttelte Brian den Kopf und stieß lachend eine Rauchwolke aus. »Hör mal, Paul, ich schicke die Kleine nicht wieder raus in die Kälte. Also finde dich damit ab, dass sie so lang an diesem Tisch sitzen bleibt, wie sie will.«

»Na dann, es gibt auch Leute, die morgen arbeiten müssen«, meinte Paul. Bevor er sich auf den Heimweg machte, brachte er Margos Rucksack aus *The River Rose* herein. Brian bereitete ihr auf der Couch mit einem leicht modrig riechenden Laken und einer dicken Steppdecke aus dem Schlafzimmer ein Bett. Als Margo unter die Decke schlüpfte, schürte er noch einmal das Feuer und legte ein paar Holzscheite zum Trocknen auf den Ofen. Dann kniete er sich neben sie auf den Boden und stopfte die Decke zum Schutz gegen die Zugluft um sie herum fest. Als Margo vor Erschöpfung die Augen zufielen, küsste er sie auf den Mund. Sie war zu müde, um sich darüber zu wundern, und ließ es zu.

»Mach dir keine Sorgen, Maggie«, sagte er und wollte nach nebenan gehen.

Sie wusste, dass es für sie keine andere Bleibe gab, bis

sie ihre Mutter gefunden hätte, und deshalb überlegte sie, was sie tun könnte, um hier willkommen zu sein. Sie griff nach oben, bekam seinen weichen Bart zu fassen und zog ihn sanft zu sich herunter. Obwohl sich nur ihre Münder berührten, war ihr, als küsste Brian sie mit seinem ganzen Körper, und das machte ihr Angst und ließ zugleich ihre Haut prickeln. Als er die Zunge in ihren Mund schob, richteten sich die Härchen an ihren Armen und Beinen auf. Er küsste sie noch immer, als sie glaubte, aus einem langen Schlaf zu erwachen, dabei war höchstens eine Minute vergangen. Der anhaltende Kuss besänftigte ihre Trauer. Sie sagte sich, dass sie in diesem Kuss, der alles dämpfte, leben und atmen konnte. Als Brian sich schließlich zurückzog, fühlten sich ihre Lippen geschwollen an.

»Oh, Maggie«, meinte er kopfschüttelnd. »Schlaf jetzt lieber ein wenig.« Er schob ihr das Haar aus dem Gesicht, küsste sie auf die Stirn und ging ins Schlafzimmer. Sie war dankbar, dass er die Tür offen ließ. So fühlte sie sich weniger allein.

Als sie erwachte, war es draußen noch dunkel. Der Raum wurde von einer heruntergedrehten Petroleumlampe erhellt. Margo horchte nach einer Eule, doch es war nichts zu hören. Sie fragte sich, was es für sie hieß, dass ihre Mutter aus Heart of Pines weggegangen war. Es hätte sie eigentlich nicht überraschen dürfen, dass es sie nach Florida gezogen hatte, in eine Gegend, wo sie es das ganze Jahr über warm hatte. Die Winter hatten Luanne immer zugesetzt.

Margo hatte auf Cal geschossen, und deshalb hatte Billy Crane getötet. So wie es ihr jetzt mitten in der Nacht vorkam, hätte sie ihrem Vater genauso gut selbst eine Kugel in die Brust jagen können. Sie setzte sich auf. Sie wollte jetzt nicht in ihrer Haut stecken, und sie wollte nicht allein sein. Obwohl bestimmt Stunden vergangen waren, seit Brian sie geküsst hatte, spürte sie immer noch die Kraft seiner Lippen. Die Bettdecke und die Luft um sie herum rochen nach ihm, und Margo hatte immer noch den Geschmack von Zigarettenrauch und Ingwerschnaps im Mund, spürte immer noch seinen Bart an ihrem Hals.

Sie stopfte die Steppdecke um sich herum fest, aber die verbleibende Glut im Holzofen kam gegen den durch die Fenster ziehenden Wind nicht an. Sie wollte Brian helfen, Plastikfolien vor die Fenster zu kleben, falls er ihr erlaubte, eine Weile zu bleiben. Wenn er unterwegs wäre, würde sie das Feuer schüren und in Gang halten. Margo stand auf, schob ein Holzscheit in den Ofen und legte ein zweites obenauf. Dann drehte sie den Docht der Petroleumlampe höher, legte sich die Steppdecke um die Schultern und ging zur Schlafzimmertür. Sie hatte keine Ahnung, ob Brian einem Mädchen Gewalt antun würde, aber wenn sie aus freien Stücken zu ihm kam, konnte er ihr keine Gewalt antun. Neben seinem Bett blieb sie stehen, bis sie im Lampenschein Brians glänzende Augen sah.

Er schlug die Decke – ein Schlafsack mit einem Laken darunter – zurück, um ihr im Doppelbett Platz zu machen. Margo ließ die Jeans von den Hüften gleiten, stieg in Unterwäsche und T-Shirt zu ihm ins Bett und zog die Steppdecke über sie beide.

»Heilige Mutter Gottes!«, entfuhr es Brian leise. »Was haben wir denn da? Bist du sicher, dass du das willst, Maggie?«

Sie nickte.

»Sag es«, hauchte er, »dann schick ich dich nicht weg.«

»Ja, ich bin sicher«, flüsterte sie. Sie war sicher, dass dies der beste Schutz gegen die Winterkälte war, die beste Garantie dafür, dass sie nicht zu Cal und Joanna zurückmusste oder ins Heim gesteckt wurde, das Beste für sie in diesem Augenblick, in dem sie es nicht ertrug, allein im Bett zu liegen. Schon wärmte sich ihr Körper an Brian und blühte unter seiner Berührung auf.

»Warst du schon mal mit einem Mann zusammen?«

Sie nickte und sagte leise: »Ja.«

Seine Hände wanderten über ihre Arme, ihren Po und ihre Schenkel, und sie ließ sich von ihnen neu formen und wärmen. Dabei sah sie Brian an, und er sah sie an. Als sie mit Juniors Freund zusammen gewesen war, war sie unsicher und unbeholfen gewesen, aber Brian führte sie. Ihre Muskeln versteiften sich, doch er streichelte sie weiter, bis die Erinnerung an Cal von ihr abfiel. Er schob die Hände unter ihr T-Shirt, und durch seine Berührung schien sich der baumwollene Stoff aufzulösen. Als er ihren Slip nach unten streifte, war es, als hätte sie ihn weggewünscht. Brians Hand war jetzt zwischen ihren Beinen, und sie schlang sich darum. Sein Mund war auf ihrem Mund, dann auf ihrem Bauch, und gleich darauf war sein Körper auf ihr. Trotz seiner Größe fühlte er sich nicht schwer an. Margo hielt seine Arme fest und beobachtete, wie er um sie herum ein Haus bildete, wie sein großer Körper zu einem Heim wurde, in dem sie wohnen und sich geborgen fühlen konnte. Er sah sie unverwandt an, und in seinen Augen spiegelte sich der orangefarbene Schein der Petroleumlampe aus dem Nebenzimmer. Margo fiel auf, wie er jeden Teil ihres Körpers würdigte, und dadurch bestaunte auch sie jeden Teil von sich selbst. Wenn sie ihn berührte, erschienen ihr ihre Arme so kraftvoll wie seine Arme, ihre blasenbedeckten kleinen Hände so geschickt wie seine großen Hände.

Ihr Körper verkrampfte sich, als er in sie eindrang, aber er tat es so langsam, dass sie sich entspannte und mit ihm bewegte. Sie strich mit den geschwollenen Händen über seine Arme und umfasste sie sacht. Sie befühlte mit den Fingerspitzen die spaghettifeinen Narben auf seinem Handrücken. Sie wollte sie an ihrem Gesicht spüren. Als die Lust allzu groß wurde, schloss sie die Augen.

7. KAPITEL

Morgens stellte Margo sich schlafend, als Brian aufstand und sich im Hauptraum der Hütte zu schaffen machte. Wenig später trug er einen Eimer mit warmem Wasser ins Schlafzimmer und stellte ihn neben dem Spiegeltischchen auf den Boden. Auch ihren Armeerucksack brachte er herein und lehnte ihn an die Wand. Kaum hatte er das Zimmer wieder verlassen und die Tür geschlossen, setzte Margo sich im Bett auf und betrachtete durchs Fenster das milchige Licht auf dem Wasser. Die Hütte stand am Südufer des Flusses, genau wie das Haus ihres Vaters in Murrayville. Margo setzte sich vor den trüben Spiegel. Ihr Gesicht wirkte alt, aber nicht so, als sei sie gealtert, sondern als wäre sie ein Mensch aus einer vergangenen Epoche. Selbst nachdem sie das Gesicht gewaschen hatte, erinnerte ihr Spiegelbild noch an die sepiafarbenen Fotografien von Annie Oakley.

Margo bereute nicht, was sie mit Brian getan hatte. Ihr Körper fühlte sich an, als wäre er Stück für Stück auseinandergenommen und neu zusammengesetzt worden. Sie wusch sich die geschwollenen Arme und zwischen den Beinen. Ihre Schultern schmerzten, wenn sie die Arme hob, und sie schmerzten, wenn sie sie wieder sinken ließ. Ihre Hände waren verkrümmt, als umfassten sie immer noch die Rudergriffe. Noch vor wenigen Tagen hatte sie zu Hause in ihrer Küche, umgeben von vertrautem Geschirr und eigenen Möbeln, mit ihrem Vater gefrühstückt, und jetzt befand sie sich im Haus eines Fremden, und eine ungewisse Zukunft lag vor ihr. Sie bürstete ihr schwarzes Haar und ließ es offen auf den Rücken fallen, dann nahm sie sich im Spiegel mit ihrem doppelläufigen Blick selbst ins Visier.

Früher hatte sie es gemocht, am Fluss nackt oder fast nackt zu sein, zumindest an warmen Tagen, aber jetzt wollte sie wie Annie Oakley alles an sich bedecken, als besäße ihr neu geformter Körper eine Kraft und zugleich eine Verletzlichkeit, die sie verbergen musste. Sie zog frische Unterwäsche, einen Rollkragenpullover und eine saubere Jeans an. Die anderen Sachen und ihren Schlafsack würde sie später nebenan am Holzofen trocknen.

Bei geschlossener Tür kühlte das Schlafzimmer langsam aus, und nach einer Weile zog es Margo zur Wärme des Ofens.

»Guten Morgen, du Schöne«, begrüßte Brian sie, als sie den Raum betrat.

Margos Blick fiel auf ihr Gewehr, das in der Ecke stand, und ihr Herz fing an zu rasen. »Die Büchse ist mir in den Dreck gefallen. Ich muss sie reinigen.«

»Zuerst essen wir«, bestimmte Brian. »Danach zerlegen wir dein Gewehr, reinigen und ölen es. Alles wird gut.« Er streckte die Arme aus, bis sie sich auf seinen Schoß setzte und von ihm umarmen ließ. Erst als der Teekessel pfiff, stand sie auf. Obwohl sie abends zuvor reichlich gegessen hatte, verspürte sie Heißhunger.

Sie folgte Brian nach draußen zu einer eisernen Handpumpe, an der er den Blecheimer auffüllte. Die Pumpe war mit Isoliermaterial umwickelt, damit sie nicht einfror. Brian deutete auf den Trampelpfad, der zu einem Plumpsklo führte.

Wieder in der Küche, sah sie Brian beim Panieren und Braten von ein paar Fischfilets aus der Kühlbox zu, damit sie es das nächste Mal selbst machen konnte. Der überwältigende Geruch nach gebratenem Fisch und Speck machte sie ganz benommen. Solange sie hierbleiben musste, wollte sie sich nützlich machen, Brian zur Hand gehen und nichts für selbstverständlich halten. Brian stellte den Teller mit Fisch, Speck, Kartoffeln und Toast vor ihr auf den Tisch. Dann setzte er sich neben sie, als säßen sie an der Theke des Drugstores in Murrayville, und strich mit seiner narbigen Hand über ihren Arm. Ihre Muskeln entspannten sich allmählich, aber sie konnte nicht essen, wenn er sie berührte, und deshalb legte sie widerstrebend die Gabel hin.

»Tut mir leid«, sagte er und zog die Hand weg. »Iss!«

Während sie die zweite Tasse Pulverkaffee tranken, streckte er immer wieder die Hand aus, um ihre Schulter oder ihr Gesicht zu berühren oder ihr übers Haar zu streichen. Er erzählte ihr noch einmal, wie er bei der letzten Entlassungsrunde in der Metallfabrik der Murrays gefeuert worden war, wie er sich mit Cal angelegt und ihm die Zähne ausgeschlagen hatte. Es machte ihr nichts aus, die Geschichte zum zweiten Mal zu hören, im Gegenteil, sie empfand es als tröstlich, dass es bereits etwas Vertrautes gab.

Nachdem sie das Geschirr in einem großen Aluminiumbräter gespült hatten, den sie auf dem zweiflammigen Gaskocher erhitzten, setzten Margo und Brian sich mit ihrer Marlin an den Tisch. Margo zeigte ihm, dass man bei dieser Büchse nur eine Schraube zu entfernen brauchte, um alle beweglichen Teile freizulegen.

Nach einem prüfenden Blick auf den verchromten Hebel und das in den Kolben geschnitzte Eichhörnchen meinte Brian: »Scheint eine limitierte Auflage zu sein. Die ist bestimmt einiges wert. Gehörte sie deinem Vater?«

»Nein. Cal.«

»Braves Mädchen!«, sagte er lachend.

Margo ließ Brian den Schaft vom Lauf trennen. Sie verbrachten den ganzen Vormittag damit, die Marlin auseinanderzunehmen und Teil für Teil wieder zusammenzubauen, bis die Luft im Raum vom schweren Geruch nach Lösungsmittel und Waffenöl gesättigt war. Wenn Brian nicht gerade etwas erklärte oder Geschichten erzählte, summte er Hits aus den letzten Jahrzehnten, vor allem Songs von den Beatles wie zum Beispiel *Norwegian Wood*. Im Gewehrlauf entdeckten sie ein paar Wassertropfen, aber sie hatten keinen Schaden angerichtet. Nachdem sie die Büchse sorgfältig geölt und wieder zusammengesetzt hatten, fuhren sie mit dem MerCruiser los, machten an einem Stück Totholz fest und angelten Blaue Sonnenbarsche fürs Abendessen.

»Warum hat dein Vater eigentlich auf Cals Schwanz geschossen? Hat Cal Murray sich an dir vergangen?«, fragte Brian später, als Margo gerade den Fisch im Spülbecken ausnahm.

Margo antwortete nicht, auch dann nicht, als Brian sich zu ihr umdrehte und ihr direkt in die Augen sah.

»Er hat, stimmt's? Cal hat dich vergewaltigt.« Was als Frage begonnen hatte, endete als Feststellung. »Ach, du heilige Scheiße! Deshalb hast du ihm das Gewehr geklaut.«

Margo lächelte gequält. Sie war immer noch nicht der Meinung, dass das Wort »vergewaltigen« die Sache traf.

»Dein Daddy hat dich also gerächt. Aber das reicht nicht. Wenn ich Cal sehe, schlag ich dem Scheißkerl noch einen Zahn aus der Fresse. Ich schlag sie ihm alle aus.«

Als sie mit dem Ausnehmen der Fische fertig war, überließ sie Brian die Zubereitung. Sie selbst stellte sich ans Fenster, suchte den Fluss ab, bis sie einen Schatten darüberfliegen sah – ein Rotschwanzbussard vielleicht oder eine Krähe –, und malte sich aus, wie sie mit dem Lauf der Marlin seiner Flugbahn folgte. Was Brian mit Cal vorhatte, hatte nur am Rande mit ihr zu tun. Sie war vielleicht der Funke, der das Pulverfass hochgehen ließe, aber zwischen Brian und Cal gab es so schon jede Menge Zündstoff.

»Na los, Maggie, lass uns deine Büchse ausprobieren und sehen, ob sie noch funktioniert«, verkündete Brian am nächsten Morgen nach dem Frühstück. Margo trug die Marlin in der Hand, und wieder wünschte sie sich, sie hätte einen Riemen. Brian hatte ein größeres Gewehr dabei, ein M1 Garand aus dem Zweiten Weltkrieg. Beim Reinigen der Marlin hatte er zwar erwähnt, dass er in Vietnam gewesen war, aber lediglich erzählt, dass sein »verdammtes M16 ständig blockiert« hätte. Da Margo wusste, dass Crane nicht über seine Vietnamerlebnisse hatte reden wollen, kam sie gar nicht erst auf die Idee, Brian darüber auszufragen. Er stellte rund fünfundzwanzig Schritt flussabwärts ein paar Dutzend leere Bierdosen und Plastikflaschen auf eine Bahnschwelle und reichte Margo die Ohrenschützer, die er sich an den Oberarm geklemmt hatte. Dann lud er sein großes Gewehr und schoss, lud und schoss, und am Ende hatte er von zwanzig Schuss zehn Treffer. Er ersetzte die abgeschossenen Dosen und Flaschen durch neue, darunter auch zwei auf die Kante gestellte Sardinenbüchsen. »Bin wohl aus der Übung«, meinte er. »Vielleicht muss ich auch mein Visier einstellen.«

Mühsam legte Margo ihre .22er an. Ihre Armmuskeln waren immer noch vom Rudern geschwächt. Als sie den Abzug drückte, durchfuhr sie eine Art Stromschlag, und der erste Schuss ging daneben. Sie zielte erneut auf die Bierdose und verpasste ihr beim zweiten Schuss eine Delle. Beim dritten erwischte sie die Dose an der Oberkante, sodass sie durch die Luft gewirbelt wurde. Leichter Schwarzpulvergeruch stieg ihr in die Nase. Sie lud die Marlin mit fünfzehn der .22er Patronen, die sie aus Cals

Waffenschrank genommen hatte, und lauschte kurz dem Rauschen des Flusses. Mit einer Schlaufe wäre es einfacher gewesen, das Gewehr zu stabilisieren, aber sie hielt den Arm, mit dem sie es stützte, so lange hoch, bis ihr Körper dies wieder als natürliche Haltung akzeptierte. Die nächste Dose traf sie voll und auch alle weiteren, dann lud sie nach und zerschoss sämtliche Flaschen. In diesen wenigen Minuten höchster Konzentration verspürte sie tiefen Frieden in sich. Sie ließ das Gewehr sinken und befühlte den Lauf, um zu sehen, ob er heiß geworden war.

»Heilige Scheiße!«, sagte Brian. »Das nötigt einem als Mann Respekt ab.«

Anschließend tauschte er seine M1 Garand gegen eine alte Winchester 97 Vorderschaftrepetierflinte Kaliber .12 mit Vollchoke. Aus dreißig Schritt Entfernung schoss er auf ein paar gefrorene Treibholzstücke, die er vom Rand des Flusses herbeigeschleppt hatte, und Margo sah, wie die Schrotkugeln ein nur wenige Zoll breites siebähnliches Muster ins Holz stanzten. Bei ihrem ersten Schuss wurde sie von der Wucht der Waffe nach hinten geschleudert. Daraufhin presste sie den Kolben fest gegen die Schulter und fing den Rückstoß mit ihrem gesamten Körper ab. Sie lud nach und schoss, bis sie blaue Flecken hatte. Obwohl das Krachen durch die Ohrenschützer gedämpft wurde, ging ihr jeder Schuss durch und durch, besänftigte und versöhnte sie.

Brian bot an, auch den nächsten Tag mit ihr in der Hütte zu verbringen, meinte aber, er könnte zweihundert Dollar auf die Hand verdienen, wenn er Dach und Regenrinnen eines Apartmentkomplexes säuberte. Es führte keine Straße zur Hütte, sie war nur per Boot zu erreichen, und das machte Margo die Vorstellung, allein hier zu bleiben, etwas erträglicher. Sollte jemand kommen, um sie zu holen, würde sie ihn auf dem Wasser früh genug sehen. Wenn der Fluss im Winter zufror, sagte Brian, säßen sie hier fest, und deshalb müssten sie ihre Bestände an Lebensmitteln, Ködern und Munition aufstocken. Die Aussicht, Vorkehrungen für den Winter zu treffen, schien ihm zu gefallen. Nachdem er mit seinem Boot flussaufwärts verschwunden war, entdeckte Margo ein Stück Seil, das zu kurz war, um es für etwas Vernünftiges zu gebrauchen. Sie drehte es auf und flocht dann die Stränge zu einem Gewehrriemen zusammen.

Am Abend desselben Tages suchte Brian Carpinski auf und ließ sich von ihm über Margos Mutter Bericht erstatten. Nachdem Luanne ein paar Monate mit Carpinski zusammengelebt hatte, war sie offenbar mit einem Lastwagenfahrer mitgegangen. Carpinski konnte sogar eine Adresse in Florida liefern, aber der Brief, den Margo dorthin schickte, landete eine Woche später mit dem handgeschriebenen Vermerk *Wohnt nicht mehr hier* wieder in Brians Postfach. Brian versprach, sich weiter umzuhören und noch einmal mit Carpinski zu reden, wer weiß, vielleicht fiel ihm noch etwas ein. Brian zufolge hatte Carpinski nach über einem Jahr noch mächtig daran zu knabbern, dass Luanne ihn verlassen hatte.

Brian war der geborene Erzähler, er gab immer wieder seine eigenen, aber auch aufgeschnappte Geschichten zum Besten. Abends erzählte er oft davon, wie er in Holzfällercamps im nördlichen Michigan aufgewachsen war, dass sie zum Angeln Bäche gestaut und mit Netz und Eimer Stinte gefischt hatten oder dass Männer ums Leben gekommen waren, weil sie zu nah am Abgrund gingen, als ein mit Baumstämmen beladenes Pferdefuhrwerk vorbeikam. Eine lange, verworrene Geschichte drehte sich ums Töten und Verzehren von Klapperschlangen in Idaho. Er erzählte ihr von ein paar Männern, die mit einer ihrer Frauen im Boot auf einen See hinausgefahren und ohne sie zurückgekehrt waren. Keiner der Männer hatte gemerkt, dass sie fehlte, so froh waren sie über die Stille gewesen. Stunden später war die Frau aufgetaucht, sie war von der anderen Seite des Sees zu Fuß zurückgelaufen und hatte vor Wut gekocht. Er erzählte eine Geschichte über einen Beamten des Michigan Department of Natural Resources, der hiesigen Umweltbehörde. Der Mann war mit einem Freund zum Angeln in die Mitte eines See gefahren. Der Beamte von der DNR sah zu, wie sein Kumpel eine Stange Dynamit anzündete und ins Wasser warf. Zwanzig tote Fische stiegen an die Oberfläche, und der Mann sammelte sie ein. Als er noch eine Dynamitstange anzündete, sagte der Beamte: »Du weißt, dass ich dich dafür verhaften muss.« Da drückte ihm der Freund die angezündete Dynamitstange in die Hand und sagte: »Willst du quatschen oder fischen?«

Es erfüllte Margo mit einer Mischung aus Einsamkeit und Erleichterung, dass sie nicht mehr wie in ihrem bisherigen Leben auf die Farm der Murrays sah. Hier standen am anderen Ufer ein kleines Stück flussaufwärts ein schlichtes weißes, in den Wintermonaten allem Anschein nach unbewohntes Schindelhaus und keine Viertelmeile stromabwärts, von dem weißen Haus durch ein brachliegendes, mit niedrigen Bäumen und Brombeergestrüpp überwuchertes Grundstück getrennt, ein schmuckes gelbes Haus. Darin wohnten ein Mann, der einen grünen Jeep fuhr, eine Frau in einer eng anliegenden weißen Winterjacke und ein schrulliger großer Hund, offenbar eine Mischung aus Retriever und Irish Setter. Das Haus war in einigem Abstand zum Fluss erbaut, aber der Hund lag die ganze Zeit am Ufer und starrte ins Wasser. Margo hatte selbst nie einen Hund besessen – das »Haustierverbot« war einer der wenigen Punkte, in denen ihre Eltern sich einig gewesen waren –, aber sie hatte in ihrer Kindheit so viel Zeit mit den Hunden der Murrays verbracht, dass sie diese Tiere als natürliche Begleiter betrachtete.

Bis zum nächsten Nachbarn auf Brians Seite des Flusses war es eine halbe Meile stromabwärts, dazwischen lag eine Art Urwald.

Nach Neujahr kam Margo auf die Idee, erneut an die ehemalige Adresse ihrer Mutter in Florida zu schreiben und den jetzigen Bewohner nach Informationen über Luanne zu fragen. Brian schlug vor, ihm eine Belohnung von fünfzig Dollar in Aussicht zu stellen, und bot an, diese zu zahlen. Die Antwort landete wieder in Brians Postfach. Die Adresse, die der Mann diesmal mitschickte, befand sich nicht etwa in Florida, sondern in Michigan, genauer gesagt in Lake Lynne, einer westlich von Murrayville und nördlich von Kalamazoo gelegenen Stadt. Margo brauchte Tage, um ein paar schlichte Zeilen zu Papier zu bringen, in denen sie keine Details über ihr Leben preisgab, sondern ihrer Mutter lediglich mitteilte, dass es ihr gut ging und sie sie gern besuchen würde. Brian schickte den Brief an die neue Adresse.

Die Monate vergingen, und Margo war froh, dass niemand sie suchte. Falls die Polizei oder die Murrays es überhaupt taten, dann nicht sehr gründlich. Ein paarmal hatte sie das Boot eines Sheriffs den Fluss hochfahren sehen, aber es war in Richtung Heart of Pines vorbeigerauscht und eine Weile später wieder zurückgefahren. Keiner kam, um sich nach einem vermissten Mädchen zu erkundigen. Mit sechzehn endete in Michigan die gesetzliche Schulpflicht – vielleicht war dies auch das Alter, in dem die Menschen aufhörten, sich um jemanden Sorgen zu machen. Margo hatte das Gefühl, dass Cal sie gar nicht unbedingt finden wollte.

In der kalten Jahreszeit verbesserte sie ihre Fertigkeiten beim *Vorhalten*, das heißt sie schoss bei Kaninchen und Eichhörnchen immer ein Stück vor den Körper der rennenden Tiere. Gelegentlich schoss, rupfte und briet sie eine der am Fluss überwinternden Enten, die zu den dort vorkommenden halb zahmen Kuriositäten zählten. Brian erledigte in der Stadt gegen Bares Gelegenheitsjobs, hauptsächlich Schneepflügen, bei dem sein Pick-up mit Vierradantrieb zum Einsatz kam, den er in der Stadt stehen hatte. Ihm und Paul gehörte ein Waldstück südlich von Heart of Pines, und dort fällte er Bäume, zerkleinerte die Stämme mit einem hydraulischen Holzspalter und lieferte das Feuerholz klafterweise in der Gegend aus. Er konnte auch Autos reparieren, hasste diese Arbeit im Winter aber, es sei denn, er durfte die beheizte Garage eines Bekannten nutzen. Etwa einmal die Woche besuchte er seine Kinder in der Stadt, von denen eines, wie er sagte, knapp drei Jahre jünger als Margo war, was bedeutete, dass der Junge in Wirklichkeit nur ein Jahr jünger als sie war. Manchmal lud Brian sie zu einer Fahrt ein, aber Margo wollte nicht riskieren, der Polizei oder den Murrays über den Weg zu laufen. Anfangs war ihm nicht ganz wohl bei der Vorstellung, sie allein zu lassen, aber schon bald ging er fest davon aus, dass sie bei seiner Heimkehr noch da war. Er sei ein Glückspilz, meinte er, weil er wisse, dass sie am Ende eines Tages, an dem er Gruben ausgehoben oder Bäume gefällt hatte, auf ihn warte. Sie sei seine *Rettung*, sein Grund, sesshaft zu werden und sich zu bessern. Bei diesen Worten grinste er so grimmig, dass Margo Angst bekam.

Der Brief, der im März eintraf, steckte in einem gelben Kuvert ohne Absender. Comicartige Hummeln zierten den gefalteten Papierbogen, in dem eine postalische Geldanweisung über zweihundert Dollar lag. Erst nach mehrmaligem Lesen bemerkte Margo, dass er nach Blumen und Honig duftete. Im Brief stand:

Danke, dass Du mir geschrieben hast, meine Süße. Schön, dass es Dir gut geht und Du immer noch am Fluss lebst. Ich weiß ja, wie Du den Fluss liebst. Ich habe den Moder und

Gestank nicht ausgehalten. Obwohl es mir das Herz bricht, kann ich Dich zurzeit schlecht zu einem Besuch bei mir ermuntern. Ich bin in einer heiklen Lage. Bald schreibe ich Dir wieder, und dann planen wir ein Wiedersehen.
Liebe Grüße, Deine Mama
PS: Erzähle Deinem Daddy und Cal Murray nichts von meinem Brief.

An diesem Abend brachte Margo kein Wort heraus, sondern nickte nur zustimmend, wenn es gerade passte, und legte sich zeitig schlafen. Als Brian tags darauf zur Arbeit gefahren war, lud Margo seine Winchester 97 mit Flintenlaufmunition und machte sich auf den Weg in den Wald. Dabei zog sie den robusten Schlitten hinter sich her, den Brian zum Transportieren von Feuerholz benutzte. Obwohl zurzeit keine Jagdsaison für Hirsche war, stapfte sie durch den Schnee flussabwärts, bis sie eine Fährte entdeckte, die geradewegs zum Fluss führte. Sie setzte sich an den Stamm einer Eiche und wartete. Ein paar Stunden später ließ sich das erste Stück Wild auf dem Weg zum Wasser blicken. Es war eine Hirschkuh, gefolgt von einer zweiten mit geschwollenem Bauch. Margo sah, wie die Tiere aus dem Fluss tranken, die Böschung hochsprangen und mit dem Maul im Schnee nach Eicheln stöberten. Mit gleichgültiger Miene kauten sie auf jungen Trieben herum und zogen schließlich weiter, ohne Margo bemerkt zu haben. Kurz nach Mittag tauchte ein größeres Tier auf, ein Hirsch, der sein Geweih abgeworfen hatte, und ging zum Trinken ans Wasser. Margo beobachtete das Muskelspiel an seinen Schultern und seinem Hals, das Zucken der Ohren und des Schwanzes. Sie verbannte sämtliche Gedanken an ihre Mutter in den stillsten Winkel ihres Wesens und gab sich ganz dem Rascheln der Blätter und dem Säuseln des Winds auf der gekräuselten Wasseroberfläche hin. Der Hirsch sprang zurück auf die Böschung. Ruhig folgte Margo seinen Bewegungen. Als er stehen blieb und am Boden nach Nahrung suchte, zielte sie auf Herz und Lungen und drückte ab.

Das Tier schlug hart zu Boden. Im Näherkommen erkannte Margo, dass sie auf eine Hirschkuh geschossen hatte. Beim Anblick der Muskulatur war sie sich sicher gewesen, dass es sich um ein männliches Tier handelte, aber jetzt konnte sie das Geschlecht und den leicht geschwollenen Bauch sehen. Obwohl Margo genau gezielt hatte, war die Hindin nicht tot. Sie versuchte den Kopf zu heben, musterte Margo panisch aus einem großen, klaren Auge und kickte dabei mit den Hinterläufen, als wollte sie wegrennen. Margo zog das Armeemesser aus der Tasche, klappte die größte Klinge heraus und schnitt dem Tier die Halsschlagader durch, was einige Kraft erforderte. Dann klappte sie die blutige Klinge wieder ein, und erst jetzt begannen ihre Hände zu zittern.

Sie setzte sich im Schneidersitz neben den warmen Körper der Hirschkuh. Ihr war elend beim Gedanken an das, was sie getan hatte. Während das Tier langsam erkaltete, streichelte sie das raue Fell, das sich über den Brustkorb spannte. Nach einer Weile hörte sie noch ein Tier näher kommen. Sie gab keinen Laut von sich, als es auf dem Weg zum Wasser dicht an ihr vorbeikam. Nachdem es seinen Durst gelöscht hatte, hob es den Kopf und blickte sich um. Margo wunderte sich, dass es die tote Hirschkuh und sie selbst nicht witterte, obwohl sie nur einen Steinwurf von ihm entfernt waren. Es kletterte die Böschung hoch, und auch diesmal war Margo sich ziemlich sicher, dass es ein Hirsch war. Er blieb stehen und schnüffelte an der Rinde eines wilden Apfelbaums – etwas hatte sein Interesse geweckt. Dann stampfte er mit den Hufen auf den Boden, stellte sich auf die Hinterläufe und stützte die Vorderhufe gegen den Baum, wobei er den Blick auf Brust und Hoden freigab. Jetzt bestand kein

Zweifel mehr über sein Geschlecht. Er schnupperte weiter oben noch einmal und biss in der Astgabel in etwas. Margo gab ihren zweiten Schuss an diesem Tag ab und traf ihn mitten ins Herz. Als der Hirsch zu Boden schlug, hörte es sich an, als würde er seufzen. Aus seinem Maul kullerte ein grauer Vogel, eine Trauertaube, deren schwarze Augen hervorquollen, flackerten und sich dann schlossen.

Vor Überraschung hätte Margo am liebsten aufgeschrien. Hirsche fraßen doch keine Vögel! Aber sie wusste, dass es besser war, Ruhe zu bewahren und aus dem zu lernen, was sie sah. Als sie dem Hirsch mit dem Fuß leicht in die Rippen stieß, um sich zu vergewissern, dass er tot war, setzte neben ihr ein wildes Flattern ein. Die Taube wachte auf und schwang sich in die Luft.

Eine Weile saß Margo still da und betrachtete den Schlamassel, den sie angerichtet hatte. Nach dem Schuss auf die Hirschkuh hätte sie das Gewehr entladen sollen. Sie hatte außerhalb der Saison gejagt, also hatte sie mit dem Schießen der beiden Tiere doppelt gegen das Gesetz verstoßen. Sollte sie je wieder eine Hirschkuh erlegen, so gelobte sie, würde sie sie wie einen Bock aufbrechen und aus der Decke schlagen. Schließlich aß sie ja auch weibliche Kaninchen und Eichhörnchen. Sie bedeckte den Kadaver der Kuh mit nackten Zweigen, gefrorenen Blättern und Schnee und hoffte, dass niemand ihn fand. Anschließend rollte sie den Hirsch auf den großen Schlitten und zog ihn langsam flussaufwärts über den Schnee.

Als Brian nach Hause kam – er hatte nach der Arbeit in Heart of Pines noch ein paar Bier in *The Pub* getrunken –, hatte sie den Hirsch bereits auf einer Plastikplane aufgebrochen und die Eingeweide im Fluss versenkt in der Hoffnung, dass sie weggeschwemmt würden.

Im ersten Moment war Brian entsetzt, als er sie mit einem außerhalb der Saison erlegten Hirsch sah, aber dann holte er eine Säge und half ihr, die Läufe abzutrennen. Sie knoteten ein Seil um den Hals des Tieres und zogen es hinter dem Haus an einem Baum hoch, außer Sichtweite von vorbeifahrenden Booten. Brian bot an, ihr beim Ausder-Decke-Schlagen zu helfen, schien aber froh zu sein, dass sie sein Angebot ausschlug. Während sie sich an die Arbeit machte, hockte er sich auf einen Baumstumpf und nippte an einer Whiskeyflasche. Er schilderte ihr, wie einer seiner Kumpane einem Hirsch das Fell abgezogen hatte: Er hatte dem Hirsch einen Golfball zwischen den Schultern unter die Haut geschoben, ein Seil um den entstandenen Knubbel gebunden, dieses an einem Pick-up mit Vierradantrieb befestigt und war langsam angefahren.

»Die Decke war in einer Minute runter«, sagte Brian. »Du würdest es nicht glauben. Das hättest du sehen sollen!«

»Hast du schon mal gehört, dass ein Hirsch einen Vogel gefressen hat?«, fragte sie.

»Ich hab mal einen Hirsch gesehen, der einen Fisch gefressen hat. Paul hat mich damals für verrückt erklärt, aber ich weiß, was ich gesehen habe.«

Sie nickte.

»Wir waren noch Kinder, und ich hatte ein paar Karpfen gefangen, die keiner essen wollte. Also habe ich sie bei uns in den Garten geworfen. Ich will verflucht sein, wenn ich an dem Abend nicht aus meinem Fenster geschaut und gesehen habe, wie ein Hirsch sie gefressen hat.«

»Und warum hat er die Fische gefressen?«

»Keine Ahnung. Eiweiß? Kalzium? Weil Fisch gut schmeckt? Aus demselben Grund, warum wir Fisch essen.«

»Und was ist mit einem Vogel?«

»Davon hab ich noch nie gehört.«

Margo hatte es gern, wenn es etwas Neues gab, worüber sie nachgrübeln konnte. Auf der Welt trugen sich mehr Dinge zu, als sich ein Mensch ausdenken konnte. Als sie mit dem Häuten fertig war und die Hirschdecke schlaff wie ein Handtuch auf dem Boden lag, trank Brian den letzten Schluck Whiskey und ließ die Flasche fallen.

»Maggie, du bist genau der Typ Mädchen, mit dem ich alt werden möchte«, sagte er und zog sie auf seinen Schoß. Er legte die Arme um sie und schien nicht zu merken oder sich nicht daran zu stören, dass sie sein Fleischermesser mit der zehn Zoll langen Klinge und dem angekohlten Griff in der Hand hielt. »Falls ich das Glück habe, alt zu werden, natürlich. Was sollen wir mit dem Kopf machen?«

»In einen mit Steinen gefüllten Futtersack stecken und versenken«, schlug sie vor. Brians Gerede über das gemeinsame Altern stieß ihr unangenehm auf. Sie wohnte gern bei ihm, und sie mochte das Gefühl von Geborgenheit in seiner Umarmung, die wie ein schützender Käfig war, aber sie wollte nicht ewig bleiben. Bald würde ihre Mutter sich bei ihr melden und sie zu sich holen, hoffte sie. Dort konnte sie dann überlegen, wie es weitergehen sollte. »Hast du einen Futtersack?«, fragte sie.

»Weißt du was, Maggie? Ich schenk dir die Winchester. Sie gehört jetzt dir. Du bist ein besserer Schütze als ich. Außerdem hab ich in meinem Pick-up in Heart of Pines eine neue Flinte. Die hier gehört dir.« Er lallte leicht.

»Danke«, sagte Margo. »Ich frage mich, warum meine Mutter nicht will, dass ich sie besuche.«

»Das Leben ist manchmal ganz schön kompliziert, Maggie. Ich wette, sie schreibt dir bald wieder.«

Margo nickte.

»Du glaubst doch nicht, dass dieser Dreckskerl Cal sie auch vergewaltigt hat, oder?«, fragte Brian.

»Nein.«

»Na, gut. Ich habe Hunger. Schaffen wir den Hirsch in den Windfang, dort ist er geschützt.«

Margo schlief in dieser Nacht zwölf Stunden tief und fest, so wie früher ihre Mutter.

8. KAPITEL

Von Brian lernte sie, wie man Dörrfleisch macht, indem man halbgefrorenes Wildbret gegen die Faser in dünne Scheiben schnitt und über dem Holzofen trocknete. Auch die Eigenschaften verschiedener Feuerholzarten erklärte er ihr: Hickoryholz verbrannte am heißesten und roch am besten, war aber am schwersten zu spalten. Außerdem passte er auf, dass sie nicht auf den Radarschirm der Behörden gerieten. Deshalb bestand er darauf, dass sie ihr Boot hinter seinem festmachte und mit einer grünen Persenning abdeckte, wenn sie es nicht benutzte. Margo war dankbar für alles, was sie lernte, und sie war dankbar, dass sie hierbleiben und sie selbst sein konnte. Es machte ihr Spaß, für jemanden zu kochen. Brian mochte alle Gerichte, die auch ihr Vater gern gegessen hatte. Ihr ging durch den Kopf, dass sie Brian vielleicht liebte und dass die Liebe anders war, als sie gedacht hatte, nämlich etwas ganz Normales. Wenn man einen Mann in- und auswendig kannte, wenn man sein Gesicht mit der rosigen Haut und dem schwarzen Bart Tag für Tag, Stunde für Stunde sah, wenn man wusste, wie sich sein weiches Haar anfühlte und was er bei einer Berührung empfand, wenn man sich jedes Wort anhörte, das er sagte, seine wahren Geschichten ebenso wie seine Lügen, dann konnte man gar nicht anders, als ihn zu lieben. Vielleicht konnte eine neue Liebe den Schmerz über den Verlust derer lindern, die man zuvor geliebt hatte, auch wenn das nicht so schnell ging, wie man es sich wünschte.

An den meisten Tagen schoss sie stundenlang mit der Marlin und arbeitete sich durch den Stapel Papierzielscheiben, den Mr Peake ihr geschenkt hatte. Sie stellte das Visier der Marlin auf die Winchester-Long-Rifles-Munition ein, um aus dreißig bis fünfzig Fuß Entfernung Niederwild zu schießen, und fand heraus, wie man die Visierung auch an alle anderen Distanzen und Patronentypen anpasste. Brian brachte ihr meist Longs und Long-Rifles mit, gelegentlich aber auch *shorts* oder langsame Sechs-Millimeter-Flobert-Spitzkugeln, die nicht so laut knallten und nicht so tief eindrangen. Das Schießen mit links übte sie so lange, bis sie auch darin ziemlich treffsicher war – Annie Oakley hatte mit beiden Händen wie ein Profi geschossen, jedenfalls stand das so in *Little Sure Shot*. Fürs Plinking hatte Brian eine Vorrichtung mit vier drehbaren Zielen aufgetrieben, ähnlich der, die sie in Murrayville gehabt hatte. Ab und zu holte sie auch die Flinte hervor, die Brian ihr geschenkt hatte, und knallte damit leere Plastikflaschen und anderen Müll weg. Diese Bandbreite an Zielen half ihr über die Versuchung hinweg, noch einen Hirsch außerhalb der Jagdsaison zu schießen, obwohl sie die Tiere oft am Fluss trinken sah.

Wenn Brian einmal vergaß, ihr Patronen mitzubringen, wollte Margo ihn nicht damit nerven. Dann hängte sie seinen Außenborder an *The River Rose* und fuhr flussaufwärts nach Heart of Pines, um im Lebensmittelladen selbst einen Packen Munition und etwas zu essen zu kaufen. Bevor sie hineinging, versteckte sie ihr langes Haar unter einer Pudelmütze. Im Laden schenkte ihr niemand sonderlich Beachtung. Margo genoss das Gefühl von Freiheit, wenn sie allein unterwegs war. Sie gab ihre vierzig Dollar aus und hätte gern die Geldanweisung ihrer Mutter eingelöst, hatte aber Angst davor, auf dem Postamt ihren Namen anzugeben. Ihr Zuhause schien so weit weg, dabei lag Heart of Pines nur fünfunddreißig Meilen flussaufwärts von Murrayville. Der Beamte von der Umweltbehörde, der hier womöglich irgendwann auf die von ihr erlegte Hirschkuh stieß, war also derselbe, der sie damals zu Hause hätte drankriegen können, weil sie mehr Tiere als erlaubt geschossen hatte. Sie hatte die tote Hirschkuh das ganze Frühjahr hindurch besucht, immer wieder mit Zweigen zugedeckt und von Mal zu Mal festgestellt, wie viel Kojoten, Waschbären und Krähen bereits weggefressen hatten, wie das Gerippe mit dem noch knorpeligen Skelett des Fetus darin in sich zusammenfiel und ein Knochen nach dem anderen aus dem Haufen verschwand. Vergangene Woche hatte sie ihr Flintenlaufgeschoss aus den zusammengesunkenen Überresten ziehen können.

Als es im Frühjahr wärmer wurde und der Boden auftaute, nahm Brian Baumentfernungs-, Landschaftspflege- und Aushubarbeiten an. Für Letztere mietete er sich Maschinen oder benutzte einfach nur eine Schaufel, wenn der Platz knapp war und die Auftraggeber Angst um die Zierbüsche über ihrer Klärgrube hatten. Zwar vermisste Margo ihren Vater in der wärmeren Jahreszeit kein bisschen weniger, aber mittlerweile hatte ihr Körper die Trauer verinnerlicht, sie durchströmte sie und war zu einem natürlichen Bestandteil ihrer Bewegungen geworden. Ihre Mutter vermisste sie auf ganz andere Weise: Der Gedanke an sie wühlte sie auf und stellte sie vor ein Rätsel. Sie versuchte sich Luanne in Situationen vorzustellen, die so heikel waren, dass sie sich nicht sehen konnten, nicht einmal kurz. Wurde ihre Mutter etwa gefangen gehalten? Kümmerte sie sich um die Kinder eines anderen Mannes, um ein ganzes Dutzend vielleicht, sodass es für noch einen Menschen nicht reichte? Luanne sollte doch eigentlich wissen, dass man sich um Margo nicht großartig kümmern musste.

Am zufriedensten war Margo, wenn sie den hellbraunen Hund am gegenüberliegenden Ufer beobachtete. Er bellte so gut wie nie und brachte es fertig, mit der Schnauze dicht über dem Wasser bis zu einer Stunde regungslos dazuliegen. Margos Herz machte jedes Mal einen Hüpfer, wenn der Mann oder die Frau heimkam und den Hund aus dem Haus ließ. Wenn er dann mit großen Sätzen ans Ufer sprang, freute Margo sich mit ihm über seine Befreiung. Zu Beginn des Frühjahrs schien die Frau häufiger wegzubleiben, und im Mai tauchten sie und ihr Auto gar nicht mehr am Haus auf. Danach brachte der Mann abends viele Stunden allein damit zu, das Ölfässerfloß zu reparieren, bevor er es zu Wasser ließ und die Laufplanke auslegte, die Hecken rund ums Haus zu stutzen und den kleinen Schuppen zu streichen. Margo sah, wie er den Schmutz vom Hausdach fegte, anschließend die Regenrinnen säuberte und sogar mit einem Handtuch auswischte. Brians Hütte hatte keine Regenrinnen.

An dem Abend, an dem sie Brian zum ersten Mal richtig betrunken erlebte, war sie lange aufgeblieben und reinigte gerade die Winchester, die er ihr geschenkt hatte, als sie hörte, wie sein Boot am Steg anlegte. Kurz darauf schleppte Paul seinen Bruder mithilfe eines anderen Mannes die Stufen zum Windfang hoch.

»Hier hast du deinen Kerl«, sagte Paul. »Mach mit ihm, was du willst. Er war zu betrunken, um selbst zu fahren. Auf dem Heimweg haben wir das Boot des Sheriffs überholt, darum bleiben wir heute Nacht alle hier.«

An Pauls Blick, der träge von ihrem Hals zu ihrem Gesicht hochwanderte, sah sie, dass auch er betrunken war.

»Paul hat seine Brille ins Glas fallen lassen.« Brian war von der Couch unter dem Vorbau, wo sie ihn abgesetzt hatten, aufgestanden und wankte zur Türschwelle.

»Du hast meine verdammte Brille in den Drink geworfen«, stellte Paul klar. »Ich hab sie nicht reinfallen lassen.«

»Tut mir leid, Bruderherz. Weißt du …«, begann er,

schien aber gleich wieder vergessen zu haben, was er sagen wollte.

Margo überlegte, dass es eine Dreiviertelstunde dauern würde, um die Hütte wieder warm zu kriegen, nachdem die Männer die Tür so lange weit offen stehen lassen hatten.

»Was wolltest du sagen, Brian?«, fragte Paul.

»Na ja, ich liebe meinen Bruder. Ich liebe dich, Mann. Und es tut mir leid, dass ich dir ins Auge geschossen habe.« Er stützte sich am Türrahmen ab, machte dann plötzlich einen Satz auf den Tisch zu und stieß dabei das Geschirr herunter. Ein Teller und ein Glas gingen zu Bruch. Margos Gewehrputzzeug flog durcheinander. Sie stellte die Flasche mit dem Lösungsmittel wieder auf, bevor noch mehr heraussickerte, aber der ölige Geruch hatte sich bereits im Raum breitgemacht.

Als sie die Bruchstücke des orangefarbenen Tellers zusammenklaubte, packte Brian sie an der Schulter und zog sie so ruckartig auf seinen Schoß, dass sie sich an einer Scherbe schnitt. Blut tropfte auf das Annie-Oakley-Buch, auf eine Abbildung des stirnrunzelnden Häuptlings Sitting Bull, der Annie den Namen »Little Sure Shot« gegeben hatte. Margo war es den Männern gegenüber peinlich, dass sie ein Kinderbuch las. Sie war neun gewesen, als Joanna es ihr geschenkt hatte.

»Oh, verdammt«, sagte Brian, als er das Blut auf ihrem Unterarm sah. Er beugte sich hinunter und schloss seinen Mund um die Wunde. Dabei fielen Margo die blutigen Knöchel an seiner vernarbten rechten Hand auf. »Ich wollte dir nicht wehtun, Maggie, dein Blut schmeckt süß wie Honig.«

»Was ist mit deiner Hand passiert?« Sie richtete sich in seinem Schoß auf. Weil kein Lappen auf dem Tisch lag, nahm sie ihren Ärmel, um das Blut vom Buch abzutupfen.

»Pauly hat gesagt, dass er immer noch clean ist. Ich bin

so verflucht stolz auf meinen kleinen Bruder«, lallte Brian. »Bruderherz, ich bin verflucht stolz auf dich, und dazu stehe ich.«

»Ach, halt den Mund, Brian«, sagte Paul.

Margo merkte gar nicht, dass sie Paul anstarrte, aber er drehte den Kopf, um sie mit seinem besseren Auge anzusehen, und sagte ruhig: »Hör auf, mich ständig anzustarren. Das macht mich verrückt. Was soll das?«

Margo war überzeugt, dass er sie nicht so angefahren hätte, wenn Brian nüchtern gewesen wäre. Hinter Paul tauchte der dritte Mann im Türrahmen auf und hob die Hand zum Gruß.

»Maggie, das ist Johnny«, stellte Paul ihn vor. »Ein Schwachkopf aus Kalamazoo.« Der blonde Mann mit den grauen Augen kam hinter Paul in den Raum getorkelt, er war genauso betrunken wie Brian, aber nicht so schwerfällig. »Johnny schläft hier drin auf der Couch, und ich schlaf auf der im Vorbau«, bestimmte Paul. »Dann muss ich mir das Geschnarche von diesen Arschlöchern nicht anhören.«

Brian stand auf und verkündete lallend: »Ich hau mich aufs Ohr.« Er stolperte ins Schlafzimmer und ließ sich in voller Montur, samt der dicken wattierten Canvasjacke, aufs Bett fallen. Margo fragte sich, wie um alles auf der Welt sie ins Bett und unter die Decke kommen sollte, wenn er darauf lag.

Als sie für Johnny ihren alten Armeeschlafsack ausrollte, meinte er augenzwinkernd zu ihr: »Paul hält mich für einen Trottel, aber ich hab Augen im Kopf.« Lachend ließ er sich auf die Couch plumpsen.

»Und ob du ein Trottel bist!«, sagte Paul. »Deinen halben Grund und Boden hast du verhökert, um Whiskey zu kaufen.«

»Ich bin kein Farmer«, erwiderte Johnny. »Und ich wollte auch nie einer sein.«

Kopfschüttelnd verzog sich Paul in den Vorbau. Johnny streichelte den Schlafsack und schien nicht willens, etwas anderes damit zu tun. Er sah Margo an und nuschelte ein paarmal »wunderschön«, und Margo stellte fest, dass sie nichts gegen seine Aufmerksamkeiten hatte. Jetzt begriff sie auch, dass er der blonde Kerl gewesen war, der hinten im MerCruiser geschlafen und unfreiwillig mit dem toten Hirsch geschmust hatte, den sie Brian in Murrayville verkauft hatte. Bei der Erinnerung daran musste sie unwillkürlich leise lachen. Johnny hatte Margo an dem Tag natürlich nicht gesehen. Und jetzt war er so betrunken, dass er sie beim nächsten Mal wahrscheinlich nicht wiedererkennen würde.

Als Johnny zur Seite kippte, nahm sein Körper schließlich Schlafposition ein. Margo beugte sich über ihn und deckte ihn zu, so wie Brian sie damals zugedeckt hatte. Als sie den Schlafsack zurechtzupfte, griff Johnny nach ihrem Arm und zog sie zu sich herunter. Um seinem Gesicht nicht zu nahe zu kommen, wandte sie sich ab und setzte sich mit dem Rücken zu ihm auf die Couchkante. Er schlang die Arme um ihre Taille und kitzelte ihre Rippen, bis sie kicherte. Johnny flüsterte: »Du musst hier mal raus und dich ein bisschen amüsieren, Kleine!«

Langsam lockerte er den Griff, bis seine Arme sie nur noch leicht umschlossen. Margo hatte Hundeweibchen und Säue gesehen, die in Gegenwart der männlichen Tiere stillhielten, obwohl klar war, dass sie eigentlich wegrennen wollten. Sie hatte nichts gegen dieses schwerelose Gefühl der Unentschlossenheit.

»Wenn doch bloß Sommer wäre«, flüsterte Johnny. Das spärliche Licht der heruntergedrehten Petroleumlampe ließ seine Haut glatt erscheinen und seine Augen glänzen. Er roch gut, nicht so stark nach Moschus und Rauch wie Brian. »Dann könnten wir nackt schwimmen gehen.«

Margo wollte nicht, dass zwischen ihr und Johnny etwas vorfiel, aber sie wollte diesen merkwürdigen Augenblick hinauszögern, im herauszufinden, was es mit diesem Gefühl auf sich hatte. Dieser Augenblick hatte anscheinend nichts mit Brian zu tun. Stattdessen musste sie an ihre Mutter denken und überlegte, ob sie ihren Vater vielleicht verlassen hatte, um einmal mit einem anderen Mann einen unbeschwerten Moment zu erleben. Luanne hatte oft darüber geklagt, dass Crane seit der Hochzeit kein einziges Mal mit ihr ausgegangen war. Plötzlich spürte Margo, dass sie beobachtet wurde, und als sie aufblickte, stand Paul mit den Sitzkissen aus dem Boot in der Tür.

»Was zur Hölle läuft hier?«, fragte er. Er schüttelte den Kopf wie zur Bestätigung einer Vorahnung. Margo stand auf, schüttelte Johnnys Hände ab und ging zum Schlafzimmer.

»Bist du lebensmüde, du Arschloch?«, fragte Paul hinter ihr. »Dann mach mit der hübschen Flussprinzessin von meinem Bruder rum, während er nebenan schläft.«

Sie spürte Pauls forschenden Blick auf sich, bis sie die Tür hinter sich geschlossen hatte.

Brian hatte die Jacke inzwischen ausgezogen und war unter die Decke geschlüpft. Als Margo zu ihm ins Bett stieg, machte er ihr Platz und legte einen schweren Arm auf sie.

Als Brian einen Monat später wieder betrunken nach Hause kam, diesmal allein, rammte er den Steg mit solcher Wucht, dass das Fiberglas am Bug platzte. Fluchend kam er in die Hütte. Der Hals einer Literflasche ragte aus seiner Jackentasche. Bisher hatte Margo ihn nur mit Halbliterflaschen gesehen.

»Wer ist bei dir gewesen? Hier riecht es nach Mann«, sagte er stumpf.

»Es war niemand hier.« Margo ging um ihn herum, um

näher an der Tür zu sein als er, für den Fall, dass sie vor ihm wegrennen musste. Etwas an ihm war an diesem Abend anders. Sie kannte diesen Ausdruck von ihrem Vater, von dem einen Mal, als er sie geschlagen hatte. Es war nach der Sache mit Cal gewesen. Ihr Vater hatte sie aufgefordert, mit ihm darüber zu reden. Als sie geschwiegen hatte, hatte er ihr ins Gesicht geschlagen, allerdings mit halb geballter Faust. Dann war er nach draußen gegangen, hatte sich in seinen Pick-up gesetzt und war erst wieder reingekommen, als Margo bereits schlief. Am nächsten Morgen hatte sie festgestellt, dass im Augenwinkel ein Äderchen geplatzt war. Die Hornhaut war blutunterlaufen, und unter dem Auge hatte sich ein blauer Fleck gebildet. Danach hatte Crane nie wieder einen Tropfen Alkohol angerührt.

»Betrügst du mich, Maggie?«

»Nein.« Sie warf einen Blick zur Tür. Im Notfall würde sie nicht zögern, sondern weglaufen.

»Betrügst du mich, du Flittchen?«, wiederholte Brian lallend. Er sagte es stockend, als hätte er selbst Zweifel an seinen Worten.

»Nein«, sagte sie noch einmal. *Flittchen.* Aus Cals Mund hatte sie das Wort tief getroffen, es hatte sie verletzt, aber jetzt machte es sie wütend. »Warum nennt ihr Männer uns immer Flittchen?«

Brian ließ sich am Tisch auf einen Stuhl sinken. Margo setzte sich ihm gegenüber. Er zündete sich eine Zigarette an und musterte sie. Während sie schweigend den Kragen ihrer Jacke flickte, trommelte er mit den Fingern auf die Tischplatte. Schließlich drückte er die Zigarette aus und sagte: »Also gut, Maggie, ich werde dich nie wieder so nennen. Ich hab mir nur Sorgen gemacht. Mann, du weißt doch, dass ich dich liebe.«

Sie griff über den Tisch und berührte die Narben auf seiner Hand. »Warum wirst du so fies?«

»Ich hatte Angst, dass du womöglich nicht allein warst. Pauly hat was in der Richtung gesagt. Ich könnte es nicht ertragen, wenn sich jemand hier einschleicht und was mit dir anstellt.«

»Wenn du nicht hier bist, bin ich allein, Brian. Ich habe keinen anderen. Ich habe doch nicht mal einen Hund. Ich muss meine Mutter finden, aber sie will nichts von mir wissen. Warum hat sie nicht geschrieben, dass ich zu ihr kommen soll, und sei es nur zu Besuch?«

»Hast du ihr gesagt, dass man deinen Daddy erschossen hat?«

»Nein.«

»Vielleicht solltest du es ihr sagen. Vielleicht weiß sie es noch gar nicht.«

Margo zuckte mit den Schultern. Sie hatte einen Anlauf unternommen, es aber nicht über sich gebracht, die Worte hinzuschreiben.

»Keine Sorge, Maggie. Du hast mich. Ich werde immer für dich sorgen«, sagte er betrunken. »Maggie, wie weit würdest du für mich gehen? Würdest du für mich töten?«

»Ich habe ein Kaninchen für dich getötet. Aber das ist inzwischen verkocht.« Während sie es am Flussufer abgebalgt und gesäubert hatte, hatte sie an Brian gedacht und sich vorgestellt, wie gut es ihm schmecken würde. Sie hatte angefangen, aus Kaninchenfellen, die sie mit Salz gerbte, eine Tagesdecke für ihrer beider Bett zu nähen. Etwas Weicheres als Kaninchenfell gab es nicht. Alles, was sie jetzt tat, hatte irgendwie mit Brian zu tun, im Guten wie im Schlechten.

»Würdest du für mich einen Menschen töten?« Er hielt ihr Handgelenk fest und wartete auf eine Antwort.

»Wenn er dich umbringen wollte, würde ich ihn töten.«

»Ich hab noch nie eine Frau gekannt, die für mich töten würde. Ich würde auch für dich töten«, verkündete er laut, als wollte er jemanden beeindrucken, der gar nicht da war. »Ich würde meinen eigenen Bruder töten, wenn er sich an dir vergreift, Maggie. Und wenn ich Cal Murray je wiedersehe, bring ich ihn um.«

»Keiner muss irgendwen töten«, sagte sie. »Du tust mir weh.«

»Oh!« Beflissen ließ Brian sie los. »Ich möchte dir nicht wehtun.« Unbeholfen streckte er die Hand aus, um ihr seitlich übers Haar zu streichen, aber die trunkene Langsamkeit seiner Geste erschreckte sie. »Als du zu mir gekommen bist, habe ich mir geschworen, dir nie wehzutun und immer sanft zu dir zu sein. Ich habe zu Gott gesprochen, ich habe in Gedanken zu Ihm gesagt: *Wenn sie bei mir bleibt, werde ich sie gut behandeln.* Bitte verlass mich nicht, Maggie. Versprich mir, dass du mich nicht verlässt.«

Margo hätte ihn gern gebeten, keinen Whiskey mehr zu trinken, aber sie wusste genau, dass es nichts brachte, mit einem Trinker über ernste Dinge reden zu wollen, solange er betrunken war. Das Beste wäre, ihn ins Bett zu verfrachten.

»Wohin sollte ich schon gehen, Brian? Ich hab doch sonst niemanden.«

»Ich hätte nie gedacht, dass ich mal das Glück haben würde, ein Mädchen wie dich zu finden, ein wunderschönes Mädchen, das abends für mich kocht, mit mir schläft und keine Ansprüche stellt.« Er zog sie um den Tisch herum auf seinen Schoß und schlang die Arme um sie. Normalerweise mochte Margo es, von Brian umfangen und ihm ganz nah zu sein – es war, als wäre sie mit einer starken Waffe verbunden.

Als er nach draußen ging, um sich zu erleichtern, setzte Margo sich an den Tisch und lauschte durch die Wände dem Quaken der Leopardfrösche. Wie lange konnte sie wohl noch hierbleiben?

»Ich gebe mein Bestes«, flüsterte sie für den Fall, dass Crane das hier mitbekam. »Ich werde mich schon durchschlagen, Daddy. Mach dir um mich keine Sorgen.« Zum ersten Mal hatte sie laut mit ihm gesprochen. Falls die Toten tatsächlich in den Himmel oder in die Hölle kamen, fragte sie sich, wie Crane dort wohl ohne sie zurechtkommen würde.

In diesem Jahr trat der Fluss nicht über die Ufer. Zum Ende des Frühlings setzte milder Dauerregen ein. Erst im Juni kletterte das Thermometer an einigen Tagen über zwanzig Grad, und es kam Wind aus südlicher Richtung auf. Am zweiten dieser warmen Tage kehrte Brian wieder mit blutenden Knöcheln aus der Bar zurück. Ein Mann hatte ihm die Jacke weggenommen, erklärte er.

»Wenn du dir von jemandem die Jacke wegnehmen lässt, glaubt er, du gehörst ihm. Man weiß nicht, was er sich noch alles ausdenkt. Als Nächstes vögelt er deine Frau.«

Margo sah ihn erschrocken an.

»Du weißt, was es heißt, eine Rechnung zu begleichen, Kleine. Ich weiß, dass du das verstehst. Eines Tages wirst du es deinem Cousin heimzahlen.«

Margo nickte. Sie war klug genug, nicht auf Rache zu sinnen, konnte aber den Wunsch danach nicht völlig unterdrücken. Allerdings sagte sie Brian nicht, was sie nur allzu gut wusste: Nicht immer ließ sich Gerechtigkeit herstellen, und wenn man es trotzdem versuchte, verlor man manchmal alles.

9. KAPITEL

An einem Tag im August fuhr Brian in die Stadt und kehrte weder bei Einbruch der Dunkelheit noch am nächsten Morgen zurück. Mehrere Tage später hatte er sich immer noch nicht blicken lassen. Jeden Morgen, wenn Margo allein erwachte, hörte sie einem Schreivogel zu, der seinem Namen auf einem Ast vor dem Fenster alle Ehre machte, und schon bald konnte sie seinen Ruf perfekt nachahmen. Und an jedem Abend, den Brian fortblieb, lauschte sie dem Orchester aus Grillen, Zikaden und Baumfröschen und entwarf Briefe an ihre Mutter. Mal bemühte sie sich um einen unbeschwerten Ton, mal forderte sie Luanne auf, ihre *heikle Lage* zu erklären. Kaum hatte sie einen Brief fertig, zerriss sie das Papier und streute die Schnipsel vom Steg ins Wasser.

In den letzten Monaten hatte sie Angst davor gehabt, dass Brian wieder betrunken nach Hause kommen könnte, aber jetzt machte sie sich Sorgen, dass er womöglich überhaupt nicht mehr zurückkam. Anfangs war es ihr schwergefallen, ohne seinen großen Körper neben sich einzuschlafen, aber schon bald streckte sie sich im Bett aus und machte sich breit.

In der Abenddämmerung des achten Tages sah Margo den MerCruiser flussabwärts kommen. Sie lief auf den Steg und winkte. Der schwarzhaarige, bärtige Fahrer entpuppte sich jedoch als Paul. Am anderen Ufer flüchtete sich der hellbraune Hund, vom Lärm des starken Bootsmotors aufgeschreckt, über den Rasen zum Haus, und ein Stück unterhalb der Hütte flatterte ein Graureiher auf, der dort wohl gefischt hatte. Margo blickte ihm hinterher. Es war noch jemand mit Paul im Boot, allerdings nicht Johnny, sondern ein kleinerer Mann. Margo hoffte, dass die beiden Fleisch oder Lebensmittel aus dem Laden mitgebracht hatten. Sie hatte es nämlich satt, immer nur Fisch zu essen. Die Munition war ihr auch ausgegangen, und sie hatte kein Geld mehr, um neue zu kaufen, es sei denn, sie fasste sich ein Herz und löste die Geldanweisung ihrer Mutter ein. Als das Boot langsam am Steg entlangglitt, streckte sie die Hand nach dem Bug aus.

»Was machst du mit Brians Boot?«, rief Margo. Paul stellte den Motor genau in dem Augenblick ab, als sie fragte: »Wo ist er?«

Erschrocken hörte sie, wie ihre Stimme den rauschenden Fluss übertönte. Sie hatte seit Langem nicht laut gesprochen, und mit Paul redete sie normalerweise überhaupt nicht. Hinter dem Fahrersitz lag etwas unter einer blauen Plane, der Form nach ein großes Fass.

»Brian ist im Gefängnis.«

»Warum?«

»Weil er Cal Murray verprügelt hat.«

»Was? Er hat ihn doch nicht verletzt, oder?«

»Und ob er ihn verletzt hat! Sogar schwer. Er hat es für dich getan.«

»Ich hab ihn nicht darum gebeten.« Pauls scharfer Ton war ihr nicht geheuer.

Paul stieg aus dem Boot und vertäute es. »Das war nicht klug von Brian, aber es hat ihm gestunken, dass Cal Murray in die Bar reinmarschiert ist, als würde sie ihm gehören. Cal glaubt, dass ihm ganz Murrayville gehört.«

Murrayville gehört Cal doch auch, dachte Margo. »Was ist passiert?«

»Nichts Gutes«, sagte Paul. Wegen seines schlechten

Auges drehte er den Kopf, um sie anzusehen. »Starr mich nicht so an, verdammt.«

Margo hatte ihn nicht anstarren wollen. Sie schaute zurück zur Hütte. Das auf den Stelzen irgendwie staksig wirkende grüne Gebäude verschwamm vor ihren Augen, als sie sich mit Tränen füllten. Sie wischte sich das Gesicht ab und zeigte auf den Fischeimer, den Paul aus dem Boot hievte. »Gib ihn mir«, sagte sie.

»Maggie, Schätzchen, deine Heulerei hilft ihm nicht. Ihm könnte jetzt nur noch ein guter Anwalt helfen, aber den kann er sich nicht leisten.« Paul schlug einen sanfteren Ton an. Er stellte den Eimer auf den Steg und nahm sie in den Arm. Paul war ein wenig dicker als sein Bruder. Er roch seltsam, nach Ammoniak. Sie spielte mit dem Gedanken, ihn von sich zu stoßen und wegzulaufen, aber es wäre verrückt gewesen, in den Wald zu rennen, der voller Brennnesseln und Giftefeu war.

Sie entzog sich seiner Umarmung und packte den Eimer so abrupt, dass sie sich selbst und Paul nass spritzte. Zwei der drei Katzenwelse im Eimer hatten die Länge ihrer Unterarme und lange Barteln. Ihre an Seetang erinnernden Schnurrhaare streiften gegen die Innenwand des Eimers, während sie übereinander hinwegglitten. »Das sind aber große Welse«, stellte Margo fest.

»Wir haben sie flussaufwärts bei Willow Island rausgeholt«, erklärte Paul.

»Wen hast du da mitgebracht?«, fragte sie. Der andere hatte bislang keine Anstalten gemacht, aus dem Boot zu steigen, als wartete er auf ein Zeichen von Paul.

»Ach, das ist nur Charlie. Er arbeitet mit mir in der Fabrik.« Paul arbeitete seit Langem in einem pharmazeutischen Werk, das Generika herstellte. Brian nannte ihn »Fabrikratte«, was Paul auf die Palme brachte. Charlie war ein hagerer Bursche und hatte eine eingesunkene Wange, weil ihm ein paar Zähne fehlten.

Paul nahm die Fische nacheinander aus dem Eimer, ritzte mit seinem Messer die Haut rund um den Hals ein und nagelte sie mit dem Kopf an die nächste Eiche. Sie rollten die Schwänze auf und ab und klatschten damit gegen die Rinde. Die beiden Männer standen daneben, als Margo einen Fisch mit dem Hammer betäubte und sich daranmachte, ihm mit der Zange die Haut abzuziehen.

»Erzähl mir, was passiert ist.« Margo kam aus Versehen an die Rückenflosse eines Welses und stach sich in den Finger.

»Na ja, wir waren in Murrayville in *The Pub* und sind dann auf ein paar Bierchen ins *The Tap Room* weitergezogen. Brian und der Typ, mit dem er gerade Billard spielt, fangen an zu streiten, und da kommt Cal Murray rein. Es war, als hätte mein Bruder nur auf ihn gewartet, aber Cal hält sich zurück. Also sagt Brian zu ihm: ›Ich hab gehört, man hat dir den Schwanz weggeschossen. Hast jetzt angeblich nur noch 'nen hässlichen kleinen Stummel.‹ Das ist witzig, aber keiner traut sich zu lachen. Cal sagt zu Brian: ›Willst du ihn lutschen?‹, und Brian sagt: ›Für das, was du der Kleinen angetan hast, gibt es keine Vergebung.‹ Brian haut ihm ein paar rein, aber Cal wehrt sich seltsamerweise kaum. Keine Ahnung, ob er betrunken war oder was. Brian stößt ihn ein paar Stufen runter. Er merkt anscheinend gar nicht, dass Cal nicht zurückschlägt, und trampelt auf der Treppe wie ein Besessener auf ihm rum. Er hat Cal beide Beine gebrochen.«

»Was?« Die Fischhaut riss.

»Er hat ihm die Knochen in den Beinen gebrochen – du hast richtig gehört.«

Seufzend packte Margo mit der Zange wieder die Haut. »Warum musstet ihr auch nach Murrayville fahren?«

»Wir leben in einem freien Land, hat Brian gesagt. Wir können unser Bier trinken, wo wir wollen. Aber du weißt, wie es an Brian gefressen hat, was Cal mit dir gemacht hat. Er konnte nicht anders, er musste ihn sich vorknöpfen.«

Margo hatte Brian nie jemanden schlagen sehen, aber sie konnte sich vorstellen, wie er sturzbetrunken auf Cal eindrosch und ihn mit Füßen trat. Mit der Rückseite eines Fingers fuhr sie über die Brustflosse des Welses. Diesmal war der Schmerz so heftig, dass sie überrascht war, kein Blut zu sehen. Ja, Brian war eine Waffe, aber eher eine Landmine oder eine Granate als ein Gewehr oder ein Messer.

»In null Komma nichts waren der Krankenwagen und die Bullen da, und Brian ist ins Gefängnis gewandert. Jetzt, wo sie ihn eingelocht haben, kriegen sie ihn auch wegen Totschlags dran.«

»Cal ist doch nicht tot, oder?«

»Nein. Ich meine wegen der fahrlässigen Tötung.«

»Welche fahrlässige Tötung?«

»Weiß der Geier, wie das richtig heißt. Das war letzten Sommer oben in Rapid River, ganz im Norden unseres schönen Michigan. Brian hat dir bestimmt davon erzählt. Was glaubst du wohl, warum er sich hier im Wald verkrochen hat?«

Die Bäume um sie herum wirkten auf einmal dicker und höher. Vorsichtig, damit sie nicht riss, zog Margo an der Haut des zweiten Welses, aber dabei stach sie sich die Spitze der Rückenflosse in den Handrücken. Sie zuckte zurück und vermasselte alles. Der halb gehäutete Fisch wachte auf und rollte den Schwanz am Baumstamm auf, als wollte er wegschwimmen.

»Hey, Charlie, wirf mal 'n Bier rüber«, sagte Paul. Margo drehte den Kopf und sah die Bierdose verblüffend schnell und zielgerichtet durch die Luft fliegen. Sie klatschte in Pauls Hand, und als er sie öffnete, lief ihm der Schaum über die Finger. »Ich dachte, du wüsstest das, Maggie.«

Langsam bearbeitete sie den letzten Wels mit der Zange. Sie zog die Haut in einem Stück ringsherum bis zum Schwanz herunter und schnitt sie dort ab. Wenn das, was Brian oben im Norden getan hatte, ein Unfall war, warum hatte er es dann nicht erwähnt?

»Die Polizei hatte von dem Vorfall im Norden nur eine Personenbeschreibung, aber darin wurden die Narben von den Messerschnitten auf seinem Handrücken erwähnt. Es war dieselbe Nummer: Brian war betrunken und wusste nicht, wann Schluss ist.«

»Kann ich zu ihm?«

»Lieber nicht, Schätzchen. Seine Frau hat bestimmt was gegen dich.«

»Seine Exfrau.«

»Er hat eine Exfrau, aber das ist seine erste Frau. Von seiner zweiten Frau wollte er sich zwar scheiden lassen, aber der Volltrottel hat es ihr noch nicht gesagt. Er hat gehofft, dass sie was mit 'nem anderen Kerl anfängt. Das hätte es leichter gemacht, und er hätte bei der Scheidung besser dagestanden. Sie haben zwar nicht mehr richtig zusammengelebt, aber sie hält zu ihm. Und sie kann jetzt mehr für ihn tun als du.«

In der Hütte bewegte sich Margo wie in Trance. Sie filetierte den Wels und bereitete ihn so zu, wie sie es für Brian getan hätte: Sie wälzte ihn in einer Mischung aus Mais- und Weizenmehl und briet ihn im letzten Rest Speckfett, das schon leicht ranzig war. Nach dem Essen schaltete Paul eine nagelneue batteriebetriebene Lampe mit summender Neonröhre ein. Margo war entsetzt, als sie sah, wie viele Käfer sich an den Wänden tummelten, wie schäbig der Läufer im bläulichen Licht wirkte und wie verwahrlost sie selber war. Sie zog ihren Zopf über die Schulter und stellte fest, dass er total zottelig war. Paul und Charlie nahmen die Lampe mit nach draußen und machten sich daran, mit einer Sandschaufel ein Loch zu graben. Margo war dankbar, nicht mehr im grellen Licht zu stehen. Sie öffnete den Zopf und bürstete sich das Haar. Als Paul hereinkam, um sich noch ein Bier zu holen, bat sie ihn, ihr mehr zu erzählen.

»Da gibt's nichts mehr zu erzählen.«

»Gehört die Hütte Brian?«, fragte sie.

»Sie gehört mir und Brian. Du kannst so lange bleiben, wie du willst, Maggie. Zerbrich dir darüber nicht dein hübsches Köpfchen. Aber ich muss hier ein paar Sachen lagern, und ich warne dich: Rühr sie nicht an! Das meine ich ernst.«

»Was ist in dem Fass?« Margo fiel auf, dass Pauls Wanderstiefel brandneu wirkten, genau wie seine Uhr.

»Das geht dich nichts an, Maggie. Der Inhalt ist sehr wertvoll. Du sollst einfach die Finger davon lassen.«

Sie nickte. »Weißt du, ob Brian in sein Postfach geschaut hat?«

»Keine Ahnung.«

»Vielleicht hat meine Mutter mir geschrieben, dass ich zu ihr kommen soll.«

»Er hat nichts von einem Brief gesagt. Wenn ich ihn das nächste Mal besuche, kann ich ihn fragen.«

Als Paul wieder hinausging, um weiterzugraben, spülte Margo das Geschirr mit Wasser, das sie hereingetragen und auf dem Gaskocher erhitzt hatte.

Normalerweise trank sie keinen Alkohol, aber sie musste etwas anders machen als sonst – sozusagen aus Protest gegen die neue Situation. Also machte sie ein Bier auf, und obwohl sie die ersten Schlucke scheußlich fand, trank sie die Dose leer. Dann faltete sie den Brief zusammen, den sie an ihre Mutter geschrieben hatte. Darin hatte sie Luanne gefragt, was sie von Treue zu einem Mann hielt, was Treue wert sei. All die Fragen, die sie ihrer Mutter stellte, liefen auf eine einzige Frage hinaus: Wie sollte Margo leben? Sie hatte sich für dieses Leben entschieden, in dem Brian ihr Anker gewesen war, der ihr Beständigkeit und Halt gab. Aber jetzt trieb sie wieder ziellos umher. Sie öffnete eine zweite Bierdose und fand den Geschmack gar nicht mehr so übel. Als sie das Geschirr abgespült hatte und die Männer immer noch draußen zugange waren, las sie noch einmal den alten Brief ihrer Mutter auf dem gelben Papier mit den Hummeln darauf – der Blumenduft hatte inzwischen nachgelassen – und trank dazu ein drittes Bier. Danach wankte sie ins Bett und schlief sofort ein.

Kurz vor Sonnenaufgang erwachte sie mit trockenem Mund, Kopfschmerzen und einem schweren Männerarm auf ihrem Körper. Als ihr klar wurde, dass Paul neben ihr im Bett lag, rang sie nach Luft. Mühsam machte sie sich von ihm frei. Nach mehr als einer Woche ohne Brian hatte Margo fast vergessen, wie viel Wärme ein großer Mann verströme. Im Schlafzimmer war es stickig. Sie war froh, dass Paul wie ein Toter schlief, und noch froher, als sie feststellte, dass sie vollständig angezogen war. Sie ging nach nebenan und machte Wasser für den Pulverkaffee heiß. Die Gasflasche war beinahe leer. Brian hatte an dem Tag, an dem er verschwunden war, in der Stadt eine neue besorgen wollen. Charlie hatte sich im Schlaf sonderbar zusammengerollt, er lag halb auf und halb neben der schmalen Couch.

Margo nahm den Kaffee mit nach draußen und sah vom Steg aus, wie der Jeep vom gelben Haus weg und flussabwärts fuhr. Sie staunte über die geraden diagonalen Bahnen, die der Mann bis zum Fluss in den Rasen gemäht hatte. Den Rand hatte er mit einer Motorsense getrimmt, die er wie einen Golfschläger geschwungen hatte. Im Unterschied zum wild wuchernden Gestrüpp auf ihrer Flussseite waren die Hecken rund um sein Haus flach wie Tischplatten zurechtgestutzt. Margo freute sich schon auf den Abend, wenn Paul und Charlie weg wären, der Mann nach Hause kommen, den Hund herauslassen und dieser sich ans Ufer hocken würde. Der Hund konnte mit dem Maul Fische fangen, sie hatte ihn mehrmals dabei beobachtet.

Sie holte ein Stück Schlauch und zapfte etwas Benzin aus dem Tank des MerCruiser in einen Milchkrug. Mit Zweitaktöl gemischt, müsste es für eine Fahrt mit dem Außenborder nach Heart of Pines reichen, eventuell sogar für zwei, wenn sie auf dem Rückweg ruderte. Vielleicht würde sie aber auch zum Angeln nach Willow Island fahren, wo sie einmal gesehen hatte, wie ein Reiher eine Schlange zu seinen Jungen in den Bäumen brachte.

Margo hatte Brian nie Einzelheiten über den Vorfall mit Cal erzählt, sie hatte ihm nie nahegelegt, Cal zu bestrafen.

Um den Benzingeschmack vom Ansaugen loszuwerden, spülte sie den Mund mit Kaffee aus und spuckte in den Fluss. Vielleicht war es gar nicht so schlecht, allein hier zu leben: Sie hatte das Bett für sich, konnte Frühstück machen, wann und wie sie es mochte, und musste sich nicht den Kopf darüber zerbrechen, in welchem Zustand Brian wäre, wenn er von der Arbeit oder aus der Kneipe kam. Sie würde die Geldanweisung einlösen und Vorräte für den Winter anlegen müssen, unter anderem Speck, Mehl und Milchpulver. Vielleicht würde sie Brot backen, wozu sie bisher nicht gekommen war. Brian würde ihr zwar fehlen, aber sie würde schon klarkommen. Sie würde sich Munition beschaffen und beim Schlafen zum Schutz die Büchse neben sich legen.

Charlie regte sich auf der Couch. Margo siebte die Mottenlarven aus dem Mehlrest, um Pfannkuchen zu machen. Paul und Charlie würden sich bestimmt über ein warmes Frühstück freuen. Sie machte ein Bier auf, goss die Hälfte in die trockenen Zutaten und hielt die offene

Dose Charlie hin, der sich aufsetzte und sie entgegennahm. Er legte den Kopf in den Nacken, kippte die Dose und trank sie mit einem einzigen langen Schluck leer.

»Bist du hungrig, Charlie?«, fragte sie. »Hast du gut geschlafen?«

»Gibt's hier ein Klo?«, wollte er wissen. Sie begleitete ihn nach draußen und zeigte auf den Trampelpfad zum Plumpsklo.

Aus dem Schlafzimmer rief Paul nach ihr. Sie stieß die Tür auf und ging hinein. Es roch nach Rauch, der aber nicht von Zigaretten stammte. Auf dem Fenstersims erblickte sie eine Glaspfeife und ein Päckchen Streichhölzer. Paul drehte den Kopf, um sie mit seinem guten Auge anzusehen.

»Ich mache gerade Pfannkuchen«, sagte sie. »Charlie ist aufs Klo gegangen.«

»Komm her, Flussprinzessin.« Bevor ihr klar wurde, dass sie in seiner Reichweite war, hatte er sie gepackt und aufs Bett gezogen.

»Paul, was –?«

»Küss mich«, befahl er.

»Nein, Paul. Was ist, wenn Brian –«

»Brian ist nicht hier. Er kommt nicht zurück.«

»Lass das!«, rief Margo, aber er riss sie an sich.

Paul schien ihren Protest nicht zu hören. Er zog ihre Jeans herunter, ohne den Reißverschluss zu öffnen – die Hose saß locker, denn Margo hatte in den letzten Monaten ziemlich abgenommen –, und schob ihr T-Shirt hoch. Margo winkelte die Beine an und wollte sich aufsetzen, aber er hielt sie mit einer Hand aufs Bett gedrückt und betatschte mit der anderen ihren Bauch und ihre rechte Brust. In der Schule hatte sie sich von Jungs losgerissen, die sie im Treppenhaus begrapschen wollten, aber gegen einen ausgewachsenen Mann hatte sie sich noch nie wehren müssen. Sie versuchte Paul wegzustoßen und nach ihm zu treten. Sie hob das Bein, aber er drückte ihr Knie zur Seite und wälzte sich auf sie, und als sie ihn wieder von sich herunterschieben wollte, drehte er sie mit erschreckender Leichtigkeit um. Seine Finger hielten sie fest wie Spanngurte. Sie hatte sich immer für stark gehalten, aber verglichen mit Paul war sie nichts. Schreiend versuchte sie ihn abzuschütteln.

Er zwang sie auf den Bauch und arbeitete sich in sie hinein, während ihre Arme unter ihr gefangen waren. Margo schrie so laut, dass Charlie sie hören musste, wenn er vom Klo zurückkam, aber nebenan blieb es still. Paul drückte sie so fest auf die Matratze, dass sie keine Luft mehr bekam. Sie hatte Angst zu ersticken. Als sie damals in Murrayville unter den toten Hirsch gekrochen war, hatte sie sich selbst beruhigen können, aber mit Paul auf sich hatte sie keine Chance. Sie versuchte sich aufzubäumen, um Paul abzuwerfen, aber er war schwerer als der Hirsch. Das Laken roch nach Brians Moschusduft, nach Pauls Schweiß und seinem fauligen Atem. Margo wünschte sich, er wäre tot, wie der Hirsch. Als sie krächzend seinen Namen sagte und ihn aufzuhören bat, keuchte er nur: »Oh, Maggie«, als hätte sie etwas Nettes zu ihm gesagt. Mit aller Macht versuchte sie ihre Arme freizubekommen, bis ihr die Kräfte ausgingen. Paul blieb lange auf ihr.

Schließlich rollte er sich zur Seite, sah sie an und lächelte. Sie wollte nach ihm schlagen und treten, fürchtete aber, er könnte ihre Faust oder ihren Fuß festhalten, und vor allem wollte sie dringend von ihm wegkommen. Also sammelte sie ihre Kleider vom Boden auf und trug sie ins Nebenzimmer. Mit zitternden Händen zog sie sich an und wünschte sich, sie hätte noch mehr zum Anziehen. Ihre Büchse und ihre Flinte standen im Ständer neben ihr, aber ohne Munition waren sie nutzlos. Die Flinte könnte sie vielleicht als Knüppel benutzen, bis Paul sie ihr entriss. Die Patronen hatte sie beim Zielschießen verschwendet, weil sie davon ausgegangen war, dass Brian ihr neue mitbringen würde. Von jetzt an wusste sie es besser: Sie würde sich nicht mehr darauf verlassen, dass jemand ihr half oder sie beschützte.

Margo schnürte die Stiefel zu und zog die Jacke an. Sie spielte mit dem Gedanken, in den Wald abzuhauen, um Paul nicht mehr gegenübertreten zu müssen, aber sie wollte ihr Boot nicht zurücklassen. Sie konnte auch ins Boot steigen und davonrudern, aber wenn Paul es darauf anlegte, hätte er sie mit dem Schnellboot ruck, zuck eingeholt. Außerdem gab es jetzt, wo er mit ihr getan hatte, was er wollte, keinen Grund mehr zur Flucht. Sie nahm das Fleischermesser und trat an die Schlafzimmertür. Während sie dort stand, testete sie die Schärfe, indem sie sich die Spitze am Handgelenk in die Haut stach. Ein Blutstropfen quoll hervor. Sollte Paul noch einmal über sie herfallen, würde sie sich damit verteidigen.

»Hab seit Jahren kein Plumpsklo mehr benutzt«, sagte Charlie, als er durch den Vorbau hereinkam. »Ist verdammt entspannend.«

Margo kehrte zu ihrem Pfannkuchenteig zurück und legte das Messer weg.

»Du machst uns Frühstück?«, fragte Charlie. »Bist ein nettes Mädchen.«

»Charlie, nimmst du Drogen?«

»Ach woher«, antwortete er. »Aber Paul sagt, mit dem Zeug da draußen können wir richtig Kohle machen.«

»Und was ist mit Paul? Brian hat gesagt, er ist clean.«

Charlie zuckte mit den Achseln. Als er kurz wegblickte, spuckte Margo in den Teig. Und als sie sah, dass sich noch etwa ein Dutzend Mottenlarven im Sieb befanden, schüttete sie sie hinein und rührte um.

Als Paul und Charlie mit dem Motorboot den Fluss hochdonnerten, verfolgte Margo sie mit dem Lauf ihrer ungeladenen Büchse, nahm Paul ins Visier und drückte ab. Vor der Abfahrt hatte Paul ihr etwas Proviant aus seiner Kühlbox auf den Tisch gelegt: ein Stück hartrindigen Käse, Dauerwurst und ein paar Packungen Kräcker. Im ersten Moment hatte sie die Sachen vom Tisch fegen wollen, aber dann war ihr wieder eingefallen, wie hungrig sie war. Als Paul Anstalten machte, sie vor dem Einsteigen auf den Mund zu küssen, wandte sie sich ab und spuckte zu Boden. Er lachte wie über einen guten Witz. Erst später fand sie die zwei Zwanzigdollarscheine auf ihrem Kopfkissen.

Sie ging hinaus, zog die Jeans aus, ging neben der Pumpe in die Hocke und schrubbte sich mit kaltem Wasser zwischen den Beinen, bis sie wund war.

Später hängte sie sich das leere Gewehr um, um sein Gewicht zu testen. Das Seil schnitt in ihre Schulter, es schmerzte sie schon seit einer Weile. An einem Haken im Schrank entdeckte sie zwei Ledergürtel. Sie schnitt die Schnallen ab, stanzte mit Hammer und Schraubenzieher Löcher in die Riemen und nähte sie mit Angelschnur zusammen. Die richtige Länge ermittelte sie, indem sie die Büchse ein paarmal flink von der linken Schulter zog, anlegte und mit dem rechten Zeigefinger abdrückte. Sie fand, dass ihr selbst gemachter Schießriemen so schön und solide geraten war wie der an der alten Remington ihres Daddys, mit der sie das Wettschießen bei der Landjugend gewonnen hatte. Eine Ewigkeit schien das her!

Margo machte sich ein Abendbrot aus Käse, Kräckern, Dauerwurst und wilden Brombeeren und war froh, nicht wieder Fisch essen zu müssen.

Obwohl sie wusste, dass Rache genauso viel Schmerz hervorrufen wie lindern könne, hoffte sie, dass sie Paul seine Tat bereuen lassen würde.

Nachdem Stunden später auf der anderen Flussseite der Jeep zurückgekehrt war, erschien der fischende Hund an seinem gewohnten Platz am Ufer. Um ihr Boot leichter zu machen, hob Margo Brians Außenborder heraus und stellte ihn vorsichtig, um die Schraube nicht zu verbiegen, auf ein paar Blöcke. Dann ruderte sie hinüber. Obwohl sie den Hund noch nie angefasst und sich ihm noch nie genähert hatte, folgte er ihrem Ruf, lief aufs Floß und sprang ohne zu zögern zu ihr ins Boot. Margo tätschelte seinen hellbraunen Kopf. »Ich nenne dich King«, sagte sie leise und dachte dabei an den Eisvogel oder auch Königsfischer, der oft ein Stück flussaufwärts von ihrem Haus in Murrayville gejagt hatte.

Gleich darauf stellte sie jedoch fest, dass es sich eindeutig um eine fischende Hündin, also um einen weiblichen Königsfischer und somit um eine *Königin* handelte.

Margo fand, dass es kein Diebstahl war, als sie mit der Hündin auf ihre Seite zurückruderte, sie dort herausspringen und am Ufer herumschnüffeln ließ. Moe, den Labrador der Murrays, hatte sie auch oft zu einem Besuch bei sich über den Fluss gerudert. Wenn diese Hündin hierbleiben und Waschbären auf Bäume hetzen wollte, war das ihre Sache. Sie folgte ihr zu Fuß am Fluss entlang und in den Wald. Mit so einer fischenden Hündin als Gefährtin würde es ihr nichts ausmachen, allein hier zu wohnen. Sie könnte ihr beibringen, anzuschlagen, wenn ein Fremder kam. Doch schon bald hörte sie eine Männerstimme rufen: »Cleo! Wo steckst du? Komm, Cleo!« Mit einem Satz sprang das Tier ins Wasser und schwamm mit der Strömung auf die andere Seite. Dort schüttelte es sich und lief über den Rasen zu seinem Herrchen.

Margo sah sich an der Stelle um, an der die Hündin zuletzt geschnüffelt hatte, und entdeckte an einem Baum ein paar gefächerte Konsolenpilze, gelb wie Eidotter: Schwefelporlinge. Diese Hündin war ein Glücksbringer.

Sie brach von einem Pilz ein großes Stück ab und wischte ein paar Ameisen weg. Sie wollte sich am nächsten Tag mit ihren letzten beiden Würfeln Hühnerbouillon zum Abendessen eine Suppe daraus kochen.

Eine Woche starker Regen machte Margo in der Hütte zur Gefangenen. Als Brian noch hier gewesen war, hatte es sie nicht gestört, dass es weder Telefon noch Radio gab, aber jetzt sehnte sie sich danach, eine Stimme zu hören. Der Regen trommelte aufs Blechdach, und es hörte sich an, als regnete es auf die große Scheune der Murrays. Der Wasserpegel stieg bis zum Steg. Die meisten ihrer Altersgenossen stellten sich vermutlich darauf ein, dass in ein paar Wochen die Schule wieder losging. Margo hatte sich früher nie auf die Schule gefreut, aber dort wäre sie wenigstens unter Menschen gekommen. Sie wünschte sich, es gäbe mehr Bücher in Brians Hütte, andere Lektüre als die beiden Anleitungen zum Knotenmachen und Lesen von Tierspuren, die sie bereits mehrmals gelesen hatte.

Kaum ließ der Regen nach, ruderte Margo über den Fluss. Sie rief die Hündin aufs Floß, und sie sprang zu ihr ins Boot, doch bevor sie sich abstoßen konnte, tauchte der Mann hinter dem Schuppen auf, watete in Badehose und Tennisschuhen bis zu den Knien ins Wasser und hielt ihr Boot am Heck fest. Er war schlank und ein gutes Stück größer als Margo. »Guten Abend«, sagte er ruhig. »Wohin willst du mit meinem Hund?«

»A-a-a-auf die andere Seite … Ich wohne da drüben.« Rasch warf sie über die Schulter einen Blick auf die Hündin, die am Bug saß. Ihr Maul stand offen, und es sah aus, als lächelte sie. Sie bellte freudig.

»Ich weiß, wo du wohnst, aber warum nimmst du meinen Hund mit?« Sein Bizeps trat hervor, und seitlich an seinem Hals spannten sich die Sehnen. Als Margo weiter auf der Stelle ruderte, verlor er das Gleichgewicht. »Du willst mir offenbar nicht antworten.«

Auf Margos Armen und Beinen landeten Stechmücken, und auch dem Mann setzten sie zu. Als er das Boot mit einer Hand losließ, um nach ihnen zu schlagen, kam Margo los. Er verschränkte im Wasser die Arme und blickte ihr hinterher. Dabei wirkte er eher verblüfft als verärgert.

»Cleo, wir beide müssen wohl mal miteinander reden«, sagte er laut, aber im Plauderton. Zu Margos Erleichterung rief er die Hündin nicht sofort zurück. Seine Gestalt wurde immer kleiner, als sie flussaufwärts zur Hütte ruderte. Am Steg machte sie fest. King sprang über die Bordwand ins seichte Wasser, um an den Bauen der Bisamratten und den knorrigen Wurzeln zu schnüffeln. Drüben verschwand der Mann kurz und kam gleich darauf mit einem Fernglas zurück. Nach einer Weile rief er »Cleo!«, und das Tier hechtete ins Wasser und schwamm nach Hause.

Ein paar Tage später fuhr Margo mit dem Außenborder zur Tankstelle von Heart of Pines, um von dem Geld, das Paul dagelassen hatte, Lebensmittel, Munition, Toilettenpapier und eine Gasflasche zu kaufen. Sie hatte sich nicht getraut, ihre Büchse mitzunehmen. Im Laden konnte sie sich damit nicht sehen lassen, denn womöglich erkannte jemand, dass sie Cal gehörte, und im Boot wollte Margo sie nicht lassen aus Angst, sie könnte gestohlen werden. Sie machte ihr Boot in einigem Abstand zu den anderen Booten fest und breitete die Persenning darüber. Im Laden addierte sie die Preise, rechnete die Steuer hinzu und kam auf einen Einkauf von insgesamt 33,82 Dollar. Eigentlich hatte sie auch tanken wollen, aber es hatte sich eine Schlange an der einzigen Zapfsäule gebildet, und Margo wollte nicht zusammen mit einem Dutzend herumlungernder Männer warten. Also verschob sie das Tanken aufs nächste Mal.

Auf dem Rückweg stellte sie auf halber Strecke kurz vor Willow Island den Motor ab und ließ sich von der Strömung tragen, um Benzin zu sparen. Die Ruder setzte sie nur ein, um Kurs zu halten. Am Ufer hielt sie nach Hunden, Vögeln und Kindern Ausschau. Dieser Abschnitt des dunklen, menschenleeren Flusses gehörte ihr. Sie trieb nahe am Ufer entlang und malte sich aus, wie fremde Leute sie einluden, mit ihnen zu essen oder sich einfach nur zu ihnen zu setzen und ihnen zuzuhören. Als sie um die letzte Flussbiegung vor der Hütte kam, stellte sie fest, dass Brians Boot am Steg lag. Aus der Hütte drang grelles, kaltes Licht – Pauls Neonlampe. Margo steuerte das andere Ufer an und hoffte, dass Paul nicht gerade auf den Fluss schaute, während sie vorbeifuhr. Sie machte gleich unterhalb des gelben Hauses an einem toten Baum fest und beobachtete von dort aus die Hütte. Bald darauf sah sie Paul und Johnny herauskommen und ein paar Minuten später mit einem Kanister wieder in die Hütte gehen. Margo wünschte sich, sie hätte es doch darauf ankommen lassen und die Büchse mitgenommen, anstatt sie mit ihrem Rucksack unter dem Bett liegen zu lassen. Sie wartete darauf, dass die Männer abfuhren, aber es wurde dunkler und dunkler, und sie taten es nicht. Ein Halbmond stieg auf und verschwand hinter den Bäumen. Es wurde kühl. Als das Licht schließlich ausging, faltete Margo die Persenning auseinander, legte ein Stück davon auf die Rückbank des Bootes und rollte sich darauf zusammen. Den Rest des Segeltuchs zog sie als Decke über sich, ihre orangefarbene Schwimmweste benutzte sie als Kopfkissen.

Vor Kälte bibbernd wurde sie von Hundegebell geweckt. Ein diffuses Licht erhellte den wolkenverhangenen Himmel. Sie lag nicht mehr im Boot, sondern, in die

Persenning gewickelt, im Sand. King war bei ihr und leckte ihr Gesicht. Margo betrachtete die wunderschönen Augen und die perfekt geformte dunkle Hundeschnauze. Sie fuhr mit den Fingern durch das Fell, doch als sie den Mann über sich erblickte, sprang sie auf, kletterte ins Boot und machte sich an den Rudern zu schaffen. »Tut mir leid«, sagte sie.

»Was tut dir leid?«

»Dass ich Ihre Hündin mitgenommen habe.«

Er zuckte mit den Schultern. »Hunde sind treue Wesen. Wenn du sie mal gefüttert hast, kommen sie zu dir zurück.« Er nickte flussaufwärts in Richtung Hütte. »Falls du dich vor dem Kerl da drüben versteckst, kannst du mit zu mir ins Haus kommen. Wenn die Sonne aufgeht, sieht er dich womöglich hier draußen.«

Margo konnte den Mann nicht richtig erkennen, weil er die Sonne im Rücken hatte, aber er wirkte harmlos. Er hatte ihr keine Vorwürfe wegen der Sache mit seinem Hund gemacht. Da sie nicht wusste, was sie sonst tun sollte, von Paul aber auf keinen Fall entdeckt werden wollte, beschloss sie, ihrem Instinkt zu vertrauen. Prüfend warf sie einen Blick auf den Knoten, mit dem sie ihr Boot am umgestürzten Ahornbaum festgemacht hatte: Brians Buch nach war es ein »Mastwurf«. Auch den Namen des Knotens am Bugring des Boots hatte sie gelernt: Rundtörn mit zwei halben Schlägen. Der dicht belaubte Ast würde das Boot tarnen, solang niemand direkt danach suchte. Und solang Paul sich keine neue Brille zulegte, hatte sie nichts zu befürchten. Sie nahm die Ruder und die Tasche mit den Einkäufen und ging hinter dem Mann den Pfad am Fluss entlang. Der Tau auf Gräsern und Unkraut benetzte den Saum ihrer Hosenbeine. Überall dort, wo der Efeu bei seinem Streben nach Sonnenlicht zu den Baumspitzen emporgeklettert war, hatten sich seine Dreiecksblätter bereits blutrot verfärbt.

Margo legte Ruder, Lebensmittel und Munition auf den Boden und betrat das gelbe Haus durch den Seiteneingang. Sie stand in einer weiß gestrichenen Küche mit gelb-schwarz-weiß gefleckten Arbeitsplatten und glänzendem Holzboden. Allerdings fehlte die Sockelleiste, sodass unten an der Wand ringsherum ein ungleichmäßiger Spalt klaffte. Die Arbeitsplatten waren aufgeräumt und sauber und der Boden gewischt, aber auf dem Tisch herrschte ein sympathisches Durcheinander aus Zeitungen und Büchern. »Zum Bad geht es da lang, falls du es brauchst. Möchtest du einen Kaffee?«, fragte der Mann.

Sie nickte und wagte sich quer durch die Küche in einen Raum vor, eigentlich das Wohnzimmer, in dem jedoch ein großes Bett mit glatt gezogener Tagesdecke stand. Margo ging um das Bett herum und blickte durch die Glasschiebetür. Ein Stück flussaufwärts lag der Mer-Cruiser am Steg des heruntergekommenen grünen Stelzenhauses. Sie entriegelte die Schiebetür und öffnete sie einen Spalt, um notfalls auf diesem Weg fliehen zu können.

Die oberste Schublade der Kommode am Fußende des Betts stand eine Handbreit offen und gab den Blick auf ein Fach mit weißen BHs und Unterwäsche frei. Margo fuhr mit dem Finger über die Muschelsaumborte eines Büstenhalters. Solch raffinierte Dessous hatte ihre Mutter auch gern getragen, und wahrscheinlich trug sie sie in Lake Lynne jetzt ständig. Luanne hatte sich immer über das eisenhaltige Wasser beklagt, das ihre Weißwäsche verfärbte, und auch über den Grünspan, der im Schrank über ihre Lederschuhe kroch.

Als der Mann im Türrahmen erschien, schob Margo die Schublade hastig zu.

»Oh, keine Sorge. Sie ist schon lang weg. Wahrscheinlich hat sie die Sachen für meine neue Freundin hiergelassen.«

»Das tut mir leid.«

Er reichte Margo einen Becher Kaffee, den er mit einem Schuss Sahne aufgehellt hatte. Margo und Brian hatten den Kaffee immer stark und schwarz getrunken, aber sie hatten in der Hütte nur Fertigkaffee gehabt. Sie sog das Aroma so tief ein, dass sie sich an der Kommode festhalten musste, um nicht das Gleichgewicht zu verlieren. Tags zuvor hatte sie an der Tankstelle von Heart of Pines eine Portion Pommes gegessen, seitdem nichts mehr.

»Möchtest du duschen?«, fragte er.

»Nein, danke.«

»Du kannst die nassen Sachen nicht anbehalten. Nimm dir was von Danielles Kleidern.«

Margo sah zwischen der Kommode und dem Mann hin und her.

Er lachte. »Ich wollte das ganze Zeug sowieso in den Fluss werfen, damit es weggespült wird. Also nimm dir ruhig, was du willst.«

Beharrlich sah Margo die Hündin an, die vor der Kommode auf einem Läufer lag. Nach etwa einer Minute ging der Mann zurück in die Küche. Sie nahm einen großen Schluck Kaffee in den Mund, er schmeckte so köstlich, dass sie ihn nicht herunterschlucken wollte.

Dann sah sie sich nach einer Abstellmöglichkeit für ihre Tasse um, denn sie wollte auf der Kommode keinen ringförmigen Abdruck zurücklassen. Eigentlich wollte sie überhaupt keine Spuren hinterlassen. Schließlich stellte sie die Tasse auf den noch unversiegelten Holzboden. In der mittleren Kommodenschublade fand sie ordentlich zusammengelegte Blusen in Pink, Weiß und Mintgrün. Die letzte Schublade enthielt mehrere Jeans des Mannes. Margo zog ein verwaschenes Paar an, schnürte die Hose an der Taille mit seinem schäbigsten Gürtel fest und schlug die Hosenbeine um. In derselben Schublade entdeckte sie ein T-Shirt und ein dunkelblaues

Sweatshirt. Ihre schmutzigen Sachen legte sie im angrenzenden Badezimmer über den Wannenrand.

Sie nahm die Kaffeetasse vom Boden auf. Von diesem Zimmer ging noch eines ab, das eigentliche Schlafzimmer, das jedoch nur aus den nackten Ständerwänden bestand. Mitten im Raum ruhte auf Sägeböcken das geschwungene Holzgerippe eines Ruderboots, das größer und tiefer als Margos Flachbodenboot war. Als Margo zurück in die Küche kam, machte der Mann gerade etwas zu essen. Vielleicht hätte sie sich entspannt, wenn ihr Gewehr und ihr Rucksack neben dem Strohbesen in der Ecke gestanden hätten, anstatt, in Kaninchenfelle gewickelt, bei Paul in der Hütte unter dem Bett zu liegen. Der Mann entschuldigte sich für das »Chaos« und stellte ein paar Dinge auf den runden Tisch. Dabei blitzte jeder Gegenstand auf, als er durch einen Sonnenstrahl kam: Teller, Gabeln, zwei funkelnde Konservengläser und ein Barren gelbweißer Butter in einer Glasschale. Margo fragte sich, ob sie langsam den Verstand verlor. Warum sonst erschienen ihr Butter und Marmelade wie außerirdische Wunderdinge?

»Tut mir leid, dass es hier wie auf einer Baustelle aussieht«, entschuldigte er sich. »Ich hab mir vorgenommen, alles selbst zu machen, um Geld zu sparen. Ich will lernen, alles selbst zu reparieren und zu bauen. Das ist eins meiner Lebensziele.«

Margo nickte.

»Du bist bestimmt hungrig.« Er streckte ihr die Hand hin, und sie schüttelte sie. »Ich heiße Michael. Michael Appel.« Durch die Betonung der zweiten Silbe klang es wie *Appell*. »Seit vier Monaten wohne ich hier schon allein, und du bist der erste Mensch aus der Nachbarschaft, der zu mir kommt. Man sollte meinen, am Fluss halten die Leute zusammen.« Er gestikulierte mit dem Pfannenwender. »Du hast mir deinen Namen noch nicht gesagt.«

Fast hätte sie *Maggie* geantwortet. »Ich heiße Margaret«, sagte sie, und als er damit nicht ganz zufrieden schien, fügte sie hinzu: »Louise.«

»Ein hübscher Name.« Er wiederholte ihn sehnsuchtsvoll: »Margaret Louise.«

So hatte ihre Mutter sie immer genannt – als würde *ein* Vorname nicht reichen!

»Zwei Vornamen benutzen heute nicht mehr viele«, meinte er lachend.

»Oder auch kurz *Margo*«, bot sie an.

»Und dein Familienname?«

»Crane, wie Kranich.«

»Margaret Louise Crane. Sehr schön.« Er schob ein paar aufgeschlagene Bücher beiseite und stellte ein Glas Orangensaft und ein halbes Omelett vor sie auf den Tisch. Ein Buch mit einem Büchereiaufkleber trug den Titel *Bücherregale selber bauen*.

»Danke«, sagte Margo.

»Ich sollte den Tisch nicht so vollkramen«, stellte Michael fest. »Was machst du eigentlich da drüben in dem Häuschen?«

»Ich geh angeln.« Das Omelett schmeckte nach Butter und Käse.

»Ich war noch nie angeln«, gestand er. »Ich weiß nicht mal, wie das geht. Dafür baue ich gerade ein Boot.«

»Angeln ist leicht«, behauptete Margo. Sie hob das Omelett an einer Ecke an und bestaunte die winzigen gleich großen Würfel aus grüner Paprika, Zwiebeln und Champignons. »Meistens sitzt man einfach nur da und wartet.«

»Vielleicht kannst du mir Nachhilfe geben und mir beibringen, was aus diesem Fluss gut schmeckt. Ich weiß nicht mal, was man an den verflixten Haken hängt.«

»Ich nehme Würmer und kleine Fische. Manchmal auch Flusskrebse.« Sie zog die Beine an, damit sich der

Hund neben einem ordentlichen Zeitungsstapel unter den Tisch legen konnte.

»Ich arbeite fürs Elektrizitätswerk, darum weiß ich, dass du da drüben keinen Strom hast. Hast du einen Generator? Oder ein Funkgerät?«

Sie schüttelte den Kopf und schob die nackten Füße unter den schweren Hundekörper. Die Stiefel mit den Socken standen neben ihrem Stuhl.

»Ich kann's nicht fassen, dass du so lebst. Hast du keinen Job? Gehst du nicht zur Schule?«

»Ich bin neunzehn«, schwindelte Margo, als wäre damit alles erklärt. Sie sah über den Fluss zur Hütte. Sie konnte es kaum erwarten, die Munitionspackung aufzureißen und ihre Marlin zu laden, und deshalb hoffte sie inständig, dass Paul nicht aus irgendeinem Grund unters Bett schaute und ihre Sachen fand.

»Das Haus sieht aus wie ein Versteck, wie ein Unterschlupf aus einem Film, in dem sich Verbrecher vor der Polizei verkriechen. Bist du womöglich die Tochter eines Gangsters?« Er zog die Augenbrauen hoch. »Oder seine Braut?«

In Margos Bauch bildete sich ein Knoten. Michael meinte das vermutlich scherzhaft, aber sie hatte trotzdem Angst, sie könnte Schwierigkeiten bekommen, wenn sie seine Fragen beantwortete.

»Du bist nicht sehr gesprächig. Danielle hat wie ein Wasserfall geredet.« Er zeigte mit der Gabel auf Margo. »Trotzdem hat sie es nie für nötig gehalten, mir mitzuteilen, dass sie mit einem sehr guten Freund von mir schläft. Komisch. Er hat es natürlich auch nie erwähnt. Aber sie lieben sich, also ist alles in Butter.«

Margo verschanzte sich hinter ihrem Schweigen. Sie blickte ihm ins Gesicht und sah so lang in seine klaren graugrünen Augen, wie sie es schaffte. Er war einsam, das merkte sie ihm an, vielleicht genauso einsam wie sie.

Sie zog die Füße unter dem Hund hervor und schlüpfte in die feuchten Socken und Stiefel. Bevor sie sie zuschnürte, stopfte sie Michaels Jeans zum Schutz gegen die Stechmücken hinein, falls sie eine Weile draußen abwarten musste. Wieder sah sie sich suchend nach ihrem Gewehr um, aber das war natürlich drüben in der Hütte.

»Ich bin vor drei Jahren wegen meines Jobs aus Indiana hier raufgezogen«, erzählte Michael. »Mit Danielle. Damals wusste ich noch nicht, wie materialistisch sie ist. Woher kommst du?«

Sie sah ihm an, dass er auf die Antwort warten würde. »Aus Murrayville«, sagte sie.

»Das liegt rund dreißig Meilen flussabwärts, auf halbem Weg zum Stauwehr.«

Sie nickte und sah aus dem Fenster. Paul war gerade auf dem Steg zugange.

»Als Danielle noch hier war, habe ich den Fluss als Hintergrund kaum wahrgenommen. Jetzt lässt er mich nicht mehr los. Ich schaue stundenlang aufs Wasser.«

Kurz bevor Margo das Omelett aufgegessen hatte, setzte sich Paul endlich ins Boot, stieß sich ab und fuhr flussaufwärts. Kaum war er nicht mehr zu sehen, ließ sie die Gabel auf den Teller fallen. Das Klirren ließ sie zusammenzucken. »Ich muss jetzt gehen«, verkündete sie.

»Kannst du nicht noch ein bisschen bleiben? Ich versprech dir auch, nicht länger über die Frauen zu jammern. Komm, ich mach dir noch einen Toast.«

Sie setzte sich wieder hin, blieb aber sprungbereit.

»Du kommst mir vor wie ein Mädchen, das von Wölfen oder so aufgezogen wurde.« Er steckte zwei Scheiben Brot in den glänzenden Toaster auf der Arbeitsplatte.

Margo taxierte ihn mit zusammengekniffenen Augen.

»Da habe ich mich wohl ungeschickt ausgedrückt. Ich wollte damit nicht sagen, dass du wie ein Tier aussiehst.« Er drückte den Schieber nach unten, und gleich darauf roch es nach geröstetem Brot. Bei dem Geruch vermisste sie Joannas Küche, in der es morgens immer nach gebratenen Schinkenstreifen und knusprigem Zimtbrot geduftet hatte. Michael erklärte sich: »Manchmal sind Kinder, die sich verlaufen hatten, von Wölfen aufgenommen worden. Nach ihrer Rettung hielten es diese Kinder nicht mehr in geschlossenen Räumen aus. Sie wollten immer draußen sein. Das meinte ich.«

Margo musste ihm nicht zuhören. Sie war nur mitgegangen, um vor Paul sicher zu sein.

»Danke für das Essen«, sagte sie, stand auf und stürzte aus der Küchentür. Hinter ihr hüpfte das Brot im Toaster hoch. Margo hob Ruder, Munition und Einkäufe vom Boden auf und ging flussabwärts zu ihrem Boot. In der Mitte des Flusses verspürte sie für einen Augenblick ein Gefühl der Freiheit, aber als sie gleich darauf am Steg anlegte, erblickte sie als Erstes die an die Eiche genagelten verwesenden Fischköpfe. Sie sperrte mit ihrem Schlüssel das Vorhängeschloss auf, ging neben dem Bett in die Hocke und zog ihre Büchse und ihren Rucksack hervor. Beides war unangetastet. Da fiel ihr ein, dass sie keine Zündhölzer gekauft hatte – in der Schachtel befanden sich nur noch zwei Stück.

Sie zerknüllte die letzten Briefe an ihre Mutter, die sie auf die Rückseite gebrauchter Zielscheiben geschrieben hatte, steckte sie in den Ofen und schichtete ein wenig Anmachholz darauf. Dann entfachte sie ein Feuer und döste ein. Als sie aufwachte, war das Feuer erloschen, aber sie wollte nicht ihr letztes Streichholz verbrauchen, um es wieder anzuzünden. Der Himmel war strahlend blau. Margo ging zum Steg, um sich in der Sonne aufzuwärmen. Dort sah sie an sich herab und stellte überrascht fest, dass sie immer noch Michaels Sachen trug. Als sein Jeep am anderen Ufer davonrollte, presste sie das Gesicht in sein sauberes Sweatshirt.

10. KAPITEL

Als sich die Nacht breitmachte, zündete Margo mit ihrem letzten Streichholz die Lampe an. Viel Petroleum war nicht mehr übrig, und das flackernde Licht schien die Dunkelheit noch zu vertiefen. Der Regen prasselte aufs Dach, und zum ersten Mal wurde ihr klar, dass Brian tatsächlich nicht zurückkommen würde, Paul dagegen mit Sicherheit. Sie dachte an die Farm der Murrays, an die schulterhohen Holzstapel, die Onkel Cal und die Jungs bestimmt schon für den Winter zurechtgesägt, gehackt und aufgeschichtet hatten. Ihr eigener Vorrat beschränkte sich auf eine Schlittenfuhre gehacktes Eichenholz und zwei Armladungen Reisig. Im vorigen Winter hatte Brian die Hütte reichlich mit Proviant und Brennstoff ausgestattet, aber dazu fehlten Margo die Mittel. Vielleicht sollte sie von hier weg, solange sie noch konnte, auf die andere Seite rudern, das Boot irgendwo verstecken und per Anhalter nach Lake Lynne fahren. Wenn ihre Mutter sie nur bei sich haben wollte!

Den ganzen Abend saß Margo, in Decken gewickelt, auf Brians Bett und beobachtete die Lichter in Michaels Haus. Sie bildete sich ein, seine über den Tisch gebeugte Gestalt beim Lesen erkennen zu können. Sie überlegte, ob er das Haus jeden Abend putzen musste, damit alles so sauber blieb, und ob es wirklich Mädchen gab, die von Wölfen aufgezogen worden waren.

Sie hatte jetzt keine Streichhölzer mehr, also konnte sie den Ofen und die Lampe nicht wieder anzünden, wenn sie nachts ausgingen. Und Paul konnte jederzeit auftauchen! Obwohl es schon spät war, musste sie die Hütte verlassen, zumindest so lange, bis sie sicher sein konnte, dass Paul an diesem Abend nicht mehr kam. Die Tankstelle hatte bis zweiundzwanzig Uhr geöffnet. Sie zog einen von Brians Wollpullovern über Michaels Sweatshirt und trug die Steppdecke zum Boot für den Fall, dass es richtig kalt würde. Sie schlug die Marlin in die Decke ein und legte sie neben sich auf die Rückbank. Unter dem Sitz konnte sie nichts verstauen, weil sie das Boot nach den jüngsten Regenfällen nicht leer geschöpft hatte. Kurz hinter Willow Island ging ihr das Benzin aus, der Motor fing an zu spucken und starb ab. Margo legte die Ruder in die Dollen und ruderte etwa eine halbe Meile, dann machte sie Pause. Vergeblich tastete sie in den Vordertaschen ihrer Jeans, in die sie gestern die restlichen Scheine und das Wechselgeld geschoben hatte, es waren Michaels Hosen! Ihren Geldbeutel hatte sie zwar dabei, aber der war leer. Ihre eigene Jeans mit den Scheinen und Münzen hing bei Michael über der Badewanne. Margo zog die Ruder aus dem Wasser und ließ sich von der Strömung zurücktreiben. Am Himmel leuchteten an diesem Abend keine Sterne, und dann strömte eiskalter Regen auf sie nieder.

Das Regenwasser bildete Pfützen um ihre Füße. Statt nach der letzten Flussbiegung ihr eigenes Ufer anzusteuern, legte sie an Michaels Floß an. Sie wollte sich ihr Geld holen, und bestimmt konnte sie sich von Michael Zündhölzer borgen. Sicher hatte er auch Benzin für den Rasenmäher, das sie für den Außenborder nehmen konnte, um wieder flussaufwärts zu fahren. Sie vertäute ihr Boot, ging zum Schuppen und stellte fest, dass die Tür mit einem Vorhängeschloss gesichert war. Mit einer Hand die Büchse, mit der anderen die Decke auf ihren Schultern festhaltend, näherte sie sich dem Haus und warf einen Blick durch die Glasschiebetür. Zuerst erkannte sie nur die Leuchtziffern eines digitalen Weckers. Als ihre Augen sich an die Lichtverhältnisse gewöhnt hatten, sah sie, dass King sich am Fußende des Betts vom Boden erhob.

Kaum fing die Hündin an zu bellen, stand Michael auch schon in Boxershorts und mit nacktem Oberkörper auf der anderen Seite der Glasscheibe.

Er schaltete eine Außenlampe an und schob die Tür auf. »Margaret Louise? Schläfst du denn nie im Bett?«

»Tut mir leid.«

»Na, komm schon rein. Leid tun kann es dir auch drinnen. Entschuldige meinen Aufzug. Ich habe nicht mit Besuch gerechnet.«

Sie trat ein, und Michael blickte auf die Pfützen hinab, die sich auf dem Holzboden bildeten.

»Verdammt, ich muss den Boden wirklich versiegeln«, sagte er. »Das ist mein nächstes Ziel.« Er nahm ihr die nasse Steppdecke von den Schultern, zeigte ihr, wo sie die Stiefel abstellen konnte, und holte aus dem Bad ein Handtuch, um die Bescherung aufzuwischen.

Erst im warmen Haus merkte Margo, wie durchgefroren sie war.

»Mit der Waffe siehst du richtig gefährlich aus«, sagte Michael. »Wenn du das Gewehr hier in die Ecke zu deinen Schuhen stellst, verspreche ich dir, dass niemand sie anrührt.«

»Kannst du schießen?«

»Ich bin der Einzige in unserer Familie, der es nicht kann. Mein Dad hält mich für eine Abnormität.«

»Was ist das?«

»Was?«

»Eine *Abnormität*.«

»Ein seltsames Wesen, würde ich sagen. Ein Freak.«

»Wie ein Wolfsmädchen?«

Er lächelte. »Deine Decke ist klatschnass. Ich stecke sie in den Trockner. Deine Klamotten von heute Morgen auch. Gewaschen habe ich sie schon. Hey, rede mit mir, Margaret Louise!«

Sie stammelte: »Danke für das Omelett.«

Michael musste lachen. »Geh duschen. Für das warme Wasser kannst du mir dann morgen danken.«

Margo stellte ihr Gewehr hinter der Tür in die Ecke. Zum ersten Mal seit Langem wurde sie das Ding gerne los. Sie folgte Michael ins Bad. Er erklärte ihr, dass das Wasser zum Warmwerden eine Weile brauche, und zeigte ihr, wie man zwischen Wanneneinlauf und Brause umstellt. Sie machte sich daran, sich aus ihren Pullovern zu schälen, als ihr einfiel, dass sie sich vielleicht nicht vor einem Fremden ausziehen sollte. Michael blickte weg und verließ unvermittelt den Raum. Margo erkannte die dünne, schmutzige Gestalt im Spiegel kaum wieder. Ihr Körper sah nicht gerade belastbar aus. Die Schultern waren vor Kälte hochgezogen. Die dunklen Locken waren verfilzt, das Gesicht durch Kratzer, Insektenstiche und von Giftefeu hervorgerufene Bläschen entstellt. Die kleinen Brüste wirkten verschrumpelt. Ihre Mutter hätte gesagt, dass sie wie eine Slocum aussah. Dreimal schamponierte sie sich das Haar, bis das Spülwasser klar blieb.

Obwohl sie bei einem Fremden unter der Dusche stand, fühlte sie sich sicher. Unter dem Wasserstrahl ließ sie ihren Tränen freien Lauf. Als das Warmwasser nach einer Weile ausging, riss sie sich zusammen, indem sie sich die heiteren Fotos von Annie Oakley in Erinnerung rief, auf denen sie die Büchse anlegte und zielte – in der Gewissheit, dass jeder Schuss ein Treffer wäre. Ein Foto mochte Margo besonders: Darauf stand die junge Annie Oakley neben ihrem frisch angetrauten Ehemann Frank Butler und ihrem großen weißen Hund George.

Margo schlüpfte in den dunklen Frotteebademantel, der an der Tür hing, und tappte durch den Flur zu dem Zimmer mit dem Bootsgerippe. Es wirkte zu groß, um durch die Tür zu passen. Von hier hatte man keinen Blick aufs Wasser, daher verwunderte es nicht, dass Michael nicht darin schlief. Auf einem Holzstuhl lag fein säuberlich ein halbes Dutzend Werkzeuge aufgereiht. Margo kehrte in das Zimmer mit der Glasschiebetür zurück und schmiegte sich auf dem Boden an King. Da kam Michael herein und setzte sich ans Fußende des Betts. Belustigt sah er sie an. »Bist du ein Wolfsmädchen? Oder vielleicht ein Hundemädchen?«

»Ich habe King von drüben beim Fischen zugesehen.«

»Warum nennst du sie King?«

»Wegen des Königsfischers. Er hat auch so einen großen Kopf wie sie.«

»Vor Cleo hatte ich noch nie einen Hund«, sagte Michael. Er ging in die Hocke und streichelte den Kopf des Tieres. »Das war eine ziemlich verrückte Geschichte. Als ich den Kaufvertrag für das Haus unterschrieb, fragte mich der Vorbesitzer, ob ich sie behalten will, weil sie den Fluss liebt und nirgendwo sonst glücklich wäre. Er nannte sie *Renegade*. Ich fand, dass Cleopatra besser zu einem Flusshund passt. Cleopatra, Königin des Nils, oder kurz: Cleo.« Michael zupfte liebevoll an Cleos Ohr, und die Hündin öffnete das Maul zu einem Lächeln. »Du schläfst in meinem Bett, und ich schlafe auf dem Boden. Vielleicht ist dir schon aufgefallen, dass ich keine Couch habe.«

»Wir können beide im Bett schlafen«, schlug Margo vor. »Es ist riesig.« Noch immer im Bademantel, kletterte sie auf der zum Fluss gelegenen Seite hinein. Michael blieb noch eine Weile am Fußende sitzen, dann legte er sich schulterzuckend neben sie.

»Was ist das für ein geheimnisvolles Licht in deinem Haus?«, fragte er.

»Eine Petroleumlampe.« Sie hatte sie brennen lassen in der Annahme, dass sie bald von allein ausgehen würde.

»Bringst du mir das Angeln bei?«

»Ich brauche Zündhölzer. Und ich habe kein Benzin mehr. Wenn du mir welches borgst, könnte ich mich revanchieren.«

»Hast du nebenan mein Boot gesehen?« Michael erwartete ein Nicken. »Als Danielle mich verlassen hat, wollte ich die Wände zuerst neu verkleiden, aber dann habe ich mir gesagt, dass ein Boot mir wichtiger wäre. Sobald es fertig ist, rudere ich den Fluss hoch zu der Insel mit den Schwarzweiden.«

»Mein Boot hat mir mein Grandpa geschenkt.«

»Dieses Bett hier habe ich selbst aus Roteichenholz gebaut. Nachdem Danielle mich verlassen hatte, habe ich zwei Monate auf einer Matratze auf dem Boden geschlafen, bis es fertig war. Odysseus hat sich sein Bett auch selbst gebaut, wusstest du das? Ich möchte alle wichtigen Dinge selbst bauen. Aus welchem Holz ist dein Boot?«

»Aus Teakholz. Das einzige Teakholzboot auf dem Fluss, hat mein Grandpa immer gesagt.« Margo hatte nicht die Kraft, ihn zu fragen, wer Odysseus war. Sie fuhr mit der Hand über das Kopfbrett des Betts. Es war aus soliden Brettern gefertigt, ohne Schnickschnack. Genau so ein Bett hätte Margo auch gerne, allerdings bräuchte ihres nicht fast den ganzen Raum einzunehmen.

»Dein Boot ist bestimmt ganz schön schwer«, sagte Michael. »Ich habe ein Schneidbrett aus Teakholz. Es wiegt so viel wie ein Ziegelstein.«

»Es liegt gut im Wasser, aber flussabwärts komme ich damit nur bis Confluence, weil es zu schwer ist, um es ums Wehr herumzutragen. Mein Grandpa hat immer gesagt, er steckt im *Stark River* fest.«

»Vielleicht nimmst du mich in den nächsten Tagen mal mit.« Michael hatte sich auf den Ellbogen gestützt. »*The River Rose* – das ist schön.«

Margo hatte noch nie einen Mann in ihrem Boot gehabt, und ihr gefiel die Vorstellung, den gut aussehenden Michael mit seinem ordentlichen Mittelscheitel nach Willow Island zu rudern. Sie sah ihn eindringlich an und nahm ihn ins Visier. Dann rückte sie näher und küsste ihn. Der Kuss, mit dem er ihren erwiderte, war so sanft, dass sie sich nicht sicher war, ob er überhaupt stattgefunden hatte. Wenn Brian einen küsste, wusste man, dass man geküsst worden war.

»Erzähl mir von dir«, meinte er lachend. »Ich küsse nicht einfach jedes Mädchen, das hier hereinspaziert.«

Sie küsste ihn erneut, und diesmal wich er langsamer zurück. Margo war überrascht, dass ihr Drang, ihn zu küssen, so stark war, obwohl sie ihn gar nicht kannte. Ein so dringendes Verlangen kannte sie sonst nur von der Jagd.

»Was hast du draußen im Regen gesucht?«, flüsterte er. Die Art, wie er fragte, gab Margo das Gefühl, dass man über Probleme reden und sie lösen konnte, dass nichts so schlimm war, wie es aussah. Sie konnte ihm zwar darauf noch nicht antworten, überlegte aber, ihm etwas anderes zu erzählen, irgendetwas Interessantes – etwa, dass sie einmal gesehen hatte, wie ein Reiher eine kleine Schlange zu seinem Nest brachte. Aber dann wollte er wahrscheinlich, dass sie noch mehr erzählte, dabei wollte sie lieber mit ihm schweigen. Sie wollte seine unbehaarte Brust, seine Rippen, seine kräftigen Schultern, seinen schlanken Hals erkunden. Sein Arm lag auf der Bettdecke, er war dünn, verglichen mit Brians oder Pauls. Dieser Arm konnte sie nicht niederdrücken oder zu etwas zwingen, was sie nicht wollte. Gegen einen Mann wie Michael konnte ein Mädchen sich zur Wehr setzen, es musste nicht wegrennen. Sie würde mit ihm nur das tun, was sie tun wollte. Die Petroleumlampe auf der anderen Flussseite wurde schwächer und erlosch Minuten später flackernd. »Wovor hast du solche Angst?«, wollte Michael wissen.

»Vor nichts«, flüsterte sie. Das war zwar gelogen, hörte sich aber gut an. Sie legte Michael die Hand in den Nacken und küsste ihn so hart, als würde sie die Büchse ruhig halten und abdrücken. Dann fuhr sie mit den Fingern durch sein Haar und über seine Schulter, sie wollte so viel Haut von ihm wie möglich auf einmal, seinen ganzen Körper unter ihren Händen fühlen. Sie schmiegte sich an ihn, spürte der Rundung seines Rückens und seines Hinterns nach, dann ließ sie die Hand über sein Bein gleiten, bis er erschauerte und sich an sie drängte. Frische Luft zog durch ein nicht ganz geschlossenes Fenster. Auf dem Boden seufzte die Hündin. Am Ende des Flurs rumpelten die Kleider und die Decke im Trockner. Michael schob die Hand zwischen ihre Beine, und statt einem Stöhnen brach ein Lachen aus ihr hervor – das war ihr noch nie passiert. Leicht rollte er sich auf sie, wie Wellen auf den Sand.

Später, als sie die Augen schloss, spürte sie seinen zärtlichen Blick auf sich. Im Wegdämmern sagte sie sich, dass sie vielleicht tot gewesen war und er sie ins Leben zurückgeholt hatte.

Als sie aufwachte, war sie allein. Das Tageslicht fiel durch die dünnen Vorhänge an der Glasschiebetür, die Sonne wärmte ihre Haut. Brians Hütte war nicht nach Süden ausgerichtet, deshalb schlief Margo normalerweise angezogen. Als sie sich aufsetzte, sah sie ihre Steppdecke zusammengelegt auf einer Ecke des Betts liegen. Darauf ihre Jeans, ihr dunkelblauer Rolli, ihr Flanellhemd und ihr Pullover. Und ganz oben gefaltete Geldscheine und ein paar Münzen. Ihr stockte das Herz, doch dann fiel ihr ein, dass es das Geld sein musste, das sie in ihren Hosentaschen vergessen hatte. Die Marlin stand noch in der Ecke, in die sie sie abends zuvor gestellt hatte. Margo zog sich an, Michael war in der Küche. Er trug ein Hemd und ein Sportsakko. Sie stellte ihre Büchse zum Besen in die Ecke und setzte sich an den Tisch.

»Ich geh gleich in die Kirche«, erklärte Michael. »Danach treffe ich mich mit einem Arbeitskreis. Wir wollen uns darüber austauschen, wie wir denen helfen können, die im Leben weniger Glück haben. Ich werde über meine Erfahrungen als Heimwerker berichten. Möchtest du mitkommen? Du könntest etwas übers Angeln erzählen.« Er lehnte sich mit verschränkten Armen ans Spülbecken, in einer Hand die Kaffeetasse. Margo versuchte sich daran zu erinnern, wie sie in seinen Armen gelegen und sich an seine Brust geschmiegt hatte, aber in Hemd und Sakko wirkte sein Körper an diesem Morgen so steif, dass sie ihn sich nicht nackt vorstellen konnte. »Komm doch mit. Unsere Kirche ist ziemlich locker. Man nennt sie hier auch die ›Hippie-Kirche‹.«

»Ich fahr nach Hause«, sagte sie reflexartig.

Er reichte ihr eine Tasse Kaffee mit Milch. »Wie alt bist du eigentlich, Margaret Louise? Ich bin achtundzwanzig.«

»Ich werde im November neunzehn«, behauptete sie. Gleich darauf fiel ihr ein, dass sie ihm erzählt hatte, sie sei bereits neunzehn. In Wirklichkeit wurde sie in zwei Monaten siebzehn.

»Weißt du, das gestern Abend … das war nicht geplant. Ich kenne dich doch gar nicht.« Er starrte Margo auf eine Weise an, die schon fast unhöflich war. Sie wich seinem Blick aus, nippte an ihrem Kaffee und streichelte Kings Kopf. Das Schweigen im Raum verdichtete sich, und Margo richtete sich darin ein. Schweigen war ein Spiel, das sie beherrschte.

»Und ich habe nicht verhütet. Aber mach dir keine Gedanken wegen einer Schwangerschaft, ich bin sterilisiert. Trotzdem, wir hätten es nicht tun sollen. Gibt es etwas, was du mir sagen möchtest?«

Sie sah ihn an. Seine Augen blickten leicht hektisch, aber freundlich.

»Tut mir leid«, sagte Michael schließlich und setzte sich ihr gegenüber an den Tisch. Er entspannte sich allmählich. »Es ist nur so, dass ich nichts über dich weiß. Du könntest genauso gut eine verschollene Erbin sein wie ein Mädchen, das gerade seine ganze Familie umgebracht und im Garten verscharrt hat.«

»Oder ein Mädchen, das von Wölfen aufgezogen wurde?«, fragte Margo.

»Vielleicht habe ich dich auch nur geträumt.« Seine Stimme wurde leiser. »Glaub mir, wenn ich mir ein Mädchen erträumen würde, wäre es genau wie du. Es hätte so schöne Arme wie du. Es wäre klug und würde sogar wie du riechen.« Er stand auf, nahm ein Geschirrtuch und wischte damit über die saubere Arbeitsfläche.

Wie rieche ich wohl?, überlegte Margo. Sie hatte doch erst vor Kurzem geduscht.

»Allerdings würde diese junge Dame reden.« Er faltete das Tuch zusammen und legte es weg. »Sie würde mit mir streiten. Und mit etwas Glück wäre sie tatsächlich eine Erbin mit einer Insel auf dem Fluss.«

Seine Worte prallten an ihr ab. Sie war weder ein Wolfsmädchen noch eine Mörderin oder Erbin. Auch keine Traumgestalt. Sie war ein Mädchen, das ein paar Zündhölzer und Benzin für sein Boot brauchte. King schob den Kopf unter ihre Hand und wollte gestreichelt werden.

»Aber vielleicht kommt dieser riesige Kerl zurück, mit dem du zusammenlebst, und benutzt mich als Fischfutter.«

Margo fand, dass dies der erste vernünftige Satz war, den er von sich gegeben hatte. Sie lächelte.

»Du wohnst seit Dezember mit ihm zusammen, und jetzt hast du Angst vor ihm.«

Margo schaute zur Hütte hinüber. Sie war froh, dass am Steg kein Boot lag. Nach der letzten Nacht war ihr klar geworden, dass sie weder Paul noch Brian wiedersehen wollte. Sie war dankbar gewesen, dass Brian ihr ein Zuhause gegeben hatte, aber sie wollte nicht mehr mit ihm zusammen sein, auch nicht, wenn er freikam. Sie hatte viel von ihm gelernt, aber die letzte Nacht mit Michael war so schön gewesen! Sie hatte sich so sicher und wohl gefühlt.

Michael trank einen Schluck Kaffee. »Hast du vor, den ganzen Winter in der Hütte zu bleiben? Wie kriegst du sie warm? Mit einem Holzofen? Oder hast du einen Propan- oder Kerosinheizer?«

»Vielleicht ziehe ich zu meiner Mutter«, sagte sie. Sie wollte hören, wie das klang.

»Ah, du hast natürlich eine Mutter! Wo wohnt sie?«

»In Lake Lynne.«

»Kommst du heute Abend wieder?« Michaels braune Augen sahen sie so hoffnungsvoll an wie Kings. »Wir könnten zusammen essen. Ich könnte dich mit dem Jeep abholen.«

»Bis zur nächsten Straße ist es von der Hütte ein Fußmarsch von einer halben Meile«, sagte sie und hängte sich die Marlin über die Schulter.

»Und mein Boot ist noch nicht fertig, also liegt es wohl bei dir, Margaret Louise.« Er sah ihr dabei zu, wie sie aufstand, ihren Kaffee herunterkippte und zur Tür ging, so wie er ihr am Tag ihrer ersten Begegnung hinterhergesehen hatte, als sie mit seinem Hund weggerudert war.

Eine halbe Stunde später saß Margo im Schneidersitz auf dem Steg an der Hütte, spürte eine warme Brise vom Fluss aufsteigen und beobachtete, wie Michaels Jeep die Auffahrt hinunterfuhr. Hätte sie doch bloß gesagt, dass sie zum Abendessen kam! Sollte er sie noch einmal fragen, würde sie seine Einladung sofort annehmen und ihm anbieten, etwas mitzubringen – Fischfilets vielleicht. Sie sah, wie Michaels Jeep in die Straße einbog, die flussaufwärts nach Heart of Pines führte, vorbei an Hunderten normaler Häuser wie seinem. Sie sollte ihrer Mutter schreiben und sie fragen, ob sie in Lake Lynne ein normales Leben führte oder in ihrer Stadt eine *Abnormität* war. Ein Reiher schwebte vom Himmel herab und landete ein Stück stromabwärts außer Sichtweite. In Ufernähe schwammen zwei Stockenten, und an ihrem leicht rostbraunen Brustgefieder erkannte Margo, dass es sich um einjährige Erpel handelte. Ob sie die einzigen Überlebenden von dem Dutzend Küken waren, das ihre Mama damals im Frühjahr ausgebrütet hatte? Margo quakte, sie antworteten mit leisem Schnattern und schwammen weiter.

Während Michaels Abwesenheit fuhr abends ein silberner Wagen seine Auffahrt hinauf. Obwohl Margo das Auto nicht kannte, war ihr klar, dass Danielle am Steuer sitzen musste, die Frau, die Michael verlassen hatte. Das Auto verschwand hinter dem Haus, und wenig später tauchte King auf und sprang hinunter zum Wasser. Margo ging durch den Kopf, dass die Frau womöglich gekommen war, um Michaels Hund zu holen. Sie spulte die Angelschnur auf, hievte den Außenborder aus ihrem Boot, ohne auf die Schraube achtzugeben, stieß sich ab und war nach wenigen Minuten flussabwärts auf der anderen Seite. Der Hund lief zu ihrer Begrüßung aufs Floß, aber statt ins Boot zu klettern, duckte er sich verspielt und warf den Kopf zurück. »Komm schon, King!«, rief Margo. »Komm!« Als der Hund schließlich hineinsprang, kam die Frau aus dem Haus. Sie trug eine weiße Bluse unter einer dünnen weißen Jacke, hatte ein Glas mit einer klaren Flüssigkeit und Eiswürfeln in einer Hand und einen Liegestuhl in der anderen. Sie stellte den Drink ins Gras, klappte den Stuhl auseinander und machte es sich darin bequem.

»He, was machst du mit Cleo?«, rief sie, als sie Margo und Cleo im Boot sah. Die Frau hatte karamellfarbenes Haar.

»Sie gehört nicht Ihnen!«, schrie Margo, doch dann dämmerte ihr, dass die Frau vielleicht gar nicht gekommen war, um sich den Hund zu holen. Stattdessen machte sie es sich hier gemütlich. Offensichtlich hatte sie vor, ihr altes Leben fortzuführen. Michael musste geahnt haben, dass sie zurückkommen würde, deshalb hatte er ihre Sachen nicht weggeworfen.

»Ich ruf die Polizei, du kleiner Freak«, drohte Danielle milde und trank einen großen Schluck aus ihrem Glas. Dann schlug sie die Beine übereinander.

Margos Haar war frisch gewaschen und zu einem ordentlichen Zopf zusammengebunden. Lag es an ihrer abgetragenen Jeans, dass die Frau sie *Freak* nannte? An ihrer abgewetzten Carhartt-Jacke? An ihrem dunklen, schweren Boot mit den splittrigen Rudern? An ihrem Gewehr, das gut sichtbar auf der Rückbank lag? Oder war sie schlicht und einfach ein Freak, ein Wolfsmädchen, eine *Abnormität*? Würde ihre Mutter sie auch so sehen, wenn sie sich endlich trafen? War das der Grund, warum Margo in Murrayville nie Freunde gefunden hatte?

»Sie haben den Hund allein gelassen und sind abgehauen«, sagte Margo so leise, dass Danielle es nicht hören konnte. Und Sie haben Michael verlassen, dachte sie, und den Fluss. Was auch immer Margo war – diese Frau war ein Dummkopf gewesen. Das hatte sie offenbar erkannt, und deshalb war sie zurück.

Als Margo zur Hütte zurückruderte, tauchte Michaels Jeep auf und parkte neben dem silbernen Auto. Die Frau erhob sich und ging ihm auf der Auffahrt entgegen. Es versetzte Margo einen kleinen Stich, die beiden nebeneinander stehen zu sehen. Sie sahen aus, als gehörten sie zusammen.

»Cleo! Komm zurück!«, rief Michael. Der Hund lief an Margo vorbei zur Rückbank. Das Boot wackelte, als er sprang. Es geschah so plötzlich, dass Margo keine Zeit hatte, sein Gewicht auszugleichen, und ein Wasserschwall über die Bordwand schwappte.

Michael rief noch: »Margaret Louise! Komm wieder!« Dann vertiefte er sich in ein Gespräch mit Danielle.

Flussaufwärts tauchte der MerCruiser auf und hielt auf die Hütte zu.

Margo drehte ihr Boot in der Strömung, bis der Bug stromabwärts zeigte. Mit einem Ruder manövrierte sie es an den Rand des Flusses, wo Paul sie nicht so schnell entdecken würde.

Langsam ließ sie sich treiben, bis sie von der Hütte und Michaels Haus aus nicht mehr zu sehen war. Sie kam an einem einsamen schwarzen Fischer vorbei, der eine in eine braune Papiertüte gewickelte Flasche in der Hand hielt. Grüne Weidenköpfe weinten in ihrer Nähe. Zierschildkröten und blaue Zornnattern sonnten sich auf umgestürzten Baumstämmen und glitten ins Wasser, sobald sie näher kam. Auf einer Wurzel stand regungslos ein großer Kanadareiher und fischte, er hielt eins seiner hervorstechenden umringten Augen auf sie gerichtet, wachsam, aber furchtlos, solange Margo sich nur von der Strömung weitertragen ließ. Es reizte sie, nach den Rudern zu greifen und auf den Vogel zuzusteuern, doch sie beschloss, ihn in Ruhe zu lassen. Jetzt spürte sie die Strapazen ihrer zehnmonatigen Reise, dieser törichten, missglückten Reise den Fluss hinauf auf der Suche nach ihrer Mutter. Sie hatte das Bedürfnis, dazusitzen und sich alles durch den Kopf gehen zu lassen, als wäre ihr Leben eine Geschichte, die sie lesen oder sich anhören konnte.

Ein Mann fuhr mit seinem Schnellboot einen Bogen um sie. Margo wurde in seinem Kielwasser erst durchgeschüttelt und dann herumgewirbelt. Sie war schon lange, bevor sie von zu Hause weggegangen war, nicht mehr geschwommen und hatte das Gefühl von Freiheit vergessen, das sie immer verspürt hatte, wenn sie sich dem

Fluss anheimgab. Sie kam an einem halben Dutzend Strandläufer auf einer Sandbank vorbei und beobachtete einen Grünreiher, der am Flussrand durch die Ranken des Giftefeus schlich. Margo war klar, dass sie sich Richtung Ufer halten sollte und das Ruder wieder in die Hand nehmen musste, doch da erblickte sie einen Baum, der wie Paul mit erhobenen Armen aussah. Ein anderer hatte die grüblerische Miene ihres Vaters. Für Sekunden glaubte sie in den sich im Wasser spiegelnden Ästen die schlanken, sonnengebräunten Arme ihrer Mutter zu erkennen, aber der Fluss strömte hier schnell dahin und lud nicht zum Verweilen ein. Margo kletterte neben ihr Gewehr auf die Rückbank, rollte sich zusammen und sann darüber nach, wie schön es war, einfach dahinzutreiben, sich von den Armen des Flusses leiten zu lassen, und wie schön es letzte Nacht gewesen war, mit Michael in seinem großen Bett zu liegen.

Das Nächste, was sie mitbekam, war die Tatsache, dass das Boot sich nicht mehr bewegte. Die Luft hatte sich abgekühlt, und sie schien sich auf der Rückbank nach Steuerbord zu neigen. Über sich erblickte Margo einen wackligen Steg, dem ein Pfahl fehlte, aber sie war nicht am Marihuanahaus in Murrayville gelandet, wie sie in ihrer Verwirrung im ersten Moment glaubte. Der Bug steckte in einer Sandbank bei einer baufälligen Hütte fest, die sie schon ein paarmal gesehen hatte, als sie mit Brian den Fluss hinuntergefahren war. Am Himmel sank bereits die Sonne, dabei war höchstens eine halbe Stunde vergangen, seit Margo die Augen geschlossen hatte. Als sie vor sich auf der mittleren Sitzbank einen Kanadareiher stehen sah, glaubte sie zuerst an eine Halluzination. Margo bewegte keinen Muskel und bemühte sich, nicht zu blinzeln. Sie betrachtete das klare, wilde, von einem Ring umgebene Auge und den harten Dolchschnabel und fragte sich, ob das Tier sie angreifen würde. Wassertropfen perlten auf dem gezackten Kamm des Vogels. Margo rührte sich nicht, als der Reiher von der Bank auf den nassen Bootsboden stieg und näher kam, als wäre sie ein Stück Beute. Sie hatte immer wieder Reiher beim Fischen zwischen verschlungenen Unterwasserwurzeln und beim Füttern ihrer Jungen in den Baumwipfeln beobachtet, aber nie hätte sie zu hoffen gewagt, einem von ihnen so nahe zu kommen, dass sie ihn berühren konnte. Da merkte sie, dass der Vogel sich an etwas golden Schimmerndes auf dem Boden heranpirschte – ein kleiner Fisch vielleicht. Der lange Schnabel schnappte nach dem glänzenden Gegenstand. Es war eine goldene Langwaffenpatrone Kaliber .22. Der Reiher blickte Margo in die Augen und hob sich in die Luft. Während er die Schwingen ausbreitete, streifte er mit den Federn Margos Knie und ließ die Patrone in ihren Schoß fallen. Mit angehaltenem Atem sah sie ihm nach. Dann betrachtete sie die Patrone und überlegte, ob dies so etwas wie eine Botschaft sein sollte.

Sie vergegenwärtigte sich das Flügelflattern, das Zischen der Luft, dachte an Michael in seinem Bett, an die durchs Fenster dringende Nachtluft, an seine warme Haut, die ihre streifte, und beschloss, dem Reiher flussaufwärts zu folgen. Wie weit sie abgetrieben war, wusste sie nicht genau, aber wenn es drei Meilen waren, würde es ebenso viele Stunden dauern, an den Ausgangspunkt zurückzukehren. Um der Strömung auszuweichen, hielt sie sich so dicht am Ufer, wie es möglich war, ohne mit den Rudern über den Grund zu schrammen. Sie saß mit dem Rücken zum Bug, blickte in einen feurig-orangefarbenen Sonnenuntergang, und während die Farben allmählich verblassten, gewöhnten sich ihre Augen an die aufkommende Dunkelheit. Mit gleichmäßigem Schlag ruderte sie an im Dunkeln liegenden Ferienhäusern, an Baracken und steinalten Bäumen vorbei. Der schaurige

Schrei einer Schwarzkehl-Nachtschwalbe machte ihr eine Gänsehaut. Eine Eule folgte ihr eine Weile mit wildem Geflatter. In einem Baum zeichnete sich die Silhouette eines großen Streifenkauzes ab. Bisamratten und andere nachtaktive Jäger ließen sich ins Wasser gleiten, kamen neben ihrem Boot an die Oberfläche und tauchten wieder ab. Als die Mondsichel aufstieg, steuerte Margo das Boot zwischen ein paar abgestorbene Bäume, um sich auszuruhen. Die Muskeln in ihren Armen brannten, die Hände waren von den Rudergriffen ganz rau, doch als sie spürte, wie die Nacht an ihrem Boot zog und sie in die dunkle, bequeme Strömung lockte, machte sie sich wieder auf den Weg.

Der Fluss machte eine Kurve und verengte sich ein wenig, und am nördlichen Ufer erblickte Margo eine ihr vertraute Bewässerungspumpe sowie ein paar Bootshäuser. Sie orientierte sich an den hellsten Sternen, bis diese hinter den Bäumen verschwanden.

Als die Hütte schließlich in Sicht kam, stellte sie fest, dass der MerCruiser immer noch am Steg lag. Also steuerte sie Michaels Floß an. Dort unterschätzte sie jedoch den Abstand zum Ufer und stieg in schenkeltiefes Wasser. Sie machte das Boot unter der Laufplanke fest, wo es weniger auffiel. Das Geräusch musste Michael oder King geweckt haben. Im Schlafzimmer ging das Licht an, und gleich darauf trabte King in den Hof und über die Planke aufs Floß. Margo tätschelte die Hündin und hielt die Marlin übers Wasser.

Sie sah, wie auch in der Küche das Licht anging, und watete ans Ufer.

Noch bevor sie anklopfen konnte, öffnete Michael die Küchentür. »Margaret!«, rief er.

»Kann ich ein paar Zündhölzer haben?«, war alles, was sie herausbrachte, denn sie wusste nicht, ob Michaels Einladung zum Abendessen noch galt. Sie hätte in der Auffahrt nach Danielles Wagen schauen sollen, bevor sie zur Tür ging.

»Komm rein, Margaret«, forderte Michael sie auf. Ihr Blick fiel auf die Uhr hinter ihm. Es war halb elf. »Draußen ist es kalt. Wie im Herbst.«

»Ist Danielle hier?« Margo presste die Zähne aufeinander. King stand neben ihr.

»Nein. Ich bin allein.«

»Ich hab King mitgebracht. Sie ist mir entgegengelaufen.«

Michael sah Margo an. »Was ist los? Willst du darüber reden?«

Margo zog die Schultern hoch, um ihr Zittern zu unterdrücken. »Die Insel mit den Weiden ... Wenn du willst, rudere ich dich morgen hin«, schlug sie vor.

»Komm rein und lass uns reden«, wiederholte Michael, der im Türrahmen lehnte. »Erzähl mir von dem Mann in der Hütte.«

»Magst du Kanadareiher?«, fragte Margo. Sie fühlte sich taumelig, wie betrunken.

»Wer mag die nicht?«

»Auf Willow Island gibt es Dutzende von Reihern. Eine ganze Kolonie, sie leben in den Bäumen.« Sie stützte sich mit der Hand am Türrahmen ab. »Mir ist heute einer so nah gekommen, dass er mit den Flügeln mein Bein gestreift hat.«

»Die Geschichte von Leda und dem Schwan kennst du nicht, oder doch?«

Margo suchte nach dem richtigen Wort. »*Reiherhorst*«, korrigierte sie sich. »Reiher leben in einer Reiherhorstkolonie.«

»Kraniche mag ich auch. Die sind hier allerdings nicht so häufig, und die Weibchen sind sehr scheu. Jetzt wird's aber Zeit, dass du reinkommst und dich aufwärmst.« Er zog an ihrem Handgelenk, ließ es aber sofort los, als er ihren Widerstand spürte. Er nahm ihre Hände. »Wenn du wirklich nicht reinkommen willst, gebe ich dir eben nur etwas Benzin für dein Boot, okay? Und eine Schachtel Streichhölzer hab ich auch für dich.«

»Danke«, sagte sie. »Weißt du, ich vermisse meinen Vater. Und meine Mutter. Sie will nicht, dass ich sie besuche.«

»Komm rein, Margaret. Wir können doch darüber reden.«

»Ich … Ich vermisse sie so sehr.« Sie konnte sich nicht vorstellen, dass Michael oder sonst jemand verstand, wie schwer allein Brians Verlust für sie gewesen war.

Michael nickte. Er hielt sanft ihre Hände. »Cleo wird langsam kalt, wenn sie noch länger draußen warten muss. Ab sofort kriegt sie einen Doppelnamen, so wie du. Wir könnten sie *King Cleo* nennen. Komm rein, ich mach dir ein Omelett. Und morgen Nachmittag bedankst du dich bei mir dafür.«

Bevor Margo durch die Tür ging, schaute sie über den Fluss zur dunklen Hütte. Morgen, wenn Paul weg wäre, wollte sie hinrudern, um ihre Sachen zu holen. Hoffentlich lag ihr Rucksack noch unterm Bett. King folgte ihr ins Haus, wo es warm und sicher war.

ZWEITER TEIL

11. KAPITEL

Margo holte die Post aus dem Briefkasten. Es war April, und seit Ende September wohnte sie bei Michael. Die Gefahr, dass der Fluss zufror oder über die Ufer trat, war nun vorüber, und sie hatten tags zuvor das Floß zu Wasser gelassen. Heute war Margo mindestens zwanzig Mal über die Planke aufs Floß gelaufen, weil es ihr Spaß machte, wie es unter ihrem Gewicht leicht wegsackte. Ein Brief war an *Margaret Louise Crane* adressiert, und das ließ sie hoffen, er käme von ihrer Mutter, der sie geschrieben und Michaels Adresse mitgeteilt hatte. Sie hatte von ihr eine Weihnachtskarte erhalten, in der Luanne abermals betont hatte, dass jetzt kein guter Zeitpunkt für einen Besuch wäre und dass sie bald wieder schreiben würde. In der Karte hatte ein Zwanzigdollarschein gelegen. Dieser Umschlag jedoch kam vom Staatssekretär von Michigan und enthielt den Personalausweis, den Margo vor drei Wochen beantragt hatte. Den Ausweis brauchte sie für ihren Jagd- und Angelschein.

Als Michael abends nach Hause kam, ging er wie gewohnt ins Haus. Kurz darauf verließ er es durch die Hintertür wieder und steuerte auf Margo zu, die ein Stück flussaufwärts am Grundstücksrand gerade einen Katzenwels häutete. Michael ekelte sich vor solchen blutigen Arbeiten und vermied es normalerweise, ihr beim Zerlegen von selbst geangeltem Fisch oder selbst erlegtem Wild zuzuschauen.

»In deinem Personalausweis steht, dass du 1963 geboren bist.« Er erstickte fast an den Worten. »Ich habe ihn auf dem Tisch liegen sehen.«

»Ach ja?«

»Im November, also kurz nachdem du bei mir eingezogen bist, bist du erst siebzehn geworden. Mein Gott, Margaret!«

Der Schwanz des Katzenwelses rollte sich am Baumstamm auf. Der Fisch krümmte den halb gehäuteten Körper und stemmte sich gegen den Nagel, der seinen Kopf am Baum festhielt. Es war ein angenehmer Nachmittag, und Margo hatte nicht mehr daran gedacht, dass ihr Alter eine Rolle spielen könnte.

»Um Himmels willen, Margaret, kannst du ihm nicht auf den Kopf schlagen oder so was?«

»Wieso?«

»Willst du wirklich ein Tier bei lebendigem Leib häuten?«, fragte Michael. »Der verdammte Fisch quält sich. Kannst du ihn nicht zuerst töten?«

»Mein Grandpa hat mir beigebracht –«

»Hat er dir beigebracht, eine Kreatur bei lebendigem Leib zu häuten?«

»Er hat … Ich wollte sagen … Fische empfinden keinen Schmerz.«

»Herrje, Margo, schau dir doch an, wie er sich windet – wenn das kein Schmerz ist, was denn dann.«

Margo nahm ihr Messer und durchtrennte dem Katzenwels das Rückenmark. Sein Körper fiel zu Boden.

»Tut mir leid, dass ich so heftig geworden bin«, entschuldigte sich Michael. »Ich hab noch nie einen Fisch so kämpfen sehen. Aber so ist es besser.«

»Ich schlage ihnen vorher immer auf den Kopf, aber manchmal wachen sie auf.«

Er hielt ihren Ausweis mit Daumen und Zeigefinger hoch. »Sogar auf einem Ausweisfoto bist du schön. Mein Gott, Margaret!«

Sie stand stumm da, den kopflosen Fisch in einer Hand, das Messer in der anderen. Schweigen war bisher immer ihre beste Antwort gewesen, wenn Michael sich aufregte.

»Als wir uns kennenlernten, hast du zu mir gesagt, dass du bald neunzehn wirst. Damals warst du sechzehn. Ich habe mit einer Sechzehnjährigen geschlafen! Und jetzt lebe ich mit einer Siebzehnjährigen zusammen. Hör auf, mich so anzusehen! Es macht mich wahnsinnig, wenn du mich anstarrst.«

Margo sah an ihm vorbei auf den Fluss.

»Welche Altersgrenze gilt in Michigan für sexuelle Mündigkeit? Ich hätte nicht gedacht, dass ich das einmal wissen müsste.«

Margo sah ihm nach, wie er über den Rasen ging und im Haus verschwand. Wenn Michael sich aufregte, hielt seine Wut in der Regel nicht lang an. Ob es diesmal anders wäre, wusste sie nicht und was das dann hieße. Sie zog dem Wels die restliche Haut ab.

Der Winter hatte sich allzu lang hingezogen, doch nun, wo endlich Frühling war, blühten an Michaels Haus Hunderte von Narzissen. Manchmal spielte Margo mit dem Gedanken, mit .22er Schrotpatronen auf die Blütenköpfe zu schießen, aber nur um zu sehen, wie die Blätter in einem einzigen Feuerwerk auseinanderstoben, also um eine andere Art von Schönheit zu erschaffen. Annie Oakley hatte Schrotpatronen benutzt, um auf Ausstellungen Glaskugeln in der Luft zu zerschießen. Etwa dreißig Meilen flussabwärts hatte Joanna rund ums Haus der Murrays auch Hunderte von Narzissen gepflanzt – sie nannte sie *Jonquillen*, *Osterglocken* oder *Tazetten*, und manche waren orange gerändert –, und deshalb sah das Grundstück der Murrays jedes Jahr im April wie ein Märchenland aus.

Margo lebte gern mit Michael zusammen, aber sie hatte

sich nach all den Monaten immer noch nicht dazu durchringen können, ihre Sachen auszupacken. Sie wusch ihre Kleider in seiner Maschine und stopfte sie nach dem Trocknen wieder in ihren Armeerucksack. Wenn sie zu viel Zeit im Haus verbrachte, wurde sie unruhig, aber ihr war klar, dass es ihr schwerfallen würde, ohne häusliche Annehmlichkeiten wie beheizte Zimmer, Warmwasser oder gekaufte Lebensmittel auszukommen. Sie hatte ihr Leben so stark nach Michael mit seinen Ritualen und vernünftigen Gewohnheiten ausgerichtet, dass sie manchmal stundenlang nicht an ihren Vater oder ihr früheres Leben, ja, nicht einmal an Brian oder Paul dachte, obwohl deren Hütte gleich gegenüberlag. Abends trieb Michael mit ihrer Hilfe geduldig seine Projekte voran: Er stellte die Böden fertig, brachte in allen Räumen Schnurleisten an und gab sich alle Mühe, ein perfektes Heim zu erschaffen. Bei der Vorstellung, dass der Umbau eines Tages beendet sein würde, wurde Margo mulmig. Sobald das Haus so wäre, wie er es haben wollte, verlegte er sich womöglich darauf, an ihr herumzubessern. Zum Glück wäre sein Boot dann noch lange nicht fertig und würde ihn noch eine Weile beschäftigen.

Über Annie Oakley hatte Margo mehr erfahren, seit Michael für sie ein Exemplar von *Annie Oakley: Leben und Legende* gekauft hatte. Darin stand, dass Annie als Phoebe Ann Mosey zur Welt gekommen war und ihren Namen als Erwachsene geändert hatte. Nach dem Tod ihres Vaters hatte ihre Mutter die dreizehnjährige Phoebe zu einem kinderlosen Paar gegeben. Die Leute ließen sie hart arbeiten, schlugen sie und gaben ihr nicht genug zu essen. Sie nannte sie »die Wölfe«. Eines Tages konnte sie aus der Dachkammer, in der sie eingesperrt wurde, entkommen und lief nach Hause zu ihrer Mutter. Erst da nahm sie das alte Gewehr der Familie vom Kaminsims und begann zu jagen.

Als Michael nach zwanzig Minuten wiederkam, war er immer noch aufgebracht.

»Die Altersgrenze für sexuelle Mündigkeit liegt in diesem Staat bei siebzehn Jahren«, berichtete er. »Siebzehn! Viel zu jung! Sollen wir mit deinen Verwandten in Murrayville reden? Vielleicht wäre es an der Zeit, deine Mutter ausfindig zu machen. Was zum Teufel ist eigentlich mit ihr los?«

Margo schüttelte den Kopf. Sie wollte nirgendwo hingehen, wo sie nicht erwünscht war.

Jeden Sonntag versuchte Michael sie zu überreden, ihn in seine »Hippie-Kirche« zu begleiten. Einmal war sie mitgekommen und hatte dem Pfarrer zugehört. Der Mann meinte es gut, das war ihr klar, aber er war so langweilig wie ein Lehrer. Die Gitarrenmusik hatte ihr gefallen, aber sie mochte es nicht, dass die Leute ihr anschließend alle die Hand schütteln und sich mit ihr unterhalten wollten. Sie habe nichts gegen Menschen, erklärte sie Michael, aber in der Kirche gäbe es zu viele von ihnen auf einem Haufen. Für ihn war es in Ordnung, dass sie nicht mitkam, aber er war enttäuscht, dass sie nicht zu seiner Gemeinde gehören wollte. Und es enttäuschte ihn, dass sie keinerlei Interesse für die Schule aufbrachte. Er war der Ansicht, dass Margo sich im Leben Ziele setzen sollte – als wären das Leben am Fluss, das Angeln, Schießen und Sammeln von Beeren, Pilzen und Nüssen nicht genug!

»Gehst du mit mir schwimmen, wenn es wärmer wird?«, fragte sie ruhig, um das Thema zu wechseln.

»Ich bin kein guter Schwimmer … Vielleicht sollten wir heiraten«, sagte er unvermittelt und sah sie an.

»Warum?«, fragte sie.

»*Warum?* Aus einem einfachen Grund, und der heißt Liebe. Ich liebe dich, Margaret Louise«, sagte Michael. »Und vielleicht habe ich auch ein bisschen Angst, dass es falsch ist, was wir tun, wenn ich dich nicht heirate.«

»Müsste ich dann in die Kirche gehen?«, fragte sie. »Oder in die Schule?«

»Du müsstest nichts tun, was du nicht willst. Schon gut, vergiss, dass ich dich gefragt habe.« Er rückte ein Stück von ihr ab und sagte: »Das war nicht die richtige Art, dich zu fragen. Oder nicht der richtige Zeitpunkt. Ich bin zu aufgewühlt.«

Margo blickte den Fluss hinunter. Von Joanna und Cal hieß es, dass sie eine gute Ehe führten, und bestimmt würde Joanna sagen, dass sie froh war, Cal geheiratet zu haben. Bei ihren Eltern war Margo sich nicht so sicher.

»Aber wenn ich dich fragen würde, was würdest du antworten?« Michael kniete im Gras nieder und ergriff ihre Hand, die von den Innereien des Fischs noch ganz schmierig war. »So ist es besser. Willst du mich heiraten?«

Sie sah auf ihn hinunter. Er trug seine zerknitterte Arbeitshose. Die Krawatte hatte er zwar im Haus abgelegt, aber sein weißes Hemd war immer noch bis zum Hals zugeknöpft.

Seit sie bei Michael wohnte, war sie gesprächiger geworden und erzählte ihm ab und zu, wenn auch zögerlich, etwas über ihren Vater, ihre Mutter und den einen oder anderen der Murrays. Von Cal, Paul oder Brian hatte sie ihm allerdings nichts erzählt.

Michael hörte ihr anscheinend gern zu. Ihr Zusammenleben war unkompliziert. Sie liebten sich fast jeden Abend, ohne sich um eine Schwangerschaft sorgen zu müssen. Doch obwohl sie Michael liebte und ihn mittlerweile gut kannte, wäre sie nie auf die Idee gekommen, ihn zu heiraten.

»Warum siehst du mich so merkwürdig an?«, wollte er wissen. »Heiraten die Menschen dort, wo du herkommst, etwa nicht?«

»Okay«, sagte sie.

»Okay was?«

»Ich heirate dich.«

»Es heißt *ja* oder *nein*«, klärte Michael sie auf und grinste. »*Okay* klingt ein bisschen weniger begeistert, als ich erhofft hatte.«

»Okay, *ja*.«

»Bist du sicher? Ich hätte dich nicht auf diese Art fragen sollen. Ich hab ja nicht mal einen Ring, Margaret. Ohne Ring macht man als Mann keinen Heiratsantrag!«

»Annie Oakley hat Frank Butler mit siebzehn geheiratet«, sagte Margo. »Er selbst war achtundzwanzig. Also wie bei uns. Sie haben den Rest ihres Lebens zusammen verbracht. Mit Hunden.«

»Keine Kinder?«

»Nein.«

»Na gut, wenn das für Annie Oakley in Ordnung war, ist es das wohl auch für uns. Du kannst deine Meinung natürlich jederzeit ändern. Frauen tun das ständig. Was könnten wir als Ring nehmen?«

Nach allem, was Margo gelesen hatte, gab es gewisse Zweifel hinsichtlich Annie Oakleys tatsächlichen Alters. Die *Wild West Show* hatte Interesse daran, sie so jung wie möglich zu machen. Margo wusste auch, dass Annie sich Kinder gewünscht hatte, aber keine hatte kriegen können.

Michael sagte: »Mein Gott, noch vor ein paar Minuten habe ich mich vor Schuldgefühlen ganz elend gefühlt, und jetzt bin ich der glücklichste Mensch der Welt.«

Er pflückte einen einzelnen Löwenzahn, einen der wenigen, die schon blühten, und bat Margo um ihr Fischmesser. Damit ritzte er den Stängel dicht unterhalb des Blütenkopfs ein, bog ihn und fädelte das Ende durch den Schlitz, dann schob er die Schlaufe über Margos Finger und zog sie fest, sodass die große gelbe Blume auf ihrer Hand thronte.

»Das haben wir früher auch gemacht!«, rief Margo. »Tante Joanna hat mir gezeigt, wie es geht.«

»Möchtest du eine kirchliche Trauung?« Er umfasste ihre Hand. »Ich glaube, ich kenne die Antwort. Wir werden am Fluss Hochzeit feiern.«

Margo war überwältigt. Sie betrachtete den Löwenzahn an ihrer Hand.

»Wir halten es klein: nur wir, ein paar Freunde und die Familie. Vielleicht lässt sich auch deine Mutter blicken.«

Sie küssten sich am Ufer, und über ihnen flirrten die noch jungen silbrigen Blätter der Zitterpappel. Die Brise nahm die Kühle des aufgetauten Bodens auf und hauchte sie hinter ihnen in die warme Luft.

»Sollen wir warten, bis du achtzehn bist? Bis Ende November? Das sind ab jetzt noch sieben Monate.«

Sie nickte. Michael setzte sich im Schneidersitz ins Gras und zog sie neben sich zu Boden. »Tut mir leid, dass ich dich vorhin so angeherrscht habe«, entschuldigte er sich. »Manchmal raste ich eben aus.«

12. KAPITEL

Beim Mittagessen saß Margo Michael am Tisch gegenüber, aber sie war abgelenkt, weil sie mit einem Auge die Vorgänge am anderen Flussufer beobachtete. Paul trieb sich seit dem Vormittag mit Charlie und Johnny an der Hütte herum, und Margo wollte so lange im Haus bleiben, bis die Männer mit dem MerCruiser verschwanden. Normalerweise blieben sie nur kurz, um ein paar Kanister mit dem Zeug aus der hinter dem Haus verscharrten blauen Tonne zu füllen, aber an diesem Tag fegte Charlie den Boden unter dem Vorbau, und deshalb befürchtete Margo, dass einer von ihnen einen längeren Aufenthalt plante. Ein kleiner Trost war, dass Paul schlecht sah und Michaels Haus ein Stück vom Ufer zurückgesetzt lag.

»Vorsicht, heiß!«, warnte Michael und biss in sein gegrilltes Schinken-Käse-Sandwich.

»Vielleicht geh ich mit King heute flussabwärts angeln«, überlegte Margo laut und konzentrierte sich wieder auf Michael und das Mittagessen. Mittwochs hatte er Spätschicht, das heißt, er ging erst mittags zur Arbeit und kam gegen halb neun oder neun Uhr abends zurück. »Willst du heute Abend Forelle essen? Vielleicht kriege ich abends ein oder zwei mit Regenwürmern an die Angel.«

»Hast du nicht mal Lust auf etwas anderes als Angeln und Schießen?«, fragte Michael zögernd.

»Ich könnte Fallen aufstellen und die Felle verkaufen. Grandpa hat mir beigebracht, wie man Kaninchen und Bisamratten abbalgt. Er meinte, als Mädchen sollte man sich damit auskennen. Und wie du weißt, kann ich nähen.«

Michael musste lachen.

»Dein Großvater ist wahrscheinlich davon ausgegangen, dass du dich auch mit anderen Dingen auskennst, zum Beispiel mit Mathe oder Geschichte, und nicht ausschließlich damit, wie man Tieren das Fell abzieht.«

»Er ist selbst nur bis zur achten Klasse zur Schule gegangen. Annie Oakley nur bis zur vierten.«

»Das waren andere Zeiten. Ohne Schulbildung kommt man heute nicht weit.«

»Ich könnte Kunstschützin werden«, schlug Margo vor.

»Hier in der Zeitung steht, dass sie in der Metallfabrik schon wieder achtzehn Arbeiter entlassen. Schwere Zeiten für die Fertigungsindustrie. Bist du sicher, dass du die Murrays nicht mal besuchen willst? Ich begleite dich. Hier steht auch, dass Cal Murray seit dem Angriff in der Bar letztes Jahr im Rollstuhl sitzt.«

»Ich hab dir doch gesagt, dass wir uns seit dem Tod meines Großvaters nicht grün sind«, sagte sie.

»Ich hätte deinen Großvater gerne kennengelernt. Er war ein Mann der Wildnis, aber auch ein Geschäftsmann.«

»Sein Vater hat das Unternehmen gegründet. Grandpa wollte eigentlich nie Geschäftsführer werden, aber unter ihm ist die Firma groß geworden.«

»Manchmal muss man im Leben Dinge gegen seinen Willen tun.«

»Soll ich Geld verdienen?«, fragte Margo. In dem Buch, das Michael ihr besorgt hatte, hieß es, dass Annie Oakley ihre Familie durch Jagen und Fallenstellen unterstützt hatte. Sie hatte Tiere und Vögel für den eigenen Verzehr und für den Verkauf in der Stadt erlegt. Erst später war sie mit ihren Schießkünsten in Shows aufgetreten.

»Darum geht es nicht. Ich möchte nur, dass du Freude daran hast, etwas Neues zu lernen. Manchmal lohnt es sich, unliebsame Dinge in Kauf zu nehmen, um seine Ziele zu erreichen. Du musst den Abschluss an der Highschool nicht machen. Soweit ich weiß, kannst du deinen Abschluss auch nachmachen und anschließend aufs Community College gehen. Dort kannst du dann nach zwei Jahren ein Diplom in Biologie oder so was erwerben. Vielleicht findest du einen Job, bei dem du draußen arbeiten kannst.«

»Du hast gesagt, dass ich nicht zur Schule gehen muss, um etwas zu lernen. Ich könnte Bücher lesen.«

»Die Bücher, die ich dir mitbringe, magst du nicht – bis auf das über Annie Oakley. Sag mir, was für Bücher du lesen willst.«

»Ich mag das über den jagenden Indianer, der oben im Norden in der Höhle gehaust hat«, sagte Margo. »Und ich würde gern mehr übers Schießen lesen. Übers Kunstschießen.« Sie schaute über den Fluss. Paul wusch gerade mit Eimer und Lappen die Sitze von Brians Boot. Trotz der Hitze trug er Jeans und Stiefel. Während Margo ihn dabei beobachtete, zog Johnny die abgeschnittenen Jeans und Tennisschuhe aus und posierte nackt am Ende des Stegs. Vom Bizeps abwärts waren seine Arme sonnengebräunt, ansonsten war sein Oberkörper bis zum Halsansatz käseweiß – ein Anblick, bei dem Margo lächeln musste. Er machte einen gekonnten Hechtsprung vom Steg. Warum war sie selbst dieses Jahr noch nicht schwimmen gegangen? Es war bereits Juli. Warum war sie nicht mehr geschwommen, seit sie Murrayville verlassen hatte? Johnny kam wieder an die Oberfläche.

»Wie wär's mit Urlaub?«, schlug Michael vor. »Möchtest du irgendwohin fahren?«

»Wir könnten den Fluss hochrudern und auf Willow Island zelten.«

»Wir sollten mal was Neues sehen«, meinte Michael.

Margo zuckte mit den Achseln. Johnny hievte seinen Körper aus dem Wasser und kletterte auf den Steg. Grinsend rief er Paul etwas zu. Sein Hintern hob sich bleich wie der Mond vom satten Grün rund um die Hütte ab.

»Vielleicht geh ich heute schwimmen«, überlegte Margo.

»Nach der Hochzeit sollten wir in die Flitterwochen fahren.«

»Meinst du in eine von den Ferienhütten in Heart of Pines?«

»Im Winter ziehen die Reiher nach Florida«, fuhr Michael unbeirrt fort. »Ich hab gehört, dass man dort an manchen Orten Hunderte von Wasservögeln sehen kann. Vielleicht auch Kraniche. Hättest du nicht Lust, mal Kanadakraniche zu sehen, Miss *Crane*? Du könntest an deinen Kranichrufen feilen.«

Margo konnte nicht glauben, dass Michael die Männer drüben an der Hütte nicht bemerkte.

Nachdem Michael mittags zur Arbeit gefahren war, ging sie ins Schlafzimmer und spähte durch die Glasschiebetür. Als Paul zum ersten Mal über den Fluss schaute, dachte sie sich noch nichts dabei, doch dann blickte er länger herüber, und Margo erkannte, dass er ein kleines Fernrohr in der Hand hielt. Schnell verschwand sie von der Glastür und bereute, dass sie wie eine lebende Zielscheibe so lange dahintergestanden hatte.

Am sichersten war es wahrscheinlich, im Haus zu bleiben, aber wenn Paul mit den beiden anderen Männern hier aufkreuzte, saß sie in der Falle. Trotz der Hitze ließ sie die Türen offen stehen, während sie abspülte, die Küche aufräumte und über die bereits sauberen Arbeitsplatten wischte, wie Michael es getan hätte. Ihre Unruhe legte sich auch dann nicht, als die drei Männer die Hütte dichtmachten und flussaufwärts fuhren, bis sie aus ihrem Blickfeld verschwunden waren. Um Michael eine Freude zu machen, mähte sie mit dem alten Handmäher ein Stück Rasen, aber ihre Bahnen fielen nicht so gerade aus, wie sie gehofft hatte. Der Wind trug an diesem Nachmittag einen Teergeruch herüber, der ihr noch nie aufgefallen war. Stock- und Dunkelenten landeten zwischen ihr und der Hütte auf dem Fluss, doch sie antworteten nicht auf ihr Quaken, sondern ließen sich von der Strömung davontragen. Normalerweise genoss Margo es, einfach nur ein paar Stunden neben dem Hund zu sitzen und aufs Wasser zu schauen, aber diesmal überlegte sie, ob sie die Zeit nicht besser nutzen sollte. Neulich hatte sie ein paar riesige Zucchini aus dem Fluss geangelt, die vorbeigeschwommen waren. Sie waren dicker und länger als jeder Fisch, den sie bisher gefangen hatte, und es hatte ihr Spaß gemacht, ihnen hinterherzujagen und sie aus der Strömung zu fischen. Diese Zucchini trug sie nun am Nachmittag in den Wald und stellte sie als Ziele auf. Seit Monaten hatte sie nicht mehr mit der Flinte geschossen, die Brian ihr geschenkt hatte. Sie holte die Winchester aus dem Haus und setzte die Ohrenschützer auf – ein Weihnachtsgeschenk von Michael. In ihren Taschen steckten mehrere Dutzend Schrotpatronen für Niederwild sowie ein halbes Dutzend großkalibrige Munition für Hirsche. Eigentlich sperrte sie Cleo nicht gern im Haus ein, wenn sie schießen ging, aber sie hatte es Michael versprechen müssen, nachdem er gesehen hatte, wie interessiert sie das Foto von Annie Oakley und ihrem Hund Dave studiert hatte. Auf dem Foto visierte Annie gerade einen Apfel auf Daves Kopf an.

Im Wald stellte Margo sich vor, die Zucchini wären Paul und Billy oder unbekannte Vergewaltiger und Mörder, und schoss eine nach der anderen zu Brei. Wenn Michael doch nur mit ihr schießen würde! Dann könnten sie zusammen eine Tontaubenschleuder bauen, aber als sie das Thema unlängst angeschnitten hatte, hatte er ihr vorgeschlagen, dem Schießklub beizutreten. Das hatte sie verwundert. Cal und seine Söhne gehörten dem Angel- und Schießklub zwischen Murrayville und Confluence an, aber von weiblichen Mitgliedern hatte Margo noch nie etwas gehört.

Anschließend schoss Margo auf große Kürbisstücke, bis sich das Licht golden färbte. Sie nahm die Ohrenschützer ab, setzte sich im Schneidersitz mit dem Rücken an einen Baum und wartete darauf, dass die Vögel zurückkehrten. Das Schlagen der Zikaden schwoll zu einem kreischenden Getöse an und verebbte dann wieder. Margo ahmte den näselnden Ruf eines Karolinenkleibers und das Miauen eines Katzenvogels nach, der hoch oben zwischen ihr und dem Fluss in den Bäumen hockte. Als sie Michaels Auto in die Auffahrt einbiegen hörte, lächelte sie und miaute in seine Richtung, obwohl er sie weder sehen noch hören konnte. Minuten später, als sie mit der Flinte in der Hand aufs Haus zuging, sah sie ein Schnellboot längsseits am Floß anlegen. Margo duckte sich und beobachtete, wie Michael über die Planke aufs Floß ging, um mit dem Besucher zu sprechen. Als sie näher kroch, bestätigte sich ihre Befürchtung: Michael redete mit Paul. Margo pirschte sich so nah heran, bis sie verstehen konnte, was sie sagten.

»Und, wo steckt sie?«, fragte Paul. Sein Gesicht wirkte verhärmt. »Ich würde gern mit ihr reden.«

»Anscheinend geht sie Ihnen lieber aus dem Weg.«

»Sie gehört nicht Ihnen. Sagen Sie ihr, dass ich mit ihr reden will.«

Margo kauerte so leise nieder, dass hinter ihr ein Blesshuhn ungestört weiter flussabwärts schwamm.

»Natürlich gehört sie mir nicht«, erwiderte Michael. »Sie gehört sich selbst und niemandem sonst.«

»Ist sie das dort im Haus?«, wollte Paul wissen. Cleo hatte sich auf die Hinterbeine gestellt und die Vorderpfoten an die Verandatür gestützt, wodurch sie fast so groß war wie eine zierliche Person. Margo ging hinter einem Weidenstamm in Deckung. Die Zikaden wurden wieder lauter.

»Das ist mein Hund«, erklärte Michael.

»Ich hab sie vorhin vom anderen Ufer aus gesehen. Ich weiß, dass sie hier ist.«

Wie auf Kommando fing Cleo an zu bellen.

»Was haben Sie mit ihr gemacht?«, fragte Michael.

»Ihr ist es egal, was die Männer mit ihr anstellen. Sie ist ein leichtes Mädchen.« Paul stieg aus dem Boot aufs Floß. Es neigte sich unter seinem Gewicht. Er trat in die Mitte und blieb einen Schritt vor Michael stehen. Niemand sonst war im Boot. Rasch warf Margo einen Blick über den Fluss zur dunklen, verlassen daliegenden Hütte. Offenbar hatte Paul Charlie und Johnny zurückgebracht, als er vor ein paar Stunden den Fluss hochgefahren war.

»Was wollen Sie von ihr?«, fragte Michael.

»Ich will ihr erzählen, dass mein Bruder Brian acht Jahre wegen Körperverletzung und noch mal sechs wegen Totschlags absitzen muss. Der bescheuerte Anwalt hat ihn dazu überredet, sich schuldig zu bekennen. Er hat gesagt, dass sie ihm bestimmt ein paar Jahre wegen guter Führung erlassen. Das Problem ist nur, dass mein Bruder vergisst, was gute Führung ist, wenn er sich einbildet, er müsste sich vor ein paar Typen aufspielen.«

»Was bedeutet ihr Brian?«, fragte Michael.

»Sie erzählt Ihnen wohl gar nichts, was? Mein Bruder sitzt im Gefängnis, weil er eine kleine Drecksarbeit für sie erledigt hat.«

»Sie ist noch ein Kind. Sie ist nicht für das verantwortlich, was erwachsene Männer tun.«

»Außerdem hat sie ein paar Sachen, die mir und Brian gehören. Ein Gewehr,zum Beispiel.«

Am liebsten hätte Margo die Zikaden übertönt und geschrien, dass Brian ihr die Winchester geschenkt hatte, aber sie hielt den Mund.

»Vielleicht nehm ich dafür ihr Boot. Zum Ausgleich sozusagen.«

»Warum gehen Sie nicht einfach? Verlassen Sie mein Grundstück.«

»Witzig, dass mir ein Bürschchen wie du drohen will.« Paul machte einen Schritt rückwärts. Das Floß schwankte, und er ließ es ein paarmal schaukeln, indem er das Gewicht verlagerte. Der MerCruiser wurde von der Strömung dagegengedrückt und stieß mit der Bordwand gegen die Holzplanken.

»Wenn Sie nicht verschwinden, ruf ich die Polizei«, sagte Michael. Er hatte Mühe, das Gleichgewicht zu halten. Margo hätte ihm gern gesagt, dass es bei Paul nichts nützte, wenn man ihm mit dem Gesetz drohte.

»Glaubst du wirklich, die Polizei wäre rechtzeitig hier, wenn ich dir was tun will?« Paul packte Michael am Hemd. Margo wusste noch genau, welche Kräfte Paul entwickelt hatte, als er sie in Brians Schlafzimmer festgehalten hatte. Michael machte sich ganz steif, versuchte Paul wegzustoßen, taumelte rückwärts und wäre fast ins Wasser gefallen. Er blieb stehen.

»Schaff sie her!«, befahl Paul.

Margo kroch noch näher heran. Pauls Gesicht war ihr fast so vertraut wie Michaels, und es war ein Schock, es wiederzusehen. Aus dieser Entfernung sah sogar sein gesundes Auge seltsam aus, es war rot gerändert und glasig.

»Und glaub bloß nicht, du hättest einen Unschuldsengel bei dir aufgenommen«, höhnte Paul. »Ich hatte auch schon das Vergnügen.«

Margos Herz fing an zu rasen. Ihr Vater hatte ihr eingeschärft: *Erst denken, dann handeln.* Also dachte sie nach, aber in diesem Augenblick bohrte Paul Michael den Finger in die Brust. »Wenn du das nächste Mal mit ihr in die Kiste steigst, frag sie, ob sie noch weiß, wie –«

»Lass ihn in Ruhe!«, schrie Margo. Ihre Stimme hallte über den Fluss. Sie ging hinter einem Busch wieder in Deckung.

»Bist du das, Maggie? Warum kommst du nicht her und redest mit mir, Süße?«, fragte Paul. Seine Stimme klang sonderbar schrill. Er war high.

Margo rührte sich nicht.

»Nein, Margaret Louise«, rief Michael. »Tu das nicht!«

»Oh, jetzt heißt du also *Margaret*? *Margaret Louise* … Sehr hübsch. Warum kommst du nicht raus und redest mit uns? Dann erzähl ich dir, wie du das Leben von meinem Bruder zerstört hast.«

Sie hätte ins Haus laufen, sich ihren Rucksack schnappen, abhauen und die beiden Männer sich selbst überlassen können. Aber sie konnte sich nur zu gut vorstellen, wie Paul Michael bewusstlos schlug und ins Wasser stieß.

Als hätte Paul ihre Gedanken gelesen, packte er Michael am Kragen und riss ihn zu sich heran. Dann stieß er ihn weg, und diesmal landete Michael mit dem Rücken und knallte mit dem Kopf auf die Holzplanken.

»Was willst du überhaupt mit dem kleinen Flittchen?«, fragte Paul und stellte den Stiefel auf Michaels Brust. »Du siehst wie ein anständiger Kerl aus, hast ein schönes Haus und trägst sogar eine Scheißkrawatte zur Arbeit.« Paul drückte die Spitze seines Arbeitsstiefels in Michaels Krawatte. Michael wehrte sich nicht mehr. Er musste husten.

»Lass ihn los!«, schrie Margo und kam bis auf zehn Schritte heran.

Michael rief: »Nein, Margaret! Geh ins Haus und ruf die Polizei!«

»Du weißt, dass du früher oder später mit mir reden musst, Maggie. Irgendwann fährt dein Freund zur Arbeit und lässt dich hier allein.«

»Bitte geh jetzt!« Margo hob den Gewehrlauf und richtete die Mündung auf Pauls Knie, dann auf die Leiste, den Bauch, das Herz und die Lungen, wie bei einem Hirsch.

»Gib mir die Knarre, Prinzessin. Du willst doch niemanden erschießen.«

Paul stieß Michael die Stiefelspitze in die Kehle. Margo stellte sich seine filigranen Knochen dort vor und seinen ausgeprägten Adamsapfel. Mit den schweren Arbeitsstiefeln konnte Paul ihm den Kehlkopf eindrücken.

»Lassen Sie mich los, Mann!«, quetschte Michael hervor.

»Du bist wirklich nicht in der Position, mir Befehle zu erteilen.« Paul trat fester zu, und Michael musste würgen. Margo erinnerte sich noch lebhaft an das Gefühl, erdrückt zu werden, keine Luft mehr zu bekommen und dabei Pauls heißen Atem auf sich zu spüren. Sie rückte den Gewehrkolben an der Schulter zurecht und visierte Pauls gesundes Auge an.

»Sie tun mir weh!«, stöhnte Michael.

»Ich werde Ihnen gleich noch mehr wehtun«, knurrte Paul. »Und ihr auch.«

Margo drückte ab.

Die Winchester sprühte eine geballte Ladung Schrot in Pauls Gesicht, und es kam Margo so vor, als hätte sie ihn bereits getroffen, noch bevor sie den Abzug ganz durchgezogen hatte. Sie stand mit beiden Beinen so fest auf dem Boden, dass sie den Rückstoß kaum spürte. Paul wurde nach hinten geschleudert und landete krachend auf seinem Boot, das unter der Wucht des Aufpralls ebenso wild schaukelte wie das um sein Gewicht erleichterte Floß. Der Rücken war nach hinten durchgebogen, Schultern und

Arme hingen ins Boot, die Füße berührten fast das Floß. Blut strömte aus seinem Gesicht, über seinen Körper und auf die Bordwand des Boots und bildete dort einen roten Fluss, der sich in den Stark River ergoss. Margo staunte, wie viel Blut in ihm war. Michael war zwar noch nicht aufgestanden, war aber offensichtlich unverletzt. Er stützte sich auf die Holzplanken.

Margo ließ das Gewehr sinken und ging zu Michael. Sie betrachtete Pauls Körper, der in einer Haltung erstarrt war, die ein Lebender unmöglich ausgehalten hätte. Der Kopf war nach hinten geknickt, die Brust nach oben gewölbt. Er sah so unnatürlich aus, wie sich ihr Körper unter ihm gefühlt hatte, als er sie gegen ihren Willen festhielt. Über ihrem Kopf kreuzte ein Düsenjäger den Himmel.

»Margaret, was ist passiert?«, fragte Michael. Er versuchte aufzustehen, musste sich aber wieder hinsetzen. »Ruf einen Krankenwagen. Er blutet ja wie verrückt.«

Irgendwo kreischte eine Möwe, eine zweite antwortete. Margo versuchte, sich ein Bild von der Lage zu machen.

»Ich ruf selbst an. Ich sag ihnen, sie sollen sich beeilen.« Endlich schaffte es Michael, aufzustehen.

Er warf einen Blick auf den leblosen Körper, streckte die Hand nach Margo aus und zog sie wieder zurück. »Er ist doch nicht tot, oder?«

»Ich musste dich schützen.«

»Was zum Teufel …? Oh, mein Gott, er ist tot!«

»Er hätte dich umgebracht.«

»Wie kommst du darauf?«

»Er hatte seinen Fuß auf deiner Kehle. Man kann den Abdruck von seinem Stiefel sehen.«

»Margaret, bitte leg das Gewehr weg.« Michael klang verängstigt. »Warum bist du nicht ins Haus gegangen und hast die Polizei gerufen?«

»Ich konnte dich nicht mit ihm allein lassen. Er war total zugedröhnt. Hast du seine Augen denn nicht gesehen?«

»Lass uns sofort die Polizei rufen. Komm, wir gehen zusammen.«

»Er hat mich vergewaltigt«, brach es aus ihr hervor.

»Oh, Gott. Ich habe es geahnt. Warum hast du es mir nie gesagt? Wir hätten eine einstweilige Verfügung oder so was erwirken können.«

»Das hätte ihn nicht aufgehalten.« Sie konnte nicht mit ansehen, wie Michaels Gesicht förmlich zerfiel.

Er streckte die Hand nach dem Gewehr aus. Margo wich ihm abrupt aus, und dabei fiel es zwischen ihnen zu Boden.

»Es ging alles so schnell«, erklärte sie. »Aber du verstehst nicht, er wollte dir wirklich was tun.«

»Wir waren die glücklichsten Menschen auf dieser Erde. Noch heute Mittag waren wir die glücklichsten Menschen der Welt. Weißt du noch?« Seine Stimme überschlug sich, bis sie so schrill klang wie das Zirpen der Zikaden.

Margo ließ das Gewehr nicht aus den Augen. Ja, sie wusste noch. Das gemeinsame Mittagessen. Das Sonnenlicht auf dem Tisch, die gelb-weiß gemusterten, mit Krümeln bedeckten Teller.

»Auf dem Floß ist kein Blut. Niemand hat was gesehen«, stellte sie fest. Das Blut lief zwar immer noch in roten Bächen am Bootsrumpf aus weißem Fiberglas herunter, aber auf den Holzplanken war kein einziger Tropfen zu sehen. Sie blickte den Fluss hoch und runter, sah aber niemanden kommen, wegfahren oder sich in Wassernähe aufhalten. Die Auffahrt des nächstgelegenen Nachbarn war leer. Wenn sie alles richtig machte, konnten sie morgen wie gewohnt frühstücken: Eier und Toastbrot, Butter und Marmelade. Golden glitzerte die Oberfläche des

Flusses in der untergehenden Sonne. Margos erster Gedanke war, Paul ganz ins Boot zu stoßen, es loszumachen und den Fluss hinunterzuschicken, aber womöglich kam es nicht weit genug, bevor es entdeckt oder von der Strömung ans Ufer getrieben wurde wie ihr Ruderboot, als sie eingeschlafen war.

»Wir müssen die Polizei rufen.«

»Niemand hat es gesehen, Michael. Komm, wir schaffen ihn ins Boot«, sagte sie schwach. Am liebsten hätte sie gar nichts gesagt. Es war nicht der richtige Zeitpunkt zum Reden.

»Das ist ein Tatort. Wir dürfen die Leiche nicht anrühren.« Michael schüttelte den Kopf. »Ich muss nachdenken, Margaret. Lass mich kurz nachdenken.«

Margo fiel der Hirsch ein, den sie in Murrayville am anderen Flussufer erlegt hatte. Sie hatte mit dem massigen Körper gerungen, bis sie auf die kluge Idee gekommen war, sich unter das tote Tier zu schieben und es mit der Kraft ihrer Beine hochzustemmen. Das Gleiche hätte sie mit Paul machen sollen, als er in Brians Bett auf ihr gelegen hatte: Sie hätte ihn mit den Schultern hochstemmen und abschütteln sollen, hätte ihm ein Messer an die Kehle setzen und ihn daran hindern sollen, noch weiter zu gehen. Dann hätte sie ihn jetzt nicht vor Michaels Augen erschießen müssen. Während Michael langsam zurückwich, kroch Margo unter Pauls Beine und schob ihn ins Boot. Sein Körper kippte seitlich über die Bordwand und landete neben der Sitzbank auf dem Boden, genau an der Stelle, wo Johnny damals neben ihrem mit der Plane abgedeckten Hirsch gelegen hatte. Dabei rutschte sein Arbeitshemd hoch und entblößte seinen bleichen Bauch. Margo spritzte so lange Wasser auf die Bordwand, bis das Fiberglas vom Blut reingewaschen war. Die Strömung spülte die Rückstände flussabwärts. Margos T-Shirt war einfarbig schwarz, darauf würde man kein Blut sehen. Sie bückte sich, wusch die Hände im Fluss und strich ihr Haar glatt. Dann hob sie die Flinte auf.

»Das hier ist ein Tatort, Margaret!«, wiederholte Michael. »Etwas zu verändern ist eine weitere Straftat. Das verstehst du nicht. Du musst jetzt damit aufhören und das Richtige tun. Begreif doch, wie ernst die Lage ist.« Er ging weiter rückwärts, bis er mit der Ferse gegen das Ende der Laufplanke stieß. Fast wäre er gestolpert. Die Planke war mit einem riesigen Schraubbolzen, mit Beilagscheibe und Mutter am Floß befestigt, die ihr bei wechselndem Wasserstand genügend Spielraum ließen.

Aus einem Fach unter der Rückbank zerrte Margo eine zusammengefaltete blaue Plane und breitete sie über Pauls Körper. Sie bedeckte auch die Blutlache, die sich um ihn herum bildete und den Rasenteppich durchtränkte, mit dem der Bootsboden ausgelegt war.

»Rede mit mir«, verlangte Michael. »Sag mir, dass du begreifst, was du einem anderen Menschen gerade angetan hast.«

Margo bedauerte in diesem Moment nur eins, und das war Michaels Verhalten: Er rückte von ihr ab, während sie ihn brauchte.

»Niemand wird es erfahren.«

»Margaret, du kannst nicht klar denken! Wir müssen die Sache melden. Die Behörden werden verstehen, dass du mich beschützt hast.«

Margo drehte den Schlüssel im Zündschloss, und der Bootsmotor sprang sofort an. Laut Anzeige war der Tank mehr als halb voll. Sie stellte den Motor wieder ab, sah sich um und war erleichtert, als sie niemanden entdecken konnte und in den umliegenden Häusern keine Lichter angingen. Sie kramte im Werkzeugkasten nach Arbeitshandschuhen und zog ein Paar aus brauner Baumwolle an. Damit rieb sie das Gewehr von oben bis unten ab, um ihre Fingerabdrücke zu entfernen. Danach legte sie es zur Leiche und deckte alles mit der Plane zu.

»Margaret, Liebes, wir erzählen ihnen, dass er dich vergewaltigt hat. Wir erzählen ihnen, dass er gedroht hat, mich umzubringen. Du hast selbst gesagt, dass ich einen Abdruck an meiner Kehle habe.« Er griff sich an den Hals und befühlte ihn. »Los, wir rufen sie jetzt sofort an.«

»Ich komme ins Gefängnis, stimmt's?«

»Ich weiß es nicht«, gestand Michael. »Mein Gott, du bist noch so jung, zu jung für so etwas! Zu jung, um so einen Mann überhaupt zu kennen. Als ich dein wahres Alter erfahren habe, hätte ich dich nach Hause schicken sollen.«

Margo musste an Billy denken und daran, wie die Polizei ihn mitgenommen hatte, und Billy war ein Murray. Und die Murrays konnten sich sonst so gut wie alles erlauben, ohne dafür bezahlen zu müssen.

»Sie werden dich sicher vernehmen wollen«, sagte Michael. »Und mich auch. Uns beide. Lass uns jetzt in den Jeep steigen und zur Polizei fahren. Ihnen die ganze Geschichte erzählen.«

Margo blinzelte flussabwärts in die untergehende Sonne. Oft senkte sich die Dunkelheit herab, ohne dass sie es merkte, und plötzlich waren die Ufer schwarz. Heute war sie froh, dass die Nacht hereinbrach.

»Sag was, Margaret. Du machst mir Angst.«

»Du musst dir keine Sorgen machen«, sagte Margo.

»Du hast ja keine Vorgeschichte. Sie werden schon nicht so hart mit dir sein. Aber ich möchte mir lieber nicht ausmalen, was sie über mich denken, wenn sie rauskriegen, dass ich mit einer Siebzehnjährigen zusammenlebe.«

Margo widerstand dem Drang, ins Haus zu gehen und ihre Büchse zu holen, denn sie hatte Angst, sie könnte es sich anders überlegen oder das Zutrauen zu ihrem Plan verlieren. Sie wollte gar nicht mit Pauls Leiche den Fluss hochfahren, sie wollte bei Michael bleiben, ihn beruhigen und ihm klarmachen, wie gefährlich Paul und dass er kein Mensch wie jeder andere gewesen war. Sie hatte Michael das Leben gerettet, aber das wollte er einfach nicht wahrhaben.

Sie atmete ein paarmal tief durch und nahm die Bewegungen des Flusses durch Füße und Beine in sich auf. Die Fische, die Schildkröten und die Wasservögel waren wohl eher ihre Familie als die Menschen, auch wenn sie etwas zu essen und ein Bett, eine warme Dusche oder den Liebesakt als tröstlich empfand. Schon damals, als sie noch mit ihrem Vater zusammengewohnt hatte, hatte der Fluss jeden Morgen klarer zu ihr gesprochen als er, im Sommer wie im Winter.

Sie setzte sich auf den Fahrersitz, ließ den Motor an und studierte die Instrumententafel. Am Bootsheck sprühte das Benzin fächerförmig aufs Wasser und schimmerte im schwindenden Licht in psychedelisch anmutenden Farben. Margo prägte sich ein, was sie im Boot alles anfasste, damit sie ihre Fingerabdrücke später abwischen konnte.

Als sie in der sich vertiefenden Dunkelheit den Fluss hochfuhr, machte es hinter ihr *Ratsch!*. Cleo hatte das Fliegengitter in der Aluminiumtür zerrissen. Sie sprang durch das Loch, lief hinunter zum Fluss und aufs Floß. Margo warf einen letzten Blick zurück: Michael saß im Schneidersitz auf dem Boden und hielt den fischenden Hund im Arm.

Als sie kurz vor fünf Uhr morgens zu Fuß zurückkehrte, stand Michael gerade unter der Dusche. Sie nahm ein T-Shirt aus ihrem Rucksack, zog es an und vergewisserte sich, dass ihre Jeans trocken war, bevor sie sich auf die Bettkante setzte. Während sie wartete, streichelte sie King Cleos Kopf. Als Michael ins Schlafzimmer kam und sie sah, ließ er das Handtuch fallen, das er sich um die Hüften geschlungen hatte.

»Ich sollte zur Polizei gehen«, sagte er. Er hob das Handtuch auf und bedeckte sich damit. »Ich hab die ganze Nacht darüber nachgedacht.«

»Das Boot liegt jetzt in Heart of Pines«, sagte Margo leise, »am hintersten Ende der Marina oberhalb von der Tankstelle. Es kann Tage dauern, bis sie ihn unter der Plane entdecken, vielleicht sogar Wochen.« Sie streckte ihm die Hand hin, und Michael ergriff sie in einem Reflex.

»Erzähl mir nicht mehr«, sagte er und ließ ihre Hand los.

»Ich hab keine Fingerabdrücke hinterlassen. Ich hab mich versteckt, bis es vollkommen dunkel war, und das Boot erst dann geparkt. Niemand hat mich gesehen.« Danach war sie auf der Uferstraße zurückgegangen. Sie hatte ihr blutverschmiertes T-Shirt um einen Stein gebunden, die Arbeitshandschuhe mit Schlamm gefüllt und alles versenkt.

»Man kann nicht einen Menschen töten, ohne die Konsequenzen zu tragen.«

Margo zog die Hand zurück und legte sie in den Schoß. Sie wusste nicht, ob das stimmte oder ob sich auch nur eine einzige von Michaels Regeln auf lange Sicht bewahrheiten würde. Schließlich hatte Brian oben im Norden auch einen Mann getötet und war damit davongekommen, bis er dummerweise Cal angegriffen hatte. Vielleicht würde sie andere Konsequenzen zu tragen haben, als Michael dachte.

Sie wusste, wie sehr Michael es hasste, wenn sie sich wie eine Auster verschloss. Sie hatte gehofft, er würde seine Meinung ändern, aber er war mehr denn je davon überzeugt, dass sie die Polizei verständigen mussten.

»Ich hatte gedacht, du hättest dich im letzten Jahr verändert«, sagte er und schloss die Augen.

»Verändert? Wie denn? Ich dachte, du magst mich, wie ich bin.«

»Aber du hast nichts dazugelernt.«

»Was soll ich denn deiner Meinung nach lernen?«

»Dass du nicht wie ein Wolfsmädchen leben kannst. Dass es nicht ohne Grund Gesetze gibt. Dass Gesetze das Zusammenleben überhaupt erst möglich machen. Und dass es einen guten Grund gibt, die Schule zu beenden, nämlich damit man ein besserer Bürger wird. Das alles ist mir jetzt klar geworden. Wenn du dich noch heute Morgen stellst, tue ich alles für dich. Ich engagiere für dich den besten Anwalt, den ich mir leisten kann. Ich setze jeden Penny ein, um dich freizukriegen. Vielleicht musst du gar nicht ins Gefängnis. Ich würde ihnen erzählen, dass du gedacht hast, er will mir den Kehlkopf eintreten.«

Forschend sah sie ihn an, um herauszufinden, ob er sie tatsächlich an die Polizei ausliefern oder es fertigbringen würde, für sie zu lügen. Michael war ein ehrlicher Mensch, und sie wollte nicht, dass er lügen musste.

»Sitz hier nicht rum wie ein entführtes Indianermädchen! Ich habe dich nicht entführt, Margaret Louise. Du bist zu mir gekommen. Erinnere dich: Du bist zu mir gekommen.« Er schüttelte den Kopf. »Du warst heimatlos, und ich habe dich aufgenommen.«

Sie streichelte wieder die Hündin. Vielleicht hatte Michael in ihr so etwas Ähnliches gesehen wie in Cleo: ein freundliches Geschöpf, dem er ein Zuhause geben konnte.

»Ich geb mir wirklich Mühe, Margaret, aber ich hab Angst«, gestand er. »Sag mir, dass du so was noch nie getan hast. Sag mir, dass du noch nie auf jemanden geschossen hast.« Er vergrub das Gesicht in den Händen. »Oh, Gott, du hast schon mal jemanden umgebracht.«

»Nein, ich hab auf jemanden geschossen, aber ich hab ihn nicht getötet. Er hatte etwas verbrochen. Ich hab nur mit ihm abgerechnet, damit ich ihn nicht ins Gefängnis schicken muss. Für manche Menschen ist das Gefängnis schlimmer als eine Schusswunde.« Margo sah durch die Glasschiebetür, und ihr Blick blieb auf der Oberfläche des dunklen Flusses an dem sich spiegelnden Licht von Michaels Strahler hängen.

Michael setzte sich neben sie ans Fußende des Betts. »Warum musste das passieren?«, fragte er. »Sag mir, was in dir vorgeht, Margaret.«

»Er hätte dich umbringen können.« Sie wusste nicht, was in ihr vorging – nur, dass sie Angst hatte.

»Wahrscheinlich hast du recht. Er hätte mir was antun können«, sagte Michael. »War das sein Gewehr?«

»Sein Bruder hat es mir geschenkt. Ich habe es nicht gestohlen.«

»Vielleicht musst du nur für kurze Zeit ins Gefängnis. Oder in ein Jugendheim, zusammen mit anderen Kindern.«

»Ich glaube, das würde ich nicht einen Tag aushalten«, sagte sie. »Wirst du mich anzeigen?«

»Ich muss, sonst komme ich wegen Beihilfe auch ins Gefängnis. Aber du wirst dich selbst stellen, nicht wahr?«

»Warum warten wir nicht einfach ab, was passiert?«

»Ich kann so nicht leben: diese ständige Angst, was alles passieren könnte, und das Wissen, dass ich mich eines Verbrechens schuldig gemacht habe und der Hammer jeden Tag fallen kann.«

Margo war das Leben in Angst so vertraut wie jedem Geschöpf der Wildnis. Angst davor, etwas zu verlieren oder vielleicht jemandem zu begegnen, der ihr etwas antun wollte.

»Wenn du dich nicht selbst anzeigst, kannst du nicht hierbleiben«, erklärte Michael.

Sie erschrak, als sie diese Worte hörte, aber es passte auch. Sie hatte schon immer gewusst, dass dieses aufgeräumte, gemütliche Haus nicht ihr Zuhause war. Michael hatte ihr Kleider und Bücher geschenkt, aber er hatte sie nicht verändert.

»Wenn du dich nicht stellst, will ich mit dir nichts mehr zu tun haben.«

Die Hündin hob den Kopf von Margarets Schenkel und sah sie an.

Margo stand auf und zerrte ihren Rucksack aus dem Schrank. Wenn sie sich stellte, würde sie nicht nur eingesperrt, sondern Michael würde für ihre Verteidigung womöglich sein ganzes Geld ausgeben und sein Leben auch noch zerstören. Ihr blieb keine Wahl. Sie würde die Annehmlichkeiten hier aufgeben und zu ihrem wahren Leben auf dem Fluss zurückkehren.

»Ach, Margaret, was für ein Schlamassel!«, klagte Michael.

Margo nahm ihre Haarbürste von der Kommode. Sie ging so umsichtig wie möglich vor, als sie ihre wenigen Habseligkeiten einsammelte und in den Rucksack steckte, den sie während der ganzen Zeit bei Michael nicht ausgepackt hatte. Danach holte sie ihre Büchse aus dem Holzständer, den Michael gebaut hatte, streifte sie sich über die linke Schulter, ließ vier Schachteln mit .22er-Patronen in den Rucksack fallen und sah sich nach Spuren ihres Daseins um. Fast alles, was sie hier eingebracht hatte, hatten sie gegessen. Sie nahm das neue Buch über Annie Oakley vom Nachttisch. Auch das Buch über den jagenden Indianer hätte sie gern eingepackt, aber das hatte Michael ihr nicht geschenkt. Dann sagte sie dem fischenden Hund und Michael Lebewohl, ohne sie anzusehen, und machte sich auf zum Fluss.

13. KAPITEL

Als Margo das Marihuanahaus erreichte, war es Mitternacht, und die Grillen lärmten. Auf ihrer zwölfstündigen Fahrt gut dreißig Meilen den Fluss hinunter war sie an sumpfigen Stellen mit quakenden Ochsenfröschen vorbeigekommen, aber hier zirpten die Laubfrösche wie Insekten. Margo zog ihr Boot auf den Sand und kletterte die Böschung hoch. Das zugewucherte Grundstück wirkte gespenstisch in seiner Verwahrlosung. Der Steg war aus dem Wasser herausgezogen, und durch die Ritzen zwischen den Brettern sprossen Gräser und Unkraut. Mehrere Fenster waren vernagelt, und in den Glasscherben, die darunter auf dem Boden lagen, spiegelte sich das Mondlicht. Vorhängeschlösser hingen an beiden Türen. Margo zündete die Petroleumlampe an, die sie vor der Fahrt aus Brians Hütte entwendet hatte. Mit hoch gehaltener Lampe las sie die Schilder an den Türen: STOPP! ZUTRITT VERBOTEN. Darunter standen die aufgesprühten Worte DU BIST GEMEINT. Das Hanfblatt, mit dem Junior sich hier verewigt hatte, war übermalt worden. Als keins der unvernagelten Fenster nachgab, machte Margo sich daran, eins der Sperrholzbretter wegzustemmen.

Vor der Fahrt hatte sie sich tagelang flussabwärts von Michaels Haus herumgedrückt, aber keine Polizei gesehen. Sie wusste, dass sie Paul irgendwann finden und mit großer Wahrscheinlichkeit die Pfahlhütte durchsuchen würden. Also hatte sie sich hineingeschlichen, um ein paar Sachen für ihre Reise zu holen: die Lampe, eine kleine klappbare Militärschaufel, mit der sie jetzt das Brett wegstemmte, eine Angelrute und einen Wasserkanister. Bei der Gelegenheit hatte sie sämtliche Flächen abgewischt, auf denen sich ihre Fingerabdrücke befinden konnten, aber wenn die Polizei Spürhunde einsetzte, würden sie sie wittern. Sie hoffte, dass Michael die Behörden nicht verständigt hatte. Es tat ihr leid, dass sie ihm wehgetan hatte.

Sie bearbeitete das dünne Sperrholzbrett eine ganze Weile und zog Nagel für Nagel heraus, bis sie es endlich so weit gelockert hatte, dass sie sich daran vorbeizwängen und durch die leere Fensteröffnung schlüpfen konnte. Die Lampe nahm sie mit. Der Küchenbereich mit den geschmolzenen Kerzenresten auf der Resopaltischplatte wirkte unverändert. Die Matratze im Hauptraum, auf der Junior früher mit seinen Freunden gehockt und Gras geraucht hatte, war durch eine karierte Klappcouch ersetzt worden. Margo spähte ins Schlafzimmer. Darin herrschte Chaos: Auf dem Boden lagen Reste der Matratzenfüllung und Holzsplitter verstreut, und vom hölzernen Bettgestell, auf dem Margo es zum ersten Mal mit einem Jungen getrieben hatte, war nur noch Kleinholz übrig. Sie schloss die Tür.

Im Lampenschein durchsuchte sie die leeren Schränke. In einem Brotkasten fand sie eine Backmischung für Brownies und in der Schublade unter dem Herd ein rundes Kuchenblech. Sie sammelte in einer Tüte Papier und Holz zum Feuermachen und beförderte sie durchs Fenster nach draußen. Anschließend wagte sie sich ein Stück flussabwärts, bis sie auf den Garten der Slocums stieß. Wenn sie Gemüse nahm, war das Stehlen, das war ihr klar, aber andererseits hatte ihr Vater den Slocums öfter mal einen Gefallen getan – zum Beispiel hatte er ihren Heizkörper repariert, als dieser mitten in einer kalten Nacht den Geist aufgegeben hatte –, und so pflückte sie sich vier Tomaten und eine ordentliche Handvoll Bohnen. Gleich flussaufwärts von der Stelle, wo sie ihr Boot versteckt hatte, machte sie Feuer. Sie verrührte die Backmischung mit Wasser, stellte den Teig in der Kuchenform auf drei große Steine übers Feuer und aß das rohe Gemüse, bis der Kuchen fertig war. Die Brownies waren zwar unten angebrannt, schmeckten aber trotzdem süß und gut.

Zum ersten Mal seit Tagen war ihr Bauch voll, passend zum Vollmond. Sie war wieder in Murrayville, und das brachte sie dazu, über die vergangenen anderthalb Jahre und ihre Reise den Fluss hinauf und wieder hinunter nachzudenken. Die Fahrt flussaufwärts hatte sie ihrer Mutter nicht nähergebracht, aber zumindest besaß sie jetzt Luannes Adresse und eine Antwort von ihr. Über Paul wollte sie noch nicht nachdenken, sie verdrängte jeden Gedanken an ihn. Zunächst einmal wollte sie sich auf ihren täglichen Überlebenskampf konzentrieren, sich ein Versteck suchen, falls die Polizei auftauchte, und schließlich irgendwo bleiben, wo ihre Mutter Kontakt mit ihr aufnehmen konnte.

Und sie wollte Junior finden. Vielleicht konnte sie mit ihm über alles reden, was passiert war. Junior musste letzten Monat die Highschool abgeschlossen haben; insofern ging sie davon aus, dass er bald hier aufkreuzen würde.

Margo rieb sich gründlich mit Insektenschutz ein. Dann legte sie sich mit dem Rücken auf den alten Armeeschlafsack ihres Vaters, um den Grillen zu lauschen und die Sterne zu betrachten. Drei Sterne in einer Reihe bilden den Gürtel des Orion, hatte ihr Großvater gesagt, aber sie konnte sie nicht entdecken. Er hatte auch gesagt, dass sie sich beim Navigieren an den Sternen orientieren konnte, aber wer brauchte das schon? Auf dem Fluss gab es nur zwei Richtungen: aufwärts und abwärts. Eine Schleiereule heulte, und Margo antwortete ihr mit einem so traurigen Klagelaut, dass ihr selbst unheimlich wurde.

Junior ließ sich am nächsten Tag nicht blicken, und auch in der folgenden Woche kreuzte er nicht auf. Einmal kam er auf der Straße im Auto auf sie zu, aber auf dem Beifahrersitz saß Joanna, und deshalb blieb Margo in ihrem Versteck hinter einem blühenden Busch im Straßengraben. Sollten Junior oder seine Freunde zum Marihuanahaus kommen, wollte sie ihnen anbieten, für sie Fisch zu kochen oder eine Schnappschildkröte zu fangen und zu braten. Wie schön es wäre, für jemanden Essen zu machen und Gesellschaft zu haben! Nach der zweiten Woche beschloss Margo, zum Haus der Murrays zu gehen und Steine an Juniors Fenster zu werfen, wenn er nicht bald kam.

Sie stahl nur so viel Essbares, wie sie zum Überleben brauchte, und nie zu viel aus ein und demselben Garten. Wasser trank sie aus der Quelle. Ein paarmal sah sie einige von den Slocum-Kindern, darunter auch Julie, zur Quelle kommen, um Kanister und Eimer zu füllen. Gern hätte sie mit Julie geredet, aber falls sie immer noch so ein Klatschmaul wie früher war, würde sie allen erzählen, dass Margo hier war. Hätte sie sich letztes Jahr in Murrayville doch nur einen Ruck gegeben und mit ihr gesprochen! Aber damals hatte sie ihre Wut auf ihre Cousine nicht abschütteln können, weil sie Crane erzählt hatte, was im Schuppen vorgefallen war.

Der Juli ging in den August über, und im Unterholz pickten die flügge gewordenen Rotkehlchen in solchen Scharen herum, dass es sich anhörte, als wäre der Waldboden lebendig geworden. Kleiber liefen an Baumstämmen kopfüber in Spiralen hinunter und wieder hinauf. Truthahngeier zogen hoch oben am Himmel ihre Kreise und hielten, ihrem Geruchssinn folgend, nach Tieren Ausschau, die den Sommer nicht überlebt hatten. Und auf dem Fluss waren immer noch keine Polizeiboote zu sehen, die nach ihr suchten.

Margo entdeckte ihre alten moosbewachsenen Lieblingsplätze in den Wäldern der Murrays wieder, in denen Flechten, Farne und Fliegenpilze wuchsen, manche in prachtvollen Farben. Sie suchte nach Riesenbovisten und Schwefelporlingen und sah in der Abenddämmerung Tausende von Glühwürmchen, die sich auf- und wieder entluden. Die ganze Zeit hielt sie sich so gut wie möglich versteckt und war freudig überrascht, dass niemand auftauchte, um nachzusehen, was es mit dem bescheidenen Feuer auf sich hatte, das sie Abend für Abend entfachte und morgens wieder löschte. Ihre Habseligkeiten verwahrte sie im Boot, das sie mit ihrer alten grünen Persenning und Zweigen abdeckte. Sofern es nicht regnete, hielt sie sich draußen auf. Sie sammelte Kiefernnadeln, um sich neben der Feuerstelle ein weiches Lager zu bereiten, und stopfte die Reste der Matratzenfüllung in eine Plastiktüte, um sie als Kissen zu verwenden. In den Nächten, in denen sie satt gegessen unter dem Sternenhimmel lag und sich sicher und geborgen fühlte, war sie besonders einsam. Wenn man einen Menschen so geliebt hatte, wie sie Michael geliebt hatte, dann war das etwas, was man nicht einfach abschütteln oder abhaken konnte, sobald es vorbei war. Es machte sie auch traurig, dass sie Brian verloren hatte. Er war ihr mit der Zeit so vertraut geworden, und sie hatte so viel von ihm gelernt, und jetzt war der Teil von ihr, der Brians Gefährtin gewesen war, zu nichts mehr nutze.

Eines Tages hatte Michael ihr eine Landkarte mitgebracht, auf der Lake Lynne verzeichnet war, und sie hatten festgestellt, dass die Straße, in der ihre Mutter wohnte, am großen, fast eine Meile breiten und fünf Meilen langen See entlangführte. Vielleicht gab es eine Möglichkeit, auf dem Wasserweg dorthin zu gelangen. Wenn

Margo ihr schweres Boot doch nur um das Wehr bei Confluence herumtragen könnte! Wenn sie nur nicht, wie ihr Großvater es ausgedrückt hatte, im Stark River feststecken würde! Gewöhnlich bewahrte sie die Landkarte in ihrem Buch über Annie Oakley auf, aber als sie eines Abends am Feuer saß, riss sie den Teil, wo ihre Mutter wohnte, heraus und steckte ihn in ihren Geldbeutel, damit sie ihn immer zur Hand hatte.

Bei schönem Wetter ruderte Margo nach Einbruch der Dunkelheit drei Meilen flussabwärts in die Stadt, stellte sich auf die unbeleuchtete eiserne Fußgängerbrücke über dem Wasserfall im Park – sein Staubecken mündete in einen Bach und dieser wiederum in den Fluss –, spazierte am kleinen Ziegelsteinbau der Highschool vorbei, aus der sie nie schnell genug hatte herauskommen können, und überlegte, ob sie sich vielleicht mehr Mühe hätte geben sollen, wie die anderen Kinder zu sein. Sie konnte sich nicht vorstellen, dass sie sich jemals sehr verändern würde, aber sollte sie noch einmal die Chance bekommen, Freunde zu finden, wollte sie sich mehr anstrengen.

Manchmal aß Margo Pizzareste aus dem Müllcontainer hinter der Pizzabude von Murrayville. Als sie dort eines Abends auf der hohen Bordsteinkante saß und im Schein der Straßenlaternen weggeworfene Zeitungen las, stieß sie auf eine Meldung aus Heart of Pines. Darin hieß es, man habe in der Marina von Heart of Pines in einem Boot die Leiche des circa zwei Wochen zuvor mit einer Flinte erschossenen Paul Daniel Ledoux gefunden. Die Tatwaffe habe beim Toten unter der Plane gelegen. Die einzigen Fingerabdrücke darauf stammten zwar vom Opfer selbst, doch gingen die Beamten nicht von Selbstmord aus. Im Boot habe sich darüber hinaus ein Kanister mit einer Substanz zur Herstellung eines Amphetamins befunden, der die besondere Aufmerksamkeit der ermittelnden Behörden gelte. Sie brächten den Mord mit Drogengeschäften in Verbindung. Mit keinem Wort wurde in dem Artikel die Hütte oder das Fass mit der Flüssigkeit oder ein am Fluss wohnender Informant erwähnt. Das Opfer hinterließ eine Frau und drei Kinder im Alter von fünf, sieben und neun Jahren. Margo legte das mit Champignons und Würstchen belegte Pizzastück zurück in die Schachtel und las den letzten Satz noch einmal. Beim Abdrücken hatte sie nicht an Pauls Frau gedacht und auch nicht an die drei Kinder, die jetzt ohne Vater aufwachsen mussten.

Manchmal beobachtete sie vom dunklen Fluss aus das Haus ihres Vaters und die Fremde, die jetzt darin wohnte: eine große, gebeugte, grauhaarige Frau, die Margo vor ein paar Jahren mal auf einer Thanksgiving-Party gesehen hatte. Die Frau rauchte Pfeife wie ein Mann. Margo sah, wie sie Abfälle in eine tiefe Grube warf, die jemand hinter dem Haus gegraben hatte. Sie traute sich nicht näher heran, weil die Frau sich einen weißen Pit Bull hielt; sie hatte ihn an das Schaukelgestell gekettet, an dem Margo vor zwei Jahren noch ihre Hirsche aufgehängt hatte. Margo wurde klar, dass sie ihr erlegtes Wild damals an einer gut einsehbaren Stelle aufgebrochen und aus der Decke geschlagen hatte und dass bestimmt alle Murrays es mitbekommen hatten. Ihr Vater hatte recht gehabt: Sie war leichtsinnig gewesen. Ihr tat der weiße Hund an der Kette leid, aber als sie sich einmal näher heranwagte, fing er wie ein Verrückter an zu kläffen und zerrte an der Kette, als wollte er sich auf sie stürzen. Die Alte kam mit einer Pistole herausgelaufen und rief in die Dunkelheit: »Wer ist da draußen?«, aber da war Margo schon wieder auf dem Wasser und ruderte davon.

Am darauffolgenden Tag streifte sie mittags gerade flussaufwärts durch die Wälder, als sie einen weißen Laster der Metallfabrik in die Auffahrt des Marihuanahauses einbiegen sah. Mühsam stieg ein hochgewachsener Mann aus und lehnte sich gegen den Türholm, bis er seine Krücken zu fassen bekam. Margo war zu weit weg, um sein Gesicht zu erkennen, aber sie wusste trotzdem, wer er war. Der Mann sperrte die Tür auf und betrat das kleine Haus. Margo hoffte, dass sie das Sperrholzbrett wieder so ans Fenster gedrückt hatte, dass er nicht merkte, dass sich jemand daran zu schaffen gemacht hatte. Wenige Minuten später lief ein dunkelhaariges Mädchen zur Tür. Es blickte einmal nach rechts und links und huschte hinein. Julie Slocum! Margo ging nicht näher heran, sondern begab sich zu ihrem stromaufwärts gelegenen Lager. Wie dumm und unfreundlich von ihr, dass sie je auf die arme Julie wütend gewesen war!

Abends ruderte Margo zum Haus der Murrays und kletterte die Uferböschung hoch, um sich ein wenig an der Scheune umzusehen, neben der sie früher mit Billy und Junior auf Tontauben geschossen hatte. Unter einem Wellblechdach stand einsam ein grunzendes Schwein. Ihr Großvater hatte die Scheune immer wieder gestrichen, aber jetzt blätterte die rote Farbe flussseitig auf ganzer Länge ab. Der weiß getünchte Schuppen war mit einem Vorhängeschloss gesichert. Goldener Lichtschein erhellte die Fenster des großen Wohnhauses und vermittelte ein Bild von Geborgenheit und Wärme. Margo fasste sich ein Herz und ging aufs Haus zu. Dabei gab sie acht, die Beagles nicht aufzuscheuchen, aber es ertönte kein Gebell: Der Zwinger war leer. Auch Moe war nirgends zu sehen. Margo stellte sich unter Juniors Fenster und lauschte dem Quieken der Flughörnchen. Gerade wollte sie einen Stein werfen, als sie hinter dem Fenster die Gestalt eines der jüngeren Kinder erblickte. Es war Toby oder Tommy, der herausschaute. Sie spielte mit dem Gedanken, an die Küchentür zu klopfen, fand aber den Mut nicht und ging hinters Haus, um im Garten ein paar Stangenbohnen und Fleischtomaten zu stibitzen. An den Ranken und Stauden hingen mehr holzige Bohnen und faulige Tomaten als sonst, was darauf schließen ließ, dass Joanna mit dem Einmachen im Rückstand war.

Am nächsten Abend kam Margo wieder, schlich ums Haus und versuchte einen Blick ins Innere zu erhaschen. Das Haus stand auf einem Sockel aus Betonblocksteinen, der es über das Niveau der Jahrhundertflut erhob. Um aus nächster Nähe ins Wohnzimmer schauen zu können, kletterte Margo deshalb auf einen alten Apfelbaum. Sie sah Joanna nur wenige Schritte von sich entfernt mit einer Näharbeit in ihrem Sessel sitzen. Sie trug ein blau gemustertes Kleid und hatte das Haar wie üblich hinten zu einem Knoten zusammengefasst. Sie ließ die Schultern etwas mehr hängen, ihr Gesicht war ein weniger faltiger und ihre Hände abgearbeiteter als vor anderthalb Jahren, aber Cal, der ein Stück weiter weg saß, sah völlig verändert aus. Obwohl er nicht viel älter als vierzig sein konnte, hatte er graues Haar, und sein Gesicht wirkte verhärmt und ernst. Arme und Schultern waren kräftiger als früher, was vielleicht durch den Einsatz des Rollstuhls oder der Krücken kam, die neben ihm auf dem Boden lagen. Seine ausgestreckten Beine ruhten, mit einer Decke zugedeckt, auf einem Fußschemel. Cals Blick war auf den Fernseher gerichtet. Jemand, den Margo für Junior hielt, lag rücklings auf dem Boden und schlief. Die Gestalt war ellenlang, hatte die Hände unter dem Nacken verschränkt und trug Kopfhörer. Robert Murray, der jetzt elf sein musste, hockte im Schneidersitz auf der Couch und schaute ebenfalls gebannt auf den Fernseher. Toby und Tommy, beide sieben, saßen mit dem Rücken zu ihr. Was Margo schockierte, war die Reglosigkeit im Raum – bis auf die Bewegungen, die Joannas Hände mit Nadel und Faden machten. Sie passte so gar nicht zu dem einstigen quicklebendigen Flussparadies, von dem sie alle einmal Teil gewesen waren.

In der Annahme, durch Laub und Dunkelheit gut geschützt zu sein, beugte Margo sich auf dem Baum möglichst weit zum Fenster. Wenn sie nur irgendwie Juniors Aufmerksamkeit erregen könnte! In diesem Augenblick schaute Joanna hinaus. Ihr Gesicht sah so traurig aus, dass Margo schlucken musste. Wie naiv von ihr, zu glauben, dass die Murrays nach allem, was sie durchgemacht hatten, immer noch die Familie waren, wie sie sie kannte: stets zu Späßen, Streichen und Jagdausflügen aufgelegt. Ob Joanna sich je Sorgen um sie machte? Natürlich hatte Joanna genügend anderes, um das sie sich Sorgen machen musste, zum Beispiel Billy und vor allem Cal. Margo konnte die Traurigkeit und Erschöpfung in Joannas Gesicht gut verstehen. Sie musste diese Traurigkeit selbst jeden Morgen aus den Gliedern schütteln, um aufzustehen und die Kraft aufzubringen, sich auf die Suche nach etwas Essbarem zu machen.

Über ihren Kopf sauste ein Flughörnchen mit weißem Bauch. Ihr Großvater hatte diese Wesen, wenn er sie nachts zu Gesicht bekam, als »Elfen« bezeichnet – so, wie er auch Margo manchmal genannt hatte. Als sie ihr Gewicht verlagerte, rutschte sie leicht ab. Haltsuchend griff sie nach einem Ast, und als sie wieder ins Wohnzimmer blickte, sah Joanna sie an. Langsam hob Margo die Hand, doch anstatt zu winken, machte sie ein Friedenszeichen, wie der jagende Indianer aus Michaels Buch es vermutlich gemacht hatte, um zu verbergen, dass in ihm das Herz eines Bärenmarders schlug. Nach einem raschen Blick auf Cal und ihre Söhne legte Joanna ihre Näharbeit beiseite – es war Juniors Jacke mit dem auf den Rücken gestickten Hanfblatt. Margo ließ sich vom Baum gleiten, folgte Joanna außerhalb des Hauses, ging die Holzstufen hoch und wartete an der zum Fluss zeigenden Küchentür in einem Schwarm von Stechmücken. Sie nahm die Marlin von der Schulter und lehnte sie an die Hauswand, wo

Joanna sie nicht sehen würde. Da öffnete Joanna auch schon die Tür und hielt sich vor Überraschung am Griff fest.

»Margaret!«, sagte sie leise. »Bist du es wirklich?«

Margo nickte.

»Was hast du hier zu suchen?«

Margo holte Luft, um etwas zu sagen, brachte aber kein Wort heraus. Vielleicht las Joanna den Schmerz in ihrem Gesicht, denn sie schlug einen milderen Ton an.

»Dünn bist du geworden! Und dein Haar, dein schönes Haar, es ist …«

Margo fasste sich an den Kopf, befühlte ihr Haar und wischte ein paar Kiefernnadeln weg. Sie hatte sich nicht mehr die Haare gewaschen, seit sie Michael vor drei Wochen verlassen hatte.

»Ich könnte eine Dusche gebrauchen«, sagte sie.

»Ach, Elfe, du bist es wirklich.« Joanna beugte sich vor, als wollte sie Margo in den Arm nehmen oder eingehender ansehen, wich aber sofort wieder zurück und warf einen ängstlichen Blick auf die Wohnzimmertür in ihrem Rücken. »Oh, Liebes, geht es dir gut?«

»Ja, alles okay. Ich war gerade im Wald Pilze sammeln.« Auch sie flüsterte jetzt. Es roch nach Zimtbrot, das Joanna wohl fürs Frühstück am nächsten Tag gebacken hatte, und nach fettem Fleisch.

»Ich dachte, du wärst bei deiner Mama, Elfe. Du hast uns doch diese Nachricht hinterlassen. Onkel Cal war böse auf dich. Er ist es immer noch.«

»Ich weiß.« Als Margo ihren alten Kosenamen hörte, wurde ihr schmerzlich bewusst, was sie alles verloren hatte.

»Du hast seine wertvollste Büchse gestohlen.«

Margo warf einen flüchtigen Blick auf die an der Wand lehnende Marlin und nickte. Zu gern hätte sie gefragt, ob sie hereinkommen, sich waschen und ein paar Minuten still in der Küche sitzen dürfte. Mit erstickter Stimme begann sie: »Könnte ich –«, dann brach sie ab.

»Was willst du von uns?« Joanna fing an zu weinen, und Margo stellte fest, dass auch sie weinte.

»Ich möchte für eine Weile zu euch kommen«, sagte sie. »Bis ich zu meiner Mutter kann.« Annie Oakley hatte ihre Mutter angefleht, sie wieder zu Hause aufzunehmen.

»Ach, Margaret. Ich könnte weiß Gott deine flinken Hände hier im Haus gebrauchen!« Wieder warf Joanna einen Blick auf die Wohnzimmertür. »Ich möchte nicht, dass uns jemand hört. Kanntest du den Mann, der Cal die Beine gebrochen hat? Er musste ins Gefängnis. Im Gerichtssaal hat er allen erzählt, dass er es gemacht hat, um Cal dafür zu bestrafen, was er einem ›gewissen jungen Mädchen‹ angetan hatte. Das waren harte Zeiten für Cal, alle dachten das Schlimmste von ihm.«

»Ich wollte nicht, dass er Onkel Cal wehtut«, sagte Margo. Sie blickte auf Joannas nackte Schienbeine und die ihr wohlbekannten abgetragenen Lederschuhe hinab. Joanna war Gott sei Dank dieselbe geblieben. Margo spürte die Stechmücken in ihrem Gesicht, rührte sich jedoch nicht. Eine ließ sich auch auf Joannas Wange nieder, aber Margo hoffte, dass sie die Tür noch nicht zumachen würde.

»Seit Kurzem geht er an Krücken. Wir sind voller Hoffnung.«

»Ich hab ihn gesehen«, sagte Margo. »Mit Julie.«

Joanna verengte die Augen zu Schlitzen.

Auch Joannas selbst genähtes blau geblümtes Kleid kannte Margo noch. Die Farben waren mittlerweile etwas verblasst, aber noch nie hatte Margo ein Kleid so geliebt wie Joannas in diesem Moment. Joanna öffnete die Augen wieder und sagte kopfschüttelnd: »Weißt du, mit einer guten Ehe ist es eine merkwürdige Sache: Sie lässt dich an deinen Mann glauben, egal, was die Leute reden.«

Margo sah unverwandt in Joannas müdes Gesicht. Joanna wiederum schien in Margos Gesicht nach einem Fingerzeig zu suchen, was eigentlich passiert war. Joanna war immer das genaue Gegenteil von Margos Mutter gewesen: streng, unscheinbar und fleißig (während Luanne nachsichtig, hübsch und stinkfaul war), bescheiden und fromm (während ihre Mutter zur Extravaganz neigte). Sie waren so verschieden wie Brian und Michael.

»Ich nehme es deiner Mutter übel, dass sie dich nicht mitgenommen hat. Falls ich etwas mit ihrem Fortgang zu tun habe, tut es mir leid.«

Margo verstand nicht, was Joanna damit sagen wollte.

»Wo wohnst du? Bei Freunden?«

Margo zögerte, aber als sie Joannas besorgte Miene sah, sagte sie nickend: »Bei einem Freund.«

»Cal hat jemanden von der Schulbehörde in sämtlichen Schulen der Gegend nach dir suchen lassen, aber du bist nirgends angemeldet. So kann man doch nicht aufwachsen: eine Schulschwänzerin, die sich nachts herumtreibt! Lass mich nachdenken. Ich will sehen, ob du bei uns wohnen kannst, bis wir deine Mutter gefunden haben.«

Margo wollte Joanna nicht widersprechen, schon gar nicht, wenn es um ihre Mutter, ihren, also Margos, weiteren Verbleib oder die Schule ging. Vielleicht würde es ihr jetzt, nachdem sie zwei Jahre versäumt hatte, leichter fallen, zur Schule zu gehen. Sie wäre mit neuen, jüngeren Kindern zusammen. Außerdem hatte sie von Kindern gehört, die die Schule nur zeitweilig besuchten.

»Ich hab ihre Adresse«, berichtete Margo. »Sie hat mir geschrieben. Sie hat gesagt, sie ist noch nicht so weit, mich wiederzusehen.«

»Ich weiß nicht, ob du es mitbekommen hast, aber die Firma deines Onkels läuft nicht gut.« Wieder warf Joanna einen Blick über die Schulter.

Margo nickte.

»Pass auf, dass die anderen dich nicht sehen, wenn sie in die Küche kommen. Billy macht einen Riesenaufstand, wenn er dich entdeckt. Er ist immer noch sauer wegen Grandpas Boot.«

»Hat man Billy denn nicht eingesperrt?« Margo rutschte das Herz in die Hose.

»Ach, woher! Er hatte ein paar Scherereien, aber er ist längst wieder auf freiem Fuß. Hast du das nicht mitgekriegt?«

»Aber die Polizei hat ihn doch mitgenommen, als er meinen Vater erschossen hat.«

»Ja, um ihn zu vernehmen und ein Gutachten zu erstellen.« Joanna sah sie merkwürdig an. »Das war alles. Es war Notwehr, er hat seinen Vater verteidigt. Das habt ihr beide der Polizei gesagt – du und Billy. Und Cal auch.«

»Oh …« Margo war verwirrt. »Ich würde Junior so gern Hallo sagen.«

»Junior ist in Alaska.«

»In Alaska? Mit Onkel Loring?«

»Er hat die Militärschule abgeschlossen. Danach hat er wieder eine Zeit lang zu Hause gewohnt, aber er und Cal haben sich ständig in die Haare gekriegt, darum ist er mit einem Schulfreund nach Alaska gegangen. Er arbeitet jetzt auf einem Fischerboot und ist begeistert.« Joanna lächelte.

»Aber ich hab ihn doch gerade im Wohnzimmer gesehen! Du hast seine Jacke ausgebessert.«

»Du hast Billy gesehen. Er ist inzwischen größer als Junior und auch als sein Vater. Billy bekommt Medikamente, damit er besser mit seinen Stimmungsschwankungen zurechtkommt. Junior hat mich gebeten, ihm seine Jacke zu schicken, und als Überraschung nähe ich ihm ein Flanellfutter ein. Warte kurz hier.«

Als Joanna knapp eine Minute später zurückkam,

drückte sie Margo eine große Papiertüte in die Arme. »Hier hast du ein paar Scheiben von meinem Brot, das du immer so gemocht hast, und ein kleines Glas Pfirsichmarmelade – deine Lieblingsmarmelade. Du kannst sie zusammen mit deinem Freund essen.«

»Danke«, sagte Margo. Die Tüte war warm und duftete nach Zimt. Als Margo hineinspähte, stellte sie fest, dass Joana ihr ungefähr ein Drittel des Zimtbrots geschenkt hatte. Ein paar von den Jungs würden sich am nächsten Morgen beim Frühstück also mit normalem Brot begnügen müssen.

»Hast du wirklich eine Bleibe?«, fragte Joanna. »Zur Not kannst du in der Scheune schlafen. Ein paar von den Kindern haben dort letzte Woche eine Pyjamaparty veranstaltet. Die Schlafsäcke sind wahrscheinlich noch drüben.«

Margo war klar, dass es zu riskant wäre, in der Scheune zu schlafen, weil es in der Nähe keine Möglichkeit gab, ihr Boot zu verstecken. Und solange es nicht regnete, schlief sie lieber draußen, wo sie hören konnte, wenn jemand kam.

Im oberen Stock war ein Heulen zu hören.

»Randy weint«, erklärte Joanna.

Margo sah sie verständnislos an.

»Weißt du es denn nicht?«, fragte Joanna mit aufgerissenen Augen. »Aber natürlich, woher solltest du es auch wissen? Ich habe ein Baby bekommen.«

»Ein Baby? Herzlichen Glückwunsch!« Sie hoffte, sie hatte das Richtige gesagt. Was sie damals mit Cal gemacht hatte, hatte ihn nicht daran gehindert, ein Kind zu zeugen. Und genau das war ihr Plan gewesen: ihm nicht auf Dauer zu schaden, sondern lediglich einen Denkzettel zu verpassen. Ihre Rache war also perfekt gewesen, und trotzdem war alles gründlich schiefgegangen.

»Ist es ein Junge?«

»Ja, ein Junge …« Joanna brach die Stimme weg. »Ich

war so sicher, dass es diesmal ein Mädchen werden würde. Ich wollte sie Rachel nennen, nach meiner Schwester.«

»Wie sieht er aus? Ich würde ihn so gern sehen.«

»Dein neuer Cousin hat das Downsyndrom«, eröffnete ihr Joanna und schluckte, als täte sie sich mit der Erklärung schwer. »Darum mussten wir auch die Hunde weggeben. Wenn sie gebellt haben, hat er immer geheult und geschrien. Downsyndrom nennt man das heute, nicht mehr Mongolismus.«

»Downsyndrom«, wiederholte Margo nachdenklich.

»Ich liebe ihn, aber ich bin so müde«, sagte Joanna. Sie schüttelte den Kopf. »Eine Zeit lang habe ich Julie bezahlt, damit sie mir zur Hand geht, aber … Ach, Elfe, du warst mir als Einziges von den Kindern je eine wirkliche Hilfe.«

»Ich hab immer gern geholfen«, sagte Margo leise.

»Weißt du, Cal war wütend, als du uns diese Nachricht hingelegt und dich verdrückt hast. Warum bist du nicht bis zur Beerdigung geblieben?«

»Was für eine Beerdigung? Daddy wurde eingeäschert.«

»Ja, aber wir haben die Schachtel mit seiner Asche am nördlichen Rand des Friedhofs beigesetzt. Cal hat darauf bestanden, dass alle Jungs dabei sind.«

»Ich wusste nicht, dass man die Asche auf den Friedhof bringt.« Margo hatte gedacht, wenn ein Mensch eingeäschert wird, ist er einfach weg. »War Billy auch dabei?«

Joanna nickte. »Drei Monate lang hat dein Onkel der Polizei nicht gesagt, dass du verschwunden bist. Erst als sie deine Unterschrift benötigt haben. Da hat er ihnen erzählt, du wärst jetzt bei deiner Mutter in einem anderen Bundesstaat.«

Margo schüttelte den Kopf. Zu der Zeit hatte sie bei Brian gewohnt.

»Sie haben nach deiner Mutter gesucht«, berichtete Joanna, »konnten sie aber nicht finden. Wie hast du sie gefunden?«

»Ich hab mich umgehört und Briefe geschrieben«, antwortete Margo. Sie wäre so gern auf der Beerdigung ihres Vaters gewesen – trotz Billy. Bei der Vorstellung, dass Billy unbehelligt bei seiner Familie wohnte, als hätte er sich nichts zuschulden kommen lassen, zog es Margo das Herz zusammen.

»Ich hör jemanden kommen! Wenn du kannst, komm morgen Vormittag wieder, dann reden wir weiter. Die Jungs sind im Feriencamp, und Billy besucht die Sommerschule. Ich koch dir auch was Gutes.« Joanna schloss die Tür.

14. KAPITEL

Kaum war Margo wieder im Marihuanahaus, verschlang sie Joannas Zimtbrot mit Marmelade und schleckte das Glas danach aus. Als Kinder hatten sie und Junior die Pfirsichmarmelade mit Fruchtstücken immer fingerdick aufs Toastbrot gestrichen. Das Essen weckte ihre Lebensgeister, und sie brauchte anschließend lange, um einzuschlafen. Der nächste Morgen war dunstig, und Margo schlief bis in die Vormittagsstunden. Als sie aufwachte, hatte sie solchen Heißhunger auf Zimtbrot mit Marmelade, dass sie sich nicht überwinden konnte, das gepflückte Gemüse zu essen, und lieber hungrig blieb. Beim Zusammenpacken fühlte sie sich wie benebelt, und da der Himmel so trüb war, hatte sie keine Ahnung, wie spät es war. Sie machte ihr Boot ein Stück flussabwärts vom weiß getünchten Schuppen der Murrays fest, schlich sich zum Haus und legte sich bäuchlings auf die Lauer. Am Küchenfenster über dem Spülbecken erblickte sie Joanna. Rund zwanzig Minuten später trat sie aus dem Haus, wischte sich die Hände an der Schürze ab und sah sich suchend um. Margo freute sich, dass Joanna nach ihr Ausschau hielt. Bald würde sie aufstehen, zum Haus gehen und die Annie-Oakley-Marlin in den Ständer neben der Tür stellen, aber vorher wollte sie es noch eine Weile beobachten und die Tatsache auf sich wirken lassen, dass sie nach Hause kam, wenn auch nur zu Besuch. Joanna legte den Kopf schief, als hätte sie etwas gehört – vielleicht weinte das Baby –, und eilte zurück ins Haus.

Margo konnte sich gut vorstellen, wie dringend Joanna ihre Hilfe benötigte. Also fiel ihrer Tante vielleicht eine Lösung ein, wie sie Margo wieder in die Familie aufnehmen konnte. Sie würde nach der Schule zum Babysitten nach Hause kommen und sich um das »Down-Baby« kümmern. Sie würde beim Brot- und Kuchenbacken für die Männer und Jungs der Murrays helfen, und Joanna könnte ihr diesen Winter beibringen, Suppen und Eintöpfe zu kochen, an denen Margo sich noch nicht versucht hatte. Joanna konnte alles kochen. Und von Onkel Hal könnte Margo lernen, wie man Schweinefleisch räuchert und Speck pökelt.

Lange lag Margo im feuchten, kühlen Gras und wartete darauf, dass sie Joanna noch mal zu sehen bekam. Wenn sie zum Tomatenpflücken in den zugewucherten Garten ging, würde Margo ihr folgen und helfen. Nach einer Weile bemerkte sie, dass die Vorderseite ihres Hemdes vom Gras durchnässt war, und setzte sich auf. Sie nahm mit der Büchse die Küchentür ins Visier. Aus der Entfernung meinte sie Zimt zu riechen, vielleicht von einem Kuchen oder dem Zimtbrot für den kommenden Tag. Margo legte das Gewehr in den Schoß. Zu dieser Jahreszeit machte Joanna vielleicht auch wieder Pfirsichmarmelade ein. Bald wären die Äpfel reif, die Golden Delicious zum Verzehr und die sauren Jonathans zum Kuchenbacken. In manchen Jahren hatte Joanna auch Apfelkraut hergestellt. Dazu hatte sie die Äpfel so lange eingekocht, bis sie einen rauchigen, karamelligen Geschmack annahmen, und dann Gewürze hinzugegeben. Margo war das Apfelschälen in der Küche der Murrays nie leid geworden.

Wenn sie zu ihnen zurückkonnte, hätte sie immer genug zu essen und wäre nicht mehr allein. Zu schade, dass Junior nicht da war, mit dem sie Witze reißen und dem sie ihr Herz ausschütten konnte, und auch keine Hunde zum

Streicheln! Wahrscheinlich würde sie kein eigenes Gewehr haben dürfen. Trotzdem lief Margo das Wasser im Mund zusammen, als sie an all die Köstlichkeiten dachte, die sie hier kochen und essen würde, und Joanna würde ihr in der Küche Gesellschaft leisten. Außerdem freute sie sich auf die lautstarken Unterhaltungen beim Abendessen, denen sie immer so gern zugehört hatte.

»Nympho!«, rief eine Stimme am Fluss. Es war eine Männerstimme.

Geduckt schlich Margo zurück zum Schuppen und zu ihrem Boot. Am Bug von *The River Rose* stand mit einem langen Gewehr in der Hand Billy. Joanna hatte recht gehabt: Er war Junior über den Kopf gewachsen. Bewegungslos wartete er auf Antwort, aber er konnte Margo, die nur rund zwanzig Schritt entfernt war, nicht sehen. Sie presste sich flach auf den Boden wie der jagende Indianer auf der Pirsch. Als sie auf Billy zielte, ging ihr Atem langsamer. Sie konnte Billy ins Genick schießen und sein Rückgrat durchtrennen, ohne dass er sie überhaupt zu sehen bekam. Bestimmt lag es am Nebel auf dem Fluss oder an ihrem Heißhunger auf Zimtbrot mit Marmelade, dass sie Halluzinationen hatte, jedenfalls bildete sie sich ein, dass mehrere Murrays neben Billy standen. Ein echter Murray war eben nie allein.

»Peng!«, machte sie leise, um etwas von dem Druck abzulassen, der sich in ihr angestaut hatte. Sie war morgens so zerstreut gewesen und hatte es so eilig gehabt, Joanna zu sehen, dass sie die Ruder in den Dollen gelassen und die Blätter links und rechts auf die Rückbank gelegt hatte, neben ihren Rucksack, auf dem der Name CRANE nicht zu übersehen war. Nicht einmal einen Ast hatte sie zur Tarnung aufs Boot gelegt.

Billy ging am Ufer in die Hocke, berührte den Bug und fuhr mit der Hand über die Stelle, an der die Wörter *The River Rose* ins Holz gebrannt waren. Eine aus dieser Distanz präzise abgefeuerte .22er-Kugel konnte seinen Schädel an der Schläfe durchschlagen, und dann würde er niemandem mehr Probleme machen. Eigentlich galten .22er-Büchsen als »Eichhörnchenkanonen«, aber wenn Margo genau traf, würde die Kugel in seinen Schädel eindringen, im Innern auf und ab hüpfen und Hackfleisch aus seinem Hirn machen. In ihrer Kehle kratzte es, und sie musste mit solcher Macht ein Husten unterdrücken, dass ihr die Tränen kamen.

Jetzt sah Billy sich den Bug von der anderen Seite an, und bestimmt fiel ihm der Farbunterschied an der Stelle auf, wo sich die Registrierungsnummer befunden hatte, bevor Margo sie weggestemmt hatte – ein Boot ohne Motor musste nicht registriert werden, und seit sie Brians Hütte verlassen hatte, besaß sie keinen Motor mehr.

»Nympho!«, rief er noch einmal. Er stand auf und blickte sich um. »Wo steckst du?«

Margo mochte es ganz und gar nicht, wie ihr Spitzname über den Fluss hallte. Womöglich störte Billy Joanna und das Baby. Wusste er nicht, wie schwierig es sein kann, ein Kind zum Einschlafen zu kriegen? Als er sich halb in ihre Richtung drehte, sah sie, dass er unter seiner Jeansjacke ein schwarzes T-Shirt mit einem Rock-'n'-Roll-Motiv trug, das Ähnlichkeit mit einer Zielscheibe hatte und sie einzuladen schien, ihm eine Kugel direkt über dem Solarplexus zu verpassen. Die Sonne stand am diesigen Himmel im Zenit, heller würde es an diesem Tag nicht werden.

»Nympho?«, rief Billy wieder, wenn auch nicht mehr so laut und selbstbewusst.

»Lass mein Boot in Ruhe!«, sagte Margo und richtete sich auf. Aus dem veränderten Blickwinkel erkannte sie, dass das Gewehr in seiner Hand das alte Luftgewehr war, das er zu seinem vierzehnten Geburtstag bekommen hatte. Mit etwas Glück konnte er damit jemandem ein

Auge ausschießen, aber mehr als ein Vogel oder ein Eichhörnchen ließ sich damit nicht erlegen.

»Ich dachte, du wärst in der Sommerschule«, sagte Margo. Sämtliche Muskeln in ihrem Körper warteten angespannt darauf, dass sie die Marlin anlegen und abdrücken würde. Wenn nur ihre Augen nicht tränen würden! Sie schluckte mehrmals, um das Kratzen loszuwerden.

»Und warum bist du nicht in der Schule?«, fragte Billy.

»Ich geh nicht mehr zur Schule. Ich muss nicht mehr.«

»Heute Morgen hat Ma mich gefragt, was ich davon halten würde, wenn du eine Weile bei uns wohnst. Ich hab gesagt, auf keinen Fall. Ich hätte mir denken können, dass du dich hier rumtreibst.«

Margo wünschte, sie hätte die Situation vorausgeahnt und in Gedanken durchgespielt, dann würde in ihrem Hirn jetzt nicht so ein Kuddelmuddel herrschen.

»Das ist ein Murray-Boot«, behauptete Billy. »Du weißt, dass es nie für dich bestimmt war. Und du bist schuld, dass Daddy ein Krüppel ist. Jeder weiß, dass du diesen Kerl auf Dad gehetzt hast, damit er ihn verprügelt.«

Am liebsten hätte sie protestiert und gesagt, dass auch sie eine Murray war und nicht gewollt hatte, dass Cal verprügelt wurde. Stattdessen sagte sie nur: »Ich könnte dich jetzt einfach abknallen.«

»Na los, erschieß mich! Dann verrottest du im Gefängnis. Ich war im Jugendknast. Ich weiß, wie's dort ist.«

»Deine Mutter hat gesagt, du warst nicht im Gefängnis.«

»Ich musste dieses Jahr für zwei Monate in den Jugendknast.«

»Warum?«

»Es gab da ein kleines Problem mit einem Feuer, das außer Kontrolle geraten ist.« Er grinste, aber es wirkte aufgesetzt. »Wir wollten uns nur wärmen, aber das hat uns keiner abgenommen.«

»Warum hast du meinen Vater erschossen?«

»Du weißt, warum, Nympho. Kein Mann würde so was tun, ich meine, so auf meinen Dad schießen. Meinem Vater den Schwanz wegschießen, das bringst nur du fertig.« Er spuckte in den Fluss.

Margo fragte sich, ob es etwas nützen würde, wenn sie ihm die Wahrheit erzählte.

»Es ist mir egal, ob du mich erschießt. Mach schon! Das Leben hier kotzt mich sowieso an. Wir sind jetzt arm. Junior ist nach Alaska gegangen, und das Baby ist ein Spasti.«

Margo zielte auf den Kolben seines Luftgewehrs und schoss es ihm aus der Hand. Billy entfuhr ein Aufschrei. Die Flinte prallte gegen den Bug und fiel auf den Sandboden. Margo hatte damit gerechnet, dass Billy weglaufen oder sie zumindest anbetteln würde, nicht auf ihn zu schießen, aber er blieb wie angewurzelt stehen. Als er sich bückte und das Luftgewehr aufhob, schoss sie erneut darauf, diesmal auf den Schaft, und jetzt flog es ins Boot. Ruckartig zog Billy die Hand zurück, als hätte ihn eine Wespe gestochen. Margo konnte seine Angst spüren, obwohl er sich nichts anmerken ließ. Er baute sich vor ihr auf und verschränkte die Arme vor der Brust. »Bei deiner Mutter warst du also? Ihr solltet euch zusammentun, ihr beiden Huren.«

»Du hast keine Ahnung von meiner Mutter.«

»Junior hat sie mit Dad gesehen. In der Scheune. Er hat gesagt, ich soll's dir nicht erzählen, aber das ist mir egal.«

»Halt den Mund.«

»Ich weiß, dass sie mit einem Kerl abgehauen ist und sich einen Dreck um dich geschert hat. Das hat Ma gesagt.«

Margo schoss an ihm vorbei. Er sollte die Kugel an seinem Ohr vorbeizischen hören, bevor sie ins Wasser einschlug. Dann würde er hoffentlich den Mund halten und wegrennen, aber er zuckte nicht einmal mit der Wimper.

»Tut es dir nicht mal leid, dass du meinen Dad erschossen hast?« Margo war selbst überrascht, dass sie ihm diese Frage stellte. Sie war so ähnlich wie die, die Michael ihr bezüglich Paul gestellt hatte. Und sie war überrascht, als sie merkte, dass die Muskeln in ihrem Arm zuckten.

»Ich hatte keine Wahl. Er wollte meinen Dad umbringen.«

Als ihr Arm erneut zuckte, ließ sie das Gewehr sinken.

»Du warst dabei«, fuhr Billy fort. »Er hatte schon mal auf Dad geschossen, und er hat das Gewehr erst auf mich und dann auf Dad gerichtet. Du hast es selbst gesehen, Nympho. Du hast der Polizei dasselbe erzählt.«

»Er hatte nicht vor, deinen Vater zu töten. Die Büchse war nicht mal geladen. Er wollte mich nur retten. Ich war es, die auf deinen Dad geschossen hat.« Margo hörte ein paar Blauhäher lärmen, von denen einer wie eine Krähe klang. Sie roch das Holzfeuer im Haus und fragte sich, ob Joanna wohl gerade das Baby besänftigte. Doch sie riss sich zusammen und konzentrierte sich wieder auf Billy.

»Du lügst, Nympho. Dein Dad ist rübergekommen und hat meinem Dad die Reifen zerschossen. Er war verrückt. Wir haben ihn oben vom Haus aus beobachtet, sind aber nicht runtergegangen, weil wir Angst hatten, dass er uns abknallt.«

»Er hat nur auf die Reifen geschossen, aber nicht auf Menschen.« Margo wollte Billy klarmachen, wie sehr er sich irrte, wie sehr sie alle sich in Bezug auf ihren Vater geirrt hatten, aber ihr ging die Kraft aus. Der Gedanke durchzuckte sie, dass auch sie sich vielleicht geirrt hatte, als sie glaubte, Paul würde Michael etwas antun.

»Er hat auf Dads Schwanz geschossen«, beharrte Billy. Er klang gereizt und hektisch. »Welcher Mann tut so was, Nympho? Nur ein Verrückter. Ich wollte niemanden töten. Ich musste es tun.«

Margo fühlte sich plötzlich müde, zu müde, um ihre

Büchse zu heben. Billy war ein Fiesling, das war er schon immer gewesen, und er hatte zweifellos das Zeug zum Kriminellen, aber ein kaltblütiger Mörder war er nicht. Sie rief sich den Tag in Erinnerung, an dem ihr Vater erschossen worden war. Crane hatte die Büchse in der Hand gehalten, als er ihr auf die Beine half, und dann hatte er einen Satz auf Billy zu gemacht. Billy hätte wissen müssen, dass Crane niemanden erschießen wollte, ja, dass die Büchse nicht einmal geladen war, aber alles war so schnell gegangen. Billy hatte in dem Glauben abgedrückt, sich und seinen Vater zu schützen, so wie Margo geglaubt hatte, Michael vor Paul zu schützen. Billy war ein mieser Typ, aber er hatte es nicht verdient, für etwas zu sterben, was er seiner Überzeugung nach hatte tun müssen. Außerdem wollte Margo ihren Cousin gar nicht töten. Als sie am Schuppen auf Cal geschossen hatte, war sie ganz ruhig und mit jeder Faser ihrer Haut und jeder Zelle ihres Körpers von der Notwendigkeit ihres Tuns überzeugt gewesen. Bevor sie auf Paul geschossen hatte, hatte sie diese Gewissheit ebenfalls verspürt, als sie daran dachte, was er ihr angetan hatte und womöglich Michael antun würde. Aber jetzt fühlte sie diese Ruhe und Gewissheit nicht.

»Du kannst mich ruhig erschießen, wenn du willst. Ich bleib einfach hier stehen. Im Jugendknast hab ich mit ein paar Typen um Geld gewettet, dass ich nicht mal zucke, wenn sie mir brennende Zigaretten auf die Haut drücken. Sie haben schon würgen müssen, weil es so stank, und ich hatte noch immer keinen Mucks gemacht.«

Margo zog den Hahn nach unten und drückte langsam auf den Abzug, um die Marlin zu sichern, dann ließ sie die Waffe halb gespannt seitlich an sich herabhängen. Sie dachte an Cal und Joanna und daran, wie traurig sie wären, wenn sie Billy erschießen würde, und wie entsetzlich es für Toby oder Tommy wäre, wenn einer von ihnen beim Graben nach Regenwürmern oder beim Angeln am Fluss auf die Leiche ihres Bruders stoßen würde. Sie war heilfroh, dass Billy nicht tot war. Die ganze Welt hätte sich verändert, und zwar so grundlegend, wie sie sich verändert hatte, als ihr eigener Vater umgekommen war oder als sie Paul erschossen hatte. Wenn sie Billy für seine Tat erschossen hätte, hätte womöglich jemand sie für das, was sie Billy angetan hatte, erschießen müssen. Sie holte tief Luft und seufzte.

»Ich nehme das Boot mit«, verkündete Billy. Er hatte *The River Rose* schon immer haben wollen. Kurz nach Grandpa Murrays Tod hatte er ihr das Boot schon einmal weggenommen, aber Cal hatte dafür gesorgt, dass er es ihr zurückgab.

»Grandpa hat es mir geschenkt«, protestierte Margo.

»Grandpa hatte sie nicht mehr alle, als er es dir geschenkt hat. Wenn du mich aufhalten willst, musst du mich umbringen, und dann kommst du ins Gefängnis, weil du schon siebzehn bist. Ma hat deine Schüsse bestimmt gehört. Normalerweise wär sie längst hergekommen, aber wahrscheinlich plärrt der Spasti.« Wieder glaubte Margo, die Geister der Murrays neben Billy zu sehen.

»Bitte nimm es nicht mit, Billy.«

»Zu spät, Nympho. Jetzt gehört es mir.« Er stieß das Boot vom Ufer ab und sprang hinein. Margo legte die Büchse ins Gras und lief die Böschung hinunter ins Wasser. Sie bekam das Heck zu fassen, und als Billy losruderte, wurde sie ins tiefere Wasser gezogen. Sie schaffte es zwar, ihn zu bremsen und sogar fast zu stoppen, aber da stieß Billy mit beiden Füßen ihren Rucksack von der Rückbank, und sie musste loslassen, um ihn aufzufangen. Mit aller Kraft ruderte Billy in die Flussmitte.

»Ich hol es mir zurück!«, rief sie. Sie stand im hüfthohen Wasser und bemühte sich, den Rucksack aus der

Strömung herauszuhalten. »Du kannst das Boot nirgends verstecken, Billy. Ich kenne an diesem Fluss jedes Versteck. Und wenn du es an einem Baum festkettest, hacke ich den Baum ab.«

»Du wirst das Boot nie wieder anrühren!«, brüllte er zurück. »Wie kannst du es wagen, mit Dads Büchse auf mich zu schießen?«

»Onkel Cal wird dafür sorgen, dass du mir das Boot zurückgibst, das weißt du.« Sie war nicht so zuversichtlich, wie sie sich gab – vielleicht sprang ihr Cal diesmal nicht gegen seinen eigenen Sohn bei. Als Cal Billy das letzte Mal zur Rückgabe gezwungen hatte, hatte Billy vier Schlangen ins Boot gelegt, bevor er es zurückbrachte. Eine von ihnen, eine orangeweiße Dreiecksnatter, hatte zur Hälfte eine der drei kleineren Strumpfbandnattern verschlungen. Margo hatte das Knäuel aus Schlangenfleisch damals einfach mit dem Ruderblatt hochgehoben und ins seichte Wasser gekippt, aber beim Gedanken daran wurde ihr jetzt noch übel.

Sie stieg die Böschung hoch und warf den feuchten Rucksack, an dem die gefaltete Plane, der Schlafsack und die kleine Schaufel festgeschnürt waren, auf den Boden. Dann schnappte sie sich die Büchse, spannte den Hahn und nahm Billy ins Visier. Bei seinem Anblick verdoppelte, ja, verdreifachte sich ihre Wut, und sie musste auf irgendetwas schießen. Also zielte und schoss sie auf den Bug des Boots, genau zwischen die Wörter *River* und *Rose*.

»Mir geht es nur darum, dass du es nicht kriegst, Nympho!«, rief Billy. »Wenn du mich erschießt, hast du im Gefängnis auch nichts von deinem schönen Boot.«

Billys Kaltschnäuzigkeit beeindruckte sie. Sie selbst hätte es nie über sich gebracht, sich mit glühenden Zigaretten versengen zu lassen, um ihren Mut zu beweisen. Billy fuhr flussabwärts, zusammen mit ihrer Angelausrüstung, der Petroleumlampe und ihrem Wasserkanister.

»Du kannst das Boot nicht verstecken, ich finde es überall!«, schrie Margo, doch Billy war schon außer Hörweite. Sie griff nach dem Rucksack und blickte zum Haus der Murrays. Wenn sie jetzt zur Tür ging, würde Joanna sie hereinbitten und etwas Gutes für sie kochen. Vielleicht würde sie Margo sogar auffordern, zu ihnen zu ziehen. Margo malte sich aus, wie Joanna sie willkommen hieß und in die Arme schloss, so wie sie ihre Söhne immer in die Arme geschlossen hatte, wenn sie etwas ausgefressen hatten. Aber Joanna war nicht ihre Mutter. In diesem Haus würde Margo nur ein Gespenst ihrer selbst sein können, eine zu alt gewordene Zehntklässlerin ohne Gewehr, die Billys Launen ausgeliefert wäre und die Regeln befolgen müsste, die Cal und Joanna für sie aufstellten. Der Versuch, bei den Murrays zu leben, wäre so, als wollte sie den Strom des Flusses aufhalten, als wollte sie das Wasser, das bereits durch das Wehr in den Kalamazoo und den Lake Michigan geflossen war, sammeln und in den Stark River zurückführen. Margo hätte es nicht ertragen, Joanna wiederzusehen, nicht einmal, um sich von ihr zu verabschieden. Wenn sie jetzt fortging, würde sie Joanna nicht im Haushalt und bei der Küchenarbeit helfen können. Und Joanna würde nie erfahren, dass Margo ihr bereits auf andere Art geholfen hatte: Billy nicht zu erschießen war ein Geschenk an die Familie, die sich einst um sie gekümmert hatte.

Eigentlich wollte Margo Billy am Ufer folgen, aber sie überlegte es sich anders. Wenn sie nicht zum Haus kam, würde Joanna sich vielleicht Sorgen machen und die Polizei verständigen oder jemanden nach ihr suchen lassen. Also kramte Margo einen Stift aus dem Rucksack und kritzelte auf die Rückseite ihrer letzten Zielscheibe: *Liebe Joanna, Du hast recht, ich muss zu meiner Mutter. Mein Freund bringt mich zu ihr. Danke für das Brot und die Marmelade. Liebe Grüße, MLC.* Sie hängte sie mit einer Klammer neben eine Reihe winziger T-Shirts an die Wäscheleine.

Mit dem nassen Gepäck kam sie an Land nur langsam voran. Billy war zwar nicht mehr zu sehen, aber Margo ging davon aus, dass sie das Boot entdecken würde, wenn Billy es irgendwo festmachte oder zurück nach Hause ruderte. Kein Mensch würde es sich antun, das steinschwere Boot auf einen Anhänger zu verfrachten, also würde es auf dem Wasser an ihr vorbeikommen müssen.

In den bald vier Jahren, seit der alte Murray erkrankt war und ihr das Boot geschenkt hatte, war kein Tag vergangen, an dem Margo es nicht gesehen hatte. Drohte der Fluss zuzufrieren, hatten ihr Vater und sie es mit der Seilwinde aus dem Wasser gezogen und an einem Baum vor Margos Fenster festgekettet, wo es auf den Frühling wartete. Die neuen Ruder, die Michael ihr gekauft hatte, waren mit einem glänzenden Material beschichtet, sie glitten glatt wie Glas durchs Wasser, und Margo hatte sich seitdem keinen Splitter mehr eingezogen. Dank dieser Ruder war sie im Wasser ein lautloser Ruderer gewesen, so wie der jagende Indianer mit dem Herzen eines Bärenmarders ein stiller Wanderer und Pirschjäger war.

Bis zum frühen Abend brauchte sie zu Fuß zum Friedhof von Murrayville, obwohl er nur wenige Meilen flussabwärts lag. Unterwegs hatte sie beide Ufer im Auge behalten und war deshalb sicher, dass Billy nicht stromaufwärts an ihr vorbeigerudert war.

Der Friedhof lag genau gegenüber der Metallfabrik auf der anderen Flussseite und wurde von Grandpa Murrays mannshohem Grabstein beherrscht, den er selbst in Auftrag gegeben hatte. Auf der Vorderseite waren zwei springende Forellen und ein Hirschkopf aus dem Stein gemeißelt. Die Rückseite zierten ein Bär und ein Bärenmarder. Einmal hatte Margos Großvater einen Bären aus dem Norden mitgebracht; das Tier hatte fast die ganze Ladefläche seines Pick-ups eingenommen. Margo hatte ihrem Großvater beim Fellabziehen geholfen. Das war unheimlich und zugleich aufregend gewesen, denn der gehäutete Leib hatte wie der eines Menschen ausgesehen.

Margo legte die Hände auf den gemeißelten Bärenmarder mit den gefletschten Zähnen. »Grandpa, du würdest nicht glauben, was alles passiert ist, seit du von uns gegangen bist«, sagte sie. Wie schön es wäre, noch einmal die Stimme des alten Mannes zu hören! »Ich habe so viel gelernt. Im Ernst.«

Hätte sie vor seinem Tod bloß mehr mit ihm geredet und ihm Fragen über die Jagd, über Wölfe und den Bärenmarder gestellt, der sich im Norden in sein Camp eingeschlichen und alles verwüstet hatte! Einen *Vielfraß* – so hatte er das Tier genannt – bekam man als Mensch kaum jemals zu Gesicht, und einfangen ließ er sich schon gar nicht. Margo hätte ihren Großvater gern gefragt, ob es sein konnte, dass ein Hirsch einen Vogel frisst. Oder dass ein Reiher sich an eine Patrone heranpirscht und ihr diese zuwirft. Sie hängte ihren nassen Schlafsack über den Grabstein, um ihn im letzten Sonnenlicht zu trocknen, und machte sich dann auf die Suche, bis sie auf dem Boden einen kleinen flachen Stein mit Gravur entdeckte. Sie fuhr die Buchstaben mit dem Finger nach und wiederholte ein ums andere Mal den Namen *Bernard Crane, Bernard Crane, Bernard Crane*, wie eines von Joannas Rosenkranzgebeten. Er war der einzige Crane auf dem Friedhof. Seine Mutter, Dorothy Crane, war zu einer Cousine nach Florida gezogen, dort an *Frauenkrebs*, wie ihr Vater es genannt hatte, gestorben und auch beerdigt worden. Margo hatte sie nie kennengelernt.

»Mir geht's gut, Daddy. Mach dir um mich keine Sorgen. Aber ich kann einfach nicht mehr bei den Murrays wohnen«, sagte sie leise. »Keine Sorge, ich werde nie wieder jemanden erschießen.«

Prüfend betrachtete Margo das Gras rund um seinen Grabstein und überlegte, wo wohl die Kiste mit seiner Asche vergraben war. Ein Stück vor dem gravierten Stein entdeckte sie eine leicht eingesunkene rechteckige Stelle in der Grasnarbe. Sie schnürte Brians kleine Militärschaufel vom Rucksack los, klappte sie auseinander und grub gut drei Handbreit tief, bis sie auf Widerstand stieß. Sie fuhr mit dem Graben fort und kratzte die Erde beiseite. Ihr Blick fiel auf ein stumpfes Metall. Margo machte weiter, bis sie die Kanten freigelegt hatte. Die Kiste war etwa so groß wie die unter Cranes Bett, in der die Geburtsurkunden, Scheidungspapiere und der Grundstücksvertrag gelegen hatten. Margo grub um die Kiste herum, bis sie vollständig freilag, und wischte den Schmutz von der bronzefarbenen Plakette, auf der wie auf der Grabplatte *Bernard Crane, 1947–1979* stand.

Die Kiste war schwerer als erwartet. Sie wog etwa drei bis vier Kilo, und Margo war sich ziemlich sicher, dass sie in der Metallfabrik gefertigt worden war, vielleicht von jemandem, der ihren Vater geschätzt hatte. Die Schweißnähte waren sehr sorgfältig glatt geschliffen worden, die Kiste selbst mit einer dunkelgrauen Emailleschicht überzogen. Cal war Cranes Wünschen also nachgekommen. Margo fegte die restliche Erde weg und presste die Wange an das kühle Metall. Jetzt, wo sie die Kiste in den Händen gehalten hatte, konnte sie sie nicht mehr zurück ins Grab legen. Sie füllte das Loch mit dem Aushub und ein wenig Silt aus dem Fluss, kämmte ein paar letzte Erdkrümel aus dem Gras und setzte die Narbe so genau wie möglich wieder ein. In dieser Nacht schlief sie auf dem Friedhof nahe am Fluss. Kurz nachdem sie eingenickt war, wurde sie von Schreien geweckt, und es dauerte eine Weile, bis sie begriff, dass es keine Geister oder Menschen waren, sondern Waschbären. Am Morgen erwachte sie taunass und mit Blick auf das blaue Fabrikgebäude, das orangefarbenen Qualm über den Fluss blies. Ein Tieflader fuhr gerade rückwärts an eine geöffnete Laderampe. Der Parkplatz war halb gefüllt, überwiegend mit Pickups. Margo hängte Zeltplane, Schlafsack und nasse Kleidung zum Trocknen über mehrere Grabsteine und schaute auf den Fluss, was ihr nie langweilig wurde.

Als sie schließlich aufbrach, klemmte sie sich die Kiste mit der Asche unter den Arm. Damit würde sie noch langsamer vorankommen, aber für Margo stand fest, dass sie ihren Vater diesmal nicht zurücklassen konnte. Sie marschierte ein paar Meilen flussabwärts und rastete hinter einem Windschutz neben dem Feld eines Farmers. Sie befürchtete allmählich, sie könnte Billy beim Flussaufwärtsrudern verpasst haben, während sie tiefer als beabsichtigt geschlafen hatte. Vielleicht hatte er das Boot aber auch irgendwo auf der anderen Seite des Flusses versteckt, obwohl es dort ihres Wissens keine Nebenflüsse gab. Oder hinter einem Ölfässerfloß, obwohl sie sich wirklich gründlich umgesehen hatte. Sie wanderte weiter, bis sie den nagelnden Dieselmotor eines großen Schlegelgrasmähers hörte. Jemand drosch Luzerne. Sie schlug ihr Lager dicht am Wasser auf.

An den beiden folgenden Tagen zog sie weiter flussabwärts. Zwischen den Pausen schaffte sie immer nur rund eine Meile und landete schließlich auf dem Rastplatz des Pokagon Mound im State Park, dem Naturschutzgebiet. Dass es bei ihrer Ankunft bereits Abend war, merkte sie nur daran, wie hell ein Stück weiter vorn ein Lagerfeuer vor dem Dunkel flackerte. Sie befand sich nur etwa vierundzwanzig Meilen flussabwärts von den Murrays, aber es kam ihr viel weiter vor.

Margo schlich so nahe wie möglich heran, ohne dass die Teenager am Feuer sie bemerkten. Zwei von ihnen rauchten Zigaretten, ein Pärchen knutschte, und einer von den beiden anderen schien völlig in seine Bleistiftzeichnung versunken. Manche erkannte Margo als ehemalige Klassenkameraden. Die Namen fielen ihr zwar nicht ein, aber sie wusste, dass sie Freunde von Billy waren. Scheinbar eine Ewigkeit war in den einundzwanzig Monaten vergangen, seit sie diesen Leuten in der Schule auf dem Gang begegnet war. Obwohl sie früher nie ihre Gesellschaft gesucht hatte, zog es sie jetzt zu ihrem Holzrauch, ihren Zigaretten, ihrem Pfefferminzkaugummi und sogar ihrem Parfum, das sie im Klassenzimmer immer gestört hatte. Sie wollte bei ihnen sitzen und sich von ihren Stimmen einlullen lassen, aber sie hatte Angst, sie könnten Billy erzählen, dass sie hier war. Also breitete sie den Schlafsack und die Zeltplane auf der Rückseite des Pokagon Mound aus, einem etwa mannshohen Erdhügel mit einem Durchmesser von rund sechs Schritt, der voller Indianerknochen steckte – sofern die Geschichten über ihn stimmten.

Morgens träumte Margo so lebhaft von Zimtbrot und Apfelkraut, dass sie beim Aufwachen den Geschmack im Mund hatte. Als sie die Feuerstelle inspizierte, an der die Jugendlichen gesessen hatten, entdeckte sie einen Stapel dunkles Holz, das jemand mit einer Kettensäge zurechtgeschnitten hatte. Hinter dem Stapel befand sich ein weiterer Stoß.

»O Gott … o Gott!« Es dauerte eine Weile, bis Margo begriff, dass das Stöhnen von ihr selbst kam. Sie bückte sich und hob ein quadratisches Holzstück mit einer Kantenlänge von rund achtzehn Zoll hoch, das wie ein leicht gebogenes Schneidbrett aussah. Das Holz war schwer, kompakt wie Stein. Teakholz. Sie drückte es an die Brust und fragte sich staunend, wie ihr Boot je hatte schwimmen können. Wie mühelos sie damit manövriert hatte, grenzte an ein Wunder, sie hatte diese Zauberkunst von ihrem Großvater geerbt. Margo stöberte in den Holzstücken, bis sie auf eins stieß, auf dem *River Rose* stand, wobei vom ersten *R* ein winziges Stück fehlte. Mit den Fingern fuhr sie über die eingebettete Gewehrkugel, die bündig mit dem Holz abschloss. Dann legte sie das verwundete Teakholzstück zur Asche ihres Vaters neben den Rucksack.

Am nächsten Abend kamen die Teenager zurück, wieder ohne Billy. Sie nahmen jeweils nur ein Stück Teakholz vom Stapel, weil es so lange brannte. Margo lauschte ihrem Geplapper. Ein Mädchen wollte aufs Community College gehen, und es war ganz aufgeregt deshalb. Ein Junge wollte die Stadt verlassen, um ein State College zu besuchen. Ein Dritter wollte eine Stelle als Versicherungsmakler antreten. Margo staunte darüber, wie unbekümmert sie klangen, obwohl der eine oder andere von ihnen nicht einmal wusste, wo er wohnen oder etwas zu essen herbekommen würde. Sie lagen sich in den Armen und küssten sich, ließen einen Joint kreisen, alberten und lachten.

Margo hielt ihr Lager so klein wie möglich, und als die Teenager ein paar Abende später nicht mehr auftauchten, konnte sie endlich selbst Feuer machen. Jeden Morgen packte sie ihre Sachen und versteckte sie zusammen mit einer mit Wasser gefüllten Saftflasche in einem Baum hinter dem Indianerhügel. Der Rastplatz erwies sich als angenehme Zwischenstation, bis sie wüsste, wie es weitergehen sollte. Es gab nicht nur fließendes Wasser in den öffentlichen Toiletten, sondern er lag zudem nur eine halbe Meile von ein paar großen Gärten entfernt, aus denen sie sich Gemüse holen konnte, vor allem Tomaten. Statt die Besitzer zu bestehlen, hätte sie ihnen lieber einen Tauschhandel vorgeschlagen. Hätte sie bloß noch ihr Angelzeug, dann hätte sie ihnen die Innereien der Fische als Dünger oder Blaue Sonnenbarsche zum Braten geben können! Andererseits war ihr klar, dass es wahrscheinlich Probleme geben würde, wenn sie versuchte, mit ihnen ins Geschäft zu kommen. Es war also besser, unsichtbar zu bleiben. Von einer Farm in der Nähe kamen jeden Morgen ein paar Hausenten herüber. Als Margo die Stelle am Fluss entdeckte, an der sie gelegentlich ihre Eier ablegten, möbelte sie das Nest auf und polsterte es mit Maishülsen, weichem Gras und Kaninchenfell aus, um die Enten zu ermuntern, es häufiger zu benutzen. Auf dem Feld auf der anderen Straßenseite wimmelte es von Kaninchen. Außerdem fand und verzehrte Margo einige der wild wachsenden Esspflanzen, die im Buch des Indianers erwähnt wurden: Erdkirschen, Sauerklee und Erdbirnen (die Joanna »Jerusalem-Artischocken« nannte und als Blumen anpflanzte). Im Indianerbuch war auch die Rede von Süßeicheln, aber sie hatte bisher nur bittere gefunden. Schwarznüsse, Hickorynüsse und Äpfel reiften vor sich hin, und wenn sie richtig reif wären, wollte Margo einen Wintervorrat anlegen.

Margo wusch sich im Fluss, wie sie es als kleines Mädchen getan hatte, scheute aber davor zurück, sich nackt auszuziehen und schwimmen zu gehen, denn dann wäre sie schutzlos gewesen, falls jemand vorbeikam. Manchmal bildete sie sich ein, Cranes Geist mit grüblerischem Gesicht am Ufer oder über der Kiste mit seiner Asche schweben zu sehen. Gern hätte sie ihm gesagt, dass er nicht böse auf sie sein und sie auch nicht bemitleiden sollte. Sie kam schon klar. Die Einsamkeit war ein läppischer Preis dafür, dass sie nicht im Gefängnis saß oder von der Gnade der Murrays abhängig war. Abend für Abend breitete sie die Persenning zum Schutz über den feuchten Boden und rollte den Schlafsack darauf aus. Die Kiste mit der Asche legte sie zwischen sich und das Feuer. Zum Glück hatte sie nicht oft mit schlechtem Wetter zu kämpfen, und die wenigen Regengüsse überstand sie auf der Toilette am Parkplatz.

In der zweiten Septemberwoche wurden die Nächte kühler. Das Verschwinden der Kolibris, das Auftauchen von einem Dutzend Weißkehlammern sowie die rötliche Färbung der sich an den ältesten Bäumen emporwindenden Ranken des Giftefeus kündeten davon, dass der Herbst vor der Tür stand und schon bald der Winter folgen würde. Margo musste sich etwas einfallen lassen, wie sie diese Jahreszeit überstehen konnte. Im Vorjahr hatte Michael sie bei sich aufgenommen. Wie himmlisch es wäre, wieder in sein Haus eingeladen zu werden, etwas zu essen und Kaffee zu bekommen, in sein großes Bett zu steigen, sich zu lieben, zu schlafen, aufzustehen, zu frühstücken und immer so weiter! Aber daran war nicht zu denken, das alles war viel zu weit weg. Sie hatte sich von Michael entfernt, und es gab keine Möglichkeit, den Strom ihres Lebens umzukehren. Sie fragte sich, ob Luanne in dem Monat seit ihrem Fortgang an Michaels Adresse geschrieben hatte. *Jetzt ist der richtige Zeitpunkt, Margaret,* hatte sie womöglich geschrieben. *Zieh zu mir in mein Haus am Wasser.*

Eines Nachts hörte sie in der Ferne ein Waschbärenjunges wie einen allein gelassenen Säugling wimmern. Sie studierte den Himmel bis in die frühen Morgenstunden, bis am südlichen Horizont endlich das Sternbild des Mannes mit dem Gürtel auftauchte. Margo musste an den jagenden Indianer denken. Er lebte allein, aber seine Familie hoffte die ganze Zeit, dass er zu ihr zurückkehrte. Auf Margo wartete niemand, sie hatte es so weit kommen lassen, dass sie zu einem beziehungslosen Menschen geworden war.

15. KAPITEL

Eines frühen Abends, noch im September, hörte Margo ein Auto auf den Parkplatz am Pokagon Mound fahren. Sie war gerade dabei, die Vorderläufe des ziemlich großen Waldkaninchens abzusägen, das sie geschossen hatte. Bevor sie sich an die Hinterläufe machte, legte sie eine Pause ein und lauschte der knarrenden Wagentür. In den zwei Monaten, die sie nun schon allein am Fluss lebte, war ihr Armeemesser stumpf geworden. Sie hatte versucht, es an Steinen zu schärfen, aber das hatte die Sache nur verschlimmert. Ein stumpfes Messer machte die Arbeit blutiger und schwieriger, als sie eigentlich war. Außerdem wusste Margo, dass man sich mit einer stumpfen Klinge schneller schnitt, deshalb arbeitete sie sehr vorsichtig.

In den umliegenden Gemüsegärten gab es Paprikaschoten, Tomaten und Auberginen in Hülle und Fülle. Vor ein paar Tagen hatte sie sogar einen kleinen Kohlkopf ergattert und es geschafft, einige seiner Blätter in ihrer Kuchenform zu dünsten. In einem Maisfeld auf der anderen Straßenseite hatte sie ein paar übrig gebliebene, schon zu mehlige Kolben gepflückt. Und sie hatte drei Fleischtomaten stibitzt, die so reif waren, dass die Haut fast platzte. Das Kaninchen hatte sie mit einem gezielten Treffer ins Auge an einem Hang flussaufwärts erlegt.

Allmählich ging ihr die Munition aus, und die letzten neun Patronen wollte sie für wichtige Schüsse aufheben. Zielscheiben aus Papier hatte sie schon lange keine mehr, und deshalb hatte sie zur Übung Eicheln und Hickorynüsse von einem Zaunpfosten geschossen. Heute hatte sie die erste Milchorange der Saison entdeckt, sie auf den Pfosten gesetzt und »trocken« darauf geschossen, obwohl sie nicht sicher war, wie das dem Schlagbolzen ihrer Marlin bekam. Sie schlug sich ziemlich gut durch, während der Herbst näherrückte, aber sie befand sich gewissermaßen in der Warteschleife und hoffte auf einen Fingerzeig darauf, wie sie weitermachen sollte.

Margo schlitzte das Kaninchenfell von der Leiste bis zur Brust auf, wiederholte dies mit der unter der Haut liegenden Membran und leerte die Eingeweide auf einer Papiertüte aus. Den entstandenen Hohlraum schabte sie mit den Fingern aus, und zum Schluss riss sie die Lungen los. Plötzlich stand ein Mann neben ihr. Margo strauchelte und hätte sich fast ins Handgelenk gestochen. Mit dem Messer in der einen und dem ausgeweideten Kaninchen in der anderen Hand richtete sie sich auf und sah den Fremden an, der viel zu dicht neben ihr stand. Er musste ungefähr in Michaels Alter sein, wirkte aber weicher und behäbiger.

»Guten Abend, Miss«, sagte er und machte einen Schritt rückwärts. »Lassen Sie sich nicht stören.« Er war von gedrungener, breiter Statur, hatte schwarzes Haar und trug ein Sweatshirt mit Universitätswappen. Als er noch einen Schritt zurückwich, ging Margo in die Hocke und widmete sich wieder dem Tierkadaver. Sie ritzte das Fell rund um den Schwanz ein und machte quer über den Rücken einen Schlitz. Dies war nicht die Art und Weise, ein Kaninchen abzubalgen, die ihr Großvater ihr beigebracht hatte, sondern Brians weitaus schnellere Methode, wenn man nur ans Fleisch heranwollte und auf das Fell keinen Wert legte. Sie hielt das Kaninchen mit einer Hand am Kopf fest, griff mit der anderen in den Schlitz und zog die untere Hälfte des Fells über die Hinterläufe, bis es nur noch am Schwanz festhing. Das Gleiche wiederholte sie mit der oberen Hälfte, indem sie die Finger unter die Haut schob und sie über Schultern und Vorderläufe bis zum Hals zog. Anschließend schnitt sie den Kopf ab und drehte ihn dann endgültig von der Wirbelsäule ab. Dabei ließ sie die Halbschuhe des Mannes nicht aus den Augen. Im Buch des jagenden Indianers hatte sie nämlich gelesen, dass man dem Feind die Achillessehne durchtrennen muss, damit er einem nicht nachsetzen kann.

»Haben Sie gewildert?«, fragte der Mann.

Margo hackte den Schwanz ab und legte ihn zum Kopf auf die Tüte mit den Innereien. Der Mann sah nicht gefährlich aus, aber falls er sie packen sollte, würde sie mit dem Messer nach ihm stechen oder ihm mit dem Kolben der Marlin, die über ihrer Schulter hing, eins überziehen.

»Sieht beeindruckend aus, was Sie da machen«, meinte er und schob sich eine widerspenstige schwarze Strähne aus den Augen. »Ich würde gern ein Kaninchen abbalgen können.«

»Für fünf Dollar zeige ich es Ihnen«, erwiderte Margo. Für fünf Dollar könnte sie sich mit reichlich Munition eindecken. Sie fischte die Leber aus den Innereien und suchte sie nach Flecken ab – ein Indiz für Hasenpest. Der Mann folgte ihr ans Flussufer, wo sie die Innereien als Futter für Fische und Schildkröten ins Wasser warf. Dann steckte sie das Kaninchen in eine leere Kartoffelchipstüte, wälzte es ein wenig im restlichen Salz, verschnürte die Tüte, legte sie ins Wasser und beschwerte sie mit einem Stein, sodass nur noch die Spitze herausschaute.

»Was wäre, wenn ich Sie nach Ihrem Jagdschein fragen würde?«, erkundigte sich der Mann. Er stand hinter ihr und lächelte. Seine Schneidezähne überlappten sich.

Margo beachtete ihn nicht.

»Ich bin mir ziemlich sicher, dass mein Volk früher hier gelebt hat.« Er verschränkte die rundlichen, weichen

Hände vor der Brust. »Würden Sie Ihre Mahlzeit mit mir teilen?«

»Betteln Sie alle Leute um Essen an?«

Vier im Chor krächzende Blauhäher schossen herab.

»Wenn man in der Fremde unterwegs ist, ist man auf die Großzügigkeit der Einheimischen angewiesen.«

Abschätzend sah Margo das Kaninchen an und kam zu dem Schluss, dass es auch für zwei reichlich genug wäre.

»Seit ich hier in der Gegend bin, habe ich versucht, mich wie ein Indianer zu ernähren«, berichtete er.

»Warum?«

»Zunächst einmal, weil ich Indianer bin. Darum habe ich auch gesagt, dass mein Volk von hier stammt.«

Margo sah ihn sich genauer an. Seit sie Michaels Buch gelesen hatte, hatte sie gehofft, irgendwann einem indianischen Jäger zu begegnen. Allerdings hatte sie sich darunter einen starken Indianer mit Pfeil und Bogen und dem Herzen eines Bärenmarders vorgestellt und keinen merkwürdig daherredenden Weichling ohne Waffen.

»Das Kaninchen und das Gemüse sehen gut aus.«

»Sie wirken gar nicht wie ein Indianer«, stellte Margo fest. Dabei hatte er tatsächlich Ähnlichkeit mit dem jagenden Indianer aus dem Buch, auch wenn er Jeans und Sweatshirt und keine Kleidung aus Hirschleder trug.

Er ging so dicht neben ihr in die Hocke, dass sie im Nacken seinen Atem spürte. »Warum um alles in der Welt zieht eine junge Frau im Naturschutzgebiet einem Kaninchen das Fell über die Ohren? Ich hab schon ein paar seltsame Dinge gesehen, seit ich hier in der Gegend bin, aber so etwas …«

»Ich hab mal einem Mann den Schwanz weggeschossen«, platzte sie heraus. »Nur damit Sie wissen, dass Sie mir nicht zu nahe kommen sollten.«

Er stand auf und betrachtete sie aus einem anderen Blickwinkel. »Machen Sie sich meinetwegen keine Sorgen. Ich bin glücklich verheiratet. Hören Sie, wenn das Fleisch in Ordnung ist, gebe ich Ihnen fünf Dollar dafür und obendrauf ein paar köstliche getrocknete Papayas und Ananas«, schlug er vor.

Sie streckte die Hand aus. Von Papayas hatte sie noch nie gehört. Ob das etwas Indianisches war?

»Wie alt sind Sie?« Er kramte in seinem Geldbeutel nach einem Fünfdollarschein und gab ihn ihr.

»Einundzwanzig.«

Die untergehende Sonne überzog sein Haar mit einem goldenen Schimmer. Auch seine Haut hatte einen goldenen Teint, so wie Brians, wenn er im Sommer draußen gearbeitet hatte. Dieser Indianer war hübsch, viel hübscher als Sitting Bull, der auf Fotos wie aus Stein gemeißelt aussah und gar nicht glücklich darüber wirkte. Und sofern der Mann nicht vorhatte, sie bei der DNR anzuzeigen, stellte er keine Gefahr dar. Als die Chipstüte neben ihr hochstieg, legte sie noch einen Stein darauf, damit sie unter Wasser blieb. Wenn sie sie auch nur ein paar Minuten aus den Augen ließ, würde sie sich einer der dicken, frechen Waschbären aus dem State Park schnappen.

»Warum kühlen Sie das Fleisch eigentlich?«

Hätte sie das nur ihren Großvater oder Brian gefragt! Vielleicht hatte es etwas mit Parasiten oder Bakterien zu tun. Auch der jagende Indianer hatte sein Wildfleisch vor dem Verzehr gekühlt. »Als Indianer sollte man das eigentlich wissen«, gab sie zurück.

»Ich bin in Lincoln aufgewachsen. Das liegt in Nebraska. Kaninchen gab es bei uns nie zu essen. Ich kannte nur Bugs Bunny aus dem Fernsehen.« Der Mann ging neben ihr am Ufer in die Hocke. »Du bist keine einundzwanzig. Du siehst wie siebzehn, höchstens neunzehn aus.«

»Warum haben Sie mich nach meinem Alter gefragt, wenn Sie es sowieso besser wissen?«

»Man kann dich unter all dem Schmutz kaum erkennen. Solltest du nicht bald zurück nach Hause zu deinen Eltern? Oder wartest du hier draußen auf einen Kerl, der deinen Eltern nicht passt?«

»Ich mag keine Männer.«

Er lachte und stützte ein Knie auf den Boden. Margo veränderte ihre Haltung nicht, obwohl ihre Beine langsam steif wurden. Der Mann schaute auf den Fluss, aber Margo wusste, dass sie länger durchhalten würde.

»Soweit ich weiß, hieß er früher *Fluss der Drei Reiher*, jedenfalls dieser Abschnitt hier«, belehrte er sie.

»Er heißt *Stark River*«, widersprach Margo. »Nach dem Forscher Richard Stark.«

»Hier gab es schon Menschen, lange bevor dieser Mr Stark mit seiner Mütze, seiner Pfeife und seiner Tweedweste aufgekreuzt ist«, sagte er und musterte sie verstohlen. »Ich folge dem Weg, den die Potawatomi auf ihrer Wanderung zurückgelegt haben. Der ganze Stamm ist zu Fuß aus dem Norden von Michigan bis zum Kalamazoo gezogen, vier- oder fünfhundert Meilen weit.«

»Warum?«

»Warum sie nach Süden gegangen sind? Oder warum ich ihrem Weg folge?«

»Zu Fuß sind Sie jedenfalls nicht unterwegs.«

»Wie heißt du?«

»Margaret«, sagte sie und korrigierte sich sofort: »Margo.«

»Namen sind sehr wichtig. Willst du meinen Namen wissen?« Seine Art zu fragen klang überheblich, als bildete er sich ein, sein Name habe eine besondere Bedeutung.

»Nein. Ihr Name interessiert mich nicht.«

»Dann sag ich ihn dir auch nicht. Du musst ihn erraten, wie bei Rumpelstilzchen.«

»Sie sind nicht von hier, stimmt's?« Das sollte eine

Beleidigung sein, aber der Indianer schüttelte nur den Kopf.

»Ich habe im Sommer Kindern in einem Reservat im Norden von Michigan Matheunterricht gegeben. Jetzt bin ich auf dem Heimweg – sofern ich den Verzehr dieses Kaninchens überlebe.«

Etwas später spießte Margo das Kaninchen auf einen angespitzten Stock aus Hickoryholz und grillte es über dem Feuer. Sie versuchte, ihre Aufmerksamkeit auf die Vögel und Wassertiere in der Nähe des Lagers zu richten, aber der Indianer lenkte sie ab, und es kostete sie all ihre Kraft, ruhig zu bleiben. Als das Kaninchen fast durch war, legte sie die Maiskolben dicht ans Feuer und garte sie in ihren Hülsen. Anschließend saßen sie und der Indianer sich im Schneidersitz am Feuer gegenüber und aßen von Papptellern, die er aus seinem Wagen geholt hatte.

»Ich esse gern, was meine Vorväter gegessen haben«, erklärte er.

Margo fand, dass das Kaninchen besonders schmackhaft war. Wahrscheinlich hatte es sich in einem der Gärten hier an Bohnen und Kohl fettgefressen.

Kaum waren sie mit dem Essen fertig, ging die Sonne unter. Die Pappteller verbrannten sie im Feuer. Der Indianer ging zu seinem Wagen, kehrte mit einer Flasche Whiskey, Marke »Wild Turkey«, zurück, setzte sich und hielt ihr die Flasche hin. »Möchtest du einen Schluck?«

»Nein. Haben Ihre Vorväter das auch getrunken?«

»Oh, die Europäer haben uns auch ein paar nützliche Dinge mitgebracht.« Er öffnete die Flasche und berauschte sich am Aroma. Er schien sich bereits zu entspannen, noch bevor er etwas getrunken hatte. »Ich habe noch eine Flasche Whiskey aus dem Reservat, aber die hebe ich auf, bis ich am Kalamazoo bin.«

»Auf dem Weg dorthin ist ein Wehr.«

»Mit dem Auto ist das kein Problem.« Beim Trinken

blickte er auf den dunkler werdenden Fluss. »Der Kalamazoo ist hoffnungslos verschmutzt, den kriegt man nie wieder sauber. Es ist überall im Land dasselbe, alles ist vergiftet«, klagte er. Schon nach wenigen Schlucken klang seine Stimme anders, tiefer.

Margo zog das Waffenreinigungsset aus dem Rucksack. Sie reinigte den Lauf der Büchse, ohne sie zu zerlegen, und verpestete mit dem Lösungsmittel die Luft. Danach schraubte sie den Putzstock wieder auseinander, wickelte die Teile in ein altes T-Shirt von Michael und räumte die Sachen weg. Es wurde kühler, und die Sterne funkelten wie verrückt am Himmel. Margo zog die Carhartt-Jacke ihres Vaters fester um sich und beobachtete den Indianer dabei, wie er sich betrank. Im Feuerschein sah sie, wie sich seine Augen röteten und seine Lider erschlafften. Er ließ die Schultern hängen und sackte in sich zusammen. Schließlich kippte er, die leere Whiskeyflasche mit der rechten Hand umklammernd, zur Seite und blieb entspannt wie ein Fötus liegen.

Um diese Stunde ging Margo gewöhnlich in einem der Gemüsegärten auf Beutezug, aber sie rührte sich nicht von der Stelle. Jemanden lang und gründlich anzusehen bereitete ihr Vergnügen, es war fast so beruhigend wie Zielen und Schießen. Früher hatte sie von anderen etwas zu essen und ein Dach über dem Kopf gebraucht, und dies war das erste Mal, dass jemand sie brauchte. Dieser Mann war zu ihr gekommen, und sie hatte ihm zu essen gegeben. Ihr gefiel die Vorstellung, dass er sie dafür bezahlte. Außer den fünf Dollar, die er ihr gegeben hatte, besaß sie nur die Geldanweisung ihrer Mutter. Deren Gültigkeit war zwar zeitlich nicht begrenzt, aber das Papier begann am Rand schon auszufransen.

Sie wickelte die Marlin zum Schutz gegen den Tau in die Plane, und es war, als würde sie die Büchse zu Bett bringen. Später am Abend wankte der Indianer zu seinem Auto, pinkelte dahinter auf den Boden und kroch zum Schlafen ins Wageninnere. Margo legte die Blechkiste mit der Asche zwischen sich und das Feuer und spitzte die Ohren. Einige Nächte zuvor hatte sie einen Streifenkauz gehört. Leise rief sie immer wieder *»Huhu, wer ruft mir zu?«* in die Stille, erhielt aber keine Antwort.

Am nächsten Morgen bezahlte ihr der Indianer vier Dollar für ein Frühstück aus Tomaten, winzigen Flussmuscheln, die sie in einer Pfanne des Indianers briet, und zwei Eiern, die sie den Hausenten abgeluchst hatte. Nachdem sie die Pappteller verbrannt hatten, verkündete er, er wolle jetzt nach Süden fahren und sich den Kalamazoo ansehen, bevor er nach Kalifornien zurückkehrte.

Margo hörte Gänseschnattern, und als sie aufblickte, sah sie eine Gänseschar hoch oben in V-Formation über den Fluss fliegen. Beim Anblick der Zugvögel, die so schwerelos über den Himmel zogen, sehnte sie sich nach ihrem Boot. Sie sah sich an ihrem Lagerplatz um, und ihr Blick fiel auf den fertig gepackten Rucksack. Auch der Schlafsack war bereits zusammengerollt und daran festgeschnürt.

»Kann ich mitkommen?«, fragte sie. Sie stopfte die Jeans in die Stiefel und schnürte sie erneut zu. Das tat sie aus Gewohnheit, obwohl die Stechmücken an diesem Tag dank der leichten Brise nicht so lästig waren wie sonst. »Meine Mutter wohnt in der Nähe von Kalamazoo.«

»Ich nehme kein Mädchen mit.« Er stand auf und blickte auf sie hinab. »Ich bin ein verheirateter Mann.«

»Mein Vater ist tot, und ich muss meine Mutter finden.«

»Das mit deinem Vater tut mir leid. Aber ich hab keine Zeit, einsamen Mädchen bei der Suche nach ihrer Mutter zu helfen.«

»Ich könnte Ihnen ein paar Pflanzen zeigen, die die Indianer früher gegessen haben. Wasserkresse, Indianer-

Knoblauch, wilden Lauch, Hickorynüsse ...« Natürlich war die Zeit für wilden Lauch und Knoblauch längst vorbei. Aber vielleicht konnte sie für ihn ein paar Hagebutten auftreiben, wie sie der jagende Indianer gegessen hatte, oder Holzäpfel oder süße rahmige Papaus, die jetzt reif sein müssten. Außerdem fielen schon die ersten Schwarznüsse von den Bäumen. Margo stand auf und blickte ihm in die Augen. »Und sobald es regnet, finden wir bestimmt auch Riesenboviste.«

»Ich muss es mir überlegen.« Er ging in die Hocke, gab diese Haltung aber nach wenigen Minuten auf und setzte sich im Schneidersitz auf den Boden. »Starr mich nicht so an! Wenn man angestarrt wird, kann man nicht nachdenken.«

»Wenn wir angekommen sind, mache ich Ihnen einen Entenbraten. Ihre Vorväter haben bestimmt auch Ente gegessen.«

»Ich liebe Ente.«

»Es gibt dort haufenweise Wildenten.« Sie ging zum Fluss und wusch sich Gesicht und Hände. Danach rieb sie die Haut mit etwas Sand ab und spülte sie sauber. Aus der Entfernung sah sie den Mann an.

»Wenn du es dir nach der Ankunft anders überlegst, kann ich dich nicht zurückbringen!«, rief er. »Und wenn ich dich mitnehme, dann nur ohne Waffen. Und setz mir bloß keine seltsamen Pilze vor.«

»Ich habe nur eine Büchse«, rief sie zurück.

»Und ich habe etwas gegen Waffen. Außerdem ist das Mitführen von Waffen gesetzlich geregelt.«

»Man darf im Auto ein Gewehr mitnehmen, wenn es ungeladen auf dem Rücksitz liegt.« Sie ging zu ihm, nahm die Büchse von der Schulter und zeigte ihm den Kolben. »Schauen Sie, hier ist ein Eichhörnchen ins Holz geschnitzt. Annie Oakley hatte so ein Gewehr zum Kunstschießen. Und das Metall hier ist Chrom.«

»Es interessiert mich nicht, ob ein Gewehr schön ist oder nicht. Und du bist keine Kunstschützin.«

Margo überlegte, ob sie eine Kunstschützin war, nur weil sie Kunstschießen geübt hatte. »Wenn ich von hier aus das grüne Ding da drüben vom Zaunpfosten schieße, nehmen Sie mich dann mit zum Kalamazoo?«

»Was ist das für ein Ding?« Er ging mit Margo zum Pfosten und hob die Milchorange hoch, die sie daraufgesetzt hatte, legte sie aber gleich wieder zurück und wischte sich die Hände an der Jeans ab. »Es klebt und sieht eklig aus. Haben meine Vorväter diese Dinger gegessen?«

»Nein, aber sie können einem Insekten und Spinnen vom Leib halten. Als Kinder haben wir sie *Hirnfrüchte* genannt.«

Mit zwei Fingern hob er die Milchorange erneut hoch, roch daran und legte sie zurück.

»Wenn ich sie aus zwölf Schritt Entfernung mit nur einem Schuss vom Pfosten schieße, kann ich dann mit?« Die Sonne schien auf die Milchorange und ließ sie aufleuchten.

»Die würde wahrscheinlich sogar ich treffen«, meinte der Indianer. Er hob eine Nuss vom Boden auf und hielt sie ihr hin. »Was ist das? Sieht aus wie die Miniaturausgabe von diesen Dingern.«

»Eine Eichel von einer Bureiche.«

Er setzte sie auf die Milchorange. »Wie wär's damit? Wenn du diese Eichel triffst, ohne die hässliche Frucht darunter zu treffen, kannst du mitsamt deiner Waffe mitfahren – vorausgesetzt, ihr seid beide nicht geladen.«

»Die ist ganz schön klein«, gab Margo zu bedenken. Dabei war es eine große Eichel von fast zwei Fingerbreit Durchmesser. Bevor die Munition knapp geworden war, hatte sie oft Holzäpfel, die kleiner als diese Eichel gewesen waren, vom Zaunpfosten geschossen und in acht von zehn Fällen getroffen.

»Mein Auto auch, wenn's um Mädchen und Waffen geht.« Sie zählten die Schritte ab, und er stellte sich neben sie. Margo stützte die Marlin mit dem Kolben auf ihr gebeugtes Knie, entnahm das Röhrenmagazin, schob eine ihrer neun verbliebenen Patronen hinein, setzte das Magazin wieder ein und lud die Waffe mit dem Hebel durch.

Dann hob sie die Marlin an die Schulter, presste die Wange daran, atmete einmal ein und aus und feuerte. Ihr war sofort klar, dass sie den Finger zu schnell vom Abzug genommen hatte. Wahrscheinlich hatte sich dadurch die Mündung, als die Kugel aus der Kammer trat, ein kleines Stück nach oben bewegt.

»Leider verloren«, meinte er.

Sie hatte befürchtet, ihr Zielvermögen könnte in den vergangenen Monaten gelitten haben, weil sie keine Papierscheiben mehr besaß, an denen sie das Ergebnis ablesen konnte. Andererseits hatte sie mit hoher Trefferquote auf grasende Kaninchen geschossen. Mr Peake hatte immer gesagt, jeder Treffer sei eine Frage der Wahrscheinlichkeit, und Margo wusste, dass gelegentliche Fehlschüsse dazugehörten.

»Warten Sie«, sagte sie. »Ich habe gesagt, einen Schuss für die Milchorange. Für die Eichel kriege ich zwei.«

»Okay, einen noch, aber mehr nicht.«

Sie schob noch eine Patrone in die Marlin. Der Indianer sah ihr dabei zu. Die restlichen sieben Stück befanden sich in ihrer Tasche.

»Sie stehen zu dicht neben mir«, sagte sie und wedelte mit dem Arm.

Er machte einen übertrieben großen Schritt rückwärts. Margo legte an, merkte aber, dass das Gewehr leicht wackelte. Mr Peake hatte ihr geraten, erst zu schießen, wenn sie sich ihrer Sache sicher war. Also ließ sie die Arme sinken, hielt das Gewehr locker in der rechten Hand und blickte auf den Fluss neben sich. Als Kind hatte sie nie vom Stark River weggewollt, aber jetzt, ohne ihren Vater und ohne ihr Boot, hatte sie das Gefühl, es hier nicht einen Tag länger auszuhalten. Wenn sie nicht mit dem Indianer mitfahren konnte, würde sie eben zu Fuß gehen.

Sie nahm das Gewehr in die linke Hand und schüttelte die rechte aus. Es gab keinen Grund, den Schuss zu verpatzen, nur weil jemand zusah. Das Wettschießen bei der Landjugend hatte sie gewonnen, obwohl viele Zuschauer dabei gewesen waren. Es war zwei Monate her, seit sie bei Michael mit Papierzielscheiben geübt hatte, aber sie hatte damals gut geschossen, besser als je zuvor in ihrem Leben. Sie lockerte die Schultern und holte tief Luft, um den Herzschlag zu verlangsamen.

Margo sah sich den Zaunpfosten von unten nach oben genau an. Es handelte sich um eine ausgediente Bahnschwelle, die etwa so groß war wie sie selbst. Dann fasste sie die grüne Frucht mit der Eichel darauf in den Blick. Dahinter dehnte sich der glatte Fluss. Sie wickelte die Gewehrschlaufe um die linke Hand und den Ellbogen und drückte sich dagegen, schmiegte den Kolben an die Schulter und presste die Wange daran. Stand und Griff waren jetzt stabil. Der Indianer war verschwunden, und sie war mit ihrem Gewehr und ihrem Ziel allein. Margo blickte durchs Visier. Ihr Lehrer hatte vom »Wackeln« beim Zielen gesprochen und davon, dass kein Mensch das Gewehr absolut ruhig halten könne, aber bei Margo gab es normalerweise immer einen Augenblick, in dem sie wie jetzt das Gefühl hatte, fest mit diesem Planeten verwurzelt zu sein. Ohne bewusste Willensentscheidung zog sie langsam den Abzug durch und ließ den Finger darauf liegen, als das Gewehr die Kugel durch den Lauf zur Eichel schickte. Ihr war klar, dass der Schuss sitzen würde. Sie rührte sich auch dann noch nicht, als sie ein Geräusch hörte, das wie das letzte harte Klopfen eines Spechtschnabels auf einem Eichenast klang.

Zusammen gingen sie zum Pfosten und stellten fest, dass die Eichel weg und die große Frucht unberührt war.

»Hoppla!«, entfuhr es dem Indianer. »War das ein Glückstreffer?«

Margo schüttelte den Kopf – es sei denn, man betrachtete Können und Wahrscheinlichkeit als Glück. Als sie tief durchatmete, bemerkte sie, dass er sie eindringlich ansah.

»Du hast eine ganz besondere Gabe«, behauptete er. Er schnappte sich die Milchorange und schnupperte erneut daran. »Sie ist genauso viel wert, als könntest du eine mathematische Formel herleiten. Ich glaube, ich leg das Ding in mein Auto, um die Spinnen zu vertreiben. In diesem Staat hier gibt's höllisch viele Spinnen.«

Margo hängte sich die Marlin über die Schulter und ging zurück zu ihrem Rucksack.

Der Mann kickte mit der Fußspitze gegen den Boden, drehte sich zu ihr um und brach in Gelächter aus. »Ich muss den Verstand verloren haben. Wenn mich die Polizei anhält, sage ich einfach: Mist, ja, wir haben ein Gewehr dabei.«

Margo ertappte sich dabei, dass sie seit Langem wieder einmal lächelte – über ihren erstklassigen Schuss, die warme Sonne, die Verblüffung des Indianers und die Aussicht, einen neuen Fluss kennenzulernen. Der Indianer öffnete die Kofferraumklappe, und Margo legte das Gewehr auf einen Schlafsack. Er deckte es mit losen Kleidungsstücken zu, und Margo stellte ihren Rucksack daneben.

Als er sich auf den Fahrersitz setzte und die Tür zuzog, kurbelte Margo das Fenster herunter und warf einen letzten Blick auf den Stark River, von dem sie nie geglaubt hatte, dass sie ihm einmal den Rücken kehren würde.

»Und du läufst auch bestimmt nicht von zu Hause weg?«, fragte der Indianer beim Losfahren.

Sie schüttelte den Kopf und sah, wie der Fluss hinter ihnen verschwand.

»Ich habe oben im Norden mit einem Anthropologen gesprochen, weil ich wissen wollte, wo genau am Kalamazoo die Potawatomi wahrscheinlich gelebt haben«, erklärte er, als sie sich auf dem Highway befanden. »Ein Farmer hat mir erlaubt, eine Nacht auf seinem Land zu campen.«

»Sie benehmen sich nicht gerade wie ein Indianer. Welcher Indianer geht schon zu einem Anthropologen? Folgt er nicht eher Tierfährten?«

»Weißt du was? Du solltest mir dankbar sein! Ich nehme dich nur mit, um dich vor den Kerlen beim Trampen zu schützen. Es gibt eine Menge böse Männer auf der Welt.«

»Ich hab keine Angst vor Männern.«

»Holla, stimmt ja! Einem hast du den Schwanz weggeschossen.« Er schlug sich übermütig auf den Schenkel, und das Auto machte einen Satz nach links. »Mannomann, ich muss verrückt sein, dich mitzunehmen!«

»Genau das hab ich gemeint, als ich gesagt habe, dass Sie sich nicht wie ein Indianer anhören.« Margo war noch nie gern auf dem Highway unterwegs gewesen, und diese Fahrt war so schlimm wie die damals mit Junior, als er den Führerschein neu hatte. Vielleicht kam das flaue Gefühl im Magen von ihrer Traurigkeit darüber, den Stark River verlassen zu haben, aber die Fahrweise des Indianers machte es nicht besser.

»Wie hört sich denn ein Indianer an? Du weißt doch überhaupt nichts über Indianer.«

»Sitting Bull hätte nie *Mannomann, Mist, Hoppla* oder *Holla* gesagt.« Die Widerworte halfen ihr, ihren Magen zu besänftigen – solange der Mann die Hände am Steuer ließ. Stocksteif saß sie da, während sie auf die linke Spur wechselten, um einen Sattelschlepper zu überholen, der ihr vorkam, als wäre er eine Meile lang. Die fünfundvierzig Minuten auf dem Highway erschienen ihr wie eine Ewigkeit, und Margo war erleichtert, als sie schließlich in die Ausfahrtspur einbogen und langsamer wurden.

»Ich brauche dich wohl nicht zu fragen, ob du mal die Karte lesen könntest«, meinte er, als sie auf einer zweispurigen Straße weiterfuhren. Er blickte zum Horizont, dann wieder zu ihr. »Du bist ziemlich blass, Kleine.«

Sie öffnete den Mund, um zu erwidern, sie sei nun mal ein Bleichgesicht, verkniff es sich jedoch. Als sie in eine kleinere Straße einbogen, drehte sie das Fenster herunter. Sie griff nach hinten, tastete auf der Rückbank nach der Schachtel mit der Asche und legte zur Beruhigung die Hand darauf. Kaum roch Margo den Fluss, entspannten sich ihre Muskeln.

16. KAPITEL

Der Indianer bog in eine mit einem Holzpfosten gekennzeichnete Auffahrt ein, und sie hielten vor einem Gatter neben einer ungestrichenen Scheune. Beim Aussteigen erblickte Margo ein walfischgroßes Gewirr aus rostigem Altmetall, dessen größte Teile von ausgedientem landwirtschaftlichem Gerät zu stammen schienen. Sie gingen durch das Gatter und sahen hinter der Scheune einen großen Haufen aus Baumstümpfen, knorrigen Ästen und entwurzelten Sträuchern. Auf der gegenüberliegenden Seite der Auffahrt befand sich das Fundament dessen, was einmal ein Haus gewesen sein musste. Margo konnte den Fluss zwar nicht sehen, aber allein schon sein Geruch in der Ferne und das zu ihm hin sanft abfallende Land beruhigten sie. Sie kehrte zum Wagen zurück, holte ihr Gewehr unter den Sachen hervor und hängte es sich über die Schulter.

Zwischen einem Mais- und einem Sojabohnenfeld führte eine Baumreihe als Windschutz von der Straße hinunter zum Fluss. Sie gingen an ihr entlang. Nach einer Weile verbreiterte sich der Windschutz, und neben ihnen rieselte ein Bächlein. Margo pflückte eine Bohnenschote, brach sie auf und knabberte beim Gehen die rohen Sojabohnen. Sie waren hart und schmackhaft, wohl reif für die Ernte. Schließlich weitete sich die Baumreihe zu einem Wäldchen, das größtenteils aus Ahorn- und Nussbäumen bestand. Das Land senkte sich über rund eine Drittelmeile zum Fluss hin ab und endete dort abrupt. Als sie kurz darauf am Ufer standen, schätzte Margo, dass der Kalamazoo an dieser Stelle ungefähr doppelt so breit war wie der Stark River bei Murrayville, also rund fünfzig Schritt. Am gegenüberliegenden Ufer erblickte sie eine steile Böschung. Sie suchte sie mit den Augen ab, konnte aber keinen Pfad ans Wasser entdecken, sondern lediglich ein orange-schwarzes Schild mit der Aufschrift: JAGEN VERBOTEN! KEIN ZUTRITT! Ein Stück flussabwärts stand noch so ein Schild.

»Hier können wir heute Nacht unser Lager aufschlagen«, entschied sie.

»Den Wagen müssen wir wohl oben an der Straße lassen«, sagte der Indianer. »Was wir brauchen, tragen wir her.«

Margo fragte sich, wie lang das Wasser, das vormittags im Stark River an ihnen vorbeigeflossen war, wohl brauchte, um das Wehr zu passieren und diesen Teil des Kalamazoo zu erreichen. Er roch nach anderen Chemikalien als der Stark River. In der Luft hing ein leicht modriger Geruch. Das Wasser war braun, die Ufer wirkten schlammig. Die einzige sandige Stelle befand sich an der Mündung des Bächleins, an dem sie entlanggegangen waren. Als Margo eine Turbulenz im Wasser entdeckte, fragte sie sich, ob Cranes Geist sie so weit flussabwärts begleitet hatte. Eine Bisamratte steckte den Kopf heraus, beäugte sie und tauchte wieder unter.

»Gütiger Gott«, sagte der Indianer und sah sich um. »Mein Cousin kennt die Geschichten über dieses Flusstal. Angeblich gab es hier früher so viele Bäume, dass nie das Feuerholz ausging. Der Zuckerahorn füllte ganze Fässer mit seinem süßen Saft. Zu schade, dass alles urbar gemacht wurde.«

»Wenn der Wald so nah bis an den Fluss reicht, gibt es hier bestimmt jede Menge Tiere. Jetzt kann man sie nicht sehen, aber nachts kommen sie raus, um den Mais und die Bohnen zu fressen.«

»Mein Cousin hat Geschichten erzählt bekommen, dass die Hirsche in Michigan vor unseren Bögen posierten und darum bettelten, zu Nahrung und Fellen verarbeitet zu werden«, fuhr der Indianer fort. »Sie hatten ihr üppiges Leben auf Erden satt und sehnten sich nach Erlösung, um ins Reich der Seelen oder so zu kommen. Er sagt, die Enten warfen im Sterben ihre Federn ab, um ihre Zubereitung zu erleichtern. Die Fische sprangen aus dem Wasser, und man brauchte nur die Hand auszustrecken und sich die zu schnappen, auf die man Lust hatte. Die Frauen bauten Gemüse an, und zwar die sogenannten ›Drei Schwestern‹: Mais, Bohnen und Kürbis. Der Boden war schwarz und fruchtbar, und sie bestellten die Gärten der Vorfahren.«

»Gingen sie auch im Fluss schwimmen?«

»Vermutlich. Damals war er noch nicht verschmutzt.«

»Sehen Sie, da drüben wartet Ihr indianisches Abendessen. Ich nehme dafür nur fünf Dollar.« Margo zeigte auf eine männliche Stockente, die ein Stück weiter in Ufernähe schwamm. Margo streifte die Marlin von der Schulter, stützte den Kolben aufs Knie und schob zwei Patronen ins Magazin.

»Das Gewehr ist für dich fast zu lang zum Laden«, spottete der Mann.

»Psst!« Margo lud durch, pirschte sich näher an den Erpel heran und zielte auf seinen Kopf. Er trieb ein Stück ab und paddelte zum Ufer. Margo legte das Gewehr erneut an, drückte den linken Arm zur Stabilisierung gegen die Schlaufe und zielte, doch der Erpel bewegte sich abermals und schwamm in tieferes Wasser. Da ließ Margo sich auf ein Knie nieder, legte an, nahm sein Auge ins Visier und schoss. Mit einem Stock fischte sie den toten Vogel heraus und hielt ihn an den Füßen hoch, um ihn auszubluten.

»Autsch!«, rief der Indianer.

Er machte sich auf den Weg in die Stadt. Margo rupfte ihre Beute, hörte aber nach wenigen Minuten damit auf, weil ihr einfiel, dass sie sie im verseuchten Flusswasser weder waschen noch einweichen wollte. Das Bächlein war zu seicht. Sie brauchte einen Eimer für sauberes Wasser, aber oben an der Scheune hatte sie keinen gesehen. Sie blickte den Fluss in beiden Richtungen entlang und beschloss, stromaufwärts zu gehen, weil sie sich dann zurücktreiben lassen konnte, falls sie ein Boot fand. Das Gewehr hängte sie sich über eine Schulter, den Erpel an einem Fuß über die andere.

Am Ufer führte ein Wildwechsel entlang. Margo folgte ihm, bis ihr ein elektrischer Viehzaun, der bis dicht ans Wasser reichte, den Weg versperrte. Sie sprang ans Wasser hinunter, kletterte auf der anderen Seite des Zauns die Böschung wieder hoch und stand auf einer Weide voll fetter Mastrinder. Eine nach der anderen sahen die Kühe auf und glotzten sie aus ihren weißen, braunen oder schwarzen Gesichtern an, dann grasten sie weiter. Als ein braun-weißgeflecktes Herefordrind sie anstarrte und den Kopf zurückwarf, malte sie sich aus, wie es wäre, es aus nächster Nähe zu schießen. Ob sie eine Kuh mit ihrem knochigen Schädel durch einen Schuss ins Auge töten konnte? Margo war klar, dass das Töten und Verzehren von Fremdvieh einen Haufen ganz eigener Probleme nach sich ziehen würde, also verwarf sie die Idee wieder. Im Zickzack, um den Kuhfladen auszuweichen, bahnte sie sich ihren Weg über die Weide.

Am hinteren Ende bückte sie sich und schlüpfte zwischen den Strängen eines nicht unter Strom stehenden Stacheldrahts hindurch. Hier machte der Fluss eine Biegung. In der Nähe einer Sandbank, auf der Margo die Fährten von Wasservögeln entdeckte, ragte ein Dutzend Eichen aus dem hohen Gras. Ein Stück weiter lag eine Ansammlung von Häusern. Margo ging auf dem überwucherten Pfad weiter, bis er vom Fluss fort und zu einer befestigten Straße führte. Diese gabelte sich, ein Teil endete in einer Sackgasse an einem heruntergekommenen Haus, der andere beschrieb eine Kurve und verlief parallel zum Fluss oberhalb einer Häuserzeile. Im Garten des ersten Hauses erblickte Margo unten am Wasser einen Wohnwagen, der etwa so groß war wie der kleinere der Slocums. Ein niedriger Metallzaun umgab ihn. Daneben standen zwei Plastikeimer. Auf dem eingewachsenen Grundstück gab es ein halbes Dutzend Gartenfiguren aus Beton. Längs zur Ufermauer befand sich ein etwa zwölf Fuß langer und fünf Fuß breiter Holzsteg, an dem ein Aluminiumruderboot mit abgedecktem Außenborder festgemacht war. Margo empfand die Bescheidenheit des Hauses und die ländliche Umgebung als tröstlich.

Auf der mit Steinplatten gepflasterten Terrasse hinter dem Haus stand ein verwaister Rollstuhl. Der Garten war vom Nachbargrundstück durch einen hölzernen Sichtschutz getrennt, hinter dem Margo den Dachstuhl eines neueren, mit Zedernschindeln verkleideten Hauses erblickte. Das Bewusstsein, dass sie hier niemand erkennen würde, rief in ihr ein Gefühl von Freiheit hervor. Sie war nur fünfundvierzig Meilen flussabwärts von Murrayville, aber sie hatte noch nie gehört, dass die Murrays – aus welchem Grund auch immer – über das Wehr hinaus oder gar bis Kalamazoo gefahren wären. Da sie weit und breit niemanden sah, betrat sie die Terrasse und folgte den steilen Stufen zum Fluss hinunter. Auf der Rückseite des Campingwagens prangte in stilisierten Druckbuchstaben PRIDE & JOY. Wie sich herausstellte, stand er nicht etwa am Ufer, sondern auf einer auf dem Wasser schwimmenden Plattform. Er bildete sozusagen die Kajüte eines an der Ufermauer vertäuten Bootes. Neben dem Wohnwagen lag ein großer schwarzer Hund. Er stellte die Ohren auf, als Margo näher kam. Durch einen Durchlass im verzinkten Metallzaun trat sie aufs Boot. Es schwankte kaum unter ihren Füßen. Die Eimer standen hinter dem Hund.

»He, du«, sagte sie und bellte. Der Hund legte den Kopf schief. »Du wiegst doch bestimmt fünfzig Kilo.«

»Ist da draußen jemand?«, rief eine schwache Stimme.

Margo spähte durch ein Fenster mit Vorhang ins Innere des Wohnwagens. Sie erkannte ein Miniaturspülbecken, kleine Geschirrschränke und einen winzigen Holzofen. Plötzlich tauchte ein blasses, halb von einer Sonnenbrille verdecktes Gesicht vor ihr auf. Margo entfuhr ein kurzer Aufschrei, und auch der Hund stieß ein Jaulen aus.

»Zieh an der Tür! Ich krieg sie nicht mehr auf!«

Margo drehte den Türknauf aus Aluminium und zerrte daran, bis die Tür aufging und den Blick auf einen alten Mann mit dichter silberner Mähne freigab. Er lehnte im Türrahmen.

»Ich hab nur Ihren Hund gestreichelt«, entschuldigte sich Margo.

»Solange er nicht aus dem Fluss trinkt …«

»Warum soll er nicht daraus trinken?«

»Weil er verschmutzt ist.«

»Wohnen Sie in diesem Wohnwagen?« Margo warf einen Blick auf die Häuser flussaufwärts und am anderen Ufer. Alle drei wirkten gepflegt, bei zwei von ihnen war im Garten ein kleines Boot aufgebockt. Am Nachbarhaus entdeckte sie ein Kanu, das umgedreht an eine Eiche gekettet war. Die Kette sah aus, als wäre sie in die Baumrinde eingewachsen.

»Hilf mir bis auf die Terrasse!«, verlangte der Mann. Margo hängte sich das Gewehr auf die rechte Seite, damit er seinen knochigen Arm um ihre Schulter legen konnte. Er war nur ein kleines Stück größer als sie und dünn, wurde ihr aber ziemlich schwer, als sie sich zusammen die Betonstufen hinaufmühten. Margo half ihm in den Rollstuhl. An der Rückenlehne hing eine Sauerstoffflasche. Der Alte befestigte die Plastikschläuche in seinem Gesicht. Dann rückte er die Sonnenbrille zurecht. Er machte ein paar Atemzüge, und in seine Wangen kam Farbe.

»Geht es Ihnen gut?«, erkundigte sich Margo.

»Gut?« Mühsam holte er Luft. »Du meinst, abgesehen davon, dass ich bald sterbe? Nein, zum Henker, mir geht's nicht gut. Nicht mal die verdammten Stufen komm ich mehr hoch.«

»So ein Boot hab ich noch nie gesehen«, sagte Margo. »Ich meine, eins mit einem Wohnwagen drauf.«

»Das Leben ist zum Ende hin eine verdammt lausige Angelegenheit. Merk dir das, mein Kind.«

»Ist Ihre Frau zu Hause?«, fragte Margo. »Soll ich sie holen?«

»Hab keine Frau. Ein Hund ist ein besserer Gefährte als jede Frau.«

Von ihrem Standort aus glaubte Margo ein Waschbärenfell zu erkennen, das neben der Garage zum Trocknen über der Rückenlehne eines Gartenstuhls hing. Dahinter war auf einer am Boden liegenden Palette eine Hirschdecke gespannt.

»Die Hirschdecke gehört Fishbone.«

»Aber es ist keine Jagdsaison.«

»Er hat vom Farmer eine Abschusserlaubnis, um Wildschäden zu verhindern.«

»Eine Erlaubnis, mit der man außerhalb der Jagdsaison jagen darf?«, fragte Margo nach.

»Der verfluchte Glückspilz hat einen Hirsch geschossen! Dabei trifft Fishbone normalerweise nicht mal die Breitseite einer Scheune. Er will nicht zugeben, dass er langsam alt wird.«

»Wer ist Fishbone?«, wollte Margo wissen.

»Fishbone ist der Mann, der mir endlich meine Kippen bringen soll.« Er nickte zu dem am Steg vertäuten kleinen Aluminiumboot.

Margo kauerte neben dem Fünfzig-Kilo-Hund nieder und streichelte ihn mit beiden Händen.

»Verkaufen Sie die Felle? Ich meine, verkauft Ihr Freund sie?«

»Er verkauft sie einem Kerl am Nordufer.« Der alte Mann trug ein dunkelblaues Hemd im Uniformstil. Auf dem Namensschild stand *Smoke*. Er zog die Sauerstoffschläuche auf seinen stoppligen Wangen zurecht.

»Wie viel kriegt er dafür?«

»Nicht genug, um seine Schulden bei mir zu bezahlen.« Streitlustig sah er sich um, als hoffte er, der Betreffende würde aus der Garage treten oder vom Fluss heraufkommen. Auf einem orangefarbenen Aufkleber am Garagenfenster stand CONDEMNED.

»Darf ich mir einen Eimer ausleihen?«, fragte Margo. »Oh, Mist, ich hab die Ente auf dem Boot vergessen.«

»Warte«, sagte der Alte. »Nightmare, hol die Ente. Los, Junge!«

Der große Hund jagte die Betonstufen hinunter und lief zum Boot. Dort hob er die Stockente am grün schimmernden Kopf hoch, brachte sie zum alten Mann und legte sie ihm vor die Füße, ohne einen Abdruck seiner Zähne zu hinterlassen.

»Einen braven Hund haben Sie da, Mr Smoke.« Margo stellte fest, dass die Terrassentür fehlte. Im Hausinnern stand ein emaillierter Einmachtopf, der offensichtlich als Mülleimer diente. Wenn sie diesen Topf haben könnte, würde sie die Ente nicht nur darin waschen, sondern anschließend sogar eine Suppe daraus kochen können. »Kann ich mir diesen Topf borgen?« Margo zeigte darauf.

»Nein, zum Henker.«

»Kann ich ihn kaufen?« Sein harscher Ton überraschte sie. »Ich hab ein bisschen Geld.«

»Was soll ich mit Geld? Ich lebe hier im Paradies.« Er lachte und unterdrückte gleich darauf ein Husten.

»Geld kann man immer brauchen.«

»Was ist mit der flotten Büchse? Taugt die nur zum Entenwildern?«

»Die Marlin kann ich Ihnen nicht geben.« Nach einer kurzen Pause fügte sie hinzu: »Ich bin nämlich Kunstschützin.«

»Du bist keine Kunstschützin, verdammt noch mal«, schnaubte er, doch dann wurde er nachdenklich. »Es sei denn, du kannst einen Apfel von meinem Kopf schießen.«

»Das könnte ich.«

»Ich hab aber keinen Apfel. Wie wär's mit einer Erdnuss? Kannst du eine Erdnuss von meinem Kopf schießen?«

Margo musterte den alten Mann. »Ich könnte die Asche von der Zigarette in Ihrer Hand schießen.« Das glühende Zigarettenende war als Ziel etwa so groß wie ein Entenauge. Annie Oakley hatte oft jemandem die Zigarette aus der Hand geschossen. Aus zehn Schritt Entfernung, schätzte Margo, hatte sie eine fünfzigprozentige Trefferchance – vorausgesetzt, alles lief gut.

»Wie wär's aus meinem Mund? Schaffst du das?«

»Das kommt aufs selbe raus«, sagte sie. »Aber eine .22-er-Patrone kann bis zu anderthalb Meilen weit fliegen. Sie kann sogar den Zaun dort hinten durchschlagen.«

»Schieß sie in die Garage.«

»Sie könnte irgendwas treffen, einen Farbeimer oder eine Säureflasche im Regal.« Sie musste an Cranes mit Farben, Flüssiganzünder, Vergaserreiniger und sechs Sorten Schmiermittel vollgestopften alten Schuppen denken. Aber die Garagenwand gab nun mal den besten Hintergrund ab.

»Das kratzt mich nicht.« Er hustete in die Faust.

»Wollen Sie wirklich, dass ich so nah an Ihrem Gesicht auf eine Zigarette schieße?«

»Willst du meinen Topf nun haben oder nicht?«

»Hat er einen Deckel?«

»Den musst du dir selbst aus dem Küchenschrank kramen. Aber umsonst kriegst du ihn nicht.«

»Was ist mit dem Hund? Macht ihm das Schießen nichts aus?« Der schwarze Labrador der Murrays hatte jedes Mal verrückt gespielt, wenn geschossen wurde. Er konnte gut schwimmen, aber für die Jagd taugte er nicht.

»Schüsse stören Nightmare nicht. Er hat nur was gegen fremde Männer. Der Hund glaubt mir nicht, dass Frauen genauso gefährlich sind.«

Der alte Mann ließ den filterlosen Zigarettenstummel fallen, obwohl er noch brannte, und zündete sich eine neue Zigarette an. Dann wandte er sich von Margo ab und schaute über den Fluss, sodass er ihr seine rechte Körperhälfte im Profil darbot. Ihr Kopf wurde ganz klar, als sie den Schuss in Gedanken von Anfang bis Ende durchging.

»Wozu brauchen Sie den Wohnwagen?« Margo beobachtete den Mann, um herauszufinden, ob er zu abrupten Bewegungen neigte, die den Schuss vermasseln könnten.

»Hab drin gewohnt, wenn es im Haus zu heiß geworden ist. Bin damit den Fluss rauf- und runtergefahren. Einmal hab ich drei Jahre drin gewohnt, als meine Schwester mit ihren Blagen hier eingezogen ist.«

»Hat er einen Innenborder?«, fragte sie. Wenn sich der Mann im falschen Augenblick plötzlich vorbeugte, würde sie ihm die Kinnlade oder ein paar untere Zähne wegschießen, aber seine Bewegungen waren langsam und bedächtig, sogar beim Husten. Sie schob noch eine Patrone in das Röhrenmagazin – die Chancen standen gut, dass sie mit zwei Schuss traf –, überlegte es sich jedoch anders, steckte noch drei hinein und bewahrte nur eine in ihrer

Tasche auf. Sollte der erste Schuss danebengehen, würde sie so lange anlegen, zielen und schießen, wie er stillhielt. Sie betätigte den Repetierhebel, und der Hahn spannte sich. Bei dem Geräusch drückte der alte Mann den Rücken durch.

»Das Boot ist für einen Außenborder ausgelegt, aber ich hatte es nie eilig«, antwortete der Alte. Er ließ das Feuerzeug in eine Tasche an der Seite des Rollstuhls fallen und steckte sich die Zigarette zwischen die Lippen. »Worauf wartest du? Auf Befehl von oben?«

Sie musste schießen, während die Zigarette noch lang war, damit der Schuss möglichst weit an seinem Gesicht vorbeiging. Margo bemerkte, dass sein Körper leicht zitterte, allerdings nicht stark genug, um ihr den Schuss zu verpatzen. Sie rückte den Gewehrkolben an ihrer Schulter zurecht, presste die Wange an den Schaft, zog den Schießriemen fest und zielte, aber diese Haltung schien ihr nicht stabil genug. Also ließ sie sich auf ein Knie nieder, und schließlich setzte sie sich im Schneidersitz auf die Steinplatten und stützte die Ellbogen unterhalb der Knie auf die Beine.

Bevor sie die Mündung hob, holte sie tief Luft und nahm die Umgebung in sich auf: den Rollstuhl, den schwarzen Hund, die milde Herbstsonne, in der die grünen und golden verfärbten Blätter des Zuckerahorns leuchteten, die roten Efeuranken, die unten am Fluss an einer Sumpfeiche emporkletterten, das unter dem Wohnwagenboot hindurchfließende Wasser, Gänseschnattern, aus der Nachbarschaft der Geruch von verbranntem Holz. Sie war gerade erst am Kalamazoo gelandet, aber dies hier war eine Welt, mit der sie sich auskannte. Sie ließ den Blick über Beine und Füße des alten Manns im Rollstuhl wandern. Seine Hände lagen im Schoß, die langen Finger waren vom Rauchen gelblich verfärbt. Sie betrachtete seinen Kopf mit dem dichten, glänzenden Haar, das so gar nicht zu seiner übrigen körperlichen Verfassung passte, und dem dunklen Rechteck seiner Brille. Als er die Brille abnahm und sie aus großen geröteten Augen ansah, erschrak sie. Für einen kurzen Augenblick erinnerte er sie an ihren Großvater, obwohl er ihm natürlich überhaupt nicht ähnlich sah. Ihr Großvater war ein hochgewachsener Mann mit Hakennase und grauem Bart gewesen, während dieser Alte gedrungen war und ein rundes, rasiertes Gesicht hatte. Aber etwas hatten sie gemein: Er würde bald sterben, und zwar so sicher, wie ihr Großvater im Sterben gelegen hatte.

»Schieß endlich, gottverdammt!«, brummte er.

Das Beben seines Unterkiefers nahm sie ebenso wahr wie ihren eigenen Atem und Herzschlag. Er knurrte dem Hund zu: »Schon gut, Junge.«

Margo war klar, dass der Schuss sitzen musste, das war sie dem alten Mann und sich selbst schuldig. Sie schob die Hand durch den Riemen und schlang ihn fest um ihren linken Arm. Das glühende Zigarettenende war ihr mittlerweile genauso vertraut wie ihr Finger am Abzug. Auf der Welt gab es nur noch sie, ihre Büchse und ihr Ziel. Sie atmete aus und drückte ab. Sie hielt das Gewehr ruhig, als die Kugel erst aus der Kammer und dann aus dem Lauf trat, und hörte, wie sie seitlich in die Garage einschlug, dann herrschte Stille. Margo schloss die Augen, und als sie sie wieder öffnete, saß der alte Mann nach vorn gekippt im Rollstuhl. Sie sprang auf, lief zu ihm und schob ihn an den Schultern zurück, um ihm ins Gesicht zu sehen. Tränen liefen aus seinen nackten Augen. Zwischen seinen Lippen steckte ein Zigarettenstummel. Als sie den Alten losließ, lachte er mit leisem Kollern, und der Hund schnüffelte an seiner Hand.

»Du hast mich nicht verarscht, du kannst wirklich schießen«, sagte er zwischen zwei Atemzügen. Er setzte die Brille wieder auf. »Natürlich hab ich gehofft, dass du danebenschießt und mir eine Kugel in meinen verfluchten Schädel jagst.«

Margo ging ins Haus, zog die Papiertüte mit dem Abfall aus dem Einmachtopf und steckte sie in einen tönernen Gurkentopf.

»Der Deckel ist im Schrank links unten vom Herd, und den Topf spülst du besser aus, wenn du darin kochen willst. Du bist ganz schön schmutzig, Kleine. Badest du nie?«

»Ich wohne bei einem Freund.«

»So, so, bei einem Mann.«

Sie nickte.

»Dachte ich mir. Nun, wie man sich bettet, so liegt man.« Er drehte das Gesicht zum Fluss und redete weiter: »Mädchen in deinem Alter sollten sich nicht rumtreiben. Du solltest nach Hause zu deiner Mutter.«

»Meine Mutter will mich nicht.« Es laut auszusprechen tat weh.

Der Mann fasste mit der Hand an die Brille, als wollte er sie wieder abnehmen, berührte sie aber nur kurz und ließ die Hand zurück in den Schoß fallen. »Wenn du duschen willst, musst du mich fragen.«

»Darf ich bei Ihnen duschen, Sir?«, fragte Margo.

»Du darfst. Aber bring bloß deinen Freund nicht mit. Mein Hund würde ihn beißen.« Er kramte das Feuerzeug und eine Zigarette aus der Tasche am Rollstuhl und zündete sie an. Nachdem er einen Zug gemacht hatte, klang seine Stimme ruhiger. »Meine letzte Zigarette. Es sei denn, du hast welche.«

Sie schüttelte den Kopf. »Ich hab seit zwei Monaten nicht mehr warm geduscht. Wir schlafen draußen am Fluss, auf dem Land eines Farmers.«

»Junge Mädchen sollten sich vor Männern vorsehen«, sagte der Alte und lächelte ein wenig. Durch den geöffneten Mund sah man, dass er oben keine Zähne mehr hatte, was ihm Ähnlichkeit mit einem kleinen Kind verlieh. »Selbst ich bin vielleicht nicht so harmlos, wie ich aussehe.«

Er legte die filterlose Zigarette beiseite und atmete ein paarmal durch die Nasenschläuche ein. Dann stellte er das Sauerstoffgerät ab und zog wieder an der Zigarette. »Aber hab keine Angst, und außer mir ist niemand hier.«

Die Küche, der erste Raum hinter der Terrasse, war mit Geschirr, Büchern, Papieren und Werkzeug vollgekramt, die Diele ebenso. Alle Fenster waren geschlossen. Eigentlich hatte Margo sich ruck, zuck duschen wollen, aber dann konnte sie sich nicht dazu durchringen, den Hahn wieder zuzudrehen – bis das warme Wasser ausging. Skeptisch beäugte sie die Handtücher an den Stangen und an der Rückenlehne des Stuhls neben der Wanne. Dann griff sie nach dem einzigen gefalteten Handtuch ganz hinten im Schrankfach. Es roch ein bisschen muffig, wirkte aber sauber. Als sie sich wieder angezogen hatte und die Badezimmertür öffnete, stellte sie fest, dass der Hund dahinter wartete. Er folgte ihr auf die Terrasse. Der alte Mann saß zusammengesackt in seinem Rollstuhl und schlief. Das Sauerstoffgerät hatte er wieder eingeschaltet.

Entweder sie ging zurück zu ihrem Lager, oder sie nahm den Erpel hier an Ort und Stelle aus, wo es fließendes Wasser gab. Margo setzte sich auf eine Milchkiste und machte sich leise an die Arbeit. Zuerst rupfte sie mit gleichmäßigen Bewegungen die Brust des Vogels, dann die Flügel und zum Schluss den Rücken. Sie genoss die Gesellschaft des Hundes und des alten Mannes, dessen zusammengesunkener Körper im Schlaf etwas Anrührendes hatte. Die Innereien warf sie in den Fluss, den Topf spülte sie am Wasserhahn an der Hausseite aus. Der große Hund sah ihr dabei zu. Nachdem sie sich vergewissert hatte, dass der Alte noch schlief, warf sie dem Hund das rohe, abgewaschene Herz zu. Er schnappte es sich im Flug und verschlang es.

17. KAPITEL

Margo wanderte stromabwärts zurück zum Lager. Dort schleppte sie aus dem Wald und vom Fluss große Steine heran und legte sie ringförmig um die Feuerstelle. In der Flussmitte sprang ein Karpfen aus dem Wasser und tauchte spritzend wieder ein. Karpfen galten als minderwertige Fische, aber Margo schmeckten sie, nur die vielen Gräten waren lästig. Manchmal fand sie die schillernden Fische sogar richtig schön. Sie setzte sich ans Wasser und kühlte den Erpel in einer Plastiktüte. Brian hatte Enten immer über Nacht in Salzwasser eingeweicht, aber so viel Zeit hatte Margo nicht; außerdem besaß sie nur ein paar kleine Salztütchen, die der Indianer ihr gegeben hatte. Sie beobachtete die Vögel beim Trinken an der sandigen Stelle, wo das Bächlein in den Fluss rieselte, zuerst Blauhäher, dann einen Carolinaspecht, gefolgt von ein paar Sumpfschwalben, die vom anderen Ufer herübersegelten. In einem Baum landeten drei Krähen und spähten auf sie herab. Nach einer Weile flatterten sie eine nach der anderen wieder auf und ließen sich in einem benachbarten Baum nieder. Beim Anblick ihres Flügelschlags bekam Margo unbändige Lust zu rudern. Sie ließ den Kopf zurücksinken, schloss die Augen und dachte daran, wie sie dem Alten die Zigarette mit nur einem Schuss aus dem Mund geschossen hatte. Dann schlug sie die Augen wieder auf und bewunderte ihren neuen Topf. Er war groß genug, um darin Wasser für eine Katzenwäsche zu erhitzen oder mehrere Liter Ahornsaft zu einer Tasse Sirup einzukochen, wie sie und ihre Cousins es früher in einem der Schuppen der Murrays getan hatten, bis alles geklebt hatte. Den Topf hatte sie sich mit ihrem eigenen Geschick verdient. So musste sich Annie Oakley gefühlt haben, als sie herausfand, dass ihre Schießkünste nicht nur gut, sondern auch einträglich waren.

Mit dem Kochen wollte Margo warten, bis der Indianer zurück war – verkochte Ente schmeckte nicht –, aber das Feuer zündete sie schon mal an. Sie sengte den gerupften Erpel über der Flamme ab, um den Flaum zu entfernen, und es dauerte eine Weile, bis sich der Gestank danach verflüchtigt hatte. Margo brauchte keine große Küche, um gut zu essen, sondern lediglich ein paar Utensilien, die sie kaufen, eintauschen oder sich »erschießen« konnte, zum Beispiel ein schweres Küchenmesser wie das, das sie sich heimlich vom alten Mann ausgeborgt hatte, oder einen großen Rührlöffel aus Metall. Wenn es hier in der Nähe nur irgendwo eine Höhle gäbe, könnte sie sogar überwintern.

Gegen Abend, als es kühler wurde, erspähte Margo zwischen den Bäumen etwas Weißes: ein Riesenbovist, doppelt so groß wie ein Menschenschädel. Davon konnte sie eine Woche lang essen. So einen Bovist fand man nur alle paar Jahre mal. Den letzten in dieser Größe hatte sie an dem Tag entdeckt, als ihre Mutter aus Murrayville fortgegangen war. Normalerweise braucht ein Bovist Regen, um so riesig zu werden, und deshalb ging sie davon aus, dass sich am Fluss jede Menge Tau niederschlug.

Als der Indianer schließlich zurückkam, stand die Sonne schon tief. Er berichtete, dass er den Nachmittag in der Stadtbücherei verbracht, sich mit dem Bibliothekar über Heimatkunde unterhalten und in alten Dokumenten gestöbert habe. Margo sah sich nach einem mittelgroßen Stock aus Hickoryholz um und schabte die Rinde ab. Dann bohrte sie den Spieß durch den Erpel und legte ihn übers Feuer. Als etwas Entenfett auf die glühenden Kohlen zu tropfen begann, fing Margo es mit der Pfanne des Indianers auf, um darin eine Scheibe von dem Bovist zu braten. Sie empfand sich als Glückspilz, denn normalerweise haben Wildenten kein Fett. Vielleicht hatte sich dieser Erpel am Mais des Farmers gütlich getan.

Margo schärfte dem Indianer ein, den Braten nicht aus den Augen zu lassen, und ging hinauf zum Wagen, um ihren Rucksack zu holen. Als sie die Kofferraumklappe des Kombis zuschlug, sah sie eine Frau von Tante Joannas Größe und Statur aus dem Haus auf der anderen Straßenseite treten, um in einem Vogelhäuschen Futter nachzufüllen und Samenkörner auf einem Rasenstück auszustreuen. Noch ehe die Frau wieder weg war, stürzte sich ein halbes Dutzend Kardinalsvögel auf die Körner am Boden, vier blutrote und zwei armeegrüne. Die Frau, die etwa zehn Jahre älter als Joanna war, hatte schulterlanges Haar mit grauen Strähnen und trug eine alte Stalljacke aus Drillich. Als sie aufblickte und bemerkte, dass sie beobachtete wurde, sah sie Margo gut gelaunt an, als hätte sie schon alle möglichen Arten von Menschen gesehen, aber noch nie jemanden wie Margo. Das Haus hatte einen großen Garten, in dem es mehrere Reihen Auberginen- und Tomatenstauden gab. Die Frau winkte Margo zu, und Margo winkte spontan zurück. Erst jetzt fiel ihr das Mädchen auf, das barfuß in einem Liegestuhl lag. Es trug eine ausgefranste, abgeschnittene Jeans und ein rosa Sweatshirt und musste etwa in Julie Slocums Alter sein. Das Mädchen war in ein Buch vertieft, und Margo brauchte eine Weile, bis sie erkannte, was auf seinem Bauch saß: ein riesiges Kaninchen, das um die zehn Kilo wiegen musste. Es diente dem Mädchen als Buchstütze, und seine Ohren waren länger als die Hände des Mädchens und zuckten ab und zu, aber ansonsten hielt das Kaninchen still. Margo musste laut lachen. Sie setzte den

Rucksack auf, nahm die Schachtel mit der Asche und ihr Fragment von *The River Rose* und marschierte zurück zum Fluss.

Als die orangefarbene Sonne flussabwärts verschwand, saßen Margo und der Indianer am Feuer und ließen sich den Entenbraten und ein paar gesalzene Tomaten schmecken, die der Indianer an einem Gemüsestand gekauft hatte. In der Pfanne lag eine dicke Scheibe von dem Bovist. Margo hatte sie im Entenfett und einem bisschen von der Butter aus den Silberfoliepäckchen, die der Indianer ihr gegeben hatte, gebräunt.

»Du weißt, dass ich diesen Pilz nicht anrühre«, sagte der Indianer.

»Macht nichts. Dann esse ich ihn allein. Sie schulden mir noch fünf Dollar für die Ente.«

»Ich habe keine Lust auf Halluzinationen. Und mir wäre es lieber, du würdest auch keine kriegen – nicht mit dem Gewehr.«

»Es ist nicht geladen«, beruhigte ihn Margo. Die Büchse lag in die Plane gewickelt neben der Feuerstelle. »Ihr Cousin hat doch erzählt, dass die Enten ihre Federn abwerfen, aber die hier war höllisch schwer zu rupfen.« Kraftausdrücke waren noch nie ihre Stärke gewesen, und deshalb wollte sie ein paar von den höflichen Flüchen des Indianers ausprobieren.

»Ach, das war nur ein Märchen.« Er reichte ihr einen Zehndollarschein. »Den Rest kannst du behalten.«

»Dafür mache ich Ihnen Frühstück«, sagte sie und schob den Schein vorn in ihre Hosentasche.

»Wie hast du es hingekriegt, so sauber zu werden?«, fragte der Indianer.

»Ich hab bei einem alten Mann geduscht.«

»Du findest schnell Freunde. Dein Haar hat jetzt eine ganz andere Farbe, passend zum Fluss.«

Margo zog eine Haarsträhne nach vorn und betrachtete sie. Ihr Haar war offenbar auch gewachsen. Es roch nach dem Shampoo des alten Mannes.

»Du bist viel zu hübsch, um allein hier draußen zu leben«, stellte der Indianer fest. »Du bist vollkommen wehrlos.«

Margo aß noch ein Stück Bovist.

»Aber keine Sorge, Schönheit ist vergänglich.«

»Ich hab dem alten Mann eine Zigarette aus dem Mund geschossen. Deshalb durfte ich bei ihm duschen.«

»Du hast *was*?«

»Er saß im Rollstuhl und hat gesagt, wenn ich ihm die Spitze von der Zigarette wegschieße, krieg ich seinen großen Topf.« Margo bereute, dass sie nicht auch einen von den Eimern hatte mitgehen lassen, während der Alte schlief. »Jetzt kann ich aus den Resten Suppe kochen.«

Der Indianer ließ sich zurückfallen, schlang die Arme um die Knie und wälzte sich lachend auf dem Boden. »Du hättest ihn umbringen können! Eigentlich ist das nicht witzig, aber ... gütiger Gott!«

»Ich wünschte, Sie könnten noch ein bisschen bleiben, nur noch einen Tag.« Kaum waren ihr die Worte herausgerutscht, bereute Margo sie auch schon, weil sie nun als Bittstellerin dastand. Ihr war klar, dass der Indianer nicht bleiben würde, ganz gleich, was sie sagte.

»In einer Woche muss ich wieder unterrichten, und in vierzehn Tagen veranstalte ich mit anderen eine Mathekonferenz. Morgen reise ich ab. Warum gehst du eigentlich nicht aufs College?«

»Ich hab die Highschool nicht fertig gemacht.«

»Ohne Schulabschluss kommt man im Leben nicht weiter.«

»Ich will gar nicht weiterkommen. Was ist so toll daran?«

»Ich bin gern zur Schule gegangen«, erklärte er. »Zu

Hause habe ich mich tödlich gelangweilt. Ich war Einzelkind, und meine Adoptiveltern waren alt und dröge.«

»Als ich noch klein war, mochte ich die Schule auch. Aber in der Mittelstufe wurden die anderen Kinder fies, und ich hab nicht kapiert, was die Lehrer von mir wollten. Ich war ihnen zu still.«

»So still finde ich dich gar nicht.« Er aß noch ein Stück Ente und meinte dann: »Ich dachte immer, Entenfleisch wäre zart.«

»Nicht das von einem alten Erpel.« Tapfer kaute Margo das zähe, leicht tranige Fleisch.

Nach dem Essen legte sie das restliche Fleisch, die Knochen und die Teile der Flügel, die sie hatte rupfen können, in den Topf. Sie goss Wasser aus den Kanistern des Indianers hinzu und stellte den Topf zum Köcheln aufs Feuer. Danach trug sie haufenweise Fichtennadeln, die sich unter dem Dolchfarn im Windschutz angesammelt hatten, zur Feuerstelle und bereitete ihnen daraus weiche Schlaflager. Sie rollten ihre Schlafsäcke auf gegenüberliegenden Seiten des Feuers aus. Der Indianer förderte eine Plastikflasche zutage, deren Deckel mit Kreppband zugeklebt war. Der Flascheninhalt hatte die Farbe von Apfelsaft. Er schraubte den Deckel auf und nippte an der breiten Öffnung. Sein ganzer Körper erschauerte, als er schluckte. »Schmeckt bitter. Herb. Ist sicher noch was andres drin außer Maische.«

»Sie müssen es doch nicht trinken, wenn es Ihnen nicht schmeckt, oder?«, fragte Margo.

»Ich habe nicht gesagt, dass es mir nicht schmeckt. Hier, probier mal.«

Sie schüttelte den Kopf, aber er hielt ihr die Flasche beharrlich hin und sah Margo an, bis sie sie nahm und an die geschlossenen Lippen setzte. Das Zeug brannte schlimmer als angesaugtes Benzin. Sie gab ihm die Flasche zurück.

»Ich darf höchstens die Hälfte davon trinken«, sagte er. »Versprich mir, dass du mich stoppst, wenn die Flasche halb leer ist. Wenn du mir das versprichst, erzähle ich dir eine Geschichte.«

Margo nickte. Im Feuerschein konnte sie sein Gesicht in allen Einzelheiten erkennen. Er hatte breite Wangenknochen, und seine Züge wirkten weich, wie seine Hände.

»Mein Cousin hat mir die Geschichte erzählt, und er hat sie von seinem Großonkel. Wahrscheinlich hat sie sich hier an diesem Fluss abgespielt. Sie handelt von einer jungen Frau im heiratsfähigen Alter, also etwa deinem Alter. Sie pflanzte gern Mais, Bohnen und Kürbis an. Ein junger Mann von einem anderen Stamm, der einen einwöchigen Fußmarsch entfernt lebte, wollte sie heiraten, aber bei ihm gab es keine Gärten, denn das Land war waldig und der Boden steinig. Er sagte ihr, dass sie als seine Frau im Wald nach Nahrung suchen, seine Kleider nähen, ihre gemeinsamen Kinder aufziehen und Fleisch für den Winter haltbar machen würde.« Der Indianer musterte Margo, um sich zu vergewissern, dass sie zuhörte. Er streckte die Hand aus, berührte ihr Haar an der Schulter und strich es glatt.

»Die Vorstellung, das Gärtnern aufzugeben, brach ihr das Herz. Sie sagte, sie müsse mit der Heirat bis nach der Maisernte warten.« Er trank noch einen Schluck Whiskey, und wieder erschauerte er.

»Es war eine reiche Ernte, und der Mais wuchs ständig nach. Niemand konnte es sich erklären, aber an den bereits abgeernteten Stängeln sprossen neue Kolben und reiften innerhalb von Wochen statt Monaten. Nur die junge Frau wusste, dass die Maiskolben aus den Stücken ihres gebrochenen Herzens entstanden und die Griffel aus Strähnen ihres Haars gemacht waren. Sie wusste, dass von ihrem Herzen bald nichts mehr übrig sein würde, und dann würde sie den Mann heiraten und fortgehen müssen.«

»Und sie würde eine Glatze haben«, bemerkte Margo.

»Allerdings«, antwortete der Indianer, der ihr offenbar nicht zugehört hatte. Er nahm noch einen Schluck. »Als von ihrem Herzen schließlich nichts mehr da war, stürzte sie sich in den Fluss und ertrank. Eine Beutelratte schleppte ihre Leiche an Land, und ihre Familie beerdigte sie in ihrem Garten. Der Mais wuchs und gedieh über ihrem Leichnam, und selbst nachdem die Weißen die Indianer nach Kansas vertrieben hatten, wuchs er weiter. Die Farmer versuchten Weizen für ihr Brot und Hafer für ihre Pferde anzubauen, aber es wollte nur Mais wachsen.«

»Wie konnte eine Beutelratte die Leiche ans Ufer schleppen?« Margo streckte die Beine neben dem Feuer aus und schob Cranes Asche ein Stück weg. Der dunkle Himmel war dicht gestirnt.

»Keine Ahnung«, meinte er. »Irgendwie hat sie es geschafft.«

»Eine Beutelratte wiegt nur etwa vier Kilo. Und die Vorderfüße sind so winzig wie Puppenhände. Ich schieße eine, dann können Sie sich die ansehen.«

»Vielleicht haben ihr andere Beutelratten geholfen, oder es war eine richtig große Beutelratte. Wenn du dich auf die Beutelratte versteifst, begreifst du nicht, was uns die Geschichte sagen will.« Der Indianer streckte ebenfalls die Beine aus und stieß dabei mit den Halbschuhen gegen ihre Stiefelspitze.

»Eine Beutelratte würde niemandem helfen.« Es bereitete Margo ein sonderbares Vergnügen, sich mit dem betrunkenen Indianer auf eine Weise zu streiten, wie sie es mit ihrem Vater oder Brian nie hätte tun können. Auch Michael hatte jedes Mal verzweifelt gewirkt, wenn sie nicht seiner Meinung gewesen war. »Beutelratten haben ihren eigenen Kopf. Sie gehen nicht, sie watscheln. Und sie haben drei Reihen scharfer Zähne.«

»Du kapierst nicht, worum es geht. Die junge Frau wollte ihren Garten und keinen Mann. Hätte sie geheiratet und wäre nach Norden gegangen, hätte sie die Gartenarbeit aufgeben müssen.«

»Ich geh lieber jagen.« Zum ersten Mal im Leben hatte Margo das Gefühl, dass Reden genauso ein Vergnügen sein kann wie Schießen. Sie überlegte sich, was sie dem Indianer alles erzählen könnte, wenn sich die Gelegenheit dazu bot, etwa dass ein Hirsch auch mal einen Fisch fraß oder dass ein Reiher eine Schlange verschlucken und sich die Schlange trotzdem noch wieder befreien konnte. Dass sie etwas zu sagen hatte, womit er sich auseinandersetzen würde, erfüllte sie mit einem warmen Gefühl.

»Wenn du Indianerin wärst, würdest du verstehen, dass diese Geschichte einem das Herz bricht. Genau darauf verstehen sich junge Frauen nämlich: Herzen brechen. Das ist eine ihrer Stärken.«

»Ist Ihre Frau Indianerin?«

»Sie ist zu einem Viertel Sioux. Aber lass uns jetzt nicht über sie reden.«

»Sitting Bull hat Annie Oakley in der *Wild West Show* auch Geschichten erzählt.«

»Sitting Bull war ein toller Mann. Die *Wild West Show* war eine Schmach für seine empfindsame Seele.« Der Indianer sprach schon etwas undeutlich. Er hielt die Flasche hoch: Sie war noch zu zwei Dritteln gefüllt. »Ich glaube, in diesem Whiskey ist irgendwas Komisches drin. Vielleicht Stechapfel. Ich sehe Dinge, die gar nicht da sind.«

»Ich würde gern wie die Indianer am Fluss wohnen«, sagte Margo. »Nicht nur in einem Haus in Flussnähe.«

»Die Indianer haben nie am Fluss gewohnt«, widersprach er ihr. »Der Fluss war nur ihr Highway. Sie haben sich höher gelegene Plätze gesucht, damit sie im Blick hatten, wer kommt und geht. Wir hatten früher eine Menge Feinde. Die Männer haben sich ständig mit irgendeinem anderen Stamm bekriegt.«

»Ich hab an diesem Fluss keine Feinde.«

»Du hast genau solches Haar wie meine Frau. Komm, ich kämm es dir«, schlug der Indianer vor. Er trank noch einen Schluck und zog einen Kamm aus einer kleinen Tasche mit Reißverschluss. »Ich bürste meiner Frau immer die Haare.«

Seit Margo ein kleines Mädchen gewesen war, hatte ihr niemand mehr das Haar gekämmt. Der Indianer ging behutsam vor, er begann bei den verfilzten Spitzen und wurde nicht ungeduldig oder zog an den Haaren wie ihre Mutter oder Joanna. Jedes Mal, wenn seine Hand sie streifte, errötete sie, und ihr Körper schien anzuschwellen. Als er fertig war, legte er die Arme um sie und zog ihren Rücken an seine Brust. Sie ließ es geschehen und entspannte sich, als wäre sie in den Fluss gesprungen und ließe sich in der Strömung treiben. Er küsste ihren Nacken, und da drehte sie sich um und presste ihren Mund auf seinen. Das hatte sie nicht vorgehabt, aber sie vertraute darauf, dass sie es wollte.

Sie liebten sich lange und rollten über die weichen Fichtennadeln. Margo war, als dehnten sich die Sekunden zu Stunden, als wären die normalen Gesetze der Zeit außer Kraft gesetzt. Noch nie hatte sie mit einem Mann unter freiem Himmel geschlafen. Der Wind gab ihnen etwas und auch das vorbeifließende Wasser, und jedes Wesen, das über den Boden kroch oder huschte, in ihrer Nähe vorbeiflog, im Fluss schwamm oder planschte, übertrug ihnen etwas von seiner Kraft. Nach einer Weile schien der Fluss selbst über die Ufer zu kriechen und sie zu umfließen. Die Strömung trieb sie tiefer ineinander. Als es vorbei war, sagte der Indianer: »Wenn eine Frau mit einem Mann schläft, gibt sie angeblich die Kraft und

Stärke der anderen Männer, mit denen sie zusammen war, an ihn weiter.« Als ihm auffiel, dass sie kaum Luft bekam, ließ er sich auf die Seite rollen und stützte sich auf den Ellbogen. Nackt lag er in der kühlen Luft. »Sag mir, was ich von dir bekomme.«

Sie zuckte mit den Schultern. »Du siehst aus wie ein Tier.«

»Welches?«

»Ich weiß nicht.« Sie fegte ein paar Fichtennadeln von seiner Hüfte und betrachtete seinen ruhenden Penis.

»Ein Fuchs?«, schlug er vor. »Wenn ich ein Tier sein könnte, wäre ich gern ein Fuchs.«

»Warum ausgerechnet ein Fuchs?«

»Weil Füchse schlau sind. Und du?«

Sie ließ den Blick über die uralte Landschaft, die Bäume und den Fluss schweifen. Sie wollte sich nicht auf ein Tier festlegen.

»Ich brauch noch was zu trinken.« Suchend sah er sich nach der Flasche um, die halb voll an einem Stein am Feuer lehnte.

»Du hast gesagt, du willst höchstens die halbe Flasche trinken.« Margo stand auf, holte ein paar kleine Holzstücke, die sie mit dem Beil des Indianers zerhackt hatte, und warf sie ins Feuer.

»Das war nicht mein wahres Ich. Dies hier ist mein wahres Ich. Mein nacktes Ich. Und das ist dein wahres nacktes Ich.«

Sie reichte ihm die Flasche. Er nahm einen kräftigen Schluck und schraubte den Deckel wieder zu. Margo saß neben ihm am Fußende ihres Schlafsacks. Es gefiel ihr, nackt unter den Sternen zu sein. Wenn der Indianer seinen Rausch ausschlafen musste, würde er vielleicht doch nicht am nächsten Morgen aufbrechen. Er würde noch einen Tag anhängen müssen, und sie wäre noch nicht wieder allein.

»Du musst einen Schluck davon trinken«, beharrte er.

»Es schmeckt mir nicht. Ich hab's probiert.«

»Wenn du nur daran nippst, wirst du nie wissen, wie es schmeckt. Vorhin hast du nicht mal den Mund aufgemacht. Du musst einen ordentlichen Schluck trinken.« Er rückte dicht an sie heran, sodass sich ihre nackten Schultern berührten. Margo hatte gehofft, seine Wirkung auf sie würde nachlassen, wenn sie Sex mit ihm hätte, aber das Knistern war noch stärker als zuvor, und sie drängte sich an ihn, um es zu unterdrücken. Sie lauschte auf ein Zeichen vom Fluss, aber er war verstummt. »Mir schmeckt Alkohol nicht«, sagte sie.

»Whiskey ist eine Religion, ein Flaschengeist. Nimm einen ordentlichen Schluck, dann spürst du, wie er deinen ganzen Körper durchströmt. Weißt du, Margo, ich hab meine Frau bis heute nie betrogen.« Er beugte sich über ihren Nacken. »Meine Frau benutzt das gleiche Shampoo. Den Duft kenne ich. Im Dunkeln ist dein Haar so schwarz wie ihres.«

»Ich trinke einen Schluck, wenn du ein Stück von dem Pilz isst.«

»Ich weiß nicht …« Er stellte die Flasche auf ihr Knie.

»Du hast doch gesehen, wie ich davon gegessen habe, und ich hab mich nicht vergiftet.«

»Okay, ich esse ihn zum Frühstück, vorausgesetzt, du lebst dann noch«, willigte der Indianer ein. »Versprochen.«

Margo holte tief Luft, hielt die Flasche schräg und schluckte. Mund und Kehle brannten. »O Gott«, sagte sie, als sie wieder sprechen konnte.

»Das ist das erste Mal, dass ich dich *Gott* sagen höre. Und, was siehst du? Ein Tier?«

»Ich weiß nicht«, brachte sie mühsam hervor. Ihr Gehirn war lahmgelegt, solange der Whiskey sie durchfloss. Als das Brennen in ihrem Mund nachließ, konnte sie die Bitterkeit deutlicher schmecken.

»Mach die Augen zu«, verlangte der Indianer. »Was siehst du, wenn du die Augen schließt?«

»Mein Gott, wie kannst du dieses Zeug nur trinken?«, fragte sie, ohne die Augen zu schließen.

»Du sollst sagen, was du siehst.«

»Nur den Fluss«, behauptete Margo, obwohl sie das Tier klar und deutlich vor sich sah. Sie wollte die Vision des Bärenmarders für sich behalten. Er sah aus wie der aus dem Buch des jagenden Indianers, wie der *Vielfraß*, den ihr Großvater beschrieben hatte. Für den jagenden Indianer war ein fauchender Bärenmarder in seiner Höhle das Zeichen, dass er zu seinem Stamm zurückkehren sollte. Aber dieses Tier bedrohte Margo nicht. Es beäugte sie ruhig, schien sie zu akzeptieren und verschwand. Margo konnte nicht fassen, wie deutlich sie es hatte vor sich stehen sehen, groß wie ein Hund mit den Farben eines Stinktiers und langen Krallen. Sie wünschte, es hätte einen Laut von sich gegeben, den sie hätte erwidern können, aber es war stumm geblieben.

Der Indianer presste sein Gesicht in ihr Haar und raunte: »Ich glaube, du bist ein Flussgeist.«

»Ich bin kein Flussgeist. Warum wollt ihr Männer aus uns Mädchen immer etwas anderes machen, als wir sind?« Sie war auch kein Wolfskind, wie Michael sie genannt hatte. Und selbst die Kosenamen ihres Großvaters, *Elfe* und *Flussnymphe,* hörten sich jetzt komisch an, als habe er sie nicht einfach sein lassen, was sie war: ein Mensch.

»Weil es besser wirkt«, antwortete er. »Aber nichts könnte besser wirken, meine Liebe, als du nackt an diesem geschichtsträchtigen Ort.« Er schob das Haar aus ihrem Nacken und streichelte ihre Schultern. Als er die Flasche ausgetrunken hatte, küsste er sie. Auch diesmal fiel Margo beim besten Willen kein Grund ein, warum sie ihrem Körper nicht vertrauen sollte.

Doch diesmal war er anders. Diesmal kam er über sie wie Flutwasser, das flussabwärts drängt. Er sog an ihren Brüsten, als wollte er an ihnen trinken.

»Wie heißt du?«, flüsterte sie. Wie auch immer diese Erfahrung enden würde, sie wollte sie nicht versäumen, aber die Verwandlung des Indianers machte ihr Angst. »Wer bist du?«

»Ich weiß meinen Namen nicht. Ich schwör dir, ich kenne ihn nicht«, sagte er leise an ihrer Brust, und sie spürte, wie sein Unterkiefer an ihrem Brustbein rieb. Er holte tief Luft und hauchte seinen heißen Atem auf sie. »Aber wir werden nie wieder im Land meiner Vorväter sein.«

»Jetzt klingst du wie ein Indianer«, sagte sie.

Er schob sich auf sie, und sie drängte sich ihm entgegen. Ihre Körper bewegten sich auf den Schlafsäcken und Fichtennadeln mit solcher Kraft, dass Margos Innerstes bebte. Mit ihm auf sich war ihr zu warm, doch selbst als sie sich rittlings auf ihn setzte, verschaffte ihr die herbstliche Nachtluft keine Kühlung. Der Indianer zog sie fest an sich, und zusammen bildeten sie eine Flutwelle, die sich durchs Flusstal wälzte, das Land überspülte und alles mit sich fortriss, was nicht vertäut war. Margos Zähne klapperten. Das Rauschen des Flusses und das Klatschen der Karpfen auf der Wasseroberfläche erfüllten die Luft um sie herum, und über ihnen quiekten und kreischten die Flughörnchen. Der Boden unter ihnen, eben noch kühl, verströmte jetzt Hitze.

Als der Indianer schließlich von ihr herunterrollte, waren sie beide klatschnass von Schweiß. Margo kriegte kaum Luft. Sie lag still da und rechnete damit, Dampf von ihren Körpern aufsteigen zu sehen. Minuten später war sie immer noch außer Atem. Als er einschlief, schmiegte sie sich an ihn und lauschte dem gurgelnden Fluss.

Sie fiel in eine Art Dämmerzustand, doch ihr Körper

blieb wach und rang mit sich. Margo streckte die Hand nach der Schachtel mit der Asche ihres Vaters aus, aber sie war ihr zu heiß. Nach einer Weile schlief sie dann doch ein und träumte vom Bärenmarder: Er war so groß wie der schwarze Hund und hatte das Gesicht eines Wiesels; dann verwandelte der Bärenmarder sich in einen Fisch, der so groß wie Paul war und den Fluss heraufgeschwommen kam, und im Traum erschoss sie Paul und spürte, dass es etwas Schreckliches war, einem Menschen das Leben zu nehmen.

Margo erwachte aus dem Traum, als der Indianer sie an sich zog. Sie fühlte den kalten Reißverschluss seines geöffneten Schlafsacks an ihrem nackten Bauch. Als sie die Augen aufschlug, stellte sie fest, dass er sie aus seinen schwarzen Augen anstarrte. Margo erzählte ihm, dass sie von einem großen Fisch geträumt hatte, und er flüsterte: »Ich auch. Von einem Stör. Die gab es hier früher im Fluss, sie waren so groß wie Kühe.«

Erst später begriff Margo, wie verrückt es war, dass sie beide vom selben Riesenfisch geträumt hatten. Am Morgen blieb sie reglos liegen, zu erschöpft, um sich zu bewegen oder etwas zu sagen, als der Indianer sich von ihr zurückzog und in Richtung Auto davonstolperte. Schlafsack und Campingmatte, Pfanne und Beil ließ er zurück. Margo versuchte nicht, ihn aufzuhalten.

Am helllichten Tag schlug sie die Augen auf, sie war immer noch wie gerädert. Alles tat ihr weh. Wohin sie auch fasste, entdeckte sie Steinchen, Fichtennadeln und Pflanzen auf ihrer Haut. Unter ihrem Schlafsack lag ein kleiner Lederbeutel mit einem schlichten Perlenmuster und Kordelzug, darin steckten ein zusammengefalteter Zettel und eine Rolle Zwanzigdollarscheine.

Leb wohl, Margo, las sie. *Ich bin meiner Frau in den drei Jahren unserer Ehe nie untreu gewesen. Ich werde vergessen, was zwischen uns passiert ist. Ich hoffe, Du auch. Denk dran,*

Du hast im Leben viele Möglichkeiten. Geh wieder zur Schule. Als Datum stand 14. September 1981 darunter, die Unterschrift lautete einfach nur: *XXX*.

»Mistkerl«, sagte sie. An der Wasseroberfläche ließ sich ein großer Karpfen blicken, gefolgt von einem kleineren. Gemeinsam tauchten sie wieder ab. Margo saß an diesem Nachmittag stundenlang reglos wie ein Vogel in seinem Nest da und hielt ihre Büchse umklammert, aber ihr war nicht nach Schießen zumute, nicht einmal als ein Eichhörnchen über ihren Schlafsack hoppelte. Sie war trunken vom Geruch des Indianers und sehnte sich nach ihm, denn sie hatte sich in den zwei Tagen ein wenig in ihn verliebt. Bestimmt würde es ihr besser gehen, wenn sie ihn sich erst mal aus dem Kopf geschlagen hätte. Er war zu ihr gekommen und hatte sie um Hilfe gebeten, und sie hatte ihm geholfen. Sie hatte ihm etwas zu essen gegeben, und er hatte sie dafür bezahlt. Der Sex mit ihm war anders gewesen als alles, was sie bislang erlebt hatte, aber wäre er dageblieben, wäre er so wie alle Männer geworden. Sie musste sich ausruhen und überlegen, wie sie über die Runden käme, bis ihre Mutter ihr schrieb. Der Indianer hatte ihr genug Geld dagelassen, um ein Boot zu kaufen. Starr saß sie da, länger, als sie in ihrer Erinnerung je still gesessen hatte, und bewegte sich nur, um das Feuer zu schüren oder die Entensuppe umzurühren.

DRITTER TEIL

18. KAPITEL

Zwei Wochen nach der Abreise des Indianers blieb Margos Regel aus, und sie wusste, was das bedeutet: Sie erwartete ein Kind von ihm. Es war dumm von ihr gewesen, sich auf ihren Instinkt zu verlassen, als sie sich einsam fühlte. Dumm, der Begierde und dem Sehnen ihres Körpers an diesem fremden neuen Ort nachzugeben. Sie weinte eine ganze Weile vor sich hin, bis sie oben am Steilufer einen hochgewachsenen, hageren Mann zu ihr herunterblicken sah.

Dem Farmer gehörte das Land, auf dem sie zwei Wochen allein kampiert hatte, während er mit seinen Arbeitern auf den umliegenden Feldern Sojabohnen erntete. Bei seinem Anblick hörte sie schlagartig auf zu weinen, so wie ein Vogeljunges aufhört, nach Nahrung zu piepsen, wenn sich ein Fressfeind nähert. Es juckte sie in den Fingern, nach ihrem Gewehr zu greifen, aber sie fixierte den Mann nur mit den Augen. Nach einem langen, gründlichen Blick wandte sie sich ab und begann ihr offenes Haar mit den Fingern zu kämmen. Dann drehte sie es ein und steckte es mit ihrer Haarklammer am Hinterkopf fest. Die Schlafsäcke und die Campingmatte waren bereits zu einem dicken Bündel verschnürt. Sie faltete die Zeltplane zusammen und sammelte gewissenhaft ihre sonstigen Habseligkeiten ein. Es war später Nachmittag. Die spärlichen Essensvorräte hatte sie in den großen Topf gelegt, den der alte Mann ihr geschenkt hatte, und im Windschutz versteckt, wobei sie den Deckel zum Schutz gegen

»tierische Übergriffe« festgebunden hatte. Die Metallkiste mit der Asche ihres Vaters lag daneben. Es störte Margo, dass sie nicht mehr alles mitnehmen konnte, was sie besaß. Die zusätzliche Ausrüstung machte sie zwar unabhängiger, aber gleichzeitig konnte oder wollte sie nicht mehr so einfach abhauen, wenn es Ärger geben sollte.

Obwohl das Feuer so gut wie gelöscht war, füllte sie einen Kanister am Fluss mit Wasser und schüttete es auf die Asche, um dem Farmer zu zeigen, dass ihre Anwesenheit keine Brandgefahr mit sich brachte. Dann band sie die überdimensionierte Bettrolle und die Plane am Rucksack fest und ging ein Stück flussaufwärts. Als sie die Bäume des Windschutzes erreicht hatte und sich umdrehte, konnte sie durch die Zweige immer noch die schemenhafte Gestalt des Farmers erkennen. Allerdings schien der Mann jetzt übers Feld zu blicken.

Sie hatte nicht die Absicht, weit zu laufen, denn sie mochte die Abgeschiedenheit dieses Ortes und hoffte, bleiben zu können, bis sie ein Boot oder einen anderen Plan hätte. Manchmal fühlte sie sich am rauschenden Fluss so frei, wie sie sich am Stark River schon lange nicht mehr gefühlt hatte. Ab und zu hörte sie in der Ferne Schüsse, was ihr das beruhigende Gefühl gab, dass Schießen hier draußen offenbar zum Alltag gehörte, aber sie hatte nur noch eine einzige Patrone und musste sich in die Stadt wagen, um Munition nachzukaufen. Mit Fisch, Wild, Schwarznüssen und der Beute aus den Gemüsegärten war sie, was die Ernährung betraf, gut versorgt, und sauberes Wasser holte sie sich an der Handpumpe neben der Scheune.

Margo versteckte den Rucksack in einer Astgabel im Windschutz, ging mit der Büchse weiter flussaufwärts, zwängte sich am Viehzaun vorbei und durch ihn hindurch, um auf die Kuhweide und wieder von ihr herunterzugelangen, und stand kurz darauf an dem weißen

Haus des alten Mannes. Sie hatte ihn an den meisten Tagen heimlich beobachtet. Oft hatte er allein im Rollstuhl auf der mit Steinplatten ausgelegten Terrasse gesessen und durch die dunkle Brille hinunter aufs Wasser gestarrt. Wenn die Sonne auf ihn fiel, glänzte sein Haar in hellem Silber.

Heute war der Alte nicht draußen. Margo wagte sich auf die Terrasse und kickte mit den Füßen die hübschen orangefarbenen und gelben Ahornblätter weg, die darauf verstreut lagen. Dann ging sie die steilen Stufen hinunter und auf das Boot mit dem kleinen Wohnwagen. Wieder gab es nur leicht unter ihrem Gewicht nach. Das Vorhängeschloss war offen, und als sie den Aluminiumknauf drehte, schwang die Tür auf, und modriger Geruch schlug ihr entgegen. Im Innern erblickte sie ein schmales Hochbett und eine breitere untere Schlafkoje, die in einen Tisch mit Stühlen umfunktioniert werden konnte, einen Gaskocher mit zwei Herdplatten, wie Brian einen besessen hatte, einen Backofen, groß genug für eine Kuchenform, und den kleinsten Holzofen, den sie je gesehen hatte. Sie öffnete die Feuerklappe und stellte fest, dass die Brennkammer etwa zwölf mal fünfzehn mal acht Zoll maß. Dafür musste man das Holz besonders klein hacken. In der Wand dahinter führte ein rund sechs Zoll starkes Abzugsrohr nach draußen.

Margo hörte Gebell, und als sie aufs Deck hinaustrat, stand der schwarze Hund schwanzwedelnd vor ihr. Der alte Mann saß auf der Terrasse, gesprenkeltes Sonnenlicht glitzerte auf seinem Rollstuhl und seinem silbrigen Haar. Er winkte sie zu sich, und sie gehorchte. »Was willst du, mein Kind?«, fragte er.

Margo konnte ihn wegen seines pfeifenden Atems kaum verstehen, aber dann fiel ihr ein, wie er beim letzten Mal gesagt hatte, wenn sie duschen wollte, müsse sie ihn fragen.

»Kann ich eine Weile in Ihrem Wohnwagen schlafen?«

Der Mann räusperte sich unter Schmerzen. Seine Haut war bleich und leicht feucht, das Haar klebte ihm an der Stirn.

»Sie sehen kränker aus als beim letzten Mal«, stellte Margo fest. Als der Hund sich neben dem Rollstuhl niederließ, kniete Margo sich neben ihn und tätschelte ihn mit beiden Händen.

»Es gibt gute und schlechte Tage. Ich hab ein Emphysem, aber die Ärzte sagen, dass ich nicht daran, sondern an den Tumoren sterben werde.« Wieder räusperte er sich. »Es sei denn, du ersparst uns allen eine Menge Scherereien und erschießt mich.«

»Soll ich Ihnen noch mal eine Zigarette aus dem Mund schießen?«

»Ja, aber stell dich diesmal genau vor mich!« Er tippte auf seine Stirn, um ihr zu zeigen, wo die Kugel hinsollte. »Eigentlich war ich zu müde, um rauszukommen, aber dann hab ich dich gesehen und mir gesagt, dem Kind da sollte ich wohl mal den Hintern versohlen.«

»Ich bin kein Kind mehr.«

»Verglichen mit mir ist jeder ein Kind.« Er unterdrückte ein Husten. »Sogar Leute in meinem Alter sehen neben mir wie Kinder aus.«

»Wie viel wollen Sie für Ihr Boot? Ich hab Geld.«

»Von wegen Geld. Du hast ein Gewehr und einen Suppentopf. Und ein großes Küchenmesser, das mir gehört, wenn ich mich nicht irre.«

»Das Messer kriegen Sie wieder. Ich hab es mir nur geborgt. Aber meine Büchse kann ich Ihnen nicht geben.«

»Ich hab selbst zwei Büchsen und eine Flinte, aber ich kann sie nicht mehr ruhig halten. Das olle Messer kannst du behalten. Es ist sowieso nicht mein bestes. Ich hab mein Leben lang als Setzer gearbeitet, und jetzt kann ich nicht mal mehr eine Schraube festziehen oder Fleisch klein schneiden.« Zur Veranschaulichung seiner Worte streckte er eine blasse, zitternde Hand aus.

»Kann ich mir den Wohnwagen noch mal von innen ansehen?«

»Nix da! Ich kann kein Kind gebrauchen, das auf meinem Boot schläft. Was sollen die Nachbarn denken?«

»Ich könnte Ihnen als Gegenleistung zur Hand gehen«, schlug Margo vor. »Ich könnte die Terrasse fegen. Ich könnte für Sie kochen und das Fleisch klein schneiden.«

»Mein Freund Fishbone hat gesagt, dass er dich vor zwei Wochen an dem Abend, an dem du hier warst, mit einem Mexikaner drüben auf der Farm gesehen hat.«

»Er ist Indianer. Aber egal, er ist weg.« Margo war überrascht, dass man sie beobachtet hatte.

»Hat dir der Mistkerl das Herz gebrochen?«

»Ich bin froh, dass er weg ist. Ich brauche keinen Mann.«

»Na, was glaubst du, was ich bin?«

»Sir, Ihr Boot ist für mich die einzige Möglichkeit, am Fluss zu leben.« Während Margo mit dem alten Mann sprach, spürte sie irgendwie, dass etwas in ihrem Bauch war, und sie hatte Angst, dass er es merken könnte.

»Geh jetzt«, sagte er. Ein Hustenanfall packte ihn, und als er sich wieder aufrichtete, sah sie Blut in seinen Mundwinkeln. Er scheuchte sie mit einer Handbewegung fort.

»Kann ich noch ein bisschen bleiben und Ihren Hund streicheln?«

Er schüttelte den Kopf. »Komm morgen früh wieder.«

Margo verbrachte die Nacht in ihrem Schlafsack am Lagerfeuer. Die Campingmatte und den Schlafsack des Indianers hatte sie als Polster unter sich gelegt und die Zeltplane zum Schutz gegen den starken Tau über sich gebreitet. Im Traum teilte sie das Lager mit dem Indianer und fuhr mehrmals aus dem Schlaf hoch, weil ihr war, als würde ihr Körper aus tosendem Wasser an Land geschleudert.

Morgens ging sie flussaufwärts, und als sie das weiße Haus erreichte, hörte sie Geräusche, die sie an Krähen erinnerten. Die Geräusche wurden zu Stimmen, und sie bemerkte zwei Autos in der Auffahrt, die sonst immer leer gewesen war. Die Straße ein kleines Stück weiter unten stand ein zweifarbiger Chevrolet Pick-up, den sie schon ein paarmal gesehen hatte. Margo schlich näher heran. Zwei Frauen waren beim alten Mann auf der Terrasse, offenbar seine Nichten. Beide waren etwa so groß wie Margo. Eine hatte langes, dunkles Haar, das glatter als Margos war; die andere hatte kürzeres, helleres Haar und wirkte etwas jünger, aber ansonsten sahen sie sich ähnlich.

»Du sollst das Sauerstoffgerät ständig benutzen, aber wenn wir herkommen, hast du es nie angeschlossen«, klagte die Dunkelhaarige.

»Ich benutze es, wenn ich es brauche, Shelley. Überlass das ruhig mir.«

»Es wird langsam kalt, Onkel Smoke, und der Arzt hat gesagt, in der Kälte könnten deine Lungen verkrampfen. Komm, wir bringen dich ins Haus.«

Der alte Mann trug keine Jacke über seinem Arbeitshemd. Margo wünschte, eine von den Frauen würde ihm eine holen. Vielleicht hofften sie aber, dass ihn die Kälte ins Haus trieb.

»Du und deine Schwester, was wisst ihr denn schon?«

»Onkel Smoke, wir lieben dich, und wir haben Mom versprochen, uns um dich zu kümmern«, beteuerte die blonde Nichte. Sie ging neben dem Rollstuhl in die Knie, um ihrem Onkel ins Gesicht zu sehen, aber er wandte sich ab. »Hier kannst du nicht bleiben. Du wiegst nicht mal mehr halb so viel wie früher.«

»Ich mische mich doch auch nicht in euer gottverdammtes Leben ein.« Es war schwer zu sagen, in welche Richtung er hinter der dunklen Brille schaute, aber Margo hatte den Eindruck, dass etwas an der Garage seine Aufmerksamkeit erregte.

»Es geht dir doch nur ums Rauchen, stimmt's?«, fragte Shelley. »Du willst hier nicht weg, weil sie dir das Rauchen verbieten würden. Du denkst, du kannst nicht mit dem Rauchen aufhören, aber du kannst, wenn du willst. Es gibt Methoden, die einem beim Aufhören helfen.«

»Die Nazis hatten auch so ihre Methoden. Ich will einfach nur hierbleiben.«

Die blonde Nichte sagte: »Wenn ich auf dieser Welt auf etwas gut verzichten kann, dann auf Zigaretten. Sie sind so schädlich.«

Der Mann legte die Hände auf die Räder des Rollstuhls und schob sich ein Stück fort. Die Blondine stand auf. Der Hund saß lächelnd neben dem Alten auf der Terrasse, er schien sich über die Gesellschaft der Frauen zu freuen.

»Trinkst du zum Frühstück wenigstens deinen Eiweißshake, damit wir wissen, dass du genug Vitamine und Proteine zu dir nimmst?«, fragte Shelley.

»Hast du das Scheißzeug mal probiert? Und hast du mal den übrigen Fraß probiert, den sie eurer Mutter im *Old Saints* vorgesetzt haben? Putenschinken, Margarine, Diabetikerkekse, Nescafé? Und einen Schlauch lass ich mir auf keinen Fall legen.« Ihm ging die Luft aus. »Ich hab bei meinem Arzt was unterschrieben, wo das festgelegt ist. Er hat eine Kopie davon an beide Krankenhäuser geschickt.«

»Ich trinke oft diese Frühstücksdrinks, Onkel Smoke. Mir schmecken sie«, meinte Shelley.

»Du kannst das verdammte Zeug gern haben.«

»Warum lässt du uns nicht mit deinem Arzt reden?«, fragte sie. »Du musst uns nur seinen Namen sagen.«

»Nein.«

»Ich könnte heulen! Ich mache mir solche Sorgen um dich«, jammerte die blonde Nichte.

Tatsächlich sah Margo Tränen über ihre Wangen laufen.

»Du benimmst dich wie ein Verrückter, Onkel Smoke.«

»Habt ihr das auch dem Richter geschrieben?«, fragte der Alte forschend.

»Warum bist du so gemein?«

»Gemein? Ihr wollt mich ins *Old Saints Home* stecken, und ich bin gemein?«

»Es heißt *Alsand's Comfort Care*, nicht *Old Saints*.« Die jüngere Frau klang resigniert. »Warum sagst du immer *Old Saints*? Außerdem hat Mom gesagt, dass sie dort gut behandelt worden ist. Aber wenn du zu mir ziehen würdest, würde ich für dich sorgen, und du müsstest nicht ins Heim.«

»In deine Wohnung? Zu deinem Freund und drei Katzen? Mein Zuhause ist hier.«

»Auf der Gemeindeverwaltung haben sie gesagt, dass sie dir einen Brief wegen der Garage geschickt haben«, wechselte Shelley das Thema und nickte zu dem Gebäude mit dem durchhängenden Dach. »Sie wollen sie abreißen lassen. Du solltest deinem schwarzen Freund sagen, dass er alles rausholen muss, was er behalten möchte. Die geht davon aus, dass es dort Ratten gibt.«

Mit großer Mühe unterdrückte der Alte ein Husten. Margo bemerkte, dass die Hirschdecke immer noch neben der Garage aufgespannt war, aber die beiden Frauen konnten es von ihrem Standort aus nicht sehen.

»Übrigens weiß ich, dass er dir die Zigaretten besorgt«, behauptete Shelley.

Die Blondine legte nach: »Mit der richtigen Behandlung könntest du länger leben. Oder willst du nicht mehr leben?«

Der Hund spitzte die Ohren. Am Zaun neben der Garage raschelte es. Margo schwenkte den Lauf ihrer Büchse in die Richtung, aus der das Geräusch gekommen war. Hinter einem flammendroten Busch erspähte sie einen dunklen Arm, der zu einem kurzärmligen blauen Hemd und, noch weiter oben, zu einem halb von einem weichen Filzhut verdeckten Gesicht führte. Blauer Dunst quoll unter der Hutkrempe hervor. Wie Margo beobachtete der Mann die Szene, nur auffälliger, schließlich rauchte er einen Zigarillo. Als ihre Augen sich trafen, ließ sie rasch die Mündung sinken.

»Also, ich muss jetzt zur Arbeit. Auf Wiedersehen«, versetzte Shelley und schlurfte von der Terrasse. Die blonde Frau küsste den alten Mann auf den Kopf und folgte ihrer Schwester um die Hausecke. Da erhob sich der Mann mit dem Filzhut und kam auf die Terrasse. Margo tat zögernd das Gleiche.

»Richte das Gewehr nie auf einen Menschen, junge Dame!«, ermahnte der Mann mit dem Filzhut sie und schüttelte missbilligend den Kopf.

»Tut mir leid. Ich wusste nicht, dass Sie dort sind. Ich dachte, es wäre ein Eichhörnchen, was da im Gebüsch raschelt.« Der Mann war dünn und trug ein geknöpftes Hemd mit kurzem Stehkragen, knittrige Hosen und blank polierte schwarze Lederschuhe. Er musste Anfang sechzig sein, hatte aber die Figur eines Jüngeren.

»Smoky, kennst du die Kleine, die sich hier rumtreibt, um jemanden umzubringen?«, fragte er ruhig. »Hast du eine Nichte, von der du mir nichts erzählt hast?«

»Eine Frau, die dich umbringen will – für dich nichts Neues, was? Deine Frau hat jahrelang versucht, dich …« Der Rest des Satzes ging in einem Hustenanfall unter. Margo und der Mann mit dem Filzhut traten näher und warteten ab, bis der Anfall abgeklungen war. Bemerkenswert, dachte Margo, dass sich gleich zwei Personen hinter dem Haus des alten Mannes versteckt hatten.

»Es ist schon eine Weile her, seit mich eine Frau umbringen wollte«, erklärte der Mann, zu Margo gewandt. Er klang ganz friedlich. »Seit meine Frau Bluthochdruck hat, muss sie aufpassen, dass sie sich nicht aufregt.«

»Fishbone, du musst …« Einen Moment hatte es so ausgesehen, als hätte der Alte sich erholt, aber jetzt hustete er wieder. Er zog eine Arzneiflasche aus der Tasche am Rollstuhl und nestelte am Verschluss, bis Fishbone ihm die Flasche aus der Hand nahm, den Deckel nach unten drückte, gleichzeitig drehte und sie ihm zurückgab. Smoke trank aus der Flasche.

»Dein Hund sieht mich fünf Tage die Woche. Warum knurrt er mich immer noch an?«, wollte Fishbone wissen, nachdem der Alte die Flasche wieder zugeschraubt hatte.

»Trotzdem musst du dich nach meinem Tod um ihn kümmern. Du hast es mir versprochen.«

»So schnell stirbst du nicht, du alte Vogelscheuche«, entgegnete Fishbone.

Smoke nahm die Brille ab und rieb sich die Augen. »Was glotzt ihr beiden so?«

»Wir glotzen dich an, du verrückter, hustender Trottel. Glaubst du etwa, das Codein rettet dich? Früher oder später gibt es dir den Rest. Deshalb erlaubt dir der Arzt auch nicht mehr als eine Flasche pro Woche.«

»Das ist Teil meines Plans.« Der Alte setzte die Brille wieder auf. Sie verdeckte sein Gesicht zur Hälfte.

»Deine Nichten stecken ihre Nase aber auch in alles! Warum wollen sie, dass die Gemeinde mein hübsches Häuschen abreißt?« Fishbone entdeckte unten am Hosenbein eine winzige Klette und hob den Fuß, um sie wegzuschnippen. »Du solltest die beiden lieber bitten, dein Haus zu putzen, Smoke. Dann wären sie endlich mal nützlich!«

»Wohnen Sie in der Garage?«, fragte Margo.

»Ich wohne in Kalamazoo. Die Garage ist meine *Hütte*

am Fluss, hier schlage ich meine Hirsche aus der Decke und gerbe das Leder. In Smokes Haus gibt es mehr Ratten als in dieser Garage.« Er trug einen breiten goldenen Ring mit eingraviertem Kreuz. »Bevor ich's vergesse: Hier hast du deine Sargnägel, Smoky.«

Smoke nahm von Fishbone eine Stange Zigaretten entgegen. Dann drehte er sich zu Margo um. »Warum kommst du so spät?«

»Sie hatten nicht gesagt, dass ich zu einer bestimmten Uhrzeit hier sein soll«, verteidigte sie sich.

»Alte Leute stehen früh auf, stimmt's, Fishbone?« Seine Atmung hörte sich jetzt besser an.

»Woher soll ich das wissen? So alt wie du bin ich noch nicht«, gab Fishbone zurück.

»In meiner Zeit als Drucker musste ich den Laden um sieben Uhr morgens aufmachen, sonst hätten die Leute den Auftrag jemand anderem gegeben. Das frühe Aufstehen hat mich fast umgebracht. Und jetzt, wo ich nichts mehr zu tun habe, halte ich es nicht länger als bis Sonnenaufgang im Bett aus«, klagte Smoke. »Fishbone hat mir damals die Maschinen eingerichtet. Er fand nichts dabei, erst um zehn mit einem halben Donut in der Hand einzutrudeln.«

»Ich ziehe die Abendschicht vor«, meinte Fishbone. »Das ist doch wesentlich kultivierter.«

»Warum haben Sie sich versteckt, Sir?«, wollte Margo wissen.

»Ich wollte nicht, dass mich diese taughen Ladys sehen. Von der Sorte Frauen halte ich mich lieber fern.«

»Du musst die Kleine hier kennenlernen, Fishbone. Sie kann dir den Zigarillo aus dem Mund schießen.« Smoke schnippte eine halb abgebrannte filterlose Zigarette vom Sitz des Rollstuhls auf die Steinplatten. Offenbar hatte er sie während des Besuchs seiner Nichten dort versteckt.

»So, so«, brummte Fishbone. Er nahm den brennenden

Zigarillo aus dem Mund, betrachtete den Plastikfilter und steckte ihn sich wieder zwischen die Zähne.

»Ich hab Ihre Felle gesehen, Mr Fishbone. Ich kann auch Tiere häuten.«

»Es gibt heutzutage nicht viele Mädchen, die das können.« Er musterte sie von Kopf bis Fuß.

»Ich schon. Kaninchen, Eichhörnchen, Hirsche. Einmal hab ich meinem Großvater geholfen, einem Bären das Fell abzuziehen. Und ich weiß auch, wie man Wild zubereitet.«

»Meine Frau brät mir schon mal ein Eichhörnchen, aber ich muss es vorher abbalgen, ausnehmen und den Schwanz abschneiden. Dann kann sie sich nämlich einreden, es wäre ein Hühnchen.« Wieder sah er sie an, diesmal argwöhnisch. »Was suchst du hier eigentlich? Smoky hat kein Geld.«

»Er hat gesagt, dass ich heute kommen soll.«

»Ich hab jede Menge Geld«, widersprach Smoke. »Ich bin ein rundum begehrenswerter Mann, falls ihr es noch nicht gewusst habt.«

»Müsstest du nicht in der Schule sein?«, wollte Fishbone wissen.

»Mit der Schule bin ich fertig. Ich bin achtzehn.« Margo wurde in knapp zwei Monaten achtzehn.

»Und ich dachte, heutzutage gehen alle aufs College.« Während sie redeten, entspannte sich Fishbone allmählich. »Smoky, würdest du deinem Hund sagen, dass er aufhören soll, mich anzuknurren? Er will wohl Eindruck auf die junge Dame machen.«

Smoke riss am Halsband, und der Hund legte sich flach auf den Boden.

Fishbone war gut eins achtzig groß, und seine gepflegte Erscheinung stand in krassem Gegensatz zu dem, wie Margo wohl aussah. Sie wünschte, sie hätte sich die Zeit genommen, Gesicht und Hände zu waschen und ihr Haar vor dem Hochstecken zu bürsten.

»Zwei von meinen Jungs haben die Schule geschmissen. Sie sagen, dass sie ihnen nichts bringt, dass die Lehrer Rassisten sind und sie sowieso keine Chance haben.«

»Was siehst du mich so an!«, schnauzte Smoke. Margo zuckte zusammen, weil sie glaubte, sie hätte den alten Mann wieder versehentlich angestarrt, aber er hatte Fishbone gemeint. »Ich widerspreche dir doch gar nicht.«

»Sie haben recht, was die rassistischen Lehrer angeht«, fuhr Fishbone fort. »Trotzdem sollten Sie zur Schule gehen.«

»Heißen Sie wirklich *Smoke*?«, fragte Margo den alten Mann.

»Unser Terry glaubt ernsthaft, dass *Smoke* ein typischer Name für einen Schwarzen ist. Leider ist er da schief gewickelt.« Fishbone zwinkerte Margo zu.

»Fahr zur Hölle!«, knurrte Smoke. »Und der Typ in den schicken Klamotten hier ist Leon Barber, genannt Fishbone.«

»Er wäre nämlich selbst gern schwarz«, erklärte Fishbone. »Dann hätte er noch mehr Grund zum Jammern.«

»*Fishbone* ist ein komischer Name«, befand Margo. Fishbones schmales Gesicht war glatt rasiert. Seine hervortretenden Augen verliehen ihm etwas leicht Panisches, was aber durch sein ruhiges Wesen wettgemacht wurde. Margo hatte noch nicht viele Schwarze gesehen und konnte den Blick nicht von ihm abwenden.

»Der Name kommt von seinem Geruch«, meinte Smoke. »Glaub mir, ich hab täglich mit ihm zusammengearbeitet.«

»Ich heiße Margo Crane.«

»Komm mal näher, Margo Crane, dann wirst du feststellen, dass ich wie eine Blume dufte«, behauptete Fishbone. Er nahm ihre Hand. Seine langen, schwieligen Finger waren warm und trocken.

»Sie riechen nicht schlecht«, sagte sie. Er roch leicht nach einem blumigen Aftershave, aber vor allem nach seinem Zigarillo.

»Die Zigaretten sind der Grund, warum dieser weiße Mann hier *Smoke* heißt.« Er ließ ihre Hand langsam los.

»Könnte ich Ihnen Tierhäute verkaufen?«, fragte Margo. »Ich meine, wenn ich welche hätte.«

»Wenn du mit Häuten handeln willst, brauchst du eine Genehmigung des Staates Michigan. Mit jemandem, der keine Erlaubnis von der DNR hat, würde ich nicht mal reden.«

»Ich kann mir eine besorgen.«

»Besorg dir eine, und ich verhelf dir zu ein paar Dollar für ein Bisamfell. Die Russen stehen drauf, aber sie wollen nicht viel dafür zahlen. Bei Waschbären bringt nicht nur das Fell, sondern auch das Fleisch was ein. Aber du musst eine Pfote an dem Balg lassen, damit die Kunden wissen, dass du nicht einer Katze das Fell abgezogen hast.«

Sie nickte. Bis jetzt hatte sie nie verstanden, warum ihr Großvater immer eine Pfote am Waschbärenfell gelassen hatte. Dies war eine von vielen Fragen, die sie ihm gern gestellt hätte.

»Der Balg muss astrein sein, ohne Einschusslöcher. Die mindern den Wert.«

»Und wenn ich den Waschbären mit meiner .22er durchs Auge erlege?«

»Herrgott, Smoky! Wo hast du bloß die Kleine aufgegabelt?« Fishbone zog den Stummel des Zigarillos aus der Plastikspitze, ließ ihn zu Boden fallen und drückte ihn mit dem Schuh aus. Dann steckte er einen neuen Zigarillo in die Spitze und schob ihn sich, ohne ihn anzuzünden, in den Mundwinkel. Vielleicht wollte er dadurch ein Lächeln überspielen. »Bildet sich ein, sie könnte den Viechern ins Auge schießen.«

Margo überlegte, dass sie das Problem lösen musste, dass die Kugel normalerweise auf der anderen Seite des Kopfes wieder austrat.

»Weißt du, altes Stinktier«, sagte Smoke, »die jungen Frauen können heutzutage eben alles. Wenn die Kleine dir den Zigarillo aus dem Mund schießen soll, brauchst du es nur zu sagen.«

»Du besorgst dir eine Genehmigung, und dann reden wir weiter. Wohnst du hier in der Gegend?«, wollte Fishbone von Margo wissen.

»Ich würde gern in dem Hausboot da unten wohnen.«

»Lebt dieses Kind etwa allein?«, fragte Fishbone.

»Der Mexikaner ist weg«, erklärte Smoke.

»Alleinstehende junge Damen werden leicht ausgenutzt. Ihr Mädchen seid nicht so schlau, wie ihr glaubt.«

»Er war Indianer«, stellte Margo richtig.

»Stimmt«, bestätigte Smoke. »Mädchen sind fast so dämlich wie Jungs. Und fast so dumm wie erwachsene Männer.«

»Ich kann auf mich selbst aufpassen«, behauptete Margo.

»Vielleicht nicht, wenn sich der Bruder des Farmers hier rumtreibt«, widersprach Fishbone. »Der Kerl ist dafür bekannt, dass er nichts anbrennen lässt.«

»Deine Tochter fand ihn charmant«, gab Smoke zu bedenken.

»Früher habe ich meine jüngste Tochter von ihm ferngehalten«, sagte Fishbone. »Jetzt muss ich mir Sorgen um meine Enkeltöchter machen. Und der Mann ist gerade mal wie alt? Fünfunddreißig?«

»Dreiunddreißig, glaube ich. Ein Grünschnabel.« Smoke riss die Folie von einer Schachtel Zigaretten und hielt sie Margo hin. »Du wirst dir noch Sorgen um deine Urenkelinnen machen müssen.«

»Biete ihr gefälligst keine Zigaretten an!«, fuhr Fishbone ihn an. »Von mir aus bring dich mit deiner Qualmerei um, aber zieh die junge Dame da nicht mit rein.«

»Darf ich bitte in Ihrem Wohnwagen schlafen, Mr Smoke?«, fragte Margo. »Zurzeit schlafe ich unter freiem Himmel.«

»Dann erzählen die Nachbarn meinen Nichten, dass sich hier ein Mädchen rumtreibt. In Kombination mit der Tatsache, dass ein Schwarzer in meinem Garten Waschbären ausnimmt, wird man beschließen, dass ich nicht für mich selbst sorgen kann. Dann stecken sie mich schon aus Prinzip ins Old Saints Home.«

Mit einem Rundumblick stellte Margo fest, dass man sie aus den Fenstern mehrerer Häuser würde sehen können, wenn sie im Campingwagen wohnte. Sie wollte aber nicht zu einer Attraktion für die Nachbarn werden.

»Besser, er wird benutzt«, riet Fishbone. »Du selbst benutzt ihn nicht.«

»Ich hatte handfeste Pläne für das Boot. Aber mein großer Außenborder springt nicht mehr an. Versuch mal, das Ding mit nur fünf Pferdestärken flussaufwärts zu kriegen.«

»Klar hast du Pläne!«, spottete Fishbone. »Vor allem den Plan, dich totzurauchen. Und der funktioniert prächtig.«

»Das Boot hat mich davor bewahrt, den Verstand zu verlieren«, erklärte Smoke Margo. »Es ist mein ganzer Stolz, meine *Pride & Joy*. Es hat alles, was ein Mann braucht. Wenn ich den Schlauch bis nach da unten gezerrt bekäme, könnte ich den Tank auffüllen und hätte wieder fließendes Wasser.«

»Dein ganzer Stolz sind deine Lungen, und wie schön du sie mit der Qualmerei geteert und verkrebst hast.« Fishbone setzte sich am Terrassenrand auf die umgedrehte Milchkiste, nahm den nicht angezündeten Zigarillo aus dem Mund und betrachtete erneut den Plastikfilter, diesmal kritischer.

Smoke sagte zu Margo: »Im Wohnwagen hab ich immer gewohnt, wenn meine dämliche Schwester mit ihren Töchtern bei mir einziehen musste. Ich konnte das Weibergeschnatter nicht ertragen.« Er unterdrückte ein Lachen, und dabei fiel ihm die brennende Zigarette in den Schoß. Margo schnappte sie und gab sie ihm zurück. Smoke zog noch einmal kräftig daran und warf sie auf die Terrasse, dann fixierte er den Sauerstoffschlauch unter der Nase.

»Hast du denn niemanden?«, wollte Fishbone von Margo wissen. »Kein Zuhause?«

»Ich warte darauf, dass meine Mutter sich meldet. Sie wohnt in Lake Lynne.«

Smoke sah Margo forschend an.

»Woher soll sie wissen, wo du steckst?«, fragte Fishbone.

»Ich muss ihr schreiben.«

»Gib ihr bloß nicht meine Adresse«, schnaubte Smoke. »Noch eine Frau, die hier rumschnüffelt, kann ich nicht brauchen.«

»Ich hab vor, mir ein Postfach zuzulegen – falls es so was in Greenland gibt.«

»Smoky, vielleicht solltest du die junge Dame auf deinem Boot wohnen lassen, bis sie ihre Mutter gefunden hat. Ich finde es nicht gut, wenn ein Mädchen allein, ganz auf sich gestellt, hier draußen lebt.«

»Nimm sie doch mit zu dir.«

»Bei mir wohnen zurzeit fünfzehn Personen. Meine Verwandtschaft hält mich anscheinend für eine kostenlose Absteige. Auf deinem Boot wohnt niemand, höchstens ein paar Mäuse.«

»Na schön, aber sie muss mir dafür was geben«, lenkte Smoke ein. Er sah von Fishbone zu Margo. »Du kannst mir das Boot unter einer Bedingung abkaufen: Du musst mir eine Kugel in den Kopf jagen, bevor sie mich in ein Pflegeheim stecken.«

Margo wünschte, sie hätte seinen Gesichtsausdruck hinter den Brillengläsern sehen können.

»Warum sagst du so was?«, fragte Fishbone. »Ich werde dir nicht helfen und sie auch nicht. Wenn du im Krieg gewesen wärst, würdest du nicht so leichtfertig übers Töten reden, Smoky.«

»Ist doch nicht meine Schuld, dass ich nicht zur Armee konnte«, entgegnete Smoke.

»Nun, wenn du in der Armee gewesen wärst, wüsstest du, dass man übers Töten keine Witze macht, noch nicht einmal, wenn es um einen selbst geht.«

»Du rennst zu oft in die Kirche«, spottete Smoke. »Du hörst dich schon an wie eine alte Betschwester.«

»Smoky, du solltest aufpassen, was du sagst«, meinte Fishbone kopfschüttelnd.

»Du hast doch gehört, was meine Nichten sagen. Sie haben schon alles geplant.« Der Alte machte eine Pause, um Atem zu schöpfen. »Sie lassen mich vom Gericht für unzurechnungsfähig erklären. Ich werde meine Freiheit verlieren.«

»Verlang nicht von anderen Menschen, für dich die Drecksarbeit zu machen, Smoky. Ich könnte wahrscheinlich ungestraft so viele Schwarze abknallen und verscharren, wie ich wollte, aber wenn ich anfange, Weiße umzubringen, selbst einen nichtsnutzigen Greis wie dich, lande ich auf dem elektrischen Stuhl.«

»Hundert Dollar für mein Boot«, sagte Smoke zu Margo und holte Luft. »Und du hilfst mir, wenn es so weit ist. Außerdem behalte ich mir vor, mein Boot zurückzukaufen, falls du deinen Teil der Vereinbarung nicht einhältst.«

»Tu's doch selbst, wenn du es unbedingt tun musst.

Aber zieh da niemanden mit rein«, forderte Fishbone und bückte sich, um etwas Zigarilloasche von seinem schwarzen Lederschuh zu wischen.

»Ich werd's versuchen«, sagte Smoke in etwas ruhigerem Ton zu Margo. »Aber wenn du *Pride & Joy* haben willst, schuldest du mir was.«

»Ihr Weißen verblüfft mich immer wieder«, stellte Fishbone fest. »So zu reden ist gegen die Natur. Für Leben und Tod ist Gott zuständig, nicht du.«

»Ich war jeden Tag zum Mittagessen bei meiner Schwester in diesem gottverdammten Pflegeheim. Ich hab gesehen, wie die Menschen dort zu Gespenstern wurden, bis ihre Gesichter aussahen wie der Kartoffelbrei, den sie ihnen vorgesetzt haben. Wie Kleister hat der geschmeckt! Ich werde nicht in diesem Gefängnis sterben.«

Beim Wort *Gefängnis* nickte Margo zustimmend.

»Ich brauche jemanden, der mich erschießt, bevor sie mich holen kommen. Ich brauche ein hübsches Kind wie dich, das mich abknallt. Du wirst mir einen Kuss auf die Wange geben und mir dann den Schädel wegpusten.«

»Willst du, dass sie Ärger mit dem Gesetz kriegt?«

»Niemand schert sich drum, wenn ein kranker alter Mann abkratzt«, behauptete Smoke.

»Wenn diese junge Dame dich mit ihrer Marlin erschießt«, gab Fishbone zu bedenken, »werden sie die Kugel bis zu ihrem gezogenen Gewehrlauf zurückverfolgen. Und wenn sie dich mit einer Flinte erschießt, wird man weit und breit den Knall hören. Denk mal daran, was aus den anderen wird, wenn du nicht mehr bist.«

»Dann ersäuft mich eben im Fluss.«

Fishbone schüttelte den Kopf, als hätte er es aufgegeben, mit Smoke an diesem Tag noch ein vernünftiges Gespräch führen zu wollen.

»Vielleicht sterbe ich im Schlaf, dann seid ihr beide aus

dem Schneider. Kind, du gibst mir hundert Dollar, und ich überschreibe dir mein Boot. Dann kannst du es auf deinen Namen eintragen lassen. Du wirst es ein kleines Stück flussabwärts verlegen müssen, aber bitte nicht zu weit weg.«

»Lass der Kleinen ihr Geld. Wozu brauchst du hundert Dollar? Lass sie das Ding einfach benutzen.«

»Ich will nur klarstellen, dass ich es verkauft und nicht verschenkt habe. Wenn ich jetzt anfange, meine Sachen herzuschenken, wird der Richter behaupten, dass ich den Verstand verliere. Ich stelle ihr eine Quittung aus, auf der steht, dass sie für das Boot bezahlt hat, und behalte den Durchschlag.« Seine Gesichtsfarbe wirkte umso gesünder, je länger er mit Fishbone diskutierte.

»Wahrscheinlich fällt deinen Nichten gar nicht auf, dass das Boot weg ist.« Fishbone hielt den Plastikfilter beim Sprechen mit den Zähnen fest. »Die Hellsten sind sie sowieso nicht.«

»Hundert Dollar.« Margo zog fünf Zwanzigdollarscheine aus ihrem Geldbeutel. Sie hätte auch weit mehr bezahlt.

»Und das Versprechen, dass du mir am Ende hilfst«, verlangte Smoke. Er nahm die Brille ab, legte sie in den Schoß und sah Margo an. »Ich kann nicht in diesem Heim sterben. Hast du gehört, was ich gesagt habe, mein Kind?«

Margo hatte Angst, ihm ins Gesicht zu blicken, um zu sehen, wie ernst es ihm war. Stattdessen schaute sie Fishbones sehniger Gestalt nach, die die Betonstufen hinunterging. Noch immer den Kopf schüttelnd, machte Fishbone das Aluminiumboot los. Er stieg ein, nahm die Haube vom Außenborder, ließ ihn an und fuhr den Fluss hoch. Margo würde bald wissen, dass er mit seinem Boot fast täglich einen Ausflug machte, sofern das Wetter mitspielte.

19. KAPITEL

Bei der Ummeldung des Boots folgte Margo Smokes Anweisungen. Sie füllte das Formular aus, das Fishbone ihr mitbrachte, schickte es ein und gab ihr gebührenpflichtiges neues Postfach in Greenland als Absenderadresse an. Zwölf Tage später hatte sie den umgeschriebenen Bootsschein in der Tasche, und Smoke händigte ihr den Schlüssel für das Vorhängeschloss aus. Er erklärte ihr, wie man Wassertanks auffüllt, und als sie den Schlauch schon unten hatte, wusch sie den Wohnwagen auch gleich von außen und schrubbte mit einer Bürste das Bootsdeck. Dann trug sie Smokes einzigen funktionierenden Außenborder – einen Johnson mit 2 PS – von der Terrasse herunter, brachte ihn an und befüllte den Tank mit einem Gemisch aus unverbleitem Benzin und Zweitakteröl, bekam den Motor aber nicht gestartet. Smoke versuchte ihr von der Terrasse aus Tipps zu geben, aber schließlich musste sie ihn die Stufen zum Boot hinunterführen, wo er sich an die Kajüte lehnte. Als er nach fünf Minuten keine Luft mehr kriegte, rannte Margo zur Terrasse hoch und holte sein Sauerstoffgerät. Gemeinsam bekamen sie den Außenborder zum Laufen, aber die Aktion hatte Smoke restlos erschöpft. Mit der Strömung flussabwärts zu fahren wäre kein Problem, aber Smoke hatte recht, dass sie nicht einmal mit Vollgas den Fluss wieder hochkommen würde. Sie musste einen stärkeren Außenborder auftreiben.

»Das Boot wird mir fehlen«, gestand Smoke, als er mit angestöpseltem Sauerstoffgerät wieder im Rollstuhl auf der Terrasse saß. »Meine *Pride & Joy*. Es ist das perfekte Hausboot, und du würdest staunen, wenn du wüsstest, wie schwer es war, das verdammte Ding zusammenzuzimmern. Die Schränke hab ich alle selbst entworfen.«

»Soll ich es doch lieber hierlassen?«

Er schüttelte den Kopf. »Fahr runter zu Harland.«

»Wer ist Harland?«

»Der Farmer, auf dessen Land du kampiert hast. Du bist jetzt amtlich registriert, also achte drauf, dass die Rettungskörper immer gut zu sehen sind, und leg dich nicht mit der DNR an. Damit meine ich auch die Erlaubnis zum Fallenstellen. Keine Ahnung, warum ein Kind wie du unbedingt Bisamratten töten will«, sagte er und brach ab, um Atem zu schöpfen.

»Jetzt gehört es wirklich mir, oder?«

»Du hast die Urkunde. Ich bin offenbar nicht ganz bei Trost, dass ich es dir verkauft habe, aber es gibt sonst niemanden, der meinen Anforderungen entsprechen würde.«

Die Urkunde war im Wohnwagen, sie lag in ihrem Exemplar von *Annie Oakley: Leben und Legende*. Bevor sie den Fluss hinunterfuhr, wollte sie noch einmal hineingehen und sie sich ansehen.

»Ich wünschte, ich müsste nicht auf fremdem Grund und Boden bleiben.«

Der Farmer hatte sich seit dem Tag, als sie ihn am Steilufer gesehen hatte, nicht mehr blicken lassen, aber sie hatte ihn ab und zu an seinem Haus und im Scheunenhof heimlich beobachtet.

»Ihm wäre es sicher auch lieber, wenn du dich nicht auf seinem Land rumtreiben würdest, aber du kannst nicht endlos durch die Gegend schippern. Dafür eignet sich das Boot nicht.«

»Ich suche mir einen Ort, der niemandem gehört.«

»Dafür brauchst du aber verdammt viel Glück.«

»Ich hab drüber nachgedacht, was ich mit meinem Leben anfangen soll, aber …« Margo brach ab und verschränkte ratlos die Arme vor der Brust.

»Ich auch, aber mir ist noch keine Lösung eingefallen«, erwiderte Smoke und streckte die Hand aus. Margo löste die Arme aus der Verschränkung und ergriff mit beiden Händen seine Hand, deren Zittern sofort aufhörte. Sie hätte ihm gern in die Augen gesehen. Er sagte: »Es ist dein gutes Recht, so zu leben, wie du willst. Ich hoffe, du stellst es besser an als ich.«

Als Margo mit stotterndem Motor flussabwärts fuhr, winkte sie seiner zusammengesunkenen silberhaarigen Gestalt zu. Sie zog das verrottete alte Ruder aus dem Wasser und steuerte das Boot mit dem Außenborder dicht am Nordufer entlang. Aufgrund seines Gewichts war es schwer zu manövrieren, und sie musste sich beim Bedienen des Motors weit übers Heck hinauslehnen und die Spiegel benutzen, um nach vorn sehen zu können. Nach einer Weile stellte sie sich quer zur Strömung und hielt auf die Sandbank oberhalb der Stelle zu, wo das Bächlein in den Fluss rieselte. Als die Schraube den Grund berührte, hob sie den Motor aus dem Wasser. Bis sie es von Bord geschafft hatte, um das Boot festzumachen, war es schon ein Stück abgetrieben, und sie musste es Stückchen für Stückchen wieder flussaufwärts bis zu einer Stelle oberhalb von ihrem Lagerplatz ziehen, wo das Wasser gerade so tief war, dass das Boot nicht aufsaß. Sie vertäute es an einem Baum und verankerte es am Ufer zusätzlich mit mehreren halb mit Beton gefüllten Eimern, die sie bei Smoke aus dem Wasser gezogen hatte. Zuerst dachte sie, das sollte reichen, doch das Boot drehte sich in Richtung Flussmitte. An Bord gab es zwei Rollen raues Hanftau sowie zwei fünf Fuß lange Staken. Diese rammte Margo in den Flussgrund und band das Boot daran fest, damit es nicht noch weiter abtrieb.

Beim Ausfüllen des Ummeldeformulars hatte sie mit dem Gedanken gespielt, das Boot *The River Rose II* zu nennen. Auch mit *The Indian* hatte sie geliebäugelt, dann aber beschlossen, dass der Indianer diese Ehre nicht verdiente. Sie übermalte die Wörter *Pride & Joy* mit weißer Lackfarbe, die sie von Smoke mitgenommen hatte, ließ sie ein paar Tage trocknen und schrieb dann in einfachen Blockbuchstaben GLUTTON darauf. *Vielfraß* – so hatte ihr Großvater den Bärenmarder genannt, dieses Tier, das sie genau hier an dieser Stelle gesehen hatte, als der Indianer sie aufgefordert hatte, die Augen zu schließen, und sie es nicht getan hatte.

Außer dem Boot hatte Smoke ihr noch eine Kettensäge und eine Axt überlassen und behauptet, er könne sie nicht mehr gebrauchen und Fishbone, der in Kalamazoo wohnte, auch nicht. Margo machte sich sofort an die Arbeit, sie zersägte umgestürzte Bäume aus dem Windschutz und spaltete die Stämme für den Holzofen in kleine Stücke. Am ersten Tag hackte sie Holz, bis ihr der Rücken wehtat, aber sie war dankbar, dass sie etwas zu tun hatte.

Rasch gewöhnte sie sich an ihr neues Heim. Sie entdeckte Stauraum in allen möglichen Winkeln und stieß dabei auf allerlei Dinge, die Smoke auf dem Boot aufbewahrt hatte, darunter auch eine Angelausrüstung und Küchenutensilien. Die Einrichtung der Kajüte war klug durchdacht, sodass sie den größtmöglichen Platz zum Kochen und jede Menge Raum zum Sitzen und Schlafen bot. Genau so wollte sie leben, zumindest momentan. Der ganze große Fluss war ihr Zuhause, da konnte ihr Schutz gegen die Elemente ruhig klein, praktisch und günstig im Unterhalt sein. Als sie darüber nachdachte, wurde sie von einem Gefühl der Dankbarkeit gegenüber Smoke überwältigt. An das an den Erwerb des Bootes gekoppelte Versprechen dachte sie dabei allerdings lieber nicht.

Margo schrieb einen Brief an ihre Mutter und teilte ihr mit, dass sie sich außerhalb von Kalamazoo niedergelassen hatte und sie gerne besuchen würde. Anschließend kontrollierte sie sechs Tage die Woche ihr Postfach. Meist schaute sie morgens auf ihrem Weg dorthin bei Smoke vorbei, um ihn zu besuchen und heiß zu duschen. Auf ihrem Boot gab es zwar auch eine Dusche und einen Warmwassertank, der mit Propangas aufgeheizt wurde, aber nach dem Duschen war immer alles nass gespritzt. Außerdem musste sie Wasser und Gas nachfüllen, wenn sie ausgingen. Smokes Badezimmer befand sich in einem wesentlich besseren Zustand, seit sie dem Schimmel mit einer Bürste zu Leibe gerückt war, aber die gelben Wände und die weiße Zimmerdecke waren trotz ihrer Putzaktion immer noch vom gleichen rostfarbenen Film überzogen wie die Decke ihres Hausboots. Auch Smokes Fingerspitzen und vermutlich auch die Innenwände seiner Lungen wiesen die gleiche schmutzige Farbe auf.

Smoke mochte es, dass Margo bei ihm ein und aus ging, und wollte jeden Tag hören, was sie gemacht hatte, egal, ob sie etwas geschossen, Feuerholz gehackt oder das Hausboot innen weiß gestrichen hatte, damit es heller wirkte – danach hatte es so nach Farbe gestunken, dass sie drei Nächte draußen am Lagerfeuer hatte schlafen müssen. Margo hatte noch nie erlebt, dass jemand so großen Anteil an ihrem Leben nahm wie Smoke. Er schenkte ihr Bücher aus seinem Regal, darunter drei Bände aus der *Foxfire*-Serie, in denen es unter anderem um die Jagd auf Truthühner, Eber und Bären ging. In einem wurde beschrieben, wie man Schweinefleisch räuchert, um Speck zu machen. An manchen Tagen sprach Smoke wegen seiner Atemnot kaum ein Wort, an anderen erzählte er ihr, wie schmutzig der Fluss gewesen war, als er 1945 sein Grundstück gekauft hatte, und wie viel sauberer er jetzt sei, weil die flussaufwärts angesiedelten Fabriken und

Städte nicht länger ihren Abfall hineinwerfen oder ihre Abwässer einleiten durften. Margo musste an das Entsorgungsrohr der Metallfabrik von Murrayville denken, in dessen Nähe kein Mensch angeln ging. Soweit sie wusste, spuckte es nach wie vor Dreck aus. Smoke zeigte ihr einen Lederbeutel voller Drucklettern, die er mit den Worten, sie seien alles, was ihm von seiner Druckerei geblieben sei, auf den Küchentisch auskippte. Der Gedanke, dass Smoke tatsächlich von ihr erwarten könnte, seinem Leben ein Ende zu setzen, rückte mit jedem Tag in weitere Ferne.

Margo war zuversichtlich, dass sie schon irgendwann wissen würde, was sie mit dem in ihr heranwachsenden Kind machen sollte. Den ganzen Oktober und November lang übergab sie sich fast jeden Morgen in den Fluss, bevor sie loszog.

Am Tag vor Thanksgiving erzählte ihr Smoke, dass seine Nichten ihn zum Mittagessen bei einer von den beiden zu Hause abholen würden. Nachmittags ging Margo die halbe Meile den Fluss hoch zu seinem Haus, versteckte sich draußen und wartete. Bei der Vorstellung, dass die Nichten gerade mit Smoke zusammen waren, wurde sie eifersüchtig. Sie traute diesen Frauen nicht zu, dass sie sich richtig um ihn kümmerten.

Mit dem Rücken an der Hauswand stand Margo in der Kälte, starrte die abbruchreife Garage mit dem CONDEMNED-Aufkleber im Fenster an und stellte sich vor, sie würde vor ihren Augen mit einem lauten *Rumms!* in sich zusammenstürzen. Sie lauschte den Vögeln am Futterhäuschen im Nachbargarten und beobachtete, wie sie über dem Sichtschutzzaun auf und ab flatterten. Nach einer Weile spürte sie, dass Nightmare sie im Haus gewittert hatte. Und immerzu spürte sie dieses winzige, wilde, erst zweieinhalb Monate alte Wesen in ihrem Leib. Sie fühlte, wie es ihr die Nahrung, die Energie und beim Gehen sogar den Gleichgewichtssinn raubte.

Als die Nichten Smoke wieder nach Hause brachten und ihn aus dem Wagen in seinen Rollstuhl beförderten, kam es zu einem kleinen Missgeschick, bei dem er fast gestürzt wäre, aber Margo ließ sich nicht blicken. Während die drei im Haus waren, beobachtete sie drei Meisen, die in schraubenförmigen Bewegungen erst zum Futterhäuschen hinab und dann auf einen Zweig flogen, um die Körner zu fressen. Sie liebte diese kleinen schwarzblauen Vögel, die mit ihrem Zizibeh, Zizibeh überall auftauchten: im Wald, am Fluss und in den Gärten der Häuser. In der Mittelstufe hatte Margo im Unterricht manchmal aus dem Fenster geschaut und Meisen in den kleinen Bäumen sitzen sehen. In solchen Augenblicken hatte sie fast gedacht, die Schule könnte zum Leben gehören.

Letztes Jahr hatten sie und Michael den ganzen Tag damit verbracht, zwei Kuchen zu backen und gefüllte Truthahnbrust zuzubereiten, und anschließend hatten sie zusammen zu Abend gegessen, nur sie beide. Sie fragte sich, wo Michael wohl heute essen würde. Brian saß immer noch im Gefängnis, wo er vermutlich seine Geschichten und Witze zum Besten gab und neue lernte. Luanne befand sich der Landkarte in Margos Geldbeutel nach rund zwanzig Meilen von hier in ihrer *heiklen Lage*, was auch immer das sein mochte. Der Indianer war bestimmt bei seiner Frau. Und die Murrays bereiteten wahrscheinlich ein großes Fest vor, auch wenn Margo sich das angesichts der Verfassung, in der sie sie zuletzt gesehen hatte, nur schwer vorstellen konnte. Smoke hatte gesagt, dass sie selbst entscheiden konnte, was sie aus ihrem Leben machen wollte, aber wie sollte sie Zukunftspläne schmieden, wenn sie die Vergangenheit noch nicht einmal richtig verstanden hatte?

Kaum war Smoke wieder allein, schlüpfte Margo ins Haus. Auf seine Aufforderung hin öffnete sie die Plastikdosen, die seine Nichten in den Kühlschrank gestellt hatten, und verputzte alles, was sie enthielten, unter anderem Truthahnfleisch mit Füllung und Butterbrote.

Sie verdrückte gerade das zweite Stück Kürbistorte, als Smoke sagte: »Um meiner Schwester zu helfen, hab ich damals ihren beiden Töchtern das College finanziert, und jetzt finden sie, ich sollte es ihnen leichter machen, indem ich mich in ein Pflegeheim abschieben lasse. Wenn meine Schwester noch am Leben wäre, würde ich ihr sagen, dass sie bei der Erziehung ihrer Töchter was falsch gemacht hat.«

Margo nickte. Es klopfte, und noch bevor Smoke antworten konnte, ging die flussseitige Tür auf. Ein blonder Mann betrat die Küche. Smoke grinste.

»Halt Nightmare fest«, wies er Margo an. Margo bekam den großen Hund gerade noch am Halsband zu fassen, als er sich auf das Bein des Mannes stürzen wollte. »Bring ihn in mein Schlafzimmer.«

»Warum mag mich dieser Hund nicht, so wie alle anderen Hunde in der Nachbarschaft?«

Die Stimme des Mannes kam Margo bekannt vor.

»Er kann deine Gedanken lesen – darum«, erwiderte Smoke. »Er erkennt einen Hundling auf Beutezug, wenn er einen vor sich hat.«

»Wer ist das?«, fragte der Mann, als Margo den jaulenden Hund aus dem Raum zerrte.

»Lass bloß die Finger von ihr, sonst hetze ich Nightmare auf dich.«

»Freut mich, dich kennenzulernen. Ich bin Johnny«, sagte der Mann, als Margo zurückkam. »Du kommst mir so bekannt vor. Bist du ein Filmstar oder so was?«

Als er in voller Größe vor ihr stand, krampfte sich Margos Magen zusammen, und sie befürchtete schon, das Essen könnte ihr wieder hochkommen. Es war Pauls Kumpel Johnny. Ihre Wangen wurden glühend heiß. Nebenan knurrte Nightmare.

»Niemand, den du kennen müsstest, Johnny«, sagte Smoke, immer noch grinsend. Auch wenn Smoke sich bärbeißig gab – er mochte diesen Burschen, das konnte Margo sehen. Er blühte in seiner Gegenwart auf.

»Ich komme gerade von einem anständigen Mittagessen im großen Farmhaus bei meinem tüchtigen, anständigen Bruder und seiner schönen, schlecht gelaunten Frau.«

»Dein Bruder George ist ein feiner Kerl, und das weißt du auch. Er ist eine verdammte Seele von Mensch.«

»Weigerst du dich immer noch, zum Arzt zu gehen, Smoke?«, fragte Johnny.

»Ich geh zum Arzt«, sagte Smoke. »Aber nicht zu dem Arschloch in Greenland. Der erzählt es am nächsten Morgen im Café der ganzen Stadt, wenn ich einen Pickel am Hintern habe.«

»Du willst ihn nur nicht an dich ranlassen, stimmt's?« Johnny nahm einen kräftigen Schluck Bier aus einer der beiden Dosen, die er mitgebracht hatte, und schien seine Zote sichtlich zu genießen.

»Wenn du von dir auf andere schließt, muss ich dich enttäuschen«, sagte Smoke mit leicht geröteten Wangen. »Sieh zu, dass du woanders auf deine Kosten kommst.«

»Wir wollen doch nicht, dass mich dieses zauberhafte Wesen für einen Wüstling hält, Smoke.«

»Na, jedenfalls ist dieser Arzt auch der Grund dafür, wenn jeder es weiß, dass du mal wieder den Tripper hast, Johnny. So wissen die Mädchen immer, wann sie einen Bogen um dich machen müssen.«

»Hör nicht auf ihn, Süße«, sagte Johnny zu Margo. »Ich bin so rein wie eine Flöte.« Er lachte wieder sein helles Lachen, das Margo vor einer Ewigkeit in Brians Hütte gehört hatte. Rasch warf sie einen Blick zur Tür, neben der ihre Büchse lehnte. Dann sah sie Johnny gründlich an. Sie erinnerte sich, wie er auf der Couch die Arme um ihre Taille geschlungen hatte. Er war betrunken gewesen, und sie hatte stillgehalten wie eine brünstige Kuh, die neugierig darauf war, was der fremde Bulle tun würde. In Margo stieg ein Verlangen auf, wie sie es so bald nicht wieder zu spüren geglaubt hätte. Sie überlegte, dass es wohl das Klügste wäre, aufzustehen und zu gehen.

Smoke brummte einen bissigen Kommentar, den sein Lächeln jedoch Lügen strafte, und Johnny lachte wieder.

»Ich hab sowieso keine Zeit, auf dumme Gedanken zu kommen«, sagte Johnny. »In vierzig Minuten treffe ich mich oben an der Straße mit jemandem. Wollte nur kurz reinschauen, um zu sehen, wie's dir geht und ob du dich wieder mit einer Frau eingelassen hast.«

»Wenn es hier in der Gegend eine gäbe, auf der nicht überall deine Fingerabdrücke sind, würde ich es mir glatt überlegen.«

»Heute Abend geht's Richtung Süden, nach Florida. In ein paar Wochen kommen wir mit einer kleinen Lieferung zurück – oder in ein paar Monaten, je nachdem.«

»Florida?«, wiederholte Smoke. »Ist bestimmt schön, im Warmen zu sein.«

»Ich bring euch beiden ein paar Sonnenstrahlen mit«, versprach Johnny mit einem Augenzwinkern.

Johnny konnte nicht ahnen, dass Margo ihn beim Nacktbaden beobachtet hatte. Er wusste nicht, dass sie ihn gesehen hatte, wie er in Murrayville auf den toten Hirsch gefallen war, den sie Brian verkauft hatte.

»Wirst du deinen alten Herrn besuchen?«, fragte Smoke. »Falls ja, sag dem Mistkerl gefälligst, dass ich endlich das Geld für die Reifen haben will.«

»Eher lässt sich Blut aus einem Stein pressen«, witzelte Johnny. »Kann sein, dass ich bei meinem Alten und seiner Frau im Wohnwagenpark vorbeischaue. Eigentlich sollte

Dad sich freuen, wenn er seinen verlorenen Sohn mal zu sehen kriegt, aber leider tut er das nicht immer.« Johnny lächelte Margo an. »Ich freue mich schon auf meine Rückkehr nach Michigan.«

»Lass die Kleine in Ruhe, du lausiger Hurensohn.« Smoke schüttelte in gespielter Verzweiflung den Kopf. »Dich müsste man zum Tierarzt schicken, damit er dich kastriert.«

»Du kommst mir so bekannt vor!« Aus Johnnys Grinsen schloss Margo, dass er sie immer noch nicht erkannte. Er musste an dem Abend in Brians Hütte sturzbesoffen gewesen sein. Für Trunkenheit hatte Margo Verständnis. Nicht verstehen dagegen konnte sie, warum sie ständig zurückgrinste, warum sie sich vorstellte, wie sie sich nackt auszog, um mit Johnny zusammen in den Fluss zu springen. Dieser Mann hatte etwas, vielleicht war es sein Geruch. Sie war gut beraten, sich von ihm fernzuhalten, und solange sie nicht mit ihm allein war, war alles in Ordnung.

Als sie Smokes Kopfschütteln bemerkte, riss sie sich von Johnnys grauen Augen los.

Er blieb, bis er die beiden Bierdosen ausgetrunken hatte. Die zweite hatte er Smoke und Margo angeboten, aber sie hatten abgelehnt. Margo musste ihn immerzu ansehen. Es war verrückt, aber sie war machtlos dagegen. Männer wie er bedeuten für jede Frau den Untergang, das wusste sie. Gerade war sie einigermaßen klargekommen, hatte einen guten Lagerplatz und genug Essbares gefunden, da war ein Kerl aufgetaucht, hatte sie berührt und ihr das Haar gekämmt. Sie war wie elektrisiert gewesen, und sie hatte sich eingebildet, sie könnte sich selbst vertrauen. Wenn sie sich jetzt auf einen Kerl wie Johnny einließ, wäre ihr schon im nächsten Moment egal, ob sie ihre Mutter je finden würde oder was sie aus ihrem Leben machen sollte.

»Na dann, auf zu den Keys! Ich will da auch ein paar Kubaner besuchen, die ich kenne«, sagte Johnny. »Besonders freue ich mich auf eine hübsche kubanische Lady.« Zum Abschied streckte er die Hand aus und zog an Margos Zopf.

»Der Kerl hat das gewisse Etwas«, meinte Smoke, als Johnny weg war. Seine Wangen waren immer noch gerötet. »Wenn er es abpacken und verkaufen könnte, wäre er ein reicher Mann.«

Margo ließ Nightmare aus dem Schlafzimmer. Er beschnüffelte den Platz, an dem Johnny gesessen hatte, und knurrte.

Als es Margo erstmals gelungen war, eine Bisamratte zu schießen, ohne dass die Kugel ein Loch hinterließ, brachte sie das gesäuberte Tier mit gebürstetem Fell zu Smoke, wie Fishbone es sich ausgebeten hatte. Sie hatte Glück; als sie dort ankam, stieg Fishbone gerade aus seinem Boot. Er nahm das lang gestreckte schlaffe Vieh entgegen und hielt es am Schwanz hoch.

»Was für eine Falle hast du benutzt?«, wollte er wissen.

»Gar keine. Ich hab durchs Auge geschossen.«

»Bist du wirklich eine so gute Schützin?« Fishbone kniff die Augen zusammen und lächelte. Dabei entblößte er das Gebiss, und Margo stellte fest, dass ihm ein Eckzahn fehlte. »Smoke, ich glaube, unsere Margo ist gerade rot geworden. Junge Dame, ich denke, du solltest den Farmer um die Abschusserlaubnis bitten. Sag ihm, ich bin es leid, Hirsche für ihn zu schießen.«

»Du meinst, du bist es leid, danebenzuschießen«, spöttelte Smoke.

»Ich habe dieses Jahr zwei Hirsche erlegt – mehr als du in den letzten zehn Jahren.«

»Dürfen wir das Wildbret behalten?«, fragte Margo.

»Du kannst es essen, verschenken oder der Gospelmission stiften. Aber du musst mit Mr Harland reden.«

Obwohl der Farmer bestimmt gesehen hatte, wo ihr Boot lag, war er noch nicht zu ihr gekommen. Sie selbst hatte begonnen, sich an seinem Farmhaus herumzudrücken und ihn heimlich zu beobachten, und einmal hatte sie ihn bei einem Streit mit seiner Frau erlebt: Still und stumm hatte er dagestanden, während seine Frau laut schreiend auf und ab marschiert war. Auch die Frau von der anderen Straßenseite, gegenüber von der Heuscheune, beobachtete sie gerne. Sie verbrachte viel Zeit im Freien mit dem Füttern der Vögel und mit Gartenarbeit. Margo spähte durch die Ritzen in der Scheunenwand und überlegte sich, wie sie mit ihr ins Gespräch kommen könnte, doch bis jetzt war ihr nichts eingefallen, was sie hätte sagen können.

»Hast du ein richtiges Gewehr?«, fragte Fishbone.

Margo schüttelte den Kopf.

»Kannst du mit einem umgehen?«

»Natürlich.« Sie nickte.

»Wenn ich gewusst hätte, dass es irgendwo so was wie dich gibt, hätte ich dich geheiratet«, meinte Fishbone lachend.

Smoke schüttelte den Kopf. »Du kannst gerade noch eine Frau gebrauchen …«

»Smoky, du musst ihr für die Hirschjagd dein Gewehr geben. Sie muss das ordentlich machen. Ich möchte nicht, dass sie versucht, einem Hirsch mit dem Kleinkaliber ins Auge zu schießen.«

»Gib ihr doch deine verdammte Knarre. Vielleicht brauche ich meine noch.«

»Achte nicht auf das alte Jammerweib, Margo. Hol mir einen Küchenstuhl, eine Einkaufstüte und etwas Zeitungspapier und bring alles hier auf die Terrasse«, bat er. »Ach, und einen großen Suppenlöffel.«

»Welches alte Jammerweib?«, wollte Smoke wissen. »Damit meinst du wohl dich selbst, du alte Betschwester.«

Fishbone setzte sich auf den Stuhl, legte die Einkaufstüte flach auf den Boden und stapelte ein paar Zeitungen darauf. »Na klar brauchst du dein Gewehr, Smoky! Du brauchst es so dringend wie ein Loch im Kopf!«

»Du wirst dir doch nicht die schönen Lederschuhe beschmutzen?«, frotzelte Smoke.

»Keine Sorge. Ich brauche nur zwei Minuten, um der Kleinen zu zeigen, wie man einer Bisamratte das Fell abzieht. Schau ruhig zu, Smoky. Du kannst auf deine alten Tage auch noch was lernen.« Er holte ein schweres Jagdmesser hervor. Mit einer Hand auf dem Messerrücken und der anderen am Griff hackte er die Hinterbeine der Bisamratte ab, wobei er den Zeitungsstapel als Schneidbrett benutzte. Dann stellte er einen Fuß auf ihren Schwanz, schob das Messer an der Rückseite eines Beins unter die Haut und schlitzte es bis zum Schwanz auf. Das wiederholte er mit dem anderen Bein und schnitt anschließend einmal um den Schwanz herum. Blut tropfte zwischen seinen Schuhen auf das Papier.

»Was zur Hölle könntest du mir schon noch beibringen?«, brummte Smoke.

Fishbone legte das Messer neben sich auf die Milchkiste, schob die Finger unter die Haut und zog den Balg vom Schwanz Richtung Kopf. Margo fiel auf, dass seine Finger lang und gerade waren, nicht etwa von Arthritis gekrümmt oder vernarbt. Er rollte den Balg über den Rücken des Tieres ab. »Seht ihr? Mit dem Bauch bin ich vorsichtig, den hebe ich mir bis zum Schluss auf, damit die Eingeweide nicht rausquellen.«

Margo nickte. Sie beobachtete, wie Fishbone das Fell mit den Fingern an den Hinterbeinen rundherum löste und sich über den Rücken zu den Vorderbeinen vorarbeitete, ohne das Bauchfell anzutasten. Fishbones knittrige Hosen blieben sauber. Smoke sah gebannt zu. Nightmare auch.

»Jetzt hakt man die Daumen unter das lose Fell. Dabei muss die Ratte mit dem Rücken nach oben liegen«, erklärte Fishbone. Margo merkte sich, dass der Kopf der Bisamratte von ihm weg zeigte. Sie würde seine Haltung und seinen Griff nachahmen. Er fuhr fort: »Jetzt drückt ihr den Kopf der Ratte mit allen zehn Fingern in ihren Balg und stülpt das ganze Ding um. Dann löst ihr die Haut an den Vorderbeinen und zieht sie runter. Seht ihr, wie sie an den Füßen wegflutscht? Ihr braucht sie nicht mal abzuschneiden.«

Smoke zündete sich seine nächste filterlose Zigarette an und lehnte sich zurück, um einen Zug zu machen. Nun schob Fishbone die Finger am Hals unter den Balg. Er schnitt die Ohrmuscheln unter der Haut dicht am Schädel ab und zog das Fell in Richtung Schnauze.

»Seht ihr die weißen Stellen hier über dem Auge?«, fragte Fishbone. »Hier müsst ihr den Balg stramm ziehen und dicht am Schädelknochen durchschärfen. Das eine Auge hast du mit deinem Schuss natürlich verdorben. Wieso gibt es eigentlich keine Austrittswunde?«

»Ich hab Munition mit niedriger Geschwindigkeit verwendet.« Sie erwähnte nicht, dass sie drei Felle verpfuscht hatte, bevor sie den Bogen rausgehabt hatte. »Die Kugel steckt noch im Gehirn.«

»Alles schön und gut«, meinte Fishbone lächelnd, »aber wir wollen ein perfektes Augenloch mit Lid und Wimpern dran. Dafür wirst du Fallen nehmen müssen. Ich zeig dir, wie man eine Drahtreuse aufstellt. Hast du Hüftstiefel?«

»Auf dem Boot sind welche«, antwortete Margo.

»Wie alt sind sie? Wenn sie Smoky gehören, sind sie wahrscheinlich nicht mehr dicht.«

»Die Dinger sind erst fünf Jahre alt«, protestierte Smoke. »Ich hab sie dort völlig vergessen. Die haben mich fünfundsiebzig Dollar gekostet.«

»Und du brauchst ein paar Spannbretter.«

Margo nickte.

»Smoky hat Fallen, die er nicht mehr verwendet. Und vielleicht ein paar Spannbretter aus Metall.«

»Hör auf, all meine Sachen herzuschenken, bevor ich tot bin.«

Margo fiel es leichter, mit Fishbone zu reden, wenn er beschäftigt war. Also stellte sie ihm endlich die Frage, die ihr seit mehr als einer Woche auf dem Herzen lag.

»Smoke hat gesagt, ich soll Sie fragen, wo man als Mädchen hingeht, um ein Baby wegmachen zu lassen.«

»Was meinst du damit?« Er hörte auf zu schneiden.

»Die Kleine ist schwanger«, erklärte Smoke. »Und sie will kein Baby haben, verdammt noch mal.«

»Damit will ich nichts zu tun haben.« Fishbone löste weiter vorsichtig das Fell vom Kopf des toten Tieres. »Das solltest du wissen, Smoky.«

»Ich kann kein Kind kriegen«, wandte Margo ein. »Ich könnte es nicht versorgen.« Sie sah, dass er die Schnauze am Fell ließ.

Smoke nippte an einer Flasche mit einer frei verkäuflichen Arznei, die nicht so gut wirkte wie das verschreibungspflichtige Codein, doch das hatte er bereits aufgebraucht.

»Ich bitte dich, ihr zu helfen, wenn sie deine Hilfe braucht. Tu es für mich«, sagte Smoke.

Fishbone löste den Balg vollends vom Kopf. Margo trat näher, um sich den nackten Schädel anzusehen. Genau in diesem Augenblick zog Fishbone der Bisamratte das Fell vom Bauch, und die Eingeweide schwappten auf die braune Papiertüte auf dem Terrassenboden.

Margo blickte an sich herab: Die Spritzer perlten zwar

an ihren Stiefeln ab, durchtränkten aber ihre Hosenbeine. Fishbones Schuhe waren nach wie vor sauber.

Er schaute zu ihr hoch. »Jetzt musst du nur noch die Eingeweide loswerden, junge Dame. Gibt es hier ein Loch, in dem du sie vergraben kannst?«

»Der Boden ist gefroren«, sagte Smoke. »Hier gräbt keiner ein Loch.«

Margo war nicht klar, ob dies ein echter Misston oder nur eine ihrer üblichen Frotzeleien war.

»Ich zahle Ihnen das Benzin, wenn Sie mich hinbringen«, schlug Margo vor. »Geld hab ich genug.«

»Seit wann bist du schwanger?«

»Seit Mitte September, knapp drei Monate.«

»Ich wusste, dass der Mexikaner für Ärger sorgen würde«, sagte Smoke.

»Ich kümmere mich darum. Aber ich sag dir was: Wenn man in diesem Land die Freiheit hat, so etwas zu tun, gibt es hier zu viele Freiheiten. Weg mit dem Zeug!«, forderte Fishbone sie mit einem Nicken in Richtung Eingeweide auf.

»Was haben Sie mit dem Fleisch vor?«, wollte Margo wissen.

»Willst du es kochen? Schmeckt wie Kaninchen, nur fischiger. Du musst allerdings die Drüsen hier am Bauch wegschneiden, sonst riecht es widerlich.« Er zeigte mit dem Messer auf Beutel, die so groß wie Daumenkuppen waren. Dann hackte er der Bisamratte den Schwanz ab, legte ihn zu den Innereien und wickelte den kleinen Tierkadaver in Zeitungspapier ein. »Wenn du die Drüsen nicht sauber entfernst, rührt nicht mal Nightmare das Fleisch an.«

Margo kniete sich hin und zog die braune Tüte von Fishbones Füßen weg. Vorsichtig spannte Fishbone den Balg mit der Lederseite nach oben auf eins der Bretter und zeigte Margo, wie man mit einer Löffelkante Fett und

Membran wegschabt. Anschließend zog er ein Halstuch aus der Tasche und wischte sich die Hände ab. Fishbones Missbilligung verunsicherte sie zwar, aber Smokes trotzige Haltung machte es ihr leichter.

Sie trug die Eingeweide bis ans Wasser und warf sie hinein. Die Schnappschildkröten hatten sich zum Winterschlaf bestimmt schon tief im Schlamm vergraben, aber irgendwelche hungrigen Wesen gab es im Fluss immer.

Als Fishbone sie eine Woche später in seinem alten Chevrolet Pick-up nach Kalamazoo fuhr, sprach er kein Wort mit ihr, und sein Körper wirkte steifer und eckiger als sonst. Er sah sie kaum an, und wenn, dann nur, um den Kopf zu schütteln. Er hatte darauf bestanden, dass sie ihre Büchse bei Smoke in der Küche stehen ließ, und ohne sie fühlte sie sich unwohl. Die Stadt hatte im Näherkommen etwas Anheimelndes mit ihren kleinen Vorgärten, von denen manche bereits weihnachtlich geschmückt waren – bis Heiligabend waren es nur noch knapp zwei Wochen. Margo erblickte Weihnachtsmänner aus Hartplastik, Schneemänner, Heiligenfiguren, Rentiere und mannshohe Zuckerstangen. Abends, wenn die Lichter brannten, sah das bestimmt sehr fröhlich aus. In Smokes Nachbarschaft, die aus eingeschossigen Häusern mit großen Vorgärten bestand, hatten die Menschen in den Fenstern zur Straße und in den Bäumen vor dem Haus Lichterketten aufgehängt, aber zum Fluss hin hatte niemand sein Grundstück dekoriert, dabei sahen die Lichterketten am schönsten aus, wenn sie sich im Wasser spiegelten. Obwohl die Luft im Pick-up nach Fishbones Zigarillo und dem am Rückspiegel baumelnden Lufterfrischer mit Pinienduft stank, wagte Margo nicht, das Fenster zu öffnen, denn sie wollte Fishbone nicht verärgern.

Nach fünfzehnminütiger Fahrt bog er in die Auffahrt eines Backsteingebäudes ein und hielt am hintersten Ende des Parkplatzes. Er schob eine Acht-Spur-Kassette in den Rekorder, und als ein Gitarrensolo von B.B. King aufjaulte, verschränkte er die Arme vor der Brust.

Margo holte tief Luft und blickte zum Klinikeingang mit der massiven Doppeltür. Vor dem Gebäude standen vier Demonstranten und hielten Schilder hoch: STOPPT DEN KINDSMORD! und HIER DRIN WIRD LEGAL GEMORDET!

Sie warf die Tür des Pick-ups zu und ging über den Asphaltstreifen, der ihr endlos lang vorkam. Sie fühlte sich klein und unsicher, als sie den Gehsteig vor dem Gebäude betrat.

»Mörderin!«, rief die größte der drei demonstrierenden Frauen.

Im Graben hinter dem Gebäude erspähte Margo ein Rinnsal, und sie sagte sich, dass jeder Wasserlauf, mochte er noch so klein oder schmutzig sein, irgendwann zum großen Fluss gelangt. Sollte Fishbone weg sein, wenn sie wieder herauskam, konnte sie dem Rinnsal zu immer größeren Bächen und schließlich bis zum Kalamazoo folgen. Und dann brauchte sie nur noch den Fluss hinauf bis zu ihrem Boot zu gehen.

Sie zog eine der lackierten Stahltüren auf, die genau wie die Türen ihrer Highschool in Murrayville aussahen. Der grüne Teppichboden im Eingangsbereich dämpfte ihre Schritte.

Margo steuerte auf die Theke unter dem Schild ANMELDUNG zu. Die Empfangsdame im rot-grünen Pullover, die dahinter saß, lächelte sie ruhig an.

»Guten Tag. Kommst du zu einer Beratung?« Mit der molligen Figur und dem lockigen Haar erinnerte sie Margo an ihre Lehrerin aus der fünften Klasse, die sich passend zu jedem Feiertag gekleidet hatte, sogar am »Tag der Toten«, dem Tag nach Halloween, an dem sie sich Skelettknochen auf Gesicht und Arme gemalt hatte. Hinter dem Schreibtisch gab es gold-grüne Girlanden und auf der Theke einen von Elfen umringten Weihnachtsmann. »Ist das dein erster Besuch hier?«

Margo nickte. Die Empfangsdame kritzelte Margos Namen auf ein Papier und reichte ihr ein Klemmbrett mit einem zusammengehefteten mehrseitigen Formular. »Du kannst dort drüben Platz nehmen und schon mal damit anfangen. Melde dich einfach, wenn du Fragen hast. Die Schwester ruft dich in ein paar Minuten auf.«

Während Margo durch die Eingangshalle auf den Wartebereich zuging, erinnerte sie die parfümierte Luft an Fishbones Duftbäumchen, nur dass der Geruch hier noch schlimmer war und sie beinahe hätte niesen müssen. Das grelle Neonlicht schmerzte in ihren Augen, und vielleicht kam von diesen Lampen auch das dumpfe Summen, das ihr das Gefühl gab, ihre Ohren wären verstopft. Bei Smoke zu Hause saßen sie immer im Sonnenlicht, das durchs Fenster fiel, manchmal aber auch im Dunkeln, weil Smoke das als erholsam für seine Augen empfand. War Margo hingegen auf der *Glutton* und reinigte ihre Büchse, fettete ihre Stiefel ein, las Bücher oder flickte ihre Kleider, tat sie das im Licht einer Öllampe – Smoke hatte ihr eine Flasche rußfreies Lampenöl geschenkt und sie überredet, kein Kerosin mehr zu verwenden. Jetzt sehnte sie sich nach dem gedämpften Schwappen des Flusses unter ihren Füßen.

Im Wartebereich saßen noch zwei weitere Frauen, eine in Margos Alter und eine ältere. Beide hielten Zeitschriften auf dem Schoß. Margo setzte sich und machte sich daran, das Formular auszufüllen. Als Adresse (ein Postfach wurde nicht akzeptiert) trug sie Smokes ein, strich sie gleich darauf jedoch wieder durch, weil sie befürchtete, er könnte Ärger mit seinen Nichten bekommen.

Die Tür ging auf, und eine Schwester rief die jüngere der beiden Frauen auf. Die Frau schlug die Zeitschrift zu und legte sie so ordentlich zurück auf den Tisch, dass sie mit der darunterliegenden Zeitschrift Kante auf Kante lag. Die ältere Frau musterte sie flüchtig.

Im Formular wurde nach dem Zeitpunkt von Margos letzter Periode gefragt, und sie versuchte nachzurechnen, aber der Kalender an der Wand hatte keine Mondphasen. In den letzten paar Monaten war ihr dieses Problem erspart geblieben, hatte sie nicht fünf Tage lang die benutzten Tücher waschen und trocknen müssen. Im Formular wurde auch gefragt, ob in ihrer Verwandtschaft jemand Bluthochdruck oder einen erhöhten Cholesterinspiegel hatte. Margo stand auf, trat ans Fenster und schaute hinaus. Sie sah Schneematsch, signalgelb angemalte hohe Bordsteinkanten, ein Dutzend weit auseinander parkende Autos und schließlich Fishbones Pick-up. Die Demonstranten riefen einem vorbeigehenden Mädchen im Sprechchor etwas zu, woraufhin das Mädchen sein Gesicht verbarg. Margo tastete an ihrer Schulter nach dem Gewehrriemen. Als das Mädchen die Eingangshalle betrat, ging Margo zu ihrem Stuhl zurück. Ein Gemälde an der Wand zeigte ein weißes Farmhaus, ähnlich dem der Murrays, mit einer großen roten Scheune daneben. Sie stellte sich vor, wo der Fluss verlaufen würde – gleich unterhalb des Bildes – und wie sie vor langer Zeit neben der Scheune Zielschießen geübt hatte. Das Summen der Lampen oder der Geräte hinter den geschlossenen Türen wurde lauter. Margo atmete tief durch und konzentrierte sich wieder auf den Fragebogen. Sie wurde nach ihrer Versicherung gefragt. Auf der letzten Seite stand: »Sind Ihnen die folgenden Verfahren verständlich?«, und es folgten drei Möglichkeiten, die ihr vorkamen, als wären sie in einer Fremdsprache verfasst.

Margo kehrte zur Sparte »Vorerkrankungen« zurück. Ob sie jemals Anfälle gehabt habe? Rückenschmerzen? Sie kreuzte das Kästchen neben dem »Ja« an und schrieb

»beim Holzhacken« in den Leerraum, doch gleich darauf wünschte sie, sie könnte es wieder löschen, weil sie fremden Menschen plötzlich nichts mehr von sich preisgeben wollte. Als eine Frau in einem weißen Kittel sie namentlich aufrief, erhob sich Margo und folgte ihr durch die geöffnete Tür, dann einen Flur entlang und in einen kleinen Raum.

»Geht's dir gut, Schätzchen?«, erkundigte sich die Frau. Sie hatte gepuderte Wangen, und ihre Lippen glänzten perlmuttfarben wie das Innere einer Muschel. Als Margo begriff, dass die Frau sich offenbar Sorgen machte und auf eine Antwort wartete, nickte sie.

»Mach ruhig mit dem Fragebogen weiter. Der Arzt ist gleich bei dir«, sagte sie. »Kein Grund, nervös zu sein, er ist sehr nett. Er wird dich untersuchen und dann mit dir besprechen, welche Möglichkeiten du hast. Es gibt nichts, wovor du Angst haben müsstest. Zieh dich schon mal aus, und schlüpf in dieses Hemd hier.« Sie tippte auf das Patientenhemd, das gefaltet auf dem Untersuchungstisch lag. Dann hielt sie einen großen Papierbogen hoch und erklärte: »Damit kannst du deine Beine zudecken. Es dauert nur ein paar Minuten.«

Der penetrante Raumduft erfüllte auch das Behandlungszimmer, das etwa so groß war wie das, in dem Margo als junges Mädchen immer zur Zahnreinigung gewesen war. Sie zog die Carhartt-Jacke ihres Vaters aus, hängte sie über die Stuhllehne, schlug die abgewetzten Ärmel auf dem Sitz übereinander, strich den ausgefransten Kragen glatt und zog die Jacke wieder an. Das kleine Fenster war zu weit oben, um etwas sehen zu können, aber Margo glaubte, dass es zum Wassergraben hinausging. Sie sah sich ein Plakat an, auf dem ein Mädchen in Margos Alter mit langem blondem Haar und gestreifter Bluse mit einem großen Kragen abgebildet war. Das Mädchen lächelte und hielt die Hand eines Jungen, der im Dunkeln stand. SCHÜTZE DICH stand da in großen gelben Buchstaben und darunter in kleinerer Schrift VOR UNGEWOLLTER SCHWANGERSCHAFT UND GESCHLECHTSKRANKHEITEN. Andere Plakate warben für Antibabypillen in beigen Schachteln, und bei einer waren die achtundzwanzig grünen, weißen und rosafarbenen Pillen wie Skalenstriche auf einem Ziffernblatt angeordnet. Margo zählte die Striche, während sie weiter wartete. Ein Plastikgebilde von der Größe eines Brotlaibs, das neben dem Waschbecken lag, sollte wohl den weiblichen Unterleib veranschaulichen, und unter normalen Umständen hätte Margo sich das Ding gern genauer angesehen, aber sie war zu nervös. Sie legte das Klemmbrett beiseite und versuchte, ihre Atmung in den Griff zu bekommen. Alles, was sie über Schwangerschaftsverhütung wusste, hatte sie in einem zweistündigen Sexualkundekurs in der siebten Klasse gelernt, aber wie sehr man aufpassen musste, hatte sie dabei nicht begriffen.

Sie stellte sich vor, wie der Arzt ihr sagte, wo sie sich hinsetzen und wann sie sich hinlegen sollte. Sie war noch nie untersucht worden. Mit der Hand strich sie über das saubere Papier auf dem Untersuchungstisch. Sie hob das Patientenhemd hoch und legte es wieder hin.

Wenn dieses Ding doch nur aus ihr herausschlüpfen und sich in Luft auflösen würde. Wenn es doch nur gar nicht da wäre. Ansonsten hatte sie keine Ahnung, was sie eigentlich wollte. Sie wusste nur, dass sie es hier nicht länger aushielt. Sie war nicht bereit, sich zu öffnen und in die Hände dieser fremden Menschen zu begeben. Genauso wenig wie sie zurück in die zehnte Klasse gehen, sich ins stickige Klassenzimmer setzen und irgendwelche Fragen beantworten konnte. Genauso wenig wie sie sich der Polizei stellen konnte, wie Michael es verlangt hatte, oder wie sie es ertragen hätte, dass ihr jemand brennende Zigaretten auf der Haut ausdrückte. Sie war hergekommen und hatte gesehen, wie es hier war, jetzt musste sie schleunigst nach Hause, um über alles nachzudenken.

Margo ging durch die Tür, den Flur entlang und nach links. Ihr Herz pochte vor lauter Angst, jemand könnte sie aufhalten und zur Rede stellen. Sie drückte gegen die Tür zur Eingangshalle. Sie stemmte sich dagegen, aber die Tür bewegte sich nicht. Eine hübsche sommersprossige Frau in einem weißen Kittel kam zu ihr. Sie legte ihr die Hand auf die Schulter, zog an der Tür, und sie ging auf. Margo durchquerte die Eingangshalle, trat durch die Stahltür und hinaus auf den Gehsteig. Als sie das Gebäude und die Demonstranten hinter sich gelassen hatte, holte sie tief Luft, als hätte sie im Innern der Klinik die ganze Zeit die Luft angehalten. Sie stapfte durch den Schneematsch zu Fishbones Pick-up und kletterte auf den mit Isolierband geflickten Beifahrersitz.

»Ich hab sowieso nicht geglaubt, dass du es tust«, sagte Fishbone und drückte seinen Zigarillo im Aschenbecher aus.

Margo wusste, dass es keinen Sinn hatte, ihm zu erklären, warum sie weggelaufen war. Sie wusste es ja selber nicht einmal genau. Also verschränkte sie nur die Arme vor der Brust.

»Du solltest deine Mutter besuchen, junge Dame.«

Margo nahm die Arme auseinander, öffnete ihren Geldbeutel und holte die Adresse ihrer Mutter sowie das Stück der Landkarte heraus, auf dem der Weg zu ihrem Haus verzeichnet war.

20. KAPITEL

»Ist deine Mutter reich?«, fragte Fishbone, als sie an der Adresse vorfuhren, die Margo seit anderthalb Jahren mit sich herumtrug. Vergangenen Monat hatte sie endlich die Zahlungsanweisung ihrer Mutter eingelöst. »Würde man nicht meinen, wenn man dich so sieht.«

»Hätte ich bloß meine Büchse dabei!«, sagte Margo.

»Nicht in einer Gegend wie dieser, junge Dame. Reiche Menschen werden leicht nervös, wenn sie arme Schlucker mit einer Waffe sehen.«

Fishbone wartete am Straßenrand im Pick-up, während Margo auf dem vom Schnee freigeräumten Betonweg zum Haus ging und klingelte. In der Auffahrt stand ein glänzender weißer Zweitürer. Als die Haustür einen Spaltbreit geöffnet wurde, fuhr Fishbone davon. Kalte Panik durchlief Margo.

»Wer ist da?«, erkundigte sich eine Frauenstimme durch den Spalt.

»Bist du das, Ma?« Margo zog die Pudelmütze vom Kopf, damit ihre Mutter sie erkennen konnte.

»Margaret Louise?«

Margo trat einen Schritt zurück, während ihre Mutter die Tür kurz schloss, um die Kette aufzuhaken.

»Ich habe dir doch geschrieben, Margo«, sagte sie mit einem Blick auf die Auffahrt und die Straße hinter Margo, »dass es keine gute Idee ist, jetzt schon zu kommen.«

»Daddy ist tot«, erwiderte Margo. Ihre eigenen Worte trafen sie mit der Wucht und Eindringlichkeit einer Enthüllung. Sie hatte ihren Vater in all den Briefen, die sie Luanne geschickt hatte, nie erwähnt, und auch Luanne hatte in ihren Antworten nie Bezug auf ihn genommen. Luanne machte einen Schritt nach hinten, und ihr Gesicht wurde ausdruckslos. Margo hätte ihre Worte gern zurückgenommen. »Es tut mir leid, Ma. Ich wollte es dir nicht auf diese Art sagen.«

Ihre Mutter stand wie erstarrt da, sie blinzelte nicht einmal. Margo hatte Angst, sie könnte zerbrechen wie Porzellan.

»Mir geht es gut, Mom, ehrlich.« Margo hatte noch nie »Mom« zu ihrer Mutter gesagt, immer nur »Mama« oder »Ma«, aber sie wollte wie ein ganz normales Kind klingen.

Luanne blickte über die Schulter ins Haus und sagte seufzend: »Ich habe sechs Monate nach dem Unfall davon erfahren. Ich hätte zu dir kommen sollen, aber ich hatte das Gefühl, es war zu spät.«

»Ist schon okay.« Margo strich über ihren Zopf. Sie versuchte ihre Mutter zu beruhigen. »Es geht mir gut.«

»Ich bin damals davon ausgegangen, dass Cal und Joanna sich um dich kümmern würden.« Luanne räusperte sich, und ihre Stimme klang wieder etwas kräftiger. »Du hast ja praktisch bei ihnen gewohnt.«

»Ja«, antwortete Margo und rang sich zu einem Lächeln durch.

»Komm rein«, sagte Luanne genau in dem Augenblick, als Margo glaubte, nicht länger an sich halten zu können. »Ich habe meine Kleine so lange nicht gesehen. Du hast mich völlig überrumpelt.« Luanne lächelte jetzt auch.

Margo wäre es lieber gewesen, die neue Umgebung erst ein paar Tage auf sich wirken zu lassen. Sie wäre vor dem Gespräch mit ihrer Mutter gern ein Stück von dem Haus mit dem Flachdach weggegangen und hätte sich dann umgedreht, um sich die großen Fenster, die sandfarbene Holzverkleidung, die zurechtgestutzten immergrünen Büsche und die beiden kegelförmigen, sich dunkel vom schneebedeckten Rasen abhebenden Kiefern am Gehsteig aus der Entfernung anzusehen. Sie wäre gern um das Haus herum und bis ans Wasser gegangen, um sich hinzuhocken und den Rest des Tages über den See zu schauen. Sie hätte ihre Mutter gern heimlich beobachtet, durch die Fenster den einen oder anderen Blick auf sie erhascht und sich mit ihren Gesten vertraut gemacht, bevor sie ihr direkt gegenübertrat.

Stattdessen folgte sie Luanne durch eine große Küche mit blitzblankem weißem Boden in ein mit Teppichen ausgelegtes Wohnzimmer mit raumhohen Fenstern und Panoramablick auf den See. Hinten, in einer Ecke, stand ein gleichmäßig mit silbernen Girlanden, roten Kugeln, weiß blinkenden Lichterketten und ein paar Holzfiguren geschmückter Weihnachtsbaum. Margo trat ans Fenster. Die Weite des Sees, laut Landkarte war es eine Meile bis zum anderen Ufer, machte sie ganz benommen. Sie hatte ihrer Mutter so viele Fragen stellen wollen, aber jetzt fiel ihr keine einzige ein.

»Du hast mir gefehlt, Mom«, sagte sie nur, während sie auf den See schaute. »Ich bin so froh, dich zu sehen.«

»Du weißt, dass ich dich auch sehen wollte, Margaret. Du weißt, dass ich alles dafür gegeben hätte, aber es war nicht der richtige Zeitpunkt.«

»Warum nicht?«

»Als ich Roger kennenlernte, habe ich ihm erzählt, ich hätte keine Kinder. Wenn ich meine Geschichte jetzt ändere, stehe ich als Lügnerin da. Roger ist mein neuer Mann.« Luanne Stimme schwankte. »Er ist sehr witzig, ein toller Mensch, aber ein bisschen schrullig.«

Der See war von derselben graublauen Farbe wie ein Reiherflügel. Weit draußen lag eine Insel. Margo wäre gern mit ihrer Mutter in einem Boot hingerudert.

»Oh, Margaret. Ich freue mich wirklich, dich zu sehen!« Luanne kam zu ihr, schloss sie in die Arme und drückte sie lang und fest. Margo musste daran denken, wie ihre Mutter früher auf dem Bootssteg das dschungelgrüne Handtuch um sie gelegt hatte, aber jetzt wurde sie in ihrer Umarmung ganz steif. Vergebens suchte sie unter dem Parfum ihrer Mutter nach dem Duft von Kakaobutter. Als Luanne schließlich von ihr abließ, liefen Tränen über ihre Wangen. »Ich wollte dich nicht im Stich lassen, Margaret Louise. Komm, setz dich zu mir.«

Margo ging mit ihrer Mutter zur Couch, zog die Jacke aus, faltete sie zusammen und legte sie sich auf die Knie.

»Ich habe schon lang nicht mehr geweint«, gestand Luanne und tupfte sich mit einem Papiertuch die Augen ab. »Roger ist bis Freitag weg. Er arbeitet in New Jersey und kommt nur an den Wochenenden nach Hause. Ich kann also tun und lassen, was ich will, solange ich nicht über die Stränge schlage.«

»Einen schönen Weihnachtsbaum hast du«, bemerkte Margo. Sie fragte sich, ob Smoke vielleicht gern einen Weihnachtsbaum im Haus hätte.

»Er ist nicht echt. Weißt du noch, wie dein Daddy zu Weihnachten immer einen Baum geschlagen hat, der zu groß fürs Wohnzimmer war und sich deshalb bog? Was hast du noch mal als Spitze verwendet? Zwei mit Garn zu einem Kreuz zusammengebundene Eisstiele?«

»Ein *Gottesauge*«, erklärte Margo. Joanna hatte ihr erzählt, ein selbst gebasteltes Gottesauge erlaube es Gott, über die Familie zu wachen. Luannes Weihnachtsbaum krönte ein beleuchteter Stern aus Silber und Glas. Margo ließ sich auf der Couch zurücksinken und staunte, wie weich sie war und wie die Kissen sie aufnahmen und gleichzeitig stützten. Am liebsten hätte sie den samtigen Stoff wie ein Hundefell gestreichelt. Eine Träne tropfte von ihrer Wange auf die Couch, noch bevor sie merkte, dass sie weinte. Sie wischte sich übers Gesicht. Luanne schob ihr eine Schachtel Papiertücher hin.

»Wie findest du den See?«, erkundigte sie sich.

»Er ist groß«, antwortete Margo. »Und sehr schön.«

»Ich wusste, dass er dir gefallen würde. Ist dieses Haus nicht unglaublich?« Luanne machte eine weit ausholende Geste. An den weiß gestrichenen Wänden des geräumigen Wohnzimmers hingen Schwarz-Weiß-Fotos, die auf den ersten Blick an Strandlandschaften erinnerten, tatsächlich aber Frauenkörper zeigten. Der stattliche Kamin war so sauber gefegt, als hätte noch nie ein Feuer darin gebrannt, und das Marmorsims zierten ein paar abstrakte sandfarbene Skulpturen. Der dicke Teppich war makellos sauber. Luanne nickte in Richtung See. »Ist die Aussicht nicht wundervoll? Roger regt sich über den Gänsekot auf dem Rasen auf, aber mich stört er nicht. Er rennt immer herum und verscheucht die Gänse, wenn sie sich blicken lassen.«

»Ich bin schwanger«, platzte Margo heraus. Das Wort fühlte sich in ihrem Mund hässlich und verlogen an.

»Was? Oje, oje, Süße! Im wievielten Monat bist du?«

»Im dritten.«

»Man sieht noch gar nichts! Mach dir keine Sorgen, ich kümmere mich um dich. Ich weiß, ich habe mich nicht um dich gekümmert, als ich für dich da sein sollte, aber jetzt werde ich es tun. Ist dir morgens übel?«

»Nicht mehr.«

»Und was ist mit dem Kindsvater?«, fragte Luanne. »Weiß er Bescheid?«

»Er ist verschwunden.«

»Wir Frauen müssen wohl selbst für uns sorgen.« Luanne betrachtete Margo. »Mein Gott, bist du schön, Margaret. Ich war damals in Murrayville so deprimiert. Ich glaube, ich habe dich in meinen letzten Jahren dort gar nicht mehr richtig angesehen.«

»Joanna hat immer gesagt, Schönsein ist ein Fluch.«

»Typisch Joanna«, erwiderte Luanne. »Schönsein sollte Freude machen.«

»Ich hab Hunger, Ma«, sagte Margo.

»Natürlich hast du Hunger. Du bist achtzehn. Ich war auch mit achtzehn schwanger.« Luanne stand auf, und Margo folgte ihr in die Küche.

»Ich hab heute noch nichts gegessen.«

»Roger isst in der Arbeit, und ich achte darauf, nicht viel zu essen im Haus zu haben, wenn er weg ist, damit ich nicht in Versuchung komme. Aber hier ist etwas.« Sie nahm eine Metallflasche mit Sprühkäse aus dem Kühlschrank und stellte Margo ein paar Kräcker hin. Als Margo die Flasche neugierig hochhob, um sie anzusehen, nahm Luanne sie ihr aus der Hand, machte den Deckel ab und sprühte etwas orangefarbenen Käse auf einen Kräcker. Margo trug den Teller und die Sprühflasche ins Wohnzimmer, und sie setzten sich wieder auf die Couch. Margo ließ sich tief hineinsinken. Sie aß einen Käsekräcker nach dem anderen und amüsierte sich über das Geräusch, das die Flasche jedes Mal machte. Sie hielt den Teller ihrer Mutter hin, doch Luanne schüttelte den Kopf.

»Ich hab vor ein paar Monaten mit Tante Joanna gesprochen«, erzählte Margo. »Sie hat gesagt, dass ich vielleicht bei ihnen bleiben und die Schule fertig machen kann.«

»Arme Joanna! Was hat sie nur für ein Leben! Möchtest du die Schule denn fertig machen?«

Margo schüttelte den Kopf.

»Ich habe sie auch nicht abgeschlossen. Ich war ja erst siebzehn, als ich deinen Vater geheiratet habe.«

»Joanna hat noch ein Kind gekriegt. Wieder einen Jungen.«

»Großer Gott! Sie ist doch bestimmt schon vierzig! Wie konnte Cal ihr das antun? Sechs Kinder, und alles Jungs!« Luanne lachte.

Margo staunte, dass man den Namen *Cal* so beiläufig aussprechen konnte. Brian hatte ihn so hasserfüllt gesagt, Joanna so ehrfürchtig. Diese Art, seinen Namen auszusprechen, passte besser zu der geschwächten Ausgabe von Cal, die sie zuletzt gesehen hatte. »Es ist ein Down-Kind«, erklärte Margo.

»Ein Down-Kind?«

»Sie mussten alle Hunde weggeben, sogar Moe, weil das Baby bei ihrem Gebell immer geweint hat. Billy hat gesagt, das Baby ist ein Mongo.«

»Ach, du meinst das Downsyndrom. Es ist mongoloid. Da kommt was auf Joanna zu! Gut, dass sie so tüchtig ist.«

»Wenn ich bei ihr geblieben wäre, hätte ich ihr mit dem Baby helfen können.«

»Gut, dass du von dort weg bist. Du hättest dich totgearbeitet, Süße.«

»Es macht mir nichts aus, hart zu arbeiten.«

»Mir schon. Und Frauen wie Joanna finden meine Faulheit unerträglich.«

Margo zuckte mit den Schultern.

»Dabei arbeite ich auf meine Weise auch hart. Ich arbeite hart daran, mir mein jugendliches Aussehen zu bewahren. Selbst ein Fünfzigjähriger wie Roger, der Kinder nicht leiden kann, erwartet von mir, dass ich wie ein Teenager aussehe.« Luanne lachte. Sie nahm Margos Hand und hielt sie fest. »Ich habe vergessen, wie still und ernst du bist. Du siehst so hübsch aus, dass es die Leute wahrscheinlich nicht stört, wenn du nichts zu sagen hast.«

Margo war dankbar, als sie ein paar Möwen sah, die dicht übers Wasser glitten und in Ufernähe landeten.

Annie Oakleys Mutter hatte ihre Tochter anfangs nicht bei sich aufnehmen, sondern zurück zu den »Wölfen« schicken wollen. Annie hatte sich ihren Platz zu Hause hart erkämpfen müssen, indem sie jagen ging, Fallen stellte und die ganze Familie versorgte, den neuen Mann ihrer Mutter eingeschlossen. Hier aber gab es kein Holz zu hacken, musste fürs Essen kein Wild erlegt und ausgenommen werden und war, soweit Margo es überblickte, auch nichts zu reparieren. Sie vermisste das Gewicht ihres Gewehrs an der Schulter und lockerte sie, um ihre innere Anspannung loszuwerden. »Ich könnte dir bei allem, was hier so anfällt, zur Hand gehen.«

»Ich kann einfach nicht glauben, dass du hier bist! Hier bei mir! Wie ein Geist! Wie jemand aus einem vergangenen Leben!« Der Fernseher lief. Das hatte er bereits getan, als Margo hereinkam, nun schien er von Minute zu Minute lauter zu werden. »Du kannst erst mal hierbleiben«, bot Luanne an. »Bis Freitagabend gegen sechs Uhr, dann kommt Roger nach Hause. Ich vereinbare für dich einen Termin beim Arzt.«

Margo hatte seit einer Weile unbewusst die Luft angehalten. »Ich war heute in der Klinik, aber ich bin weggelaufen.«

»Und warum bist du weggelaufen?«

Margo zuckte mit den Schultern.

»Sag mal, wo wohnst du jetzt eigentlich?«, wollte Luanne wissen. »In deinem Brief stand, dass du nur ungefähr zwanzig Meilen von hier entfernt lebst.«

»Am Fluss.« Margo nahm sich zusammen. »Ich fange Bisamratten mit Fallen, wie Großvater es mir beigebracht hat, und verkaufe ihr Fell. Und ich geh angeln. Außerdem gibt es da einen großen schwarzen Hund, den ich sehr mag. Er heißt ›Nightmare‹ und sieht aus wie Moe, der Hund von den Murrays.«

»Du ziehst Tieren das Fell ab?«, fragte Luanne langsam und lachte. »Dein Dad hat sich mal einen Kaninchenbraten von mir gewünscht. Damals warst du noch klein. Ich habe das Kaninchen mitsamt Fell und Innereien gebraten. Natürlich war mir klar, dass ich es hätte abbalgen und ausnehmen müssen, aber ich dachte mir, wenn ich es im Ganzen brate, wird er mich nie wieder um so etwas bitten. Ich habe es ihm lächelnd serviert.« Luanne ging aus dem Zimmer und kam wenig später mit zwei Tassen schwarzem Kaffee zurück.

Margo versuchte einen Schluck zu trinken, aber der Kaffee war zu heiß. »Dad hat immer gesagt, du könntest nicht mal Wasser kochen.«

Nachdem ihre Mutter sich wieder gesetzt hatte, sagte sie: »Du wohnst also am Wasser. Und weiter?«

»Ein Mann namens Fishbone hat mir beigebracht, wie man einer Bisamratte in nur zwei Minuten das Fell abzieht.« Sie hielt zwei Finger hoch und wiederholte mit Nachdruck: »Zwei Minuten. Unglaublich.«

»Bald ist Weihnachten«, wechselte Luanne das Thema. »Ich würde dir gern etwas schenken. Was wünschst du dir?«

Margo hob die Achseln.

»Im Ernst, du brauchst doch bestimmt etwas.«

»Strümpfe«, antwortete Margo. »Und Munition.«

»Hübsche Unterwäsche vielleicht? Darin fühlt man sich gleich besser.« Luanne hatte das Lächeln aufgesetzt, das Margo von all den Fotos her kannte. Allerdings wirkte es jetzt nicht künstlich, sondern echt. Luanne nippte an ihrem Kaffee. »Zu schade, dass nicht Sommer ist. Dann könntest du im Pool schwimmen. Komm, ich zeige ihn dir.«

Margo stemmte sich aus den Kissen hoch und stellte sich neben ihre Mutter an ein Seitenfenster. Luanne deutete auf ein großes grünes Rechteck zwischen ihrem Haus und dem Nachbarn. Auf der Abdeckplane lagen ein paar verstreute Blätter, aber kein Schnee. »Wir haben vor, eine Überdachung zu bauen, damit wir das ganze Jahr über schwimmen können.«

»Schwimmt ihr denn nicht im See?«

»Nein, nie.«

»Nimmst du immer noch Sonnenbäder?«

»Gott bewahre! Ich wünschte, ich hätte es all die Jahre nicht getan. Mittlerweile weiß man, dass es der Haut schadet. Du solltest auch vorsichtig sein und einen Hut aufsetzen, wenn du keine Falten kriegen willst. Man glaubt, dass im Winter nichts passieren kann, aber der Schnee reflektiert die Sonnenstrahlen, und das ist noch schlimmer. Es war schwer für mich, als ich das erfahren habe.« Luanne streckte die Hand aus und schob Margos Haar hinters Ohr.

Margo wandte das Gesicht ab. Sobald es nicht mehr unhöflich wirkte, schüttelte sie den Kopf, damit das Haar wieder lose fiel.

»Wie geht es Cal?«, erkundigte sich Luanne.

Margo zuckte mit den Achseln und nieste. Sie wusste nicht, was den Niesreiz ausgelöst hatte: das Parfum ihrer Mutter oder das vom Schnee reflektierte Sonnenlicht, das durch die Fenster strömte. Von ihrem Standort aus konnte Margo das nördlich gelegene Nachbarhaus sehen, ein weißes, eingeschossiges Gebäude mit rötlichem Spitzdach. Das Seeufer war zugebaut, so weit ihr Auge reichte, ein Haus am anderen. Auf vielen Grundstücken gab es aufgebockte und mit Persennings abgedeckte Sportfischer- oder Pontonboote.

»Warum duschst du nicht und ruhst dich ein bisschen im Gästezimmer aus? Und ich rufe in der Klinik an, bevor sie schließt.« Wieder berührte Luanne Margos Wange. Es erinnerte Margo an die Art und Weise, wie Brian sie an jenem ersten Morgen berührt hatte, als wäre sie aus formbarem Ton. »Du benutzt keine Schminke, stimmt's? Nicht einmal Wimperntusche?«

Margo hatte zwar erst tags zuvor geduscht, aber das Badezimmer ihrer Mutter gefiel ihr. Es hatte zwei Waschbecken und duftete nach Erdbeeren. Die rosafarbenen

Handtücher waren dick und flauschig, und das warme Wasser ging nicht aus, obwohl Margo eine halbe Stunde unter der Dusche stand. Als sie sich das nasse Haar kämmte, hörte sie wieder nebenan den Fernseher brummen, und das Geräusch machte sie schläfrig. Sie wickelte sich in ein Handtuch, ging ins Gästezimmer und legte sich aufs Bett, ohne die Tagesdecke zurückzuschlagen. Vielleicht sollte sie ein paar weiche Handtücher mit auf ihr Boot nehmen. Gut möglich, dass sie eins hätte mitgehen lassen, wenn sie ihren Rucksack dabeigehabt hätte.

Als sie aufwachte, war es draußen dunkel. Sie setzte sich auf und stellte verwundert fest, dass sie nackt auf einem fremden Bett lag. Dann fiel ihr wieder ein, dass sie im Haus ihrer Mutter war, und sie überzeugte sich davon, dass sie nicht träumte. Nebenan lief immer noch der Fernseher. Auf dem Stuhl, auf dem sie ihre Kleider gelassen hatte, lagen nun eine Jeans und eine weiße Bluse, wie ihre Mutter sie angehabt hatte. Ihr Armeemesser und ihr Geldbeutel waren auf der Kommode. An der Tür hing ein grüner Parka.

»Da kommt Dornröschen«, begrüßte Luanne sie, als sie die Küche betrat. »Du hast fast vier Stunden geschlafen.«

»So lange wollte ich gar nicht schlafen.« Normalerweise schlief Margo nicht einmal nachts vier Stunden am Stück, ohne aufzuwachen, um zumindest das Feuer zu schüren.

»Du redest mit einer Frau, die früher den ganzen Tag lang geschlafen hat. Weißt du noch? Das war ein Anzeichen für eine Depression, sagt mein Arzt. Sieh mal, ich habe uns eine Pizza bestellt – mit allem. Mir ist wieder eingefallen, dass du sie so am liebsten magst.«

Margo lächelte, als Luanne den Deckel anhob.

»Meine Sachen stehen dir gut«, stellte Luanne fest, als sie sich an den Küchentisch setzten. Er war in eine Ecke eingepasst und viermal so groß wie der Tisch auf der *Glutton*.

»Wo sind meine Sachen?«, fragte Margo.

»Ich habe sie gewaschen und in den Trockner gesteckt, aber die Jacke sollte ich vielleicht besser verbrennen. Sie sieht aus wie eine von denen, die die Slocums getragen haben. Ach, erinnerst du dich noch an die Slocums?«

»Es ist Daddys alte Jacke.«

»Wie dem auch sei, sie sieht aus, als wäre sie seit … na ja, seit einer ganzen Weile nicht mehr gewaschen worden. Mal sehen, wie sie aus dem Trockner kommt. Ich habe einen warmen Parka für dich ins Gästezimmer gehängt. Den kannst du haben, wenn du willst. Ich sehe darin so unförmig aus. Möchtest du einen Schluck Wein?«

Margo schüttelte den Kopf.

»Normalerweise trinke ich unter der Woche nicht, aber der heutige Tag hat sich als ziemliche Überraschung entpuppt.« Ihre Mutter trank einen Schluck Weißwein. »Erzähl mir mehr über Murrayville – irgendwas.«

Margo schluckte und berichtete dann zögernd: »In unserem alten Haus wohnt jetzt eine Frau mit einem bösartigen Hund. Sie raucht Pfeife. Und Junior ist nach Alaska gegangen.«

»Wie schön, dass es noch jemand von dort weg geschafft hat.«

Margo fand es schrecklich, dass Junior so weit weg war. Sie verdrängte den Gedanken jedoch und sagte sich, dass dies die beste Pizza war, die sie je gegessen hatte. Sie verschlang das Stück, das vor ihr lag, und nahm sich noch eins.

»Hat Cal …?« Margo war sich nicht sicher, was sie eigentlich fragen wollte. »Hat Cal dich gezwungen, Ma?« Sie beobachtete Luannes Gesicht. »Bist du deshalb von zu Hause weggegangen?«

»Ob Cal mich zu irgendwas gezwungen hat?« Luanne

lachte und hielt sich die Hand vor den Mund. Ihr Nagellack hatte denselben Perlmuttton wie der Lippenstift der Krankenschwester in der Klinik. »Du kannst es nicht wissen, du warst noch so jung. Cal und ich, wir waren … Also wir hatten …«

»Was?«

»Cal und ich hatten damals was miteinander. Wir waren ein Paar. Cal war meine große Liebe, nicht dein Vater, Gott habe ihn selig. Ich kann nicht glauben, dass ich dir das erzähle.«

»Du hattest was mit Cal? Freiwillig?«

»Freiwillig? Ich denke, so könnte man es nennen.«

»Wusste Daddy davon?« Diese Küche war größer als Joannas, aber die Arbeitsflächen waren nicht mit Behältern, Schneidbrettern oder Stapeln von Geschirrtüchern zugekramt. Bei Joanna stand eine Reihe alter Kochbücher unter den Hängeschränken, aber hier entdeckte Margo kein einziges.

»Nach einer Weile hat er es rausgefunden. Und Joanna auch. Sie hat geschworen, mir das Leben zur Hölle zu machen, wenn ich nicht verschwinde. Diese Frau ist zäher, als du denkst. Cal hatte mir versprochen, mich aus Murrayville wegzubringen und mit mir nach Kalifornien zu gehen, aber mir ist klar geworden, dass er niemals alles aufgeben würde: seine Frau, seine Kinder, seine Firma. Er hatte zu viel zu verlieren. Cal und ich hatten eine Menge Spaß zusammen, aber er hätte mich vor einen Lastwagen gestoßen, um sein altes Leben zu schützen.«

»Daddy hat Cal gehasst«, sagte Margo. »Jetzt weiß ich, warum.«

»Dich zu verlassen war das Schlimmste, was ich je getan habe, Margaret, aber ich musste weg. Ich wäre sonst gestorben oder hätte mich totgesoffen. Ich habe nie dorthin gehört. Der Gestank nach Fluss hat mich wahnsinnig gemacht. An dem Tag, an dem ich fortgegangen bin, habe ich eine Blaue Zornnatter gefunden, das verdammte Biest hatte sich um meine Wäscheleine gewickelt. Und erst der Schimmel: Jeder Ledergürtel und jeder Lederschuh wurde mit der Zeit grün. Dich oder deinen Vater oder die verfluchten Murrays hat das nie gestört. Ich bin so lange geblieben, wie ich konnte. Das musst du mir zugutehalten. Ich habe gewartet, bis du ausgewachsen warst.«

Margo nickte, damit Luanne weiterredete. Anscheinend hatte sie zwischendurch das Gesicht verzogen.

»Weißt du noch, wie wir dich mit vierzehn am Baum gemessen haben?«

»Du bist weggegangen, weil ich nicht mehr gewachsen bin?«

Luanne stand vom Tisch auf und nahm ihr Glas und die Weinflasche mit ins Wohnzimmer. Margo folgte ihr, obwohl sie ohne Weiteres noch mehr Pizza hätte essen können.

»Du hast mich sowieso nicht gebraucht, Margaret. Als du zur Welt kamst, hatte ich keine Ahnung von Kindererziehung. Also habe ich dich tun lassen, was du wolltest. Ich dachte mir, du wüsstest eher als ich, was ein Kind braucht.«

»Mich hat es nicht gestört, dass du von Erziehung keine Ahnung hattest.«

»Die Murray-Frauen schon! Sie haben gesagt, ich ziehe eine Wildkatze oder ein Wolfsjunges groß. Aber schau dich doch an! Wie perfekt du bist!«

»Ein Wolfsjunges? Das haben sie gesagt?«

»Ach, ich weiß nicht mehr, was sie gesagt haben. Mir sind diese Menschen egal. Aber nach Cal war ich verrückt«, gestand Luanne lachend. »Keine Sorge, du bist die Tochter deines Vaters. Darüber gibt es keinen Zweifel.«

»Auf dem Zettel, den du uns hingelegt hast, hast du geschrieben, dass du dich selbst finden willst.«

»Ja, aber ich habe ziemlich schnell gemerkt, dass ich

gar nicht nach mir selbst gesucht habe. Ich habe nach einem anderen Menschen gesucht, nach jemandem, der für mich sorgt.«

Margo sah durchs Wohnzimmerfenster auf die Lichter, die der Dunkelheit am Ufer Tiefe verliehen.

»Margaret, mein Schatz, sieh mich an! Du bist noch nicht alt genug, um zu verstehen, warum ich damals weggegangen bin. Manchmal muss man als Frau von vorn anfangen, man muss ein neues Leben beginnen und versuchen, glücklich zu werden. Ich weiß, das klingt selbstsüchtig.«

»Ich habe gedacht, du hättest mich vergessen.«

»Ach, Margaret, eine Mutter vergisst ihr Kind nie. Das solltest du wissen. Aber als ich mit deinem Vater zusammengelebt habe, habe ich immer von einem Haus wie diesem hier geträumt. Denk nur dran, wie wir uns zu dritt das winzige Bad ohne Wanne, nur mit Dusche, geteilt haben. Jetzt habe ich drei Bäder, besser gesagt vier, wenn man das kleine in Rogers Fotolabor mitzählt.«

»Daddy hatte vor seinem Tod mit dem Trinken aufgehört«, warf Margo ein.

»Ich wünschte, du könntest verstehen, warum ich noch mal von vorn, also bei null, anfangen musste. Roger ist ein netter Kerl, und unter den Männern gibt es so viele Schweine.« Sie schenkte sich noch einen Fingerbreit Wein ein. »Aber wie könntest du das verstehen? Du bist noch so jung.«

Margo schüttelte den Kopf. »So jung bin ich auch nicht mehr, Ma.«

»Es war dumm von mir, Roger anfangs anzulügen«, räumte Luanne ein. »Meinst du, ich sollte ihm die Wahrheit sagen? Was wird er dann tun? Womöglich verliere ich das alles hier.«

»Nein, es ist schon okay so.«

»Gott, ich wollte doch nur ein bisschen Spaß haben. Ich

wollte nicht für immer von dir getrennt sein. Aber dann hat sich alles verselbstständigt.«

»In Murrayville hast du ständig geschlafen.«

»Ich war depressiv und eine Trinkerin. Du hast das anscheinend nicht gemerkt, aber alle anderen schon.«

»Ich wollte dich einfach nur sehen«, sagte Margo.

»Du hast alles Recht der Welt, mich für das, was du meinetwegen durchgemacht hast, zu hassen, Margaret. Hasst du mich?«

»Nein.« Margo versuchte sich Smokes Worte in Erinnerung zu rufen. »Jeder soll so leben, wie er will.«

»Weißt du, die Leute denken, ein Kind zu verlassen ist das Schlimmste, was man tun kann«, fuhr Luanne fort. »Aber ich glaube, es gibt Schlimmeres, zum Beispiel zu bleiben, das eigene Leben zu verpfuschen und das des Kindes gleich mit. Und schau doch, wie gut du geraten bist! Du bist wunderschön.« Luanne nahm die Fernbedienung vom Couchtisch und stellte den Ton lauter. Dann legte sie sich auf die Couch und schob sich ein Kissen unter den Kopf. Sie schaltete auf Nachtbetrieb, knipste sich aus.

Margo saß eine Weile schweigend neben ihrer Mutter auf der Couch. Als sie sicher war, dass Luanne schlief, betrachtete sie ihr Gesicht und ihren Körper. Sie war zu dünn, fand sie. Margo hatte ihr öfter beim Schlafen als bei irgendetwas sonst zugesehen.

Anschließend sah sie sich im Haus um, bis sie im Keller Waschmaschine und Trockner fand, holte ihre Kleider heraus und ging zurück ins Gästezimmer, um sich schlafen zu legen. Sie fragte sich, ob ihre Mutter sie wohl ab und zu besuchen kommen würde, ob sie zusammen an Deck ihres Bootes sitzen und den Fluss genießen würden. Margo schlief rasch ein, wachte aber nach ein paar Stunden mit pochendem Herzen wieder auf. Sie musste an die Asche ihres Vaters denken und daran, wie weit weg sie war. Sie stand auf und versuchte das Fenster hochzuschieben, aber es ließ sich nur einen Spalt weit öffnen. Gegen vier Uhr morgens erwachte sie erneut und konnte nicht mehr einschlafen. Sie ging ins Wohnzimmer, doch die Couch war leer. Margo aß noch zwei Stück Pizza aus der Schachtel im Kühlschrank. Dann zog sie den Parka an, schnappte sich vom Herd ein paar Streichhölzer und ging hinaus. Sie sammelte so viel Reisig, wie sie finden konnte, und schichtete die Zweige möglichst weit weg von den Strahlern am Wasser zu einem kleinen Haufen übereinander. Dann entfachte sie auf dem gefrorenen Boden ein kleines Feuer und kauerte sich daneben. Es befand sich ganz nah am Ufer, und der Feuerschein wärmte sie.

Sie dachte daran, wie sie sich manchmal auf dem Rastplatz am Pokagon Mound oder in ihrem Lager in der Nähe des Marihuanahauses gefühlt hatte: Sie war stolz gewesen, dass sie wieder einen Tag und eine Nacht hinter sich gebracht, sich etwas Gutes zu essen besorgt und zubereitet und es sich warm und gemütlich gemacht hatte. Auch jetzt fühlte sie sich ein wenig so.

Sie legte sich mit dem Rücken in den Schnee und sah zu den drei Sternen auf, die den »Gürtel« bildeten und sich jetzt fast genau über ihrem Kopf befanden. Der »Schwan« und der »Delfin«, die sie mit dem Indianer gesehen hatte, waren verschwunden. Einmal hatte sie jemanden über ein Sternbild namens »Großer Hund« reden hören, und sie hätte zu gern gewusst, wo es sich befand. Sie hätte Smoke fragen sollen, was er am Firmament erkannte, aber abends waren sie normalerweise nicht draußen. Margo vermisste Smokes keuchende Stimme, sein Fluchen und die Art und Weise, wie sich seine Miene aufhellte, wenn Fishbones schlaksige Gestalt im Garten auftauchte. Sie vermisste die dringliche Eile des in der Nähe vorbeirauschenden Flusses. Verglichen damit wirkte der See wie tot.

»Ich weiß nicht recht«, sagte Margo am nächsten Morgen zu ihrer Mutter.

»Du musst noch gar nichts entscheiden. Beim ersten Termin wirst du nur untersucht. Man wird dir erklären, welche Möglichkeiten du hast.«

»Hat man dir erzählt, dass ich schon mal da war?«

»Nein. Ich habe gesagt, dass du gestern dort warst, aber nervös geworden und wieder gegangen bist, und da hat man mir einen neuen Termin für dich gegeben. Diesmal komme ich mit.«

Ihre Mutter saß im Bad neben ihrem Schlafzimmer an einem Tischchen und betrachtete sich im Spiegel. Margo lehnte in ihrer abgewetzten Jeans im Türrahmen, Armeemesser und Geldbeutel steckten in den Hosentaschen. Luanne nahm etwas Make-up und verrieb es auf ihrem Gesicht, bis es nicht mehr zu sehen war.

»Rudert manchmal jemand auf dem See?«, erkundigte sich Margo.

»Unser Nachbar hat ein Kanu. Und wir haben ein Pontonboot, aber es ist im Jachthafen im Winterlager.« Luanne malte sich die Lippen an, presste sie kurz auf ein Papiertuch, zog sie nach und lächelte sich zu. »Ich kann dir zeigen, wie man sich schminkt. Das ist etwas, was ich für dich tun könnte.«

Margo ging in die Küche, um dort auf ihre Mutter zu warten, und als sie erschien, fand sie, dass sie wie eine von diesen Frauen aus dem Fernsehen aussah. Ein glänzender schwarzer Gürtel betonte ihre schmale Taille. Die weit aufgeknöpfte Bluse gab den Blick auf ihr Dekolleté frei, und sie trug eine Halskette, Ohrringe sowie mit türkisfarbenen Steinen besetzte Ringe.

Margo folgte ihr zum Wagen.

»Was war eigentlich letzte Nacht los, Margo?«, fragte Luanne, als sie rückwärts auf die Straße fuhr. »Ich habe gerade auf dem Anrufbeantworter eine Nachricht von meinem Nachbarn abgehört. Er behauptet, letzte Nacht hätte ein Landstreicher in meinem Garten herumgezündelt.«

»Ich konnte nicht schlafen.«

»Ohne Genehmigung darfst du kein Feuer machen, es sei denn an einer dafür vorgesehenen Feuerstelle. Mr Smith hatte Angst, du würdest seinen Zaun abfackeln.«

»Ich war ein ganzes Stück von seinem Zaun entfernt.«

»Warum warst du so spät nachts überhaupt draußen?«

»Ich geh nachts gern ein bisschen raus, um zu schauen, was sich so tut.« Sie hatte keine Rufe von Nachtvögeln gehört, nur einen Waschbären, der beim Nachbarn auf die Veranda geklettert war. »Übrigens hab ich das Fenster in meinem Zimmer nur einen Fingerbreit aufgekriegt.«

»Das liegt an den Sicherheitsschlössern. Außerdem ist es zu kalt, um die Fenster zu öffnen.«

»Warum habt ihr eigentlich keinen Hund?«

»Roger will keinen Hund«, antwortete Luanne seufzend. Sie fuhr von der Uferstraße auf einen zweispurigen Highway. »Und ich auch nicht. Du weißt doch, dass ich noch nie einen Hund haben wollte.«

Margo drückte auf einen Knopf und stellte fest, dass sie damit die Tür ver- und wieder entriegeln konnte. Schließlich fand sie den Schalter, mit dem sie das Fenster herunterlassen konnte, und öffnete es einen Spaltbreit. Sie wollte ihrer Mutter nicht auf die Nerven fallen, aber es ging alles zu schnell. Die Abstände zwischen den Häusern am Straßenrand wurden größer, und Margo sah ein Schild mit der Aufschrift AHORNSIRUP ZU VERKAUFEN. An der Veranda des Hauses waren zwei Schäferhunde angeleint. Margo blickte über die Schulter zurück und sah, wie sie immer weiter in die Ferne rückten.

»Bist du eigentlich froh, dass du mich gekriegt hast?«, fragte sie. In diesem Augenblick trat ihre Mutter auf die Bremse, und Margo wurde ein bisschen nach vorn geschleudert. Direkt vor ihnen fuhr ein Auto rückwärts aus einer Ausfahrt.

»Schnall dich an!«, forderte Luanne sie auf.

»Oder wäre es dir lieber, du hättest mich nicht gekriegt?« Margo zog den Gurt über die Schulter und hatte eine Weile damit zu kämpfen, bis sie ihn angelegt hatte.

»Natürlich bin ich froh, dass ich dich gekriegt habe. Sieh dich doch an! Aber ich hatte damals einen Mann an meiner Seite. Ich war nicht allein, wie du.«

»Ich bin nicht allein.«

»Willst du denn ein Kind haben?«

»Nein, ich glaube nicht.«

»Okay.« Luanne gab wieder Gas.

Margo musterte das anscheinend makellose Gesicht ihrer Mutter.

»Warum siehst du mich so an?«, fragte Luanne und lächelte.

»Egal, was passiert, ich komm schon klar, Mama.«

»Natürlich, es ist kein komplizierter Eingriff.«

»Hattest du auch schon einen?«

»Es war wirklich nicht schlimm. Es war besser so, eine Erleichterung. Ich muss nur noch schnell was zur Post bringen. Du gehst schon mal in die Klinik, holst dir den Fragebogen und setzt dich hin. Ich bin in zehn Minuten bei dir.«

»Ich bin froh, dass ich dich gefunden habe«, sagte Margo. Sie hätte gern einen kleinen Bruder oder eine Schwester gehabt. Vielleicht eine Schwester in Julie Slocums Alter, jemanden, dem sie das Angeln oder Rudern hätte beibringen können – oder wie man sich Probleme vom Leib hält. Oder eine ältere Schwester hätte vielleicht Margo die Probleme vom Leib halten können.

»Ich bin auch froh«, antwortete Luanne und tätschelte Margos Oberschenkel. »Ich bin froh, dass ich endlich etwas für meine Kleine tun kann.«

Luanne fuhr vor die Klinik und kramte in ihrer Handtasche. Als ein paar Demonstranten mit Schildern auf den Wagen zusteuerten, ließ Luanne die vorderen Fenster herunter und rief: »Haut ab, ihr Spinner! Oder ich fahr euch über den Haufen. Außerdem habe ich Pfefferspray dabei.«

Die Demonstranten wechselten einen Blick und verzogen sich.

»Ich bin dir dankbar für alles, was du für mich tust, Ma«, sagte Margo. Es gefiel ihr, ihre Mutter so in Fahrt zu sehen.

»Mach dir nicht zu viele Gedanken. Geh einfach rein. Sag ihnen, du bist achtzehn, hast keine Einkünfte und weißt nicht mal den Namen des Vaters. Heute werden sie dich nur untersuchen, aber vielleicht geben sie dir Valium, damit du die Zeit bis zum Eingriff gut überstehst. Sag ihnen auch, dass du nicht selbst Auto fahren musst, sondern dass dich jemand fährt.«

»Vielleicht sollte ich noch eine Woche warten.« Margo musste an den Raumduft in der Klinik, an den Klemmhefter mit dem mehrseitigen Fragebogen, an das kleine Zimmer mit dem hohen Fenster denken. Sie hätte es ihrer Mutter nicht erklären können, aber beim Gedanken an all diese Dinge fühlte sie sich noch unwohler als gestern. Sie brauchte Zeit zum Nachdenken.

»Vertrau deiner Mutter! Nur dieses eine Mal.« Luanne wandte ihr das Gesicht zu. Sie wirkte resigniert.

Margo nickte.

»In ein paar Minuten bin ich zurück, um dir mit dem Fragebogen zu helfen. Ich komme auch mit dir ins Untersuchungszimmer, um mit dem Arzt zu reden. Wir stehen das zusammen durch. Roger ist noch drei Tage weg, also lass uns sehen, ob sie den Eingriff auf Freitagmorgen legen können. Dann könnte ich dich anschließend nach Hause fahren, ich meine dorthin, wo du wohnst.«

Margo beugte sich zur ihrer Mutter hinüber und umarmte sie. Diesmal fühlten sich Luannes Arme locker und entspannt an, und Margo hatte nicht den Wunsch, sich ihr zu entziehen.

»Hier sind dreihundert Dollar, falls sie eine Vorauszahlung wollen«, sagte Luanne und machte sich von ihr frei. »Es werden die am besten angelegten dreihundert Dollar deines Lebens sein.« Sie drückte Margo sechs Fünfzigdollarscheine in die Hand.

»Du hast für mich und Daddy getan, was du konntest. Mach dir keine Vorwürfe.« Margo öffnete die Wagentür.

»Warum trägst du diese schäbige Jacke unter dem Parka?«, fragte Luanne.

»Ich war mir nicht sicher, ob mir warm genug wäre.« Margo hatte den Reißverschluss des Parkas geöffnet, als ihr im Wagen zu heiß geworden war.

»Ich nehme an, du trägst die Jacke aus Sentimentalität. Glaub nicht, dass ich deinen Vater nicht geliebt habe, Margaret. Er war ein guter Mensch. Das hätte ich dir sagen sollen. Ich musste von ihm weg, aber das heißt nicht, dass er kein guter Mensch war. Vielleicht wäre alles anders gekommen, wenn er mich gelegentlich zum Essen oder zum Tanzen oder einfach nur auf einen Drink in *The Tap Room* ausgeführt hätte.«

»Ich weiß.« Margo stieg aus und winkte. Sie betrat die Klinik, blieb jedoch hinter der Tür stehen und schaute hinaus. Sie konnte sich nicht überwinden, auch nur einen Schritt weiterzugehen.

Kaum war ihre Mutter nicht mehr zu sehen, ging Margo wieder hinaus und lauschte dem Rieseln im Graben hinter dem Gebäude, den sie bei ihrem ersten Besuch entdeckt hatte.

Sie versteckte sich hinter der Klinik, bis das Auto ihrer Mutter wieder auf den Parkplatz fuhr. Erleichterung durchströmte ihren Körper, als sie sah, wie ihre Mutter aus dem Wagen stieg und auf die Klinik zuging. Sie war sich nämlich nicht sicher gewesen, ob sie wirklich zurückkommen würde, um ihr beizustehen.

Margo folgte dem Rinnsal einen kleinen Hang hinunter, bis es unter der Erde verschwand. Sie suchte die nähere Umgebung ab, entdeckte ein Stück weiter die Stelle, wo es wieder an die Oberfläche kam, und ging an ihm entlang bis zu einem größeren Graben, der in einen eilig dahinfließenden Bach mündete, welcher sich wiederum nach ein paar Meilen in den Kalamazoo ergoss. Das Ufer des Flusses war mit Müll übersät: Glassplitter, rostige Kanister, mit grünlichem Schleim gefüllte Plastikflaschen, ausrangierte Fahrradrahmen und Autoreifen. Margo verstand nicht, wie die Menschen den Fluss so verschandeln konnten. Sie ging an Eisenbahnschienen entlang und an Schrottplätzen sowie an Häusern mit Schrottplätzen im Hinterhof vorbei. Sie kam an Geschäften, kleinen Fabrikgebäuden, ein paar Bars mit Neonlichtern in den Fenstern und an einem Golfplatz vorüber. Schließlich vergrößerte sich der Abstand zwischen den Häusern. Meilenweit wanderte sie an unbebautem Land auf dem Südufer des Flusses entlang, bis sie in einer Kleinstadt über eine Autobrücke ans Nordufer gelangte, wohin sie gehörte. Trotz des kalten Windes schwitzte sie. Nachmittags brannte die Sonne auf sie herab, und sie zog den Parka aus und trug ihn über dem Arm. Es war bereits dunkel, als sie ihr Boot erreichte, doch sie ging weiter. Als sie ohne anzuklopfen die flussseitige Tür von Smokes Haus öffnete, erblickte sie in der spärlich beleuchteten Küche ihre Büchse in seinem Gewehrständer. Sie trat ein, ließ sich neben Smokes Rollstuhl erschöpft auf die Knie fallen und strich mit der Hand über Nightmares Ohren. Dann tat sie, was sie noch nie getan hatte: Sie legte die Wange an Smokes knochigen Schenkel und weinte. Schweigend tätschelte Smoke ihren Kopf und strich ihr übers Haar, wie eine Mutter ihrer Tochter übers Haar streichen würde.

21. KAPITEL

An Heiligabend betrat Fishbone in der Abenddämmerung ohne anzuklopfen Smokes Küche. Er nahm seinen Filzhut vom Kopf, wischte den Schnee ab und hängte den Hut über dem Lüftungsgitter an einen Haken, den Smoke nie für etwas anderes benutzte. Margo konnte nicht verstehen, dass Fishbone nicht an den Ohren fror. Sie selbst trug bei diesem Wetter eine Pudelmütze, und seit sie den Parka besaß, setzte sie manchmal zusätzlich die Kapuze auf und zog sie zu.

Da die Tischlampe Smoke in den Augen schmerzte, wurde der Raum lediglich von zwei Weihnachtskerzen erhellt. Nightmare knurrte Fishbone leise an, beruhigte sich aber gleich wieder.

»Frohe Weihnachten«, sagte Fishbone und reichte Margo vier hölzerne Spannbretter. Sie waren nagelneu, ohne Blutspuren. »Ich habe sie für dich aus Lindenholz gemacht. Es ist weich, da reißen die Tierhäute nicht.«

Sie bedankte sich und wünschte sich, sie hätte auch ein Geschenk für ihn. Er fegte den Schnee von den Schultern seiner Lederjacke und setzte sich auf Smokes zweiten Küchenstuhl, den ohne Rückenlehne. Erst jetzt fiel Margo auf, dass sie sich in den vergangenen Monaten immer auf Fishbones Stuhl gesetzt hatte. Margo zeigte Fishbone, was Smoke ihr geschenkt hatte: vier Bisamrattenfallen und drei Wolldecken, von denen eine aus Armeebeständen stammte und den mit einer Schablone darauf geschriebenen Namen MESSER trug. Smoke hatte ihr erzählt, dass die Decke seinem Vater beim Militär gehört hatte. Fishbone ließ sich von Margo ein Stück selbst gebackenen Schwarznusskuchen mit getrockneten Apfelstücken servieren. Er aß es bedächtig und schwor, dass ihm im ganzen Jahr nichts besser geschmeckt habe. Als er fertig war, schob er den Teller in die Tischmitte und verkündete: »Der Farmer will mit dir reden, Margo.«

Margo sah Smoke an.

»Ich habe George Harland gesagt, dass du eine junge Dame bist, die auf sich selbst aufpassen kann und ihm keinen Ärger machen wird. Er meinte, er hätte bei dir an die Tür geklopft, nachdem er dich hätte reingehen sehen, aber du hättest nicht aufgemacht.«

»Rede du an ihrer Stelle mit ihm«, schlug Smoke vor.

»Sie kann für sich selbst sprechen, Smoky. Sie wohnt auf seinem Land. Es gibt keinen Grund, Angst vor dem Mann zu haben.« Fishbone nahm den Lederbeutel mit den Drucklettern vom Tisch und warf ihn von einer Hand in die andere.

»Ich wohne auf dem Wasser«, widersprach Margo, »nicht auf seinem Land.«

»Aber wenn du von Bord gehst, betrittst du sein Land. Und wenn der Wasserpegel sinkt, befindest du dich auf seinem Land. Wenn du Trinkwasser von der Handpumpe an seiner Scheune holst – und das tust du –, bist du auf seinem Land. Rede mit ihm, dann gibt er dir nächstes Jahr bestimmt die Abschusserlaubnis.«

»Vielleicht bleibe ich gar nicht hier. Vielleicht suche ich mir einen anderen Platz am Fluss.«

Fishbone schüttelte den Kopf. »Das Ganze ist irgendwie sonderbar, findest du nicht, Smoky? Ein junges Ding, das allein hier draußen lebt – das ist doch nicht normal.« Er sah wieder Margo an. »Wenn du mein Kind wärst, würde ich darauf bestehen, dass du die Schule fertig machst. Du solltest zu deiner reichen Mutter nach Lake Lynne ziehen.«

»Warum muss bei dir immer alles *normal* sein?«, fragte Smoke ungewohnt heftig. »Das Leben ist schon so schwer genug … Man kann sich nicht auch noch darum scheren, was zur Hölle normal ist! Lass uns mit deinem gottverdammten normalen Leben in Frieden!«

Margo spürte einen Kloß im Hals. Sie wollte nicht der Anlass für noch mehr Meinungsverschiedenheiten zwischen den beiden sein.

»Die Kleine erwartet ein Kind«, erinnerte ihn Fishbone und knallte den Lederbeutel vehement auf den Tisch. »Es geht nicht nur um sie.«

»Sieh sie dir doch an, wie sie dort sitzt! Sieh sie dir richtig an, Fishbone! Sieh dir ihr wunderschönes Gesicht an! Sie hat starke Arme, sie kann ihr Feuerholz selbst hacken. Du hast einen ganzen Sack voll Kinder, Fishbone. Ich habe kein Kind. Mein eigenes Leben ist einen Scheißdreck wert, aber ich kann dieser Kleinen helfen, so zu leben, wie sie will.«

»Dein Leben ist eine Menge wert, Smoky.«

»So fühlt es sich aber zurzeit ums Verrecken nicht an.«

»Warum musst du ständig fluchen? Bei dir artet jeder Abend zu einer Schimpforgie aus.«

Margo war erleichtert, als sich Smokes Wutanfall schnell wieder legte. An einem ihrer Stiefel war der lederne Schnürsenkel aufgegangen, und sie band ihn zu. Dann strich sie mit der flachen Hand über ihre weiche, abgetragene Jeans, die sie gerade erst in Smokes Waschmaschine gewaschen hatte. Die drei oberen Knöpfe hatte sie offen gelassen, und sie trug die Hose etwas tiefer, weil sich ihr Bauch bereits wölbte. Sie saß im Warmen, war sauber und fühlte sich wohl – trotz des Streits und trotz ihrer Verunsicherung wegen des in ihr heranwachsenden Kindes. Sie gehörte zu diesen Männern und zu Nightmare.

»Irgendwas riecht hier nicht gut, Smoky.«

»Das sind die Zimtkerzen«, sagte Margo, aber auch sie hatte etwas gerochen, einen stinktierartigen Geruch.

Fishbone beugte sich zu Smoke hin und schnupperte an seinem Hemdkragen. »Du bist das. Ist mit dir alles in Ordnung?«

»Mir geht's prima.«

»Du solltest ein Bad nehmen.«

Fishbone musste los. Er setzte seinen Hut auf, klopfte Smoke auf die Schulter und ließ die Hand einen Augenblick dort liegen. Smoke griff nach ihr und drückte sie, bis Fishbone sie wegzog.

»Bitte kümmere dich um ihn«, sagte Fishbone zu Margo. »Wenn ich könnte, würde ich es selbst tun, aber ich hab das Haus voll mit Verwandtschaft und Gästen, die auf mich warten.«

Kaum hatte Fishbone die Tür hinter sich zugezogen, wetterte Smoke: »Von wegen, er würde es selbst tun!«

»Wie kommt es, dass er mit der dünnen Jacke und dem Hut nicht friert?«, fragte Margo.

Smoke überlegte kurz. »Er gehört zu den Männern, die selbst bestimmen, wie sie sich fühlen wollen, und dann fühlt er sich auch so – egal, bei welcher Temperatur!«

»Das funktioniert?« Margo legte Fishbones Teller und Gabel ins Spülbecken und schenkte Smoke Kaffee nach. »Kann man selbst bestimmen, wie man sich fühlt?«

»Manche Menschen können das«, antwortete Smoke. »Sag mal, Kindchen, hat Fishbone recht? Rieche ich schlecht?«

»Warum lassen Sie sich von Ihrer Pflegerin nicht richtig waschen?« Einmal wöchentlich kam eine Hilfskraft von der Altenpflege vorbei, aber Smoke ließ sie lediglich das Haus aufräumen, das Bett frisch beziehen und die Einkäufe, die sie mitbrachte, in den Kühlschrank stellen.

Margo beugte sich zu ihm hin und roch ebenfalls an seinem Hemdkragen.

»Mein Körper geht diese Schlampen nichts an. Aber es ist schon ein paar Wochen her, seit ich es in die Wanne geschafft habe.«

»Ich kann Sie waschen, Smoke, morgen fahren Sie doch zu Ihren Nichten. Die denken sonst noch, Sie können nicht mehr für sich selbst sorgen. Ich hab Ihnen doch erzählt, dass ich meinem Großvater geholfen habe, als er krank war.«

Smoke nickte. Lieber hätte Margo ihm nicht beim Waschen geholfen, aber sie war die Einzige, die er an sich heranlassen würde. Außerdem hatte Fishbone sie gebeten, sich um ihn zu kümmern.

Margo drehte den Thermostat höher und hörte, wie der Boiler ansprang. Smoke knöpfte sein Arbeitshemd auf, und ein schmuddeliges langes Unterhemd kam zum Vorschein. Als sie es ihm auszog, verstärkte sich der Geruch. Sie half ihm ins Badezimmer, stellte für ihn eine umgedrehte Milchkiste mit einem zusammengefalteten Handtuch darauf als Hocker in die Dusche und wusch ihm mit einem Waschlappen die Arme und den Oberkörper.

Unter seinem Arm stieß sie auf eine wunde Stelle, die sich möglicherweise entzünden konnte. Margo machte ihre Sache im schummrigen Licht zweier Kerzen, so gut sie konnte. Smoke erlaubte ihr nicht, die Deckenlampe einzuschalten, und die Brille wollte er auch nicht abnehmen. Er schien sich unter der Berührung ihrer Hände zu entspannen. Auf seinem Rücken waren mehrere rote Geschwülste, die sich heiß anfühlten. »Was ist das?«

»Druckgeschwüre«, antwortete Smoke leise und zuckte zusammen, als sie ihn dort berührte. »Ich soll im Rollstuhl immer wieder die Position wechseln. Und ich soll gerade sitzen. Ich hab den Doktor gefragt, wie ich beides gleichzeitig machen soll.« Auch am Steißbein hatte er ein Druckgeschwür.

Um ihre Verlegenheit und ihr Befremden über ihr Tun zu vergessen, nahm sich Margo jede Partie seines Körpers gründlich vor, und schon bald stellte sie fest, dass sie sich gerne so um Smoke kümmerte. Mehrmals wechselte sie das Wasser in der Schüssel, damit es immer warm und sauber war. Den Intimbereich ließ sie ihn selber waschen, was er gründlich tat.

»Ich hab noch nie jemanden gewaschen«, gestand Margo.

»Mir wär's auch lieber, ich könnte es allein tun.«

Margo wusch Smokes dünne, spärlich behaarte Beine. An den Kniekehlen musste sie behutsam sein, denn auch sie waren wund. Die Schienbeine waren mit Narben sowie unzähligen frischen und schon wieder verblassenden blauen Flecken übersät. Auch die schwieligen Füße wusch sie ihm. Sie fragte sich, ob sie wohl im Alter für ihre Mutter sorgen würde. Vielleicht könnte ihre Mutter sie dann ja brauchen.

Mit einem Handtuch tupfte sie ihn trocken und half ihm, saubere lange Unterwäsche und ein Arbeitshemd anzuziehen, auf dem der Name SMOKE stand. Danach schlossen sie ihn wieder an das Sauerstoffgerät an.

»Mein Vater hatte Hemden, auf denen CRANE stand«, erzählte Margo. »Ich wünschte, ich hätte eins von diesen alten Hemden, aber sie gehörten dem Wäschedienst der Fabrik.«

»Danke, Kindchen«, sagte Smoke, als sie in die Küche zurückkehrten.

Margo schenkte ihm noch einen Kaffee ein. Sie staunte über die Mengen schwarzen Kaffees, die Smoke zu allen Tageszeiten trank. Er behauptete, das weite seine Lungen und Bronchien.

»Fishbone hat Angst, er könnte so enden wie ich, wenn

er mich anfasst. Wir sind fast gleich alt, auch wenn man es ihm nicht ansieht.«

»Warum waren Sie nie verheiratet, Smoke?«

»Einmal war ich es.«

»Und was ist aus Ihrer Frau geworden?«

»Wir haben acht lausige Jahre zusammen verbracht, bis sie auf die Idee kam, mit 'nem andern abzuhauen.«

»Warum hilft Fishbone Ihnen und schaut nach Ihnen?«

»Warum hilfst du mir, Kindchen? Warum hilft einer dem anderen? Sollen wir etwa alle für uns bleiben und zusehen, dass wir allein klarkommen? Möchtest du so leben?«

Margo spürte, wie ihr das Blut ins Gesicht schoss. »Lieben Sie Fishbone?«

»Du bist eine scharfe Beobachterin. Was zum Teufel hast du in all den Monaten, in denen du mich angestarrt hast, noch rausgefunden?«

»Ich meine, so wie man eine Frau liebt?« Sie fragte es zögernd aus Angst, ihn zu verärgern.

»Keine Ahnung«, erwiderte Smoke. »Ich hab noch keine Frau so geliebt wie ihn.«

»Aber er hat eine Frau. Und Kinder und Enkelkinder.«

»Allerdings!«, schnaubte Smoke. »Und ich hab keine. Darum hab ich auch niemanden, der sich im Alter um mich kümmert.«

Margo nickte.

»Jeder Mensch auf dieser Welt ist eine Nuss, die sich nicht knacken lässt«, verkündete Smoke. »Das hab ich gelernt, Kindchen. Nicht mal uns selbst können wir knacken.«

»Ich werde mich um Sie kümmern, Smoke.«

»Du bist ein gutes Kind. Ich bin sicher, selbst deine verrückte Mutter weiß das.«

An einem klaren, kalten Morgen zwischen Weihnachten und Silvester – Margo war gerade auf der Kuhweide auf halbem Weg zu Smokes Haus – drang der Lärm von Motorsägen und einem starken Dieselmotor an ihr Ohr. Auf der Straße standen ein Kipplaster sowie ein Frontlader. Margo ging hinter einen Baum auf Smokes Grundstück in Deckung und beobachtete, wie sich drei Männer in wattierten Overalls die frei stehende alte Garage vornahmen, die Fishbone seine »Hütte am Fluss« nannte. Als das Dach einstürzte, kam Smoke im Rollstuhl auf die Terrasse gerollt. Margo lief ins Haus, um ihm Mantel und Hut zu holen. Sie nahm auch die Milchkiste mit und setzte sich darauf, um zuzuschauen.

Während die Arbeiter zersplittertes Holz, Dachmaterialien und Fensterglas mit dem Frontlader zusammenschoben und auf die Ladefläche des großen Lasters kippten, machte Smoke abwechselnd einen Zug am Sauerstoffgerät und an seiner Zigarette. In kaum drei Stunden hatten die Männer, die Smoke und Margo nur einmal knapp zugenickt hatten, ihre Arbeit erledigt. Margo und Smoke redeten in der Zeit nicht viel miteinander. Am Ende war von der Garage nur noch ein quadratisches Fundament aus löchrigem Beton übrig. Während ein dickbäuchiger Mann es mit einem breiten Besen kehrte, bugsierten die beiden anderen den Frontlader auf den Anhänger. Dann kletterten alle drei ins Fahrerhäuschen des Kipplasters und fuhren davon.

»Die schicken garantiert 'ne Rechnung«, schimpfte Smoke. »Wart's ab! Und jetzt sag mir, ob du eine einzige verdammte Ratte siehst.«

Margo konnte kein Anzeichen von Ratten entdecken, obwohl sie wusste, dass es überall dort, wo Menschen waren, auch Ratten gab, vor allem am Fluss. Ihr Fell oder Fleisch war natürlich nicht zu gebrauchen, aber Margo verabscheute die Tiere nicht so sehr, wie alle anderen es offenbar taten. Ratten waren einfach nur Kreaturen, die am Fluss ihr Dasein fristeten. Die Menschen übertrieben es mit der Unreinheit von Flussratten genauso wie mit der Gefährlichkeit von Bärenmardern.

»Hast du gesehen, wie die Menschen einem das Recht nehmen …«, Smoke unterbrach sich kurz, um in der kalten Luft nach Atem zu ringen, »… so zu leben, wie man will? Vergiss das nie!«

Margo wollte es Smoke gegenüber zwar nicht zugeben, aber es hatte ihr Spaß gemacht, bei den Abbrucharbeiten zuzusehen. Sie wusste, dass sie nun eigentlich ins Haus gehen sollten, aber sie wollte diese seltsame neue Landschaft mit der durchlöcherten Betonplatte und dem Zaun, den sie von der Terrasse aus noch nie in voller Länge gesehen hatte, noch eine Weile in sich aufnehmen.

»Wir könnten eine neue Garage bauen«, schlug Margo vor. »An derselben Stelle, auf dem alten Fundament. Fishbone hilft uns bestimmt. Er hat gesagt, Sie können so gut wie alles bauen.«

»Ich denke nicht dran!«

»Ich könnte mir vorstellen, dass wir Ständerwände aufstellen und sie mit einem Blechdach abdecken. Dann könnten wir bei Regen immer rausgehen und uns das Prasseln anhören. Sobald der Schnee weggetaut ist, könnten wir anfangen.«

»An der alten Garage war nichts auszusetzen.«

»Wir hätten sie in Ordnung bringen sollen.«

»Weißt du, früher hat mich Fishbone oft besucht.«

»Er besucht Sie doch immer noch.«

»Jetzt besucht er den Fluss, um mal raus aus seinem Haus in der Stadt und weg von seinen kreischenden Enkeln zu kommen. Und ich glaube, er kommt auch, um dich zu sehen. Weißt du, ich hab noch nie jemandem erzählt, was ich dir erzählt habe.«

»Darf ich Ihnen auch etwas erzählen?«, fragte Margo, und ihre Stimme überschlug sich fast. »Etwas, das ich eigentlich nie jemandem erzählen wollte?«

Smoke steckte sich noch eine Zigarette an und sah ihr in die Augen.

»Wissen Sie noch, wie Sie im Spaß gesagt haben, dass ich Sie erschießen soll?«

»Das war kein Spaß.«

»Also, ich hab einen Mann erschossen«, gestand Margo. »Letztes Jahr.«

»Mit der .22er?« Smoke klang skeptisch.

»Mit einer Schrotflinte. Ich hatte das Gefühl, es muss sein. Er wollte jemandem wehtun, den ich damals geliebt habe. Zuerst hab ich es nicht bereut, aber mittlerweile wünschte ich, ich hätte es nicht getan.«

»Wirst du dich stellen?«

»Niemals!«

Smoke lachte. »War der Mann ein mieses Schwein?«

»Ja.«

»Wo liegt dann das Problem?«

»Er hatte kleine Kinder und eine Frau. Denen wird er fehlen. Und dann muss ich ständig daran denken, dass Sie bald sterben werden und dass mein Vater und mein Großvater tot sind. Wenn ich es ungeschehen und ihn wieder lebendig machen könnte, würde ich es tun.«

»Wenn du schon mal einen Menschen getötet hast, kannst du es auch noch mal tun«, sagte Smoke. Er nahm die Brille ab und zwinkerte ihr zu, aber Margo, die vor Kälte die Arme um den Körper geschlungen hatte, starrte nur stumm die leere Betonfläche an.

Nach Neujahr verschwand die Weihnachtsbeleuchtung aus der Nachbarschaft, und der Winter mit seinen kurzen Tagen und langen, kalten Nächten zog sich hin. Gelegentlich machte Margo einen Abstecher in die Stadt, um das Nötigste für sich und Smoke zu besorgen, und dabei war ihr, als befände sie sich in einer Art »Halbwinterschlaf«, in dem sie sich langsam und bedächtig bewegte und nur tat, was sie unbedingt tun musste. Ihr mit einem Kunstpelz besetzter Parka reichte ihr halb über die Oberschenkel und verbarg gegenüber Fremden ihre leicht gerundete Leibesmitte, aber wenn Smoke oder Fishbone sie in Smokes Küche die Jacke ausziehen sahen, strahlten sie jedes Mal ihren Bauch an, als hätte sie ihnen jemand noch Hübscheres als sich selbst mitgebracht. Margo war ihr Körper immer ein verlässlicher Freund gewesen, wenn es darum ging, mit einem Gewehr zu hantieren, Feuerholz zu hacken, meilenweit zu rudern oder trotz körperlicher Anstrengung im Gleichgewicht zu bleiben, aber jetzt wurde er ihr allmählich fremd.

Fishbone hatte richtiggelegen: Margo hatte sich vor dem Farmer versteckt, als er zum ersten Mal zu ihrem Boot gekommen war. Sie hatte sich ins Innere geflüchtet und unter ihren Schlafsäcken verkrochen, denn sie war noch nicht so weit gewesen, einem neuen Mann gegenüberzutreten, schon gar nicht einem, der sie womöglich vertreiben wollte. Außerdem hatte sie nicht wissen können, ob sie ihn genauso extrem anziehend finden würde wie seinen Bruder Johnny. Als er Mitte Januar wiederkam, konnte sie sich nicht verstecken: Sie stand gerade auf einer Trittleiter und schob mit einem Rechen den Schnee vom Dach des Wohnwagens – auf die Idee, dass das Flachdach unter dem Gewicht des Schnees nachgeben könnte, war sie erst gekommen, als Smoke davon sprach. Margo stieg von der Leiter und ging über die frei geräumte und mit Sand bestreute Laufplanke auf den Farmer zu. Er war sehr groß und sehr dünn.

»Du musst Margo Crane sein«, begrüßte er sie. »Ich bin George Harland.«

Als er ihr die Hand hinstreckte, trat sie einen Schritt vor und schüttelte sie.

»Smokes Boot«, konstatierte der Mann mit einem Nicken. »Er hat mir erzählt, dass er es dir verkauft hat. Er hat gesagt, ich soll ein Auge zudrücken und dich auf meinem Grund ankern lassen, damit sich seine Nichten nicht aufregen.« Der Farmer blickte den Fluss hoch und hinunter und meinte: »Ein merkwürdiger Vorschlag. Aber jetzt lerne ich dich endlich mal kennen.«

Margo nickte. Seine geduldige Art gefiel ihr. Als sie ihn beim Streit mit seiner Frau im Scheunenhof belauscht hatte, war er ihr mit seinem langsamen, ruhigen Wesen ein bisschen dümmlich vorgekommen. Sie fragte sich, ob sie selbst auf andere Menschen auch so wirkte. Ihr Blick fiel auf seine rechte Hand, an der ein Großteil des Zeigefingers fehlte.

»Seine *Pride & Joy*. Daran hat er jahrelang gearbeitet. Zu mir und meinem jüngeren Bruder hat er immer gesagt, wenn ein Mann auf dem Wasser leben will, braucht er ein Boot, das zu ihm passt.«

Margo warf über die Schulter einen Blick ins Innere der Kajüte. In der Ecke neben dem Ofen stand ihre Büchse.

»Leon meint, ich soll dir für dieses Jahr die Abschusserlaubnis zur Verhütung von Wildschäden geben. Aber ich überlege mir sehr genau, wen ich auf meinem Land schießen lasse.«

Mit kurzer Verzögerung begriff Margo, wen er mit *Leon* meinte. Sie starrte immer noch die Hand des Mannes an.

»Auf Smokes Rat hin habe ich Leon jahrelang die Erlaubnis gegeben, aber letztes Jahr hat er nur zwei Hirsche geschossen. Die beiden behaupten, du wärst eine richtige Scharfschützin.« Der Farmer nickte zur Bekräftigung seiner Worte. »Du bist jünger, als ich gedacht hätte.«

Margo fiel in sein Nicken ein. Ihr war klar, dass sie den Mund aufmachen und etwas sagen sollte. Der Farmer hatte Johnnys graue Augen, aber zum Glück war er sonst nicht wie sein Bruder: Er besaß nicht dessen raubeinigen Charme und roch auch nicht so gefährlich gut.

»Du bist ungefähr neunzehn, stimmt's? Smoke sagt, du stellst Fallen. Hast du dafür eine Genehmigung?«

Wieder nickte sie.

»Die Abschusserlaubnis gilt von Juni bis Oktober. Du sollst das Wild von meinen Mais- und Bohnenfeldern fernhalten. Das frisst mir dreißig Prozent meiner Ernte weg, wenn ich niemanden darauf ansetze. Und ich hätte gern ein paar gegerbte Häute. Ich zahl dir was dafür, wenn du sie abziehst und mir bringst.«

Wieder nickte sie. Sie wollte hierbleiben, zumindest vorerst, und sie wollte die Abschusserlaubnis. Sie war froh, dass es in ihrem Leben wenigstens eine Gewissheit gab.

»Und sag mir bitte, wenn du hier unten ein Wiesel, einen Nerz oder einen Otter siehst. So sauber, wie sie den Fluss in den letzten Jahren gekriegt haben, wette ich was drauf, dass die Wiesel zurückkommen. Dann muss ich nämlich besser auf meine Hühner aufpassen.«

Margo wusste, dass man diese Tiere zu Geld machen kann. Sie würde Fishbone fragen, wie man Hermeline und Nerze mit Fallen fängt.

»Kannst du überhaupt sprechen?«, fragte er und legte den Kopf schief.

»Ich werde nicht mit Ihnen schlafen«, platzte es aus ihr heraus. Margo spürte, wie ihre Kehle bebte, aber ihre Stimme blieb fest. »Und mit Ihrem Bruder Johnny auch nicht.« Sie hatte nicht vorgehabt, dies als Erstes zum Farmer zu sagen, aber sie wollte klarstellen, dass sie nicht jeden Mann, der hier aufkreuzte, mit offenen Armen empfangen würde.

»So, so, du hast Johnny also schon kennengelernt. Ich wollte dich vor ihm warnen.« Der Farmer lächelte, und als er dabei die Zähne zeigte, ähnelte er seinem Bruder ein wenig mehr. »Ich frage mich, ob du hier draußen klarkommst. Ich möchte im Frühjahr nämlich keine erfrorene Frau vorfinden.«

»Ich werde schon nicht erfrieren.« Sie verschränkte die Arme vor dem Bauch. Es gab keinen Grund, weshalb er ahnen sollte, dass sie schwanger war, keinen Grund zu der Annahme, dass Fishbone oder Smoke es ihm erzählt hatte, und trotzdem überraschte es sie, dass er sie als *Frau* und nicht als *Mädchen* bezeichnete.

»Wie heizt du?«

»Mit Holz. Smoke hat Fishbone dazu gebracht, den Ofen auf undichte Stellen zu untersuchen. Und notfalls gibt es einen Propanheizer.«

Er nickte. »Du kannst das tote Holz nehmen, das hier rumliegt, aber schlag bitte keine lebenden Bäume aus meinem Windschutz.«

Sie hatte bereits etwas Holz gesammelt.

»Bedien dich auch ruhig am Holzhaufen hinter der Scheune, falls du das Zeug kleinkriegst. Ich lass die Landschaftsgärtner immer die Reste dort abladen, aber es sind hauptsächlich Stümpfe mit Wurzeln. Hol dir meine Schubkarre aus der Scheune, wenn du magst, aber stell sie unbedingt wieder an ihren Platz, also unten rein.« Er machte eine Pause. »Du willst also wirklich auf meinem Land wohnen?«

»Auf dem Fluss. Vielleicht fahre ich woandershin, sobald ich einen stärkeren Außenborder habe.«

»Ich sag den Nachbarn Bescheid, damit sie sich nicht wundern, wenn sie dich sehen. Vor ein paar Jahren habe ich einem Kerl aus Mitleid erlaubt, in meinem Hühnerstall zu überwintern. Meine Frau war stinksauer. Er hat sich einen alten Kerosinofen reingestellt und damit den ganzen Stall abgefackelt.«

»Ich werde nichts abfackeln«, beteuerte Margo.

»Meine Frau wird nicht begeistert sein, wenn sie davon

erfährt, aber Smoke meint, du bist ein großes Mädchen. Er glaubt, dass du weißt, was du tust. Und Leon hält dich für so was wie ein Relikt aus einer anderen Zeit. Er verehrt dich.«

Margo hatte keine Ahnung, was ein *Relikt* war; sie kannte nur *Relish*, das hatte sie früher manchmal gegessen. Sie wollte sich lieber nicht all die Dinge vorstellen, die der Farmer und seine Frau in ihrer Küche haben mussten: Pfannen und Gewürze, Geräte, Teigrollen für die Pasteten, Herdplatten mit unter den Töpfen glühenden Heizspiralen, Fenster, durch die das Sonnenlicht flutete, und große Deckenlampen, wenn das Tageslicht einmal nicht ausreichte. Dies waren die Dinge, die Margo für ihr jetziges Leben, ihr Leben auf dem Fluss, aufgegeben hatte. Sie war sicher, dass die Farmersfrau jede Menge baumwollene Lappen zum Aufwischen besaß, falls in der Küche mal etwas danebenging, eine Waschmaschine, in der sie die Lappen waschen konnte, Stühle, die über den Holzboden schabten, wenn man sie unter dem Tisch hervorzog, und eine Gefriertruhe, in die ein ganzer Hirsch passte. Vielleicht gab Margo für ihr Leben auf dem Boot zu viel auf, zu viel für die Freiheit, jederzeit weiterziehen zu können, falls Ärger drohte. Aber sie wusste auch, dass sie noch mehr aufgeben würde, wenn sie versuchte, anders zu leben.

»Ich möchte anderen Leuten nicht auf die Pelle rücken«, sagte sie. Sie besaß vier Pfannen und Töpfe, die sie liebte – eine Pfanne vom Indianer und drei Töpfe von Smoke –, und bisher hatte sie damit noch alles zubereiten können, was sie wollte. Sie hatte zwei Gaskocher plus die Oberseite des Holzofens. Sie mochte die kleinen, weiß gestrichenen Küchenschubladen mit den eleganten Griffen, in die all ihre Gerätschaften passten. Den Esstisch konnte sie an die Wand klappen, die Sitze zu ihrem Bett umbauen. Es war der gemütlichste Ort, an dem sie seit ihrem

Fortgang aus Murrayville geschlafen hatte. Die mit einem farbenfrohen Muster aus springenden Fischen bedruckten Vorhänge am Fenster hatte sie gewaschen und wieder aufgehängt. Sie hatte keine Ahnung, was es kostet, ein Haus wie das des Farmers warm zu kriegen. Was für eine Verschwendung, sämtliche Zimmer zu beheizen – Innenraum, den ein Mensch wie Margo, dessen Zuhause der ganze Fluss war, nicht brauchte.

»Das trifft sich gut«, antwortete der Farmer. »Meiner Frau würde es nämlich bestimmt nicht gefallen, wenn eine fremde junge Frau in ihrem Haus wohnen würde. Aber du liegst richtig mit deiner Vermutung: Wenn es zu kalt wird, könnte ich das Gefühl haben, dich trotzdem einladen zu müssen.«

»Danke für die Abschusserlaubnis, Sir, aber bleiben Sie von meinem Boot weg«, sagte sie. »Männer sind hier nicht willkommen.«

22. KAPITEL

»In knapp zwei Wochen wissen wir's«, sagte Smoke eines Morgens Anfang Februar zu Margo. Seine Stimme war brüchiger geworden, und manchmal musste Margo ganz nah an ihn herangehen, um ihn zu verstehen. Oft wurden seine Worte von langen pfeifenden Atemzügen unterbrochen. Der Beschluss des Familiengerichts stand bevor, und Smoke ging davon aus, dass man ihm nicht erlauben würde, in seinem Haus wohnen zu bleiben. Margo machten andere Dinge zu schaffen, etwa dass Smoke stürzen könnte oder so heftig husten müsste, dass er einfach zu atmen aufhörte. Sie wischte einen Brotkrümel von seiner stoppeligen Wange.

Fishbone, der nun selten länger als ein paar Minuten blieb, bevor oder nachdem er einen Ausflug mit dem Boot machte, war davon überzeugt, dass Smokes Nichten die Sache vor den Richter gebracht hatten, weil sie sich um ihren Onkel sorgten und nicht mit ansehen konnten, wie er sich umbrachte. »Gut, das sind toughe Ladys«, räumte er ein, »aber sie sind deine Familie, und sie lieben dich.«

»Bewahre mich vor ihrer beschissenen Liebe«, raunte Smoke Margo zu, sobald Fishbone außer Hörweite war. Aber Margo konnte nachvollziehen, warum seine Nichten glaubten, dass Smoke nicht mehr allein zurechtkam. Ihr wurde ganz elend, wenn sie daran dachte, wie sehr sich sein Zustand verschlechtert hatte, und sie stellte fest, dass sie sich ständig Sorgen um ihn machte, ob sie bei ihm war oder nicht. Sie fühlte sich hilflos angesichts seiner Qual und Mühsal und hatte den Eindruck, dass auch Nightmare darunter litt. Der Hund starrte sein Herrchen oft stundenlang an und fraß manchmal fast den ganzen Tag nichts.

»Ich kann bei Ihnen einziehen, Smoke«, schlug Margo vor, als sie ihm Kaffee aus der Filtermaschine nachschenkte. »Dann wüssten Ihre Nichten, dass ich mich um Sie kümmere.«

Sie setzte sich zu ihm an den Küchentisch, und sie blickten hinaus auf den Fluss. Das Tauwetter hatte das Eis schmelzen und den Schnee kompakt werden lassen. Vor ein paar Tagen hatte sie den Schnee von der Terrasse geschaufelt, und sie war immer noch frei.

»Man darf ein Versprechen nicht zurücknehmen«, sagte Smoke leise.

»Das werde ich auch nicht«, antwortete Margo lauter als gewollt. Smokes Gehör schien im selben Maß nachzulassen, wie seine Stimme leiser wurde.

»Mir tut jeder Atemzug weh, Kindchen.« Der Hund wurde unruhig, stand auf und tappte zur Tür. »Im Heim krieg ich nicht mal richtigen Kaffee. Die haben bloß Nescafé.«

»Vielleicht können Sie bei einer Ihrer Nichten wohnen, wenn Sie schon hier ausziehen müssen.«

Er schüttelte den Kopf. Auch Margo fand die Vorstellung schrecklich. Sie ließ Nightmare hinaus, setzte sich wieder und strich etwas von der Erdbeermarmelade, die Smokes Schwester noch gemacht hatte, auf ihr Toastbrot. Er hatte ihr erzählt, dass sie einen Gehirntumor hatte und wenige Monate nach ihrem Einzug ins Pflegeheim gestorben war. Seine Schwester war »in diese deprimierende Einrichtung gegangen wie auf eine gottverdammte Party«. Es hatte ihr gefallen, dass die Pflegerinnen um sie herumwuselten und sie »wie ein verdammtes Baby« behandelten.

»Der Nacken tut mir weh«, sagte Smoke, »weil ich den verfluchten Kopf hochhalten muss.«

»Trotz allem ist es besser, zu leben, Smoke.« Margo biss in das Toastbrot und kaute, aber der Appetit war ihr vergangen. »Wenn man jemanden tötet oder jemand stirbt, hat das schlimme Folgen. Für alle.«

»Wenn er lebt, erst recht.« Smoke griff in seine Hemdtasche, zog etwas heraus und drückte es Margo in die Hand.

»Was ist das?« Sie faltete ein Bündel aus fünf Zwanzigdollarscheinen auseinander.

»Das Geld, das du mir fürs Boot gegeben hast. Und nimm dir auch mein Gewehr. Es gehört jetzt dir. Fishbone hat recht, ich brauche es so dringend wie ein Loch im Kopf.«

»Sie haben mir schon viel zu viel geschenkt, Smoke«, wehrte Margo ab. Wie sollte sie ihm klarmachen, dass ihr umso mehr daran lag, nie wieder jemanden zu töten, weil sie es bereits einmal getan hatte?

»Was zum Teufel soll ich mit einem Gewehr?«, fragte er. »Du hältst es schön sauber, stimmt's?«

Margo schob ein Stück Toastbrot mit Marmelade, etwas Rührei und Wurst auf ihre Gabel.

»Ich hab's verdient zu sterben. Verdammt, das musst du doch verstehen.«

»Aber was wird dann aus mir?«

»Du schaffst das schon.«

»Wenn Sie nicht mehr da sind, hab ich keinen Freund mehr.« Margo hörte Nightmare an der Tür kratzen. Sie stand auf und ließ ihn zusammen mit einem Schwall kalter Luft herein. Im Lauf des Tages sollte es angeblich wärmer werden, denn für den Abend war ein Sturm angekündigt. Nightmare legte sich auf den Vorleger zwischen ihr und Smoke.

»Dann solltest du am besten anfangen, dir ein paar

Freunde zu suchen«, riet Smoke. »Nichts gegen das Einsiedlerleben, solange man Freunde hat, wenn man sie braucht.«

»Ich will aber nur Sie.«

»Ohne dich, Kindchen, wäre ich in den letzten Monaten sehr einsam gewesen.«

Seit es Smoke schlechter ging, fiel es Margo immer schwerer, ihn allein zu lassen. Als sie an diesem Morgen um zehn Uhr zu ihm gekommen war, hatte er noch im Bett gelegen. Sie hatte ihn hochgezogen und ihm beim Anziehen geholfen.

»Fishbone ist auch noch da«, sagte Smoke. »Wenn ich nicht mehr bin, nimmt er Nightmare zu sich, als Beschützer für seine Frau.«

»Fishbone findet, dass ich zu meiner Mutter ziehen soll. Und er redet ständig davon, dass ich das verflixte Baby behalten soll.« Bei der Vorstellung, dass Fishbone den Hund mitnehmen würde, wurde Margo schwer ums Herz.

»Schreib deine Mutter nicht ab«, flüsterte Smoke. »Vielleicht kommt sie wieder zu Verstand. Und was das Kind angeht: Ich hab nicht den Eindruck, dass du dich mit Händen und Füßen dagegen sträubst.«

Margo nickte. Nachmittags ging sie nach Hause und kontrollierte ihre Fallen, aber sie waren leer. Dabei kreisten ihre Gedanken nicht etwa um ihr Baby, das in ihrem Bauch gut aufgehoben war, sondern einzig und allein um Smoke. Er wirkte so schwach. Er klang auch ernster als früher, fast unheimlich. Margo befürchtete, dass sie am nächsten Morgen nicht über die Weide zu Smoke gehen konnte, um ihm zu helfen, falls der Schneesturm diese Nacht heftig würde. Außerdem wollte sie ihm noch sagen, dass sie ihre Mutter nicht abgeschrieben hatte, jedenfalls nicht ganz.

Als der Wind nach Einbruch der Dunkelheit auffrischte,

ließ Margo das Feuer im Holzofen herunterbrennen und bereitete mit Zeitungspapier und Kienspänen ein neues vor, zündete es aber nicht an. Sie schloss die *Glutton* zu und stapfte über die schneebedeckte Kuhweide zurück. Der Fluss hörte sich merkwürdig an, als würde entlang den Ufern Glas zersplittern. Margo betrat das Haus durch die flussseitige Tür, die nicht abgeschlossen war. Sie zog Stiefel und Parka aus und tappte auf leisen Sohlen zu Smokes Schlafzimmer. Im Gegensatz zum zugekramten Rest des Hauses war es nur spärlich möbliert, ja, nahezu leer. Margo schlüpfte in ihrer langen Unterwäsche zu Smoke ins Bett. Die Haushaltshilfe hatte tags zuvor die Bettwäsche gewechselt, und sie machte einen sauberen Eindruck. Ihre eigene Bettwäsche hatte Margo schon seit Längerem nicht mehr gewaschen, denn dazu hätte sie sie entweder mit zu Smoke nehmen oder im großen Topf waschen und zum Gefriertrocknen draußen aufhängen müssen.

»Ich will Sie nicht verlieren«, sagte sie mit einem lauten Flüstern. »Und ich will nicht, dass Sie mich allein lassen.«

»Ich bin nicht deine Mutter.«

»Das weiß ich.«

»Ich bin ein müder alter Mann.« Anfangs lag Smoke steif neben ihr, aber mit der Zeit entspannte er sich, so wie sich auch ihr Großvater neben ihr entspannt und an ihr gewärmt hatte. Gegen Ende war er so schwach und dünn gewesen wie Smoke. Er hatte Geschwülste groß wie Baumknoten unter den Armen, am Hals und in der Leistengegend gehabt. Smokes Geschwüre dagegen befanden sich in den Lungen. Margo strich mit den Händen über seine Schulterblätter. Er erschauerte, dann seufzte er. Sacht streichelte sie seine Schultern, seinen Brustkorb, sein Kreuz. Sie spürte die Hitze des Druckgeschwürs durch sein langes Unterhemd.

Mehrere Stunden lagen Smoke und sie so nebeneinander. Keiner von ihnen konnte richtig schlafen, weil sich die Nähe zu einem anderen Menschen so fremd und gleichzeitig so wohlig anfühlte, doch dann fing Smoke an zu husten. Er setzte sich auf die Bettkante, und der Uhr auf dem Nachttisch nach hustete er eine geschlagene Dreiviertelstunde. Der Minutenzeiger auf dem beleuchteten Ziffernblatt rückte nur langsam vor, aber Margo wagte nicht, sich zu rühren, etwas zu sagen oder Smoke anzufassen, weil sie Angst hatte, alles noch zu verschlimmern. Sie wusste, dass sie nur den Arm um seinen Hals zu legen und auf seine Kehle zu pressen brauchte, um seinem Ringen um Luft ein Ende zu machen. Sie konnte ihm Frieden bringen, und wenn sie mit beiden Daumen auf seine Luftröhre drückte, würde er sich bestimmt nicht wehren. Margo konnte sein Leiden hier und jetzt beenden, aber sie wollte nicht den Todesengel spielen. Nightmare lag still, aber wach auf dem Boden. Aus glitzernden braunen Augen beobachtete der Hund sein Herrchen.

Smoke stellte eine Flasche Codeinsirup auf den Kopf, um die letzten Tropfen daraus zu trinken. Er zupfte die Sauerstoffschläuche zurecht und beugte sich vornüber, sodass sein Körper die gebrechlichen Lungen wie eine Muschel umschloss. Als der Hustenanfall abgeklungen war, atmete er mit spitzen Lippen scharf ein und aus. Er stöpselte sich vom Sauerstoffgerät ab und zündete sich eine Zigarette an. Kaum hatte er sie zu Ende geraucht, steckte er an ihr eine zweite und an dieser schließlich eine dritte an. Margo begriff, dass die Zigaretten Smokes Todesengel waren und ihm Zug um Zug den Garaus machten, sie waren die Finger, die ihn quälend langsam erdrosselten. Als Smoke auch die dritte Zigarette im Aschenbecher auf dem Boden ausgedrückt hatte, streckte er sich wieder im Bett aus. Margo legte ihm die Hand auf die Schulter, beugte sich über ihn und küsste ihn auf die Wange.

»Smoke, Sie haben sich ja rasiert! Ihre Haut ist ganz glatt.« Sie nahm seine Hände in ihre, und so schliefen sie ein.

Als Margo erwachte, war sie allein. Das Quietschen von Smokes Rollstuhl im Nebenzimmer hatte sie geweckt. Sie hörte, wie die Tür zur Terrasse aufging, dann den tosenden Wind und Nightmares Winseln. Die Fensterscheiben klirrten im Sturm. In letzter Zeit fiel es ihr schwer, nachts aus dem Bett zu kommen, um etwas Holz im Ofen nachzulegen, denn das Geschöpf in ihrem Bauch versuchte jedes Mal, sie in die Welt der Träume zurückzuziehen, ja, es trübte ihr Bewusstsein, bis sie am Ende acht, neun oder gar zehn Stunden geschlafen hatte. Margo schüttelte die Müdigkeit ab, zog sich an und sammelte ihre Sachen zusammen, um keine Spuren zu hinterlassen, falls Smokes Nichten vorbeikamen. Früher, in Murrayville, war sie auch manchmal frühmorgens aus totenähnlichem Schlaf erwacht, doch damals hatte die Jagdlust sie aus dem Bett getrieben, und sie war schlagartig wach gewesen, als hätte jemand eine Lampe angeknipst. Leise hatte sie sich angezogen, das Gewehr ihres Vaters hinter dem Fahrersitz aus dem Pick-up oder aus dem Schrank geholt und war in den Wald gegangen. Wenn diese Lust sie nun überkam – und selbst an diesem Morgen verspürte sie einen Anflug davon –, reichte es normalerweise, dass sie sich vorstellte, wie sie einen Bock schoss, oder hinausging und nachsah, ob ihr Bisamratten oder Waschbären in die Falle gegangen waren, damit diese Anwandlung sich wieder legte.

Margo ging in die Küche, aber dort war Smoke nicht, nur Nightmare, der an der Tür schnüffelte. Auf der Uhr mit den Leuchtziffern war es zwanzig nach sechs. Margo sah im Badezimmer nach, aber auch dort war Smoke nicht. Etwas früher an diesem Morgen hatte sie geträumt, dass Smoke grummelnd telefonierte, aber vielleicht war es gar kein Traum gewesen. Der noch dunkle Morgenhimmel wurde vom Schneetreiben aufgehellt. Margo machte kein Licht im Haus, damit sich ihre Augen an die Dunkelheit gewöhnten. Sie zog ihren Parka an, griff sich ihre Büchse aus dem Gewehrständer und hängte sie sich über die Schulter. Smoke hatte ihr sein Gewehr zwar geschenkt, aber sie nahm es nicht aus dem Ständer, aus Angst, er würde sich ohne es nicht mehr als ganzer Mann fühlen. Sie ließ Nightmare nicht hinaus, weil er womöglich bis ans Wasser laufen und den Wind anheulen würde, und dann würde sie warten müssen, bis er zurückkam, bevor sie sich wieder schlafen legen konnte. Sollte Smoke da draußen sein, würde Margo ihn schleunigst zurück ins Haus holen.

Sie trat hinaus ins Schneegestöber. Smoke saß im Rollstuhl am Terrassenrand und blickte den steilen Hang zum Fluss hinunter. Er trug nur seine Brille, lange Unterwäsche und ein aufgeknöpftes Arbeitshemd mit seinem Namen darauf. Auf seinen Schultern und seinem bloßen Kopf sammelte sich Schnee, und bestimmt schnitt ihm der kalte Wind ins Gesicht, aber er sah nicht aus, als würde er frieren. Margo ergriff eine seiner halb zur Faust geballten Hände und stellte überrascht fest, dass sie warm war.

»Sie sollten bei dem Schneesturm nicht hier draußen sein, schon gar nicht ohne Jacke. Und ohne Ihren Sauerstoff«, ermahnte ihn Margo. »Kommen Sie wieder ins Bett.«

Drinnen bellte Nightmare.

»In ein paar Minuten ist Sonnenaufgang«, sagte Smoke zwischen mehreren Atemstößen leise, und er hörte sich kräftiger an als tags zuvor. »Ich glaube, die Nachbarn sind verreist.«

»Sie wollen sich den Sonnenaufgang im Schneesturm ansehen? Die Morgenröte?«

Smoke seufzte, und Margo bemerkte, wie sein Blick zwischen dem Fluss und ihr hin- und herwanderte.

»Schlafen Sie noch ein bisschen. Sonnenaufgang ist jeden Tag.«

»Meine Jacke … Und meine Kippen …«, stieß er keuchend hervor. »Aber lass den Hund nicht raus.«

Margo ging zurück ins Haus und versuchte, Nightmare zu beruhigen. »Ich bring Smoke rein, und dann gehen wir alle wieder schlafen«, sagte sie. Sie holte die Zigaretten aus dem Schlafzimmer und nahm die Jacke von der Lehne des Küchenstuhls. Da erblickte sie auf dem Küchentisch einen Zettel. Sie schaltete die Tischlampe ein und las die in festen, sauberen Druckbuchstaben geschriebenen Worte: *An meine Nichten: Ich kann und werde nicht ins Heim gehen!* Sofort ließ sie Zigaretten und Jacke fallen und stürzte nach kurzem Gerangel mit dem Hund, der im Haus bleiben sollte, hinaus in den Schneesturm. Smoke war verschwunden.

Margo hatte nicht bedacht, wie nah er mit dem Rollstuhl am Terrassenrand gestanden hatte. Er musste die Räder mit aller Kraft angetrieben haben, um über die Kante der Terrasse zu gelangen. Auf dem Hang ging es dann neben den Betonstufen ganz von allein über den schneebedeckten Boden bis an den Fluss. Margo folgte den Rollstuhlspuren nach unten. Im fahlen Licht meinte sie zu erkennen, wie Smoke abermals die Räder antrieb. Unten am Fluss blieb ein Rad im Spalt zwischen Rasen und Ufermauer stecken, und der Rollstuhl kam abrupt zum Stehen. Smoke segelte durch das Schneegestöber auf den Fluss und brach oberhalb vom Steg durch das matschige Eis. Die Stiefel rutschten unter Margo weg, als sie hinunterrannte, um ihm zu Hilfe zu kommen. Dabei stieß sie gegen den Rollstuhl, und er kippte samt Sauerstoffgerät von der Mauer ins Wasser, genau auf Smokes Beine. Die Sauerstoffflasche trieb ab und war sofort verschwunden. Smokes Körper und der Rollstuhl wurden von der Strömung zu einem Gewirr aus Ästen gezogen, das sich unter dem Steg verklemmt hatte. Smoke verfing sich darin.

Langsam und umständlich – so kam es ihr vor – ging Margo auf der Ufermauer in die Hocke, beugte sich vor und versuchte den Rollstuhl aus dem Wasser zu ziehen, aber so bekam sie ihn nicht hoch. Sie nahm die Büchse von der Schulter und steckte sie mit dem Kolben in den Schnee. Mit einem Fuß auf der Mauer und dem anderen auf dem Steg zerrte Margo erneut am Rollstuhl, kriegte ihn aber immer noch nicht von Smokes Beinen herunter. Als sie an den Ästen rüttelte, glitt sein Kopf unter Wasser. Wieder bellte Nightmare im Haus.

Margo sprang von der Mauer durch das matschige Eis ins knietiefe Wasser, und bei der Berührung mit der Kälte verkrampften ihre Waden. Sie watete bis zu den Schenkeln in den Fluss und zog Smokes Kopf und Oberkörper heraus. Ihre Beine brannten vor Schmerz.

»Ich komme Sie im Heim besuchen! Ich leiste Ihnen Gesellschaft, Smoke! Ich schmuggle für Sie Kaffee und Zigaretten rein!«, versprach sie. »Und jetzt raus mit Ihnen aus dem Wasser!«

Smokes Augen waren geschlossen. Seine dunkle Brille war fortgeschwemmt worden. Seine Beine klemmten unter dem Rollstuhl fest und kamen auch dann nicht frei, als Margo so kräftig an ihnen zog, wie sie sich traute. Der Saum ihres Parkas schwamm wie ein Ring um sie herum auf dem eiskalten Wasser und sog sich voll.

Als Margo Smoke ins Gesicht blickte, kam sie sich töricht vor. Ihr war nicht klar gewesen, wie sehr sie ihn liebte. Sie empfand für ihn nicht weniger, als sie für ihren Großvater, ja, vielleicht sogar für ihren Vater empfunden hatte.

»Lass mich untergehen«, bat Smoke und kippte den

Kopf nach hinten. Der Himmel färbte sich allmählich rosa. Margo sah in Smokes nunmehr offene Augen: Sie waren rot und wund. Schneeflocken fielen hinein, aber er blinzelte nicht. Die Strömung zerrte an Margos durchnässtem Parka, und dadurch fühlte sich ihr ganzer Körper schwer an. Sie hätte die Jacke bei ihrer Büchse am Ufer lassen sollen, dann hätte sie später etwas Trockenes zum Anziehen gehabt. Smoke wog mehr, als sie gedacht hatte.

»Ich muss Hilfe holen.« Margo drückte beim Sprechen ihre Wange an seine, sodass sich ihre Lippen beinahe berührten. »Und die andere Sauerstoffflasche.«

»Bitte geh nicht weg«, flüsterte Smoke mit dünner Stimme. »Ich will nicht allein sterben.«

»Ich muss«, erwiderte Margo, rührte sich aber nicht von der Stelle. Ihr war klar, dass die Strömung Smoke nach unten ziehen und er ertrinken würde, noch bevor sie zurück wäre. Sie hielt ihn über Wasser. Sein Hemd hatte sich vollgesogen, aber das allein erklärte nicht, warum er sich so schwer anfühlte. Margos Füße versanken langsam im Schlamm, sie zog erst den einen, dann den anderen heraus. Die eisige Kälte des Flusses kroch allmählich ihren Bauch hoch. Im Haus bellte Nightmare immer noch.

»Lass mich untergehen.«

»Ich will Sie nicht töten, Smoke.«

»Das ist kein Töten, Kindchen«, sagte er leise an ihrer Wange.

Margo spürte Smokes bebenden Mund an ihrem Gesicht, sie hörte, wie ihm Worte entströmten, und doch war sie nicht sicher, ob er sie tatsächlich aussprach. Sein Gesicht lief violett an.

»Lass mich untergehen«, flüsterte Smoke noch einmal, packte ihre freie Hand und umklammerte sie grimmig. Das Wasser perlte von seinem vollen silbergrauen Haar ab, das in der Morgenröte einen rosafarbenen Stich hatte.

Aus seinen Lippen war die Farbe gewichen. Da bemerkte Margo einen um seine Schulter geschlungenen Lederriemen. Mit der Hand, mit der sie Smoke über Wasser hielt, tastete sie am Riemen entlang und stellte fest, dass an ihm der Beutel mit den bleiernen Drucklettern hing, der immer bei Smoke auf dem Küchentisch gelegen hatte. Sie versuchte ihn abzureißen, aber mit einer Hand schaffte sie es nicht, und mit der anderen hielt Smoke sie fest.

Plötzlich löste sich der Rollstuhl aus dem Astgewirr und rutschte ein kleines Stück unter den Steg. Margo sah, dass einer von Smokes Füßen im Rollstuhl verklemmt war. Wenn sie Smoke losließ und ihre Hand aus seinem Griff befreite, überlegte sie, könnte sie ihn vielleicht freibekommen, bevor er ertrank. Falls er noch lebte, könnte sie ihn vielleicht auf die Ufermauer ziehen. Vielleicht könnte sie ihn sogar die Böschung hinaufschleppen. Falls er noch lebte, wenn der Rettungsdienst eintraf, würde er im Krankenhaus oder Pflegeheim vielleicht noch eine Stunde, einen Tag oder eine Woche überleben. Smokes Stirn war schmerzverzerrt.

Margo küsste ihn auf die Wange und gab ihn frei. Smoke glitt unter Wasser. Sein Husten verstummte, die Krämpfe in seiner Brust verebbten und hörten auf. Margo spürte, wie seine Anspannung und seine Schmerzen nachließen und er langsam den Griff lockerte.

Sie wollte seinen Körper aus dem Fluss ziehen und an Land bringen, aber sie musste aus dem eisigen Wasser heraus. Also kletterte sie auf die Ufermauer. Triefend und zähneklappernd blieb sie darauf stehen. Der Schneesturm hatte ihre Fußabdrücke und die Reifenspuren des Rollstuhls längst verweht. Im Nu gefroren ihre durchnässten Hosenbeine und ihr Parka, und der Schnee klebte an ihr. Das Wasser perlte zwar an den eingefetteten Lederstiefeln ab, war zwischen den Schnürsenkeln aber bis zu den Strümpfen durchgesickert, sodass sich ihre Füße wie Eisklumpen anfühlten. Als sie zum Haus hochblickte, sah sie im Schneetreiben einen hageren Mann mit Filzhut über die Terrasse gehen. Gleich darauf starrte er mit vor der Brust verschränkten Armen zu ihr hinunter. Margo sog die Luft so scharf ein, dass es wehtat.

Sie zog ihre Büchse heraus, hängte sie sich, ohne den Schnee aus dem Gewehrlauf zu klopfen, über die Schulter und stieg die Stufen hoch. Oben erwartete sie Fishbone. Sie wollte etwas sagen, ließ es angesichts seiner versteinerten Miene jedoch bleiben. Nightmares Gebell machte sie ganz verrückt. Sie ging auf die Terrasse, stampfte den Schnee ab und betrat das Haus. Aufgeregt, aber still heftete sich Nightmare an ihre Fersen. Sie holte in der Küche ihren Stoffbeutel, im Bad das Shampoo, aus der Kommode in Smokes Schlafzimmer zwei Paar frische Socken, aus dem Schrank ein Hemd mit dem Namenszug SMOKE und aus dem Kühlschrank den Rest Erdbeermarmelade. Dann nahm sie die Remington aus dem Gewehrständer und stopfte zwei Schachteln Patronen in ihre nassen Taschen, in denen sie schwer wie Anker wogen. Bevor sie das Haus wieder verließ, kauerte sie nieder, schlang die Arme um den großen Hund und kraulte ihn hinter den Ohren und am Hals. »Auf Wiedersehen, Nightmare. Ich wünschte, ich könnte dich mitnehmen. Ich würde mich so gern um dich kümmern.«

Dann ging sie hinaus. Im Schneetreiben erkannte sie unten am Wasser Fishbones Gestalt. Sie umklammerte das Gewehr mit der bloßen Hand – ihre klatschnassen Handschuhe steckten unter den Patronen in ihren Taschen – und folgte steifbeinig dem Weg flussabwärts zur *Glutton*. Noch lange hörte sie Nightmare bellen. Sie fragte sich, ob die Polizei ihre Spuren entdecken würde. Oder würde Smoke recht behalten, und der Tod eines kranken alten Mannes interessierte niemanden so sehr, dass man deswegen Ermittlungen anstellte?

Margo schaffte es, durch den Maschendraht zu schlüpfen, ohne mit dem Parka hängen zu bleiben. Mit tauben Füßen schleppte sie sich über die Weide, auf der jetzt natürlich kein Vieh stand. Kurz vor dem hinteren Ende stolperte sie im Schnee über einen gefrorenen Kuhfladen und fiel auf die Knie. Sie kroch eine Weile, musste jedoch eine Pause einlegen, bevor sie weitermachen konnte. Als sie zum Fluss blickte, nahm sie nur verschwommene grauweiße Flecken wahr. Der Fluss war sogar zu kalt, um zu stinken, und laut Radiowetterbericht vom Vortag konnte es sein, dass er in der Nacht wieder zufror, sobald das Unwetter sich gelegt hatte. Die Marlin hing noch an ihrer Schulter, die Remington hatte sie irgendwo im Schnee verloren. Sie tastete danach, fand sie aber nicht. Margo wollte sich ausruhen, nur eine Minute.

Sie konnte sich nicht erinnern, jemals so erschöpft gewesen zu sein. Sie hatte geglaubt, sie hätte den Verlust ihres Vaters überwunden, aber das hatte sie nicht, und auch keinen der anderen Verluste. Sie legte die Wange auf den Schnee, sodass er zusammengedrückt wurde und zu schmelzen begann. Schnee sammelte sich auf ihrer anderen Wange. Sie wollte ein Weilchen hier liegen bleiben und verschnaufen, bis sie begriffen hätte, was eigentlich passiert war. Margo war ihren Verpflichtungen nachgekommen, und sie war frei, freier als je zuvor. Schon nach wenigen Minuten spürte sie die Kälte kaum noch. Falls sie es nach Hause zu ihrem Boot schaffte, wollte sie zum Auftauen ein Feuer machen, falls nicht, wollte sie einfach hier liegen bleiben und sich ausruhen.

Ein Stoß weckte sie, als hätte ihr jemand von hinten einen Tritt versetzt, aber als sie die Augen öffnete und sich umblickte, stellte sie fest, dass sie allein war. Der Stoß war so schmerzhaft gewesen wie ein Stromschlag.

Kaum ließ der Schmerz nach, schloss Margo die Augen und legte die Wange wieder in den Schnee, doch gleich darauf erhielt sie noch einen Schlag. Diesmal war er so stark, dass sie die Augen aufriss. Als sie sich hinkniete, stellte sie fest, dass sie sich dicht an einem Zaunpfosten befand, näher am Zaun und am Fluss, als sie gedacht hatte. Sie raffte sich auf. Offenbar war sie mit der Hand an den Elektrozaun gekommen und hatte sich einen Stromschlag eingefangen, aber sie wurde das Gefühl nicht los, dass der Stoß aus ihrem eigenen Körper gekommen war. Sie ging hinunter zum Fluss und zwängte sich am Zaun vorbei, ohne ins Wasser zu fallen. Langsam stapfte sie durch den Schnee, der in der aufgehenden Sonne in reinstem Rosa leuchtete, zu ihrem Boot. Sie trug den Beutel über der einen, die Büchse über der anderen Schulter und hatte noch immer den gefrorenen Parka an.

In der Kajüte legte sie die Büchse auf den Tisch. Die ersten beiden Streichhölzer brachen beim Anreißen an der Schachtel ab, also zündete sie ein drittes an und hielt es an die zusammengeknüllte Zeitung, die sie tags zuvor unter die zu einem Tipi aufgeschichteten Kienspäne gelegt hatte. Zwei trockene kleine Holzscheite lagen auf dem Ofen bereit. Margo zog sich aus und wickelte sich in die kratzige Armeedecke, die zwar vergilbt, aber sehr warm war.

Ob Nightmare immer noch bellte? Sie beneidete den Hund um seine schlichte Art zu trauern. Sie selbst könnte um Smoke trauern, indem sie die Leinen losmachte und den Fluss hinunterfuhr, aber sie wusste, dass sie es mit dem schwachen, unzuverlässigen Motor allein nicht wieder flussaufwärts schaffen würde.

Schon bald kletterte die Temperatur in der Kajüte von fünf Grad unter null auf gut zehn Grad plus, wenn man dem Thermometer an der Rückseite der Tür glauben konnte. Margo zog sich eine trockene Hose, ein Hemd und Strümpfe an und legte ein größeres Holzscheit ins Feuer. Dabei horchte sie weiter auf Sirenen, aber da waren keine. Da war nur ihre Erinnerung an den Ärger und die Trauer in Fishbones Gesicht und an ihre wachsende Erleichterung darüber, dass es vollbracht war, dass sie ihre Schuldigkeit gegenüber Smoke getan hatte und er nicht länger leiden musste. Der Himmel war jetzt ganz hell, der Wind hatte sich gelegt.

In den letzten paar Monaten, seit ihr nicht mehr schlecht war, hatte das Baby in ihrem Bauch jede ihrer Bewegungen mitgemacht. Es hatte sich wie ein Fisch in ihr treiben lassen und war in ihrem Innern herumgeschwommen wie in einem Fluss, aber als das Feuer den Wohnraum des Bootes allmählich erwärmte, schlug es um sich wie ein gereizter Katzenwels in einem Eimer. Kaum war die Temperatur auf angenehme sechzehn Grad gestiegen, zuckte, zappelte und strampelte es, ja, wand es sich wie ein Fisch an der Angel. Das Baby ist wütend, sagte sich Margo, wütend auf sie, weil sie es fast umgebracht hätte, und wütend auf Smoke, weil sie seinetwegen beide fast im eiskalten Wasser ertrunken wären. Margo nahm die Wut des kleinen Wesens in sich auf und stellte fest, dass sie es nicht mehr hergeben wollte. Es war in den vergangenen Monaten ihr ständiger Begleiter gewesen, hatte es geduldig ertragen, wenn sie Holz gehackt, das Dach freigefegt oder im kalten Wasser Bisamrattenfallen ausgebracht hatte. Es war zweimal der Klinik entronnen, war bei allen Problemen dagewesen und hatte ihr an diesem Morgen vielleicht sogar das Leben gerettet. Sie hatte dem Kind jede nur erdenkliche Möglichkeit gegeben, sich zu verabschieden, aber jetzt wollte sie es nicht mehr sterben lassen.

Sie legte die Hände auf den Bauch, um den Tumult zu besänftigen. Wie oft war sie zu anderen Menschen gegangen, hatte an deren Tisch gebettelt, aber von nun an hatte sie jemanden, für den sie sorgen konnte. Sie wollte ihre Sache so gut wie eine von den Wölfinnen machen, die

Menschenkinder aufgezogen hatten. So gut wie ihre eigene Mutter würde sie es auf jeden Fall hinkriegen, denn sie wäre nicht so egoistisch, ihr Kind im Stich zu lassen, um sich selbst zu finden. Margo war genau so, wie sie sich gab. Und vielleicht wollte Luanne eines Tages wenn schon keine Mutter, so doch zumindest Großmutter sein.

Sie versuchte zu Gott zu beten, doch es fühlte sich besser an, als sie die Hände auf Cranes Asche legte und ihn um Hilfe bat. Auch Smoke und Großvater Murray bat sie um Hilfe, und als es schließlich zu schneien aufhörte, war ihr, als hätten sie ihr Kraft gespendet.

Der Parka hing immer noch triefnass an einem Stuhl am Ofen. Also zog Margo die Carhartt-Jacke an, wickelte sich in die Wolldecke und schleppte sich zurück zur Weide. Sie konnte die Stelle, an der sie sich ausgeruht hatte, zuerst nicht finden, aber sie schob den Schnee am Zaun entlang mit dem Fuß beiseite, bis sie auf Smokes Gewehr stieß. Sie wischte den Schnee davon ab und klemmte es sich unter den Arm.

Am anderen Ende der Weide schlüpfte eine Gestalt zwischen zwei Reihen Stacheldraht hindurch und winkte ihr zu. Es war ein großer Mann mit Wollmütze. Eifrig winkte er noch einmal. Margo glaubte in ihm den Farmer zu erkennen. Sie wollte jetzt nicht mit ihm oder sonst jemandem reden, deshalb machte sie kehrt.

»Warte!« Das war Johnnys Stimme. Als Margo sich umdrehte, sah sie ihn im Laufschritt auf sich zukommen. Ihre Reaktionen waren so langsam geworden, dass sie keine Zeit mehr hatte, um davonzulaufen. Also blieb sie wie eine brünstige Kuh stehen und umklammerte das Gewehr. Sie wusste, dass Smoke es immer geladen aufbewahrt hatte.

»Fishbone schickt mich! Ich soll dir sagen, dass Smoke im Fluss ertrunken ist«, berichtete Johnny. »Sieht aus, als hätte er sich umgebracht, wie er es immer geschworen hat. Der alte Sack wird mir fehlen.« Er sprach zwar mit gedämpfter Stimme und nickte dabei ernst, aber Margo spürte die Erregung, die sein Körper ausstrahlte. Von Trauer würde er sich nicht aufhalten lassen! Margo spielte mit dem Gedanken, sich auf ihn einzulassen, um ihren Kummer für eine Weile zu betäuben. Aber was wäre danach?

»Ertrunken«, wiederholte sie und schluckte. Tränen stiegen ihr in die Augen.

»Warum läufst du wie eine Indianerin in einer Decke rum?«, fragte er. »Komm, Margie, wir gehen zu Smokes Boot und wärmen uns gegenseitig auf.«

Margo riss sich zusammen. »Komm mir bloß nicht zu nah!«, warnte sie ihn.

Johnny sah sie erschrocken an. »Fishbone hat mich geschickt, damit ich nach dir sehe. Erinnerst du dich nicht an mich? Ich bin Johnny. Wir haben uns bei Smoke kennengelernt.«

»Das Boot gehört nicht mehr Smoke, sondern mir.« Sie hob das Gewehr auf Hüfthöhe und wich ein Stück zurück. »Wenn du auch nur einen Fuß auf das Deck von meinem Boot setzt, knall ich dich ab und werf dich in den Fluss.«

»Ist das nicht Smokes Knarre?« Johnny streckte die Hand nach dem Gewehrlauf aus.

Margo machte noch einen Schritt rückwärts. »Smoke hat sie mir geschenkt.«

Sie stellte sich vor, wie es sich anfühlen würde, wenn Johnny sich an sie schmiegte, wie seine Hände sich auf ihren Brüsten, sein Haar und sein Hinterkopf sich in ihrer Hand anfühlen würden und wie sie die Wange an seine Brust legte. Sein Hals würde süß nach Schweiß riechen.

»Ich warne dich!« Sie lud das Gewehr mit lautem Ratschen durch. »Wenn du auch nur einen Fuß auf mein Boot setzt, werden sie deine Leiche im Lake Michigan finden.« Schon nach diesen wenigen Worten war sie außer Atem.

»Ich weiß nicht, was man dir über mich erzählt hat, aber ich bin eigentlich ein netter Kerl.« Johnny wich zwar einen Schritt zurück, sah sie aber unverwandt aus seinen schönen grauen Augen an. Er setzte ein Lächeln auf.

Margo ließ ihn stehen, ging hinunter zum Fluss und zwängte sich mit zitternden Beinen am Zaun vorbei. Sie war erschöpft vom Frieren und Auftauen, erschöpft davon, sich ihr Leben lang behaupten zu müssen. Sie kehrte zu ihrem Boot zurück, verbrachte den Abend damit, ihre Gewehre im Schein der Öllampe zu reinigen, und in ihrem Bauch kehrte Ruhe ein. Sie rieb den Kolben der Marlin und das hineingeschnitzte Eichhörnchen mit Leinöl ein und polierte die Chromteile, bis sie blitzten. Danach aß sie eine Büchse Corned Beef, die sie ganz hinten im Küchenschrank entdeckt hatte. Smoke hatte sie dort zurückgelassen. Am nächsten Tag wollte sie ein Eichhörnchen schießen und in ihrem Topf auf dem Ofen kochen. Oder ein Kaninchen, und mit dem Kaninchenfell wollte sie anfangen, eine neue Decke zu nähen. Viele Felle würde man nicht brauchen, um ein kleines Kind zuzudecken.

23. KAPITEL

Nach Smokes Tod dauerten die Schnee- und Eisstürme an, und die Sonne ließ sich drei Wochen lang nicht blicken. An dem Morgen, an dem die Wolken sich endlich verzogen, kochte Margo auf dem Holzofen einen großen Karpfen. Nachmittags war sie an Deck der *Glutton* gerade damit beschäftigt, ihn zu entgräten und zu zerlegen, als sie eine hagere Gestalt den Weg von der alten Scheue herunterkommen sah. Am Hut erkannte Margo, dass es Fishbone war. Sie schnitt den Fisch in Streifen, die sie räuchern, trocknen und als Vorrat anlegen wollte. Doch das Fleisch zerbröselte unter ihren Händen, und als Fishbone das Flussufer erreichte, begann sie sich zu fragen, was sie da eigentlich machte. Sie hatte die Carhartt-Jacke ihres Vaters an, damit der Parka ihrer Mutter keine unangenehmen Gerüche annahm, denn den trug sie immer, wenn sie in die Stadt ging, um in ihr Postfach zu schauen und Kartoffeln, Zwiebeln und büchsenweise Corned Beef zu kaufen, auf das sie in letzter Zeit regelrechten Heißhunger entwickelt hatte. Margo wischte die Hände an einem Tuch ab, das mit einem Stück Draht am Tisch befestigt war, griff nach den sechs Bisamrattenfellen, die sie mit Ballengarn zusammengeschnürt hatte, ging über die Laufplanke und hielt die trockenen, gesäuberten Felle, die allesamt intakte Augenhöhlen aufwiesen, in die Höhe. Fishbone zog einen gefalteten Müllsack aus der Jackentasche, ließ die Felle hineingleiten und stellte den Sack neben seine Füße. Margo glaubte spüren zu können, wie der Schnee um sie beide herum schmolz, während sie dort standen. Fishbone steckte einen Zigarillo in seine Plastikspitze und zündete ihn an.

»Deine Büchse hat mich neugierig gemacht, darum habe ich ein bisschen nachgelesen«, sagte er. »Es ist eine *Marlin 39A,* eine Geschenkausgabe zum neunzigjährigen Jubiläum des Gewehrs. 1960 wurden fünfhundert Stück mit dem Eichhörnchen und den Chromteilen angefertigt. Du bist wahrscheinlich die Einzige, die damit schießt. Alle anderen bewahren sie in einem Gewehrkoffer auf.«

Margo zupfte ihre Jacke zurecht und zog sie über den Bauch. Fishbone paffte seinen Zigarillo. In der Nähe der Feuerstelle landeten ein paar Schneevögel. Die Nachbarin hatte Margo eine Papiertüte Vogelfutter mit den Worten geschenkt, sie solle mal ausprobieren, welche Wintervögel sie am Wasser anlocken könne.

»Smoky hat übrigens an dem Morgen bei mir angerufen«, berichtete Fishbone. »Er hat meine arme Frau geweckt und ihr mit seiner pfeifenden Stimme einen Schrecken eingejagt. Wahrscheinlich hat er angerufen, um sich von mir zu verabschieden.«

»Er wollte nicht allein sterben.« Margo schob die Hände in die Jackentaschen.

»Als du weg warst, habe ich die Polizei gerufen. Sie haben den Zettel in der Küche gefunden. Die Botschaft war eindeutig. Sie wollten wissen, ob es vielleicht Selbstmord war, und ich habe ihnen gesagt, dass Smoke ständig davon gesprochen hat. Es war sein Lieblingsthema.«

Fishbone trug wie immer seine eng anliegende Lederjacke und einen dünnen Wollpullover, und obwohl er dreimal so alt wie Margo war, zitterte er nicht so sehr vor Kälte wie sie. Sie hatte vormittags ihre Unterwasserfallen an andere Stellen verlegt und sich davon noch nicht wieder erholt. Richtig warm würde ihr erst abends wieder werden, wenn sie in der Kajüte das Feuer schürte. Manchmal konnte sie es nicht fassen, wie gemütlich sie es sich in ihrem kleinen Zuhause auf dem Wasser machen konnte, ob sie nun neben dem bullernden Ofen am Tisch saß und arbeitete oder im Bett lag und las.

»Du warst nicht auf der Beerdigung«, stellte Fishbone fest.

»Ich war in der Stadt. Ich war sogar im Bestattungsinstitut, aber dort habe ich es nicht ausgehalten. Es waren mir zu viele Menschen. Außerdem wollte ich Smoke nicht tot sehen.« Die grauweißen Schneevögel stoben plötzlich auf und flatterten flussaufwärts. Ein halbes Dutzend Kardinalsvögel kam angeflogen und machte sich über die Körner her.

»Harland, der Farmer, und seine Frau waren dort. Und ein paar ehemalige Kunden aus der Druckerei, die ich noch von damals kenne. Du hättest Smoke mal sehen sollen, bevor er krank wurde! Er konnte Pferde beschlagen, krankes Vieh verarzten, ein Boot bauen, Bücher setzen … Er konnte so gut wie alles.«

Margo nickte.

»Er hat vielen geholfen, auf unterschiedliche Weise. Ich schulde ihm noch Geld. Er hat gesagt, dass ich es jetzt dir schulde.«

»Sie schulden mir nichts«, wehrte Margo ab.

»Doch, das tue ich. Ich hätte mich mehr um ihn kümmern sollen. Er hat sich immer um mich gekümmert, wenn ich ihn gebraucht habe, aber ich konnte einfach nicht.«

»Smoke hat mal gesagt, Sie sind eine harte Nuss.«

Fishbone zog kräftig an seinem Zigarillo und inhalierte, was er normalerweise nicht tat. Dann blies er einen dichten Schwall aus Rauch und warmem Atem in die Winterluft. »Die Welt ist ganz schön groß, oder nicht, junge Dame?«

»Haben Sie Smoke geliebt?«

Er machte eine Pause, als wollte er weiter ausholen, sagte dann aber nur: »Er war mein bester Freund.«

Sie schwiegen eine Weile.

»Ich fand es immer schön, mit Ihnen und Smoke zusammenzusitzen und zu plaudern«, sagte Margo. »Das war für mich das Paradies.«

»Komisches Paradies!«

»Ich hab Ihnen gern beim Streiten zugehört.«

Sie überlegte, ob sie ihm sagen sollte, dass sie versucht hatte, Smoke zu retten, und was für eine Erleichterung es gewesen war, als sie schließlich erkannt hatte, dass sie ihn loslassen musste. Sie hätte Fishbone gern erzählt, dass sie in dieser Nacht geträumt hatte, Smoke habe bei ihr im Bett gelegen und sein Geist sei zu ihrem Kind in sie hineingekrochen, aber sie wusste nicht, wie sie etwas so Verrücktes in Worte fassen sollte.

»Smoky hat sein Testament geändert. Wusstest du das? Er hat dich als Erbin eingesetzt.«

Sie biss sich auf die Lippe. »Für was?«

»Für sein Haus. Er hat es geändert, kurz nachdem du von deiner Mutter zurückgekommen bist. Ich musste ihn zum Notar fahren. Das Haus ist aber nicht allzu viel wert.«

Margo konnte sich nicht vorstellen, dass Fishbone sich einen Scherz mit ihr erlaubte.

»Ich möchte dich um etwas bitten«, sagte er. »Kann ich mein Boot auf deinem Grundstück lassen? Du kannst es jederzeit benutzen.«

»Smoke hat mal gesagt, dass Sie nicht mehr ihn, sondern nur noch den Fluss besucht haben.«

»Und ob ich ihn besucht habe!«

»Warum sind Sie so gern am Fluss?«

Fishbone schnaubte. »Ich bin in Ohio am Fluss aufgewachsen. Wir wären verhungert, wenn wir nicht gejagt, Fische gefangen und Fallen gestellt hätten. Hierher in den

Norden bin ich gekommen, um einen Job zu kriegen, aber es hat sich rausgestellt, dass ich nicht in dieser Autofabrik arbeiten konnte. Das hätte mich umgebracht. Smoky hat mich gerettet, er hat mir Arbeit und einen Liegeplatz für mein Boot gegeben.«

Margo nickte. Mit Fishbones Boot konnte sie den Fluss hinauf- oder auch hinunterrudern und nach dem nächstgelegenen Reiherhorst Ausschau halten – bestimmt gab es an jedem Fluss einen. Und sicher gab es auch einen Seitenarm, in dem sich Schnappschildkröten und Wasserkresse finden ließen. Sie würde üben, die Ruder lautlos durchs Wasser zu ziehen.

»Meine Kinder haben sich nie fürs Angeln oder den Fluss interessiert, aber vielleicht ist das bei meinen Enkeln mal anders.« Fishbone betrachtete seinen halb abgebrannten Zigarillo.

»Ich könnte Ihnen das Angeln beibringen, wenn Sie wollen. Sind Sie sich wegen Smokes Haus sicher? Darauf wäre ich nie gekommen.«

»Das Baby ist dort besser aufgehoben als auf diesem Boot hier. Bist du froh, dass du das Kind doch behältst?«

Sie würde nicht versuchen, ihm zu erklären, dass sie das Baby nicht aus Prinzip behielt – es war eine persönliche Sache zwischen ihr und dem Kind.

Das nächste Mal, wenn sie Fishbone sah, wollte sie etwas für ihn kochen. Mehl und Zucker hatte sie im Laden gekauft, und im Juni konnte sie Himbeeren pflücken, vielleicht sogar Maulbeeren, jetzt, wo sie ein Boot hatte, mit dem sie ans andere Flussufer fahren konnte, oder wilde Stachelbeeren und Walderdbeeren. Sie würde mit dem Farmer aushandeln, dass er sie gegen Hirschleder und Wildbret das ganze Jahr über mit Eiern versorgte. Sie nickte, obwohl sie längst vergessen hatte, was Fishbone sie gefragt hatte.

»Dann lass das Holzhacken sein«, riet er. »Benutz lieber den Propanheizer. Smoke hat extra eine Lüftungsklappe in die Seitenwand eingebaut. Eine neue Gasflasche bringe ich dir, wenn du eine brauchst. Ich habe Smoky versprochen, dir zu helfen. Und deine Mutter hilft dir bestimmt auch. Warst du noch mal bei ihr?«

»Noch nicht.«

»Ich weiß nicht, ob Smoke einen guten Einfluss auf dich hatte. Er hat ständig davon geredet, dass du so leben sollst, wie du willst. Dabei spricht eine Menge für den Versuch, ein normales Leben zu führen.«

»Sie können bestimmt gut mit kleinen Kindern umgehen, oder?«, fragte Margo.

»Oh, ich hab mehr Kinder und Enkelkinder, als ich zählen kann. Und jetzt auch noch Urenkel. Wenn ihr jungen Dinger bloß warten könntet, bis ihr einen Mann habt!«

»Ich hab neulich die Nachbarin getroffen, die oben gegenüber von der Scheune wohnt. Sie hat im Garten gestanden und Vogelfutter hochgehalten, weil sie eine Meise dazu bringen wollte, ihr aus der Hand zu fressen.«

»Mrs Rathbone?«, fragte er.

»Ich glaube, sie heißt Rathburn. Sie sagt, sie hat Babykleidung für mich. Und sie hat angeboten, ab und zu auf das Baby aufzupassen. Sie liebt Babys.«

Fishbone nickte.

»Ihre jüngste Tochter hat ein riesiges Kaninchen, das sie wie einen Hund spazieren führt. Es hat so lange Ohren.« Margo hielt sich die flachen Hände wie Hasenohren an den Kopf.

»Ich nehme an, du hast ihr nicht gesagt, was du normalerweise mit Kaninchen anstellst«, erkundigte sich Fishbone.

»Nein. Aber von dem Kaninchen könnte ich gut zwei Wochen leben«, antwortete Margo lachend. Ihr fiel auf, dass Fishbones Wangen von Bartstoppeln bedeckt waren, was untypisch für ihn war.

»Was hast du mit dem Karpfen vor?« Fishbone zeigte mit dem Kinn zum Tisch an Deck. Margo hatte das Teakholzstück von ihrem alten Ruderboot als Schneidbrett benutzt. Wegen der asymmetrischen Krümmung des Holzes liefen die Säfte über die Wörter *River Rose* und durch das Einschussloch.

»Ich mache Dörrfisch. Aber ich glaube, ich hab ihn zu stark gesalzen, deshalb zerfällt er. Vielleicht sollte ich den Fisch lieber wie Tomaten in Gläsern einmachen?«

»Ich glaube, Wildbret eignet sich besser dafür.« Fishbone pflückte ein paar Geldscheine von einer Rolle in seiner Brusttasche und bezahlte Margo für die Felle. Dann nahm er den Zigarillo aus dem Mund und betrachtete ihn erneut. »Ich weiß nicht, ob du ernsthaft vorhast, wie in alten Zeiten zu leben, aber meine Mutter hat früher Fleisch und Fisch eingemacht. Ich könnte meine ältere Schwester anrufen und sie fragen, ob sie sich noch erinnert, wie unsere Mutter das gemacht hat. Soweit ich weiß, muss man die Gläser im Dampfdrucktopf kochen. Meine Frau hat Einweckgläser, die sie nicht mehr braucht. Und Smoky hat bestimmt irgendwo einen Drucktopf. Du musst sowieso mal seinen ganzen Kram durchsehen.«

Margo nickte. Sie wollte von anderen Menschen, die bereit waren, ihr Wissen mit ihr zu teilen, so viel wie möglich lernen und sich mit den Werkzeugen, die man ihr gab, ihr eigenes Leben zurechtzimmern. In einem der *Foxfire*-Bücher hatte sie unlängst gelesen, wie man aus Murmeltierhaut Schnürsenkel macht.

»Meine Kinder wurden alle zu Hause geboren«, erzählte Fishbone. »Aber das macht man heute nicht mehr. Du wirst ins Krankenhaus gehen müssen.«

»Ich will aber nicht ins Krankenhaus.« Sie konnte sich nicht vorstellen, dass die Frauen aus den *Foxfire*-Büchern zum Kinderkriegen ins Krankenhaus gegangen waren. Grandpa Murray war nicht im Krankenhaus zur Welt gekommen, und auch Annie Oakley war zu Hause geboren worden.

»Es geht nicht darum, was du willst, junge Dame. Außerdem musst du dein Baby impfen lassen, damit es nicht krank wird. Wenn du nicht richtig für dein Baby sorgst, rufe ich das Jugendamt an, damit sie es dir wegnehmen. Und wenn du dein Kind in Gefahr bringst, nehme ich es dir eigenhändig weg. Dasselbe habe ich auch meiner Enkelin gesagt.«

Margo sah ihn erstaunt an.

»Außerdem brauchst du vom Krankenhaus die Geburtsbescheinigung. Woher willst du die sonst kriegen?«

»Sie brauchen mir nicht zu helfen.«

»Ich brauche einen Platz am Fluss.« Fishbone blinzelte, als der Zigarillorauch in seine Augen drang. »Und vielleicht hab ich ja auch eine Schwäche für Babys.«

»Was ist mit Nightmare?«, fragte Margo.

»Darüber wollte ich mit dir reden. Er sitzt im Pick-up.«

»Kann ich ihn sehen?«

»Meine Frau wollte ihn zu ihrem Schutz haben, aber er liegt nur da, rührt sich nicht von der Stelle und knurrt Tag und Nacht. Ich habe Smoky versprochen, mich um ihn zu kümmern, aber er hat schon fast sieben Kilo abgenommen, und seine Augen sind blutunterlaufen, als wäre er betrunken.«

»Er ist ein Flusshund«, sagte Margo. »Flusshunde müssen am Fluss leben.«

»Angenommen, er würde bei dir bleiben – was würdest du ihm zu fressen geben?«

»Er würde Fleisch kriegen, wie ich. Ich würde Bisamratten für ihn kochen und vorher die Drüsen entfernen. Aber ich kann auch Hundefutter für ihn kaufen, wenn er das lieber mag. Im Laden habe ich große Tüten für fünf Dollar das Stück gesehen.«

»Die Bisamratten solltest du besser draußen kochen.

Und du könntest keine Fangeisen mehr auslegen. Außerdem würde er dir in deinem Hausboot überall im Weg sein, solange du noch darin wohnst. Du würdest den ganzen Tag über ihn stolpern.«

»Bisher hab ich nur Reusen verwendet, und die Waschbären fange ich lebend. Ich werfe sie mitsamt Käfig ins Wasser und ertränke sie.« Tatsächlich hatte sie die Fangeisen, die Smoke ihr geschenkt hatte, nie aufgestellt aus Angst, ein streunender Hund könnte hineintappen.

»Er würde jeden Mann, der hier aufkreuzt, anbellen und anknurren. Und wenn ihm einer nicht passt, will ich nicht ausschließen, dass er ihn beißt.«

»Er wird es gut bei mir haben.«

»Bist du sicher, dass du das willst?«

Was den Hund anging, war sich Margo sicherer, als was das Haus betraf, denn das klang zu schön, um wahr zu sein. Vielleicht hatte sie mit Blick auf Nightmare dasselbe sichere Gefühl, das Luanne damals gehabt hatte, als sie ihre Taschen packte und Murrayville verließ, um ein neues Leben anzufangen. Vielleicht hatte auch Joanna dieses Gefühl gehabt, als sie bei ihrer Hochzeit gelobte, ihren Ehemann zu ehren und ihm zu gehorchen und allen anderen Männern zu entsagen. Und vielleicht war Smoke sich, als er den Hang zum Fluss hinunterrollte, um sich zu ertränken, genauso sicher gewesen wie Margo jetzt in Bezug auf Nightmare.

Margo legte den Karpfen in einen Eimer, verschloss ihn fest mit einem Deckel und goss aus einem anderen Eimer etwas Quellwasser über das Schneidbrett. Dann nahm sie ihre Büchse, hängte sie sich über die Schulter und ging hinter Fishbone den Pfad zur Scheune entlang. Nightmare saß im Pick-up auf dem Fahrersitz. Als er Margo sah, stemmte er sich mit den Vorderpfoten gegen die Fensterscheibe. Fishbone öffnete die Tür, und Nightmare sprang schwerfällig zu Boden. Er lief zu Margo, duckte sich vor ihr, wackelte mit seinem kräftigen Schwanz und bellte einmal. Dann drehte er sich zu Fishbone um und knurrte.

»Herrgott noch mal, du Hundsvieh!«, schimpfte Fishbone und schüttelte den Kopf. »Ich hab dir doch nichts getan!«

Margo umarmte und streichelte Nightmare, dessen Rippen hervorstanden. »Sei ein braver Hund, Nighty. Wir päppeln dich schon wieder auf.«

»Du bist dir also sicher«, sagte Fishbone. »Er hat meiner Frau mit dem Schwanz ständig alles vom Couchtisch runtergefegt.«

Margo nickte. Sie hatte sich Sorgen gemacht, dass Johnny wieder am Fluss auftauchen könnte. Sie hatte Angst gehabt, dass sein Geruch wie ein Schlüssel wäre, der ihren ganzen Körper aufschließen konnte, und es lag in seiner Natur, dass er sie in Versuchung führen würde. Doch nicht mit dem Hund an ihrer Seite, nicht mit dieser bellenden, knurrenden Mahnung, dass sie etwas dringender wollte, dass sie etwas besaß, was es zu beschützen galt.

»Haben Sie schon mal was von einem *Hundestern* gehört?«, fragte Margo.

»Das müsste Sirius sein. Der leuchtet in den meisten Nächten am hellsten.« Fishbone warf den heruntergebrannten Zigarillo weg und steckte die Spitze ein.

24. KAPITEL

Am ersten heißen Morgen im Mai erwachte Margo mit dem Gefühl, dass der Fluss durch den Regen der vergangenen Nacht rasch anschwoll. Über die Ufer würde er wohl nicht treten, aber das Wasser schien sie auf ihrem Boot grüßen zu wollen. Kurz vor dem Aufwachen hatte sie von ihrem Vater geträumt. Diesmal war er nicht wütend oder enttäuscht gewesen, ja, er hatte nicht einmal Angst um sie gehabt. Er hatte einfach nur am Kalamazoo auf einem Baumstumpf gesessen und ein Messer gewetzt. Im Traum hatte sie gespürt, dass er bei ihr war, wie damals, bevor Luanne fortgegangen war und all die Probleme mit den Murrays angefangen hatten, und das hatte sie mit innerem Frieden erfüllt. Sie lag im Bett und lauschte dem hohen Piepsen und Pfeifen rund um ihr Boot: Es kam von einer Schar Zedernseidenschwänze, die auf ihrem Flug nach Norden ausruhten. Margo piepste und pfiff in der Geheimsprache der Vögel zurück. In ihren Augen war jede Sprache eine Geheimsprache, unergründlich, beeinflussend und voller Hoffnung. Das fing schon mit den Kinderreimen ein, die Margo sich in letzter Zeit häufig vorgesagt hatte und die sie aus Mrs Rathburns Büchern kannte. Früher hatte sie das mit der Sprache schwierig gefunden, aber sie war sich ziemlich sicher, dass es jetzt besser ging.

Durchs offene Fenster hörte sie das Miauen eines Katzenvogels, der von dem Ort zurückgekehrt war, an dem die Katzenvögel überwinterten, wo auch immer das sein mochte. Plötzlich veränderte er seine Melodie und ahmte das Pfeifen der Seidenschwänze nach. Der große Hund lag auf dem Boden, er schnaufte und pfiff im Schlaf.

Eine laue Brise wehte durch die Fliegengitter, und in diesem Moment fühlte Margo sich rundum wohl in ihrer Haut. In manchen Nächten wälzte sie sich zum Zirpen der Grillen stundenlang im Bett, um eine bequeme Position für ihre wachsende Leibesfülle zu finden. Und letzte Nacht war es, obwohl im Ofen kein Feuer gebrannt hatte, so warm gewesen, dass sie die Berührung von Kleidern oder Laken an ihrem Bauch nicht ertragen und nackt geschlafen hatte. Manchmal wurde die Frühjahrssinfonie der Frühlingspfeifer, Frösche, Kröten und Grillen allzu penetrant, aber in dieser Nacht hatte das Trommeln des Regens auf dem Blechdach alles übertönt, und sie hatte so tief geschlafen, dass ihre Augen ganz verquollen waren.

Margo konnte jederzeit in Smokes Haus einziehen, aber sie wollte ihre Kajüte noch nicht verlassen. In ein paar Tagen würde Fishbone kommen, um ihr Hausboot mithilfe seines Aluminiumboots wieder flussaufwärts zu schleppen. Er hatte gesagt, am besten wäre es, wenn sie ein paar Maultiere hätten wie jene, die in seiner Kindheit in Ohio die Lastkähne den Fluss hochgezogen hatten. Dem Baby zuliebe würde Margo ins Haus umziehen – Mrs Rathburn hatte sie an Annehmlichkeiten wie die Waschmaschine oder das fließende Wasser erinnert, welches ihr das Flaschenschleppen ersparen würde –, aber sie war auf der *Glutton* inzwischen so glücklich, wie sie es noch nie zuvor gewesen war. In der Geborgenheit ihres gemütlichen Heims am Fluss hatte sie sich selbst so beobachten können, wie sie früher Blaureiher und Königsfischer oder die Hunde und Männer in ihrer Umgebung beobachtet hatte. Sie konnte nun in Ruhe darüber nachgrübeln, was sie umtrieb, weniger, um eine Lösung zu finden, als um sich darüber klar zu werden, was sie daraus lernen konnte. Hoffentlich hatte Smoke nicht recht gehabt, als er sagte, Menschen seien unverständliche Wesen. Hoffentlich konnte sie wenigstens sich selbst wie eine Nuss knacken und verstehen lernen. Dann wäre sie nämlich imstande, allmählich auch die anderen zu begreifen.

Sie schwang die Füße auf den Bettvorleger, streichelte Nightmare und nickte ihrer Büchse im Gewehrständer neben der Tür einen Guten-Morgen-Gruß zu. Dann hüllte sie sich in ein Laken, schüttete etwas Hundefutter in eine Schüssel und trug sie auf das mit Gummi ausgelegte Blechdeck des Boots, das sich in der Sonne langsam erwärmte. Sie betrachtete den sprudelnden Fluss. Er führte Hochwasser, aber so dramatisch wie in ihrem Traum war es nicht. Nun, wo Cranes Geist bei ihr war, würde er sie vielleicht eines Tages bitten, seine Asche über dem Wasser auszustreuen, aber noch war sie nicht so weit.

Die Seidenschwänze und ein paar lärmende Grasmücken versammelten sich in den Bäumen des Windschutzes. Sie segelten herab und setzten sich auf die Äste, flogen wieder auf und ließen sich erneut nieder. Im Anflug sahen sie aus wie dunkle Flecken vor einem Himmel, der so tiefblau war wie die Prunkwinden, die Joanna jeden Frühling am Flussufer pflanzte. Einer nach dem anderen stießen die Seidenschwänze wie maskierte kleine Räuber von ihrem hoch gelegenen Sitzplatz herab, um die Schnäbel ins Quellwasser zu tauchen. Die Zugvögel würden ein bisschen vom Kalamazoo nordwärts tragen, vielleicht sogar an den Stark River, und dort würden sie noch einmal trinken, bevor sie ihre Reise in den Norden fortsetzten, dahin, wo sie ihre Nester bauten, Eier ausbrüteten und vielleicht sogar Bärenmardern begegneten, die keine Fallen zerstörten oder Lager verwüsteten, sondern einfach nur nach Nahrung, Unterschlupf und Weggefährten suchten.

Auf einem Acker in der Ferne vernahm Margo das Brummen landwirtschaftlicher Maschinen. Der Farmer hatte den Winter überstanden, nun wartete eine neue arbeitsreiche Saison auf ihn. Sie und er hatten sich den ganzen Winter über im Auge behalten, aber erst vor wenigen Tagen war er zu ihrem Boot gekommen und hatte ihr die Unterlagen für die Abschusserlaubnis gebracht. Sobald er seine Felder bestellt hätte, war es Margo nun von Gesetzes wegen erlaubt, so viel Rotwild zu schießen, wie sie wollte. Mittlerweile hatte sie auch seine Frau kennengelernt, als sie Mrs Rathburn besuchte, und sie hatten zu dritt bei Mrs Rathburn in der Küche gesessen und Kaffee getrunken. Margo hatte nur ein paar Worte gesagt, aber das war in Ordnung gewesen, denn die beiden anderen Frauen hatten eine Menge zu erzählen gehabt, und Margo hatte es genossen, dem Singsang ihrer Stimmen zu lauschen.

Der Katzenvogel landete nur etwa drei Schritte von ihr entfernt auf einem der straffen Seile, mit denen ihr Boot vertäut war. Er wippte mit dem Schwanz, um das Gleichgewicht zu wahren, miaute ein paarmal und verlegte sich dann wieder darauf, das Pfeifen der Seidenschwänze zu imitieren. Margo fragte sich, ob er sie nur aus Spaß nachmachte oder mit jeder geborgten Note etwas Neues lernte.

Barfuß ging sie über die Laufplanke, ein Stück am Ufer entlang und hinunter ans Wasser. Zum ersten Mal wagte sie sich ohne ihre Stiefel von Bord. Zum ersten Mal in diesem Jahr, ja, zum allerersten Mal überhaupt spürte sie, wie der Schlamm des Kalamazoo sich zwischen ihre Zehen drückte. Die Kälte wirkte elektrisierend. Margo spazierte zur Quelle, an der die Tiere tranken, und hinterließ neben den vierzehigen Trittsiegeln der Singvögel ihre Fußabdrücke.

Sie nahm das Laken ab, knüllte es zusammen und warf

es an Deck. Erst danach kam sie auf die Idee, sich umzuschauen und zu vergewissern, dass niemand sie sehen konnte. Sie watete erst bis zu den Knien, dann bis zu den Schenkeln ins Wasser. Das Flussgras streifte sie wie das lange Haar einer Mutter. Damals, in Murrayville, hatte ihr Vater sie gebeten, mit dem Schwimmen zu warten, bis das Thermometer neben der Haustür zwanzig Grad anzeigte, aber wenn er in der Arbeit war, hatte Luanne sie schwimmen lassen, sobald sie die Kälte ertragen konnte.

»Na dann, mein Baby, willkommen am Fluss«, sagte Margo. Sie entfernte sich ein Stück vom Ufer, bis ihr das Wasser fast zu den Hüften reichte, und bevor die Füße im Schlamm versanken, stieß sie sich ab. Der Grund gab nach, und Margo tauchte bis zum Hals ein. Als ihr Bauch durchs Wasser glitt, war sie einen Moment lang unsicher, ob sie überhaupt noch schwimmen konnte. Ihre Glieder bewegten sich nicht richtig, sie schienen nicht angemessen proportioniert, um sie an der Oberfläche zu halten, und ihr Kopf geriet unter Wasser. Sie wurde flussabwärts getrieben. Sie schlug um sich, bis ihr wieder einfiel, dass sie sich in der Strömung entspannen und von ihr umfließen lassen musste. Also streckte sie sich und begann, flussaufwärts zu kraulen. Im Wasser ging alles leichter – für eine junge Frau ihres Umfangs war der Fluss das reinste Paradies. Während sie auf dem Rücken weiterschwamm, hielt der Bauch sie wie eine Boje über Wasser. Sie griff nach einer Eisenstange, die am Bug ihres Boots befestigt war, und ließ die Beine im Wasser treiben. Ihr nackter Bauch ragte heraus wie der schönste Riesenbovist im ganzen Flusstal.

Sie hatte gespürt, wie das Baby bei der Berührung mit dem Wasser zusammengezuckt war, und als sie zu schwimmen begonnen hatte, hatte es gestrampelt, aber dann hatte es sich entspannt. Es ließ sich mit Margo treiben. Der schwarze Hund wandte sich vom Fressnapf ab, sprang seitlich von der Laufplanke und landete spritzend im Fluss. Er wagte sich bis zu den Knien hinein und schlabberte Wasser. Smoke würde sich im Grab umdrehen, wenn er sehen könnte, dass sein Hund aus dem Kalamazoo trank. Margo lachte und hielt sich fest, damit sie nicht fortgeschwemmt wurde.

DANKSAGUNG

Für das Schreiben dieses Buchs war eine Menge Hilfe von einer Menge Leute nötig. Danke, Heidi Bell und Carla Vissers, dass ihr mich von Anfang an unterstützt und mein Stöhnen ebenso ertragen habt wie meinen Jubel. Danke, Andy Mozina und Lisa Lenzo, dass ihr so aufmerksame Leser und selbst so exquisite Schriftsteller seid. Danke, Bill Clegg, dass du dich für dieses Buch so ins Zeug gelegt hast. Danke, Jill Bialosky, fürs Herumfeilen, für den Feinschliff und deine praktische Vernunft – wie kommt es, dass du meine Figuren besser kennst als ich?

Danke, Susanna, dass du mir genau die Mutter warst, die man als Schriftstellerin braucht.

Danke wie immer für alles, mein liebster Christopher.

Folgende Personen haben mir geholfen, indem sie diesen Roman ganz oder teilweise in der einen oder anderen Fassung gelesen haben: Mimi Lipson, Susan Ramsey, Gina Betcher, Shawn Wagner, Glenn Deutsch, Lindsay Kamen, Godfrey Grant, Melvin Visser, Diane Seuss, Lee Ann Johnson und Rebecca Barnes. Danke auch an den Dawgs Poetry Workshop und an alle, die sich eingeklinkt haben, als ich Gott und die Welt nach Fischarten, Gewehrtypen oder dem Geruch von brunftigem Rotwild befragt habe. (Eine vollständige Dankesliste findet sich auf meiner Webseite www.bonniejocampbell.com.)

Danke, Gary Peake, du Meister im Scheibenschießen, dass du mich an deinem Fachwissen und deiner Lebensphilosophie hast teilhaben lassen und jeden von Margo abgefeuerten Schuss genau unter die Lupe genommen hast, und danke auch für deine Sensibilität, die für den Norden Michigans typisch ist. Danke, Loring Janes, dass du dein Wissen mit mir geteilt hast. Dank schulde ich auch meinem Großvater Frank Herlihy von Red House Island, der lange genug gelebt hat, um mehr als jeder andere am Fluss zu wissen, und meiner Großmutter Betty Herlihy, die eine Menge Dinge wusste, die ihr Mann nicht wusste. Danke auch an meine Geschwister (Mikey, Tom, Sheila und George) und meine Cousins und Cousinen (Sonia, Nate, Sam, Mimi, Julie und Andrew), die mit mir und Unca, Terry Herlihy, Susanna, Joanna, David Tartakoff sowie dem Rest der Bande im Paradies des St. Joe Rivers geschwommen sind.

Once Upon a River enthält Auszüge aus zwei meiner Kurzgeschichten: »Family Reunion« wurde erstmals von WBEZ in *Stories on Stage* vorgestellt und in der *Mid-American Review* sowie später in meiner Sammlung *American Salvage* (Wayne State University Press, 2009) herausgegeben; »Fishing Dog« wurde ursprünglich in der *North Dakota Review* und später in meiner Sammlung *Women & Other Animals* (University of Massachusetts Press, 2000) veröffentlicht.

Danke an alle, denen die Flüsse Michigans am Herzen liegen und die sich für sie einsetzen. Danke an die Jungs, die auf der River Street Bridge im Kalamazoo angeln. Danke, Shelley Washburn, dass du mir einen Broterwerb verschafft hast, und Sheryl Johnston dafür, dass sie mich wieder raus in die Welt geholt hat. Danke auch an die Marlin Firearms Company für die 39A. Und danke an meine Esel Jack und Don Quixote dafür, dass sie so tierisch gut riechen.